国家社科基金
GUOJIA SHEKE JIJIN HOUQI ZIZHU XIANGMU
后期资助项目

◎吴海 著

西学东渐前後的傅記之爭

上海古籍出版社

2017年度国家社科基金后期资助项目

（项目批准号：17FZW049）

国家社科基金后期资助项
出版说明

后期资助项目是国家社科基金设立的一类重要项
科研究者潜心治学,支持基础研究多出优秀成果。它是
近完成的科研成果中遴选立项的。为扩大后期资助项
动学术发展,促进成果转化,全国哲学社会科学工作办
统一标识、统一版式、形成系列"的总体要求,组织出版
助项目成果。

全国哲学社会

知 言 与 知 人

——读吴海《西学东渐前后的传记之争》(代序)

徐兴无

  年过花甲,算是法定的老人了,做事也疏懒起来,就像辛稼轩写的那样,"不知筋力衰多少,但觉新来懒上楼",所以,吴海让我为他的新著《西学东渐前后的传记之争》写序的事已经拖延了一年,直到今年他来母校南京大学担任人文社科高研院的驻访学者,难以打发了,才提笔写这篇文字。

  吴海是南京大学 2011 年毕业的博士生,当时由我指导的学位论文是《清代的学术与传记》,里面讨论了儒林传与经学家传记、学案与理学家传记、碑铭体与古文家传记、史传与史家传记理论等内容。他从清代学术传记与文学传记中拈出中国古代传记的四个重要的统绪,其思考的敏锐与问题的深度已见端倪。十多年来,他培养新知,转而深沉,将研究聚焦于中国传统与现代学术史上传记理论中的七大对抗性关系,即:文史之争、骈散之争、角色之争、古今之争、传记文学与传记史学之争、章节体与学案体之争,为它们设置了不同面向的争辩场域,在富有张力的语境中,左右逢源,揭示了整个中国传记理论及其相关的文学理论与学术思想在清代的结穴及其在现代学术中的演变历程,可谓批郤导窾,得其肯綮。

  撇开吴海在具体论述中时时出现的卓见不谈,最能启发我的有两点,一是中国古今传记当中对人的思考,二是对中国传统学术生命力的思考。

  "历史与人的关系",可谓是吴海拈出的中国传记的主轴。根据书中的阐论可见,这个关系既是中国传记发生的动力,也是传记之争的目标。从发生上讲,因为处理这个关系的途径不同,因而有不同类型的传记。书中特别推阐了上古时期史官与君子关于人的不同话语体系和表达方式,指出前者孕育了"据事直书"的史传统绪,后者孕育了颂美盛德的碑铭统绪。此后二源激荡,遂成传记的不同支脉。从目标上讲,七大传记之争的原因,就在于"体认"与"捍卫"各自统绪中理想的"历史与人的关系",而这种争论,在书中并非对簿公堂式的判断,而是分析它们的内在理路和学术精神,勾勒它们在争论中产生的调合、分歧、演进。比如清代骈散之争,不仅存在于扬州学派与桐城古文之间,而且存在于扬州学派内部对传记与碑铭文体的分歧之中。这种分歧又贯穿于西学东渐前后整个文体观念的争论之中,到刘师培手中凝练为"传实碑虚"定义,而这个定义又印证了史传与碑铭两大统绪的根源性。

以现代文体学的定义,传记的表现对象必须是人,是一种处于史学和文学之间的文体。以此定义衡量中国古代人物传记,其形成时间很晚。"传"与"记"原是经典训释的体裁,朱东润先生甚至认为,即便是《史记》中出现了以人物为题的列传,其实也是帝王本纪、书、表、世家的训释,不具备独立的价值。其中的人物传记名篇只是太史公"无意的成就"。于是他拈出"传叙"二字来对接西方的"传记"概念,以为这样的文体,是从汉魏以降的"功状""行状""德行""言行""画赞""像赞""家传"中萌芽的(朱东润《八代传叙文学述论》)。

但如果从文化史和思想史的角度看待中国传记的起源,就应该推溯到中国古代人如何看待人的本质,如何传递人在历史中的意义。或者说,他们如何保存关于人的记忆。就史官文化而言,他们记录古代的"王言"和"王事",并将其"书之于竹帛,镂之于金石,以为铭于钟鼎,传遗后世子孙"(《墨子·鲁问》)。当然还有宗庙祭祀的礼仪场景中对祖先们的赞颂,如《诗经》中对先公先王的颂歌等等。春秋时期,礼崩乐坏,但良史仍秉持"书法不隐"的精神,君子以"立德""立功""立言"为"三不朽",都是追求超越与永恒的历史价值,这也是任何传记写作的思想动机。但是,对历史人物及其事迹有自觉的叙述议论,应该诞生于诸子时代。从《论语》中可见,孔子和学生时而议论齐桓、晋文、管仲、陈文子、晏子、臧文仲、令尹子文等历史人物。孔子曰:"不知言,无以知人也。"(《论语·尧曰》)孟子曰:"颂其《诗》,读其《书》,不知其人,可乎? 是以论其世也,是尚友也。"(《孟子·万章下》)所以,知人论世是以成就人为目标的儒家学说最看重的事情之一。儒家修订《春秋》,将史官的"书法"转变为儒家经世的"义法",并通过叙事和议论,实现了史学的革命。特别是《左传》,将"断烂朝报"(《宋史·王安石传》)式的,"使圣人闭门思之,十年不能知也"(桓谭《新论》)的记录文字,转变为如海登·怀特所说的"被展现得像一个结构,具备意义的顺序","把使它所论及的事件道德化"([美]海登·怀特《形式的内容:叙事话语与历史再现》)。从此,史官代天子和先公先王们记录的人间大事记回到了现实,我们在《左传》中便可以看到一个个现实生活中鲜活的而不是存在于庙堂、祭礼中的历史人物。战国时代诸子蜂出，也是历史人物大放异彩的时代，五帝三王、春秋五霸、忠臣良将、纵横谋士、学派宗师成为诸子文献中不断叙述的热点人物，借助他们立论或托言，描写也越发生动，具有"以文字重现某个人"（《不列颠百科全书》）的传记性质的短章已经大量出现在先秦诸子的书中，这些都是《史记》人物列传的先导。尽管我们可以承认《史记》的人物列传仍然依附于训释帝王《本纪》的框架，但决非太史公"无意的成就"，因为经过战国诸子的思想创发与修辞实践，《史记》对人物的表现能力已经实现了突破，更何况司马谈临死前对儿子抱憾说"明主贤君忠臣死义之士，余为太史而弗载"（《史记·太史公自叙》），司马迁又对朋友任安说"古者富贵而名摩灭，不可胜记，唯倜傥非常之人称焉"（《报任少卿书》），这些话都是太史公父子为历史人物撰写传记的自觉意识。"历史与人"的关系具备了以人为中心的思想意识，传记文体只是这种意识的产物而已。

对中国传统学术生命力的思考，是吴海从清代传记入手，研究西学东渐前后传记理论以及史学、文学理论演变这一学术工作中的文化关怀。书中讨论传记的传主身份只有一种，即学人，对清代"儒林传"和"学案"、现代"章节体"与"学案体"等学人传记加以分析，这些论述占据了书中大半的篇幅，也因此，吴海的书不再是传记研究而是思想学术史的研究。通过"儒林传"与"学案"的讨论揭示了中国古代学术自宋代以后的分流以及清代理学与汉学之间的张力，而"章节体"与"学案体"的讨论则揭示了新史学与传统史学各自的话语转变。值得注意的是，学人传记与其他传记有一个很大的不同。其他传记之争主要集中在文体与修辞，其中包含着史传与碑铭的分歧；而学人传记之争主要集中在思想、学术、学派、宗派，可以说是西学东渐前后思想学术史的典型案例。还值得注意的是，学人传记的书写不仅仅是对学人思想事迹的重现，而且也是不同学派学术宗旨的延续，因为书写者也是其中的人物，于是学人传记便成为塑造学术流派、倡导学术主张的手段。正因为如此，吴海特别将"学案"作为贯穿西学东渐前后的学人传记加以仔细分析，由此呈现出中国传统传记在现代学术中的话语坚持与形式革新，而为何"学案体"能够自觉承担起中国传统传记"旧邦新命"的历史责任，我觉得关键在于它对学人与学术的解释具有深刻性，特别是知识与德性的合一，视人而不是知识为学术的主体，这是任何文化和时代都应该追求的学术理想。

其实，传记之所以能生存于史学与文学之间，也就是吴海指出的史传与碑铭两大传统之间，在于传记是人对人的表现，因此创作者的"体验"才是传记写作的灵魂与本体论，史传或是文学传记都是对不同"体验"结果的呈现而已。传记的读者和研究者，又通过传记作者的体验文本再去"体验"传主，即孔子所说的"知言"而"知人"的过程。传记与体验的关系至为密切，伽达默尔说："通过传记文学，'体验'一词才首先被采用。""如果某个东西不仅被经历过，而且它的经历存在还获得一种使自身具有继续存在意义的特征，那么这种东西就属于体验。"（［德］伽达默尔《真理与方法》）在中国的传记传统中，"体验"虽然没有上升为哲学概念，但"体验"传主的自觉意识和与传记一道诞生。太史公在写完《孔子世家》时，记下了自己的"体验"："余读孔氏书，想见其为人。适鲁，观仲尼庙堂车服礼器，诸生以时习礼其家，余祗回留之不能去云。"

　　读学生写的书是很吃力的，因为有着指导论文时强烈的批评意识造成的心理障碍，让我不能很清楚地看出他们的创新之处，因此也只能说点感想而已。但是年轻人活跃的思想还是给我很大的冲击，让我的思想不至于随着年龄老去，这是要特别感谢他们的地方。

甲辰九月于翠屏山

目 录

绪言：中国早期传记的诞生、
流派及精神

所谓"西学东渐"，特指明代以来西方科学技术、思想文化向中国传播的过程，可分为两阶段：第一段是明代至清前期，以利玛窦为代表的传教士将西方天文、历法等技术传入中国，因所重在科学与器物，对传统文化影响不大；第二段是鸦片战争以来，西方制度、文化全面输入，古今中西文化激荡交融。思想史上所关注的"西学东渐"，多指第二段。无论是追溯过去、体认传统，还是复盘现代学术开端，晚清民国这一段"西学东渐"的前前后后，都是我们研究传统与现代转型的枢机所在。

西风东渐下，"传记"由士大夫日常应酬、序述哀情、腾褒裁贬的"手艺"，成为现代学科分类建制下一种规范的"学问"。与所有现代学术范式建立过程相仿，现代传记学的建立亦是以"西学东渐后"西方传记作品与理论为师法对象。于是，回溯到"西学东渐前"，尝试理解并追寻中国本土传统传记的发生、肌理与走向，成为一个充满诱惑、令人向往的宏大命题。"骨感"的现实却告诫我们，中国传统传记门类繁多、文体流变错综复杂，可谓"诠序一文为易，弥纶群言为难"（《文心雕龙·序志》）①。若要彻底摆脱西方传记话语体系对本土传记批评的束缚，对我们而言：一要领会中国传记传统的文化特质与历史精神；二要明辨不同传记文体写作目的与用途；三要以圆通的视阈进入由古人所创造并持续至今、和而不同的"传记生态"。刘勰《文心雕龙》体大虑周式的文论结构体系，或是我们今后建立"中国本土传记学"值得效法的对象。

一、中国早期传记的诞生："君子九能"与先秦辞令传记传统

追溯中国古代传记的源头，似乎存在两个不同的系统：一种以"职官"

---

① 刘勰著，范文澜注《文心雕龙注》，人民文学出版社1958年版，第725页。本书所引《文心雕龙》均出自该书，不再一一出注。

为基础,以"史德"为评判标准,如《春秋》《左传》《史》《汉》诸史,所重在"书"与"不书"的史学书写;另一种是以"才能"为衡量标准,"君子"参与创作的颂赞系统,如毛《传》所论"君子九能"中"丧纪能诔,祭祀能语"①,更近于一种口诵、仪式化且具有纪念与表演性质的文学。"职官"与"君子之能"固不可截然两分,但早在《文心雕龙》"论文述笔"时:《史传》篇强调史官在于守职,依"史例"、"史德"据事直书、惩恶扬善;《诔碑》篇重在君子"显能",以"才情"尊贤隐讳、颂德述哀,借辞令为升堂入室、登高而赋之资②,"史传"归诸"笔"类之首,"颂"类传记包括《诔碑》《颂赞》等多收录于"文"部,界线俨然。

然而,在论述中国传记开端时,我们极易陷入早已设定好的"宗汉"倾向。《史》《汉》传统毋庸多论;碑文之祖,刘勰亦以"才锋所断,莫高蔡邕";通考《文心雕龙》所论"传记"诸体,如颂、赞、祝、铭、诔、碑、哀、吊,"选文以定篇"时多以汉魏名篇为宗。——倘若不辨析"汉以前"传记传统,由此展开的传记研究,尽管文体可拓展到碑传、别传、杂传,朝代可拓展到魏、晋、唐、宋……但是所运用的传记批评话语体系,终究绕不开以司马迁与《史记》为起点的史传传统。有鉴于此,我们必须讨论:(一)先秦传记形态及话语体系特色;(二)汉代传记对更早期传统传记的继承与发展;(三)汉代史传文体对同时期其他传记文体之影响。

我们姑且将成熟于汉代的各体传记统称为"汉篇传记"。汉代传记名篇对中国古典传记传统既有因,也有革。徐师兴无曾拈出"国家祀典与乐府的造作"为题,以"乐府"为例,揭示汉王朝围绕郡县制建构统一的国家信仰时,依当时政治所需,对古之雅乐、"赵、代、秦、楚之讴",兼容并包、灵活取舍,施用于国家祀典的手法③。事实上,传记传统中的"汉篇"也是一种时代新变甚至巨变。周兴陆在《〈文心雕龙〉精读》的《通变》篇中揭示刘勰文体论某些文体中有"师范汉篇"的取向,他通过对《铭箴》《诔碑》《论说》《议对》等文体辨析,指出:"刘勰评论各种文体的历代流变,除了颂、赞、祝、盟、

---

① 《诗经·鄘风·定之方中》毛《传》:"建国必卜之,故建邦能命龟,田能施命,作器能铭,使能造命,升高能赋,师旅能誓,山川能说,丧纪能诔,祭祀能语,君子能此九者,可谓有德音,可以为大夫。"毛亨传,郑玄笺,陆德明音义,孔祥军点校《毛诗传笺》,中华书局 2018 年版,第 72 页。

② 吴承学《"九能"综释》一文(《文学遗产》2016 年第 3 期)对"九能"与"文体"有精当考辨,文章指出:先秦"诔",并非如后代的行状那样明确属于叙事性的文体(第 127 页),"九能"初始虽然是大夫才德命题,但皆与"辞命言语"相关(第 130 页)。

③ 徐师兴无《西汉武、宣两朝的国家祀典与乐府的造作》,《文学遗产》2004 年第 5 期,第 28—35 页。

封禅几种特殊文体定型于先秦，诏、策、章、表等文体……体制规范都是在汉代完备的，每种文体的典型作家、典范作品也都出现在汉代。"①周兴陆注意到《文心雕龙》中公用文书类文体"汉篇"的典范意义，可惜尚未意识到传记文体，诸如颂、赞诸体，固然发端于先秦，实质上在汉代也有相当多新造的成分。汉代以《史记》为代表的中国本土传记的集体转向，迅速成熟，更值得关注。

过往的史学史理论，对史官世代继承的过分渲染，忽略了汉代史学从"编年"到"纪传"的巨大变革。且看《文心雕龙·史传》所论：一方面是，"轩辕之世，史有仓颉，主文之职，其来久矣"，孔子因鲁史修《春秋》，"及至纵横之世，史职犹存，主文之职，其来久矣"，"爰及太史谈，世惟执简；子长继志，甄序帝绩"②，刘勰一方面反复强调史官史职、史家笔法亘古不变的延绵，另一方面，我们必须注意到，正是从汉代开始，由《左传》所代表的编年体传统已为《史记》所代表的纪传体所取代。刘勰称"左氏缀事，附经间出，于文为约，而氏族难明。及史迁各传，人始区详而易览，述者宗焉"③，纪传体解决了编年无法克服的"氏族难明"之缺陷，又以"人始区详而易览"，为后世述者所宗，成为人物传记的新范式。钱穆在《国史大纲·引论》中曾指出编年、纪传等体例的出现，是随不同时代、制度发展产生的不同史学体裁：

> 前一时代所积存之历史材料，既无当于后一时期所需要之历史智识，故历史遂不断随时代之迁移而变动改写。就前有诸史言之，《尚书》为最初之史书，然《书》缺有间，此见其时中国文化尚未到达需要编年史之程度。其次有《春秋》，为最初之编年史。又其次有《左传》，以网罗详备言，为编年史之进步。然其时则"国之大事，在祀与戎"。祭祀乃常事，常事可以不书，兵戎非常事，故《左传》所载，乃以列国之会盟与战争为主，后人讥之为"相斫书"焉。又其次为《史记》，乃以人物为中心之新史，征其时人物个性之活动，已渐渐摆脱古代封建、宗法社会之团体性而崭然露头角也。又其次为《汉书》，为断代作史之开始，此乃全国统一的中央政府，其政权已臻稳固后之新需要。自此遂形成中国列代之所谓"正史"，继此而复生"通史"之新要求。④

---

① 周兴陆《〈文心雕龙〉精读》，北京大学出版社 2015 年版，第 164 页。
② 刘勰著，范文澜注《文心雕龙注》，第 283—284 页。
③ 同上，第 285 页。
④ 钱穆《国史大纲·引论》，商务印书馆 1996 年版，第 7 页。

　　钱穆指出了史学体例因时代潮流而变化之轨迹,并揭示了不同时代史学体例形成的社会背景,可谓卓见。尽管朱东润从更严格的传记文学标准,认为《左传》《史记》均是史,而非"传叙"①,但是从"叙人"的角度来看,汉代史学不仅在史官传统上完成了一次自我革新,而且深深影响同时及后世的所有文体传记体例。

　　之所以提出"汉篇传记"的概念,是因为汉代史传文对同时期其他传记文体之影响甚大,我们能看到与《史记》同属于汉代的碑铭、颂赞、诔碑的体例,也形成"述族望先世"、"生卒年岁"、"孝友德行"的规范体例。刘师培《文心雕龙诔碑篇口义》以王仲宝《褚渊碑文》为例,指出:"六朝碑铭之格式,固与两汉无异……惟六朝人常恐事实挂漏,凡可叙入者,纤细不遗,与东汉人着眼不同。如此篇凡迁一官、做一事,在宋、在齐,以及死后,各作一段,文之增繁,势使然也。"②刘师培所指虽就碑铭一体而论,但汉代史传体例及编撰思想对汉代碑铭、六朝传记之影响可窥见一斑。

二、中国传统传记的两大流派:"史官传记"与"文人传记"

　　以传统传记发生而论,可分为"先秦辞令传记"与"汉篇传记"两大源流。"先秦辞令传记"是基于先秦士大夫以"登堂"、"登坛"而"登高能赋"的辞令系统场域③,"汉篇传记"无论是史传还是诔碑,实质转换为一种以流芳百世为动机的文书著录,或书之竹帛,或记之画赞,或铭之石器。前者是一种口诵文学,施用于祭祀等活动现场,后者为一种文书创作,更期于藏之名山,名垂千古,文人与史家分别继承了上述传记传统,形成中国传统传记的两大流派。

　　史官传记传统毋庸多论,我们也应留意先秦辞令传记的发生与此后延绵不断的文人传记传统之关联。《文心雕龙》的《史传》追述上古至魏晋史官传统之流衍,而《颂赞》至《哀吊》则保留了较多以口说与仪式相关联的先秦传记形态,其用途多与当时宗祀仪轨、丧葬制度有关。对先秦辞令系统传

---

① 朱东润认为:"《左传》还是史,不是传叙。为什么?因为《左传》写人,仍旧着重在人性发展中的事态,而不是事态发展中的人性。"(第 2 页)"为什么司马迁不把传主底全面放在传内呢?这里我们当然可用互见之例去解释,指出作者示褒贬、明忌讳底用意,但是主要的原因,却在司马迁作传的时候,只把每篇列传作为本纪、书、表、世家底训释,并没有认定每篇有什么独立的意义……这是史传不能成为标准传叙文学底原因。"(第 23—24 页)朱东润《八代传叙文学述论》,复旦大学出版社 2006 年版。

② 刘师培著,万仕国辑校《刘申叔遗书补遗》,广陵书社 2008 年版,第 1577 页。

③ 周勋初先生《"登高能赋"说的演变和刘勰创作论的形成》,《文心雕龙解析》,凤凰出版社 2015 年版,第 728—731 页。

记的研究,有助于我们跃出"史传"与"文书"系统的思维定势,从口诵文学角度理解"汉以前"传记形态及价值①。故我们对先秦辞令传记的研究也需有一些基本的共识:

(一)先秦辞令类传记使用有定例,未必有定名。即便刘勰所分之文体,亦多遵循"汉篇"、"汉制"的成例向上追溯,常常有"互文见义"的现象,"释名以章义"之环节应谨慎。如:论"颂","敷写似赋","敬慎如铭";论"赞","大抵所归,其颂家之细条乎"(《颂赞》);论"祭祝文","是以义同于诔,而文实告神,诔首而哀末,颂体而祝仪,太史所作之赞,固周之祝文也"(《祝盟》);论"铭箴","箴诵于官,铭题于器,名目虽异,而警戒实同"(《铭箴》);论"诔","传体而颂文,荣始而哀终";论"碑","其序则传,其文则铭"(《诔碑》);论"哀","叙事如传","结言摹《诗》";论"吊","吊虽古义……华过韵缓,则化而为赋"(《哀吊》)。以思辨谨严著称的刘勰,在辨析文体时不得不使用"互文见义"的手法,也是在提醒我们,就文体发生学角度来看,上述诸体传记有同源的迹象。

(二)先秦辞令传记又遵循着一定的功用与规范:(1)这类传记最早用于"告于神明"、"祭礼祖宗"。如"颂主告神","斯乃宗庙之正歌,非宴飨之常咏也"(《颂赞》),"祝史陈信,资乎文辞"(《祝盟》)。(2)祭祀而外,这类传记又与丧葬亦有关。如毛《传》"丧纪能诔",又如"吊者,至耶","君子令终定谥,事极理哀,故宾之慰主,以至到为言也"(《哀吊》)。(3)这类传记所记内容包括"美盛德而述形容"。《诗序》:"颂者,美盛德之形容,以其成功告于神明者也。"②刘师培在《文心雕龙颂赞篇》中据《说文》"颂,皃","皃,颂仪也。貌,籀文皃"之说,强调"颂"在本义,除"述德"之外,亦可包括"仪容"、"貌"之成分③。中国早期传记形成与祖先祭祀仪式相辅相成,更多以一种仪式与表演形式存在,并不能仅视作一种"黄泉之下的艺术"或是"藏之名山的书写"④。

(三)先秦辞令传记文体遵循"贵约"文体风格。史家重视"据事直

---

① 徐师兴无《论说与叙事——从〈左传〉看儒家的史学传统和话语形式》,莫砺锋先生编《周勋初先生八十大寿辰纪念文集》,中华书局 2008 年版,第 65—85 页。

② 《毛诗传笺》,第 2 页。

③ 刘师培著,万仕国辑校《刘申叔遗书补遗》,第 1554 页。刘师培之论说继承自阮元。阮元《释颂》以《汉书·儒林传》鲁徐生善为颂,即善为容也,又以"豢"从"颂"、"容"、"羕"相转而来,可见"颂"与仪式之关联。阮元著,邓经元点校《揅经室集》,中华书局 1993 年版,第 18 页。

④ 柯马丁注意到《诗经》等早期文本的表演性质,详见柯马丁著,郭西安编《表演与阐释——早期中国诗学研究》,生活·读书·新知三联书店 2023 年版。

书",常恐事实挂漏。而先秦辞令传记则含有歌咏、表演性质①,如"容告神明"、"祝史陈信"、"唱发之辞"均是固定仪式。口诵文学特质决定了辞令类传记"贵约"的文体风格。《乐府》有"凡乐辞曰诗,诗声曰歌,声来被辞,辞繁难节;故陈思称李延年闲于增损古辞,多者则宜减之,明贵约也",又如论"赞"之古体,"古来篇体,促而不广,必结言于四字之句,盘桓乎数韵之辞"(《颂赞》)。即便《诔碑》训"诔者,累也;累其德行,旌之不朽","烦秽"、"烦缓"依然是为文之大忌,刘师培亦以"欲学作诔,第一须有清气,韵文之高下,即以清气有无为判。"②"贵约"风格一直为文人传记传统所坚守,既是早期传记唱诵形态塑造的文体风格所决定,也与文人秉持"功德之崇,不若情辞之动人心目"美学追求息息相关。

(四)先秦辞令传记有"常事不书"传统的原因。考之先秦辞令传记"常事不书"之缘由,大致有二:首先就其所用而言,"颂主告神,故义必纯美"(《颂赞》);又如《铭箴》篇:铭者"审用贵乎盛德",并引臧武仲之论铭,"天子令德,诸侯计功,大夫称伐",可见先秦辞令传记所撷取之事必以"盛德",不可泛述庸德。其次,先秦以前的宗法社会,本身就是一个稳定的"熟人社会",姓、氏、名、字、爵、谥均可呈现其宗亲血缘、社会地位,且"国之大者,在祀与戎",宗庙、庐墓祭祀延绵不绝,在当时人看来,逝者身份信息或为常识,毋庸赘述。从考古学角度来看,先秦以前墓葬很少有刻意留下身份信息,考古学家往往要借助墓主随身饰物,随葬铭器文字才能辨明墓主身份③,这与汉代以来立碑、作墓志铭时详述世系、郡望、生世截然不同④,或是汉代以降社会阶层流动加速,时局更迭变化背景下,宗法社会应对变革的产物。

(五)先秦辞令传记"述德"、"述哀"与中国传统道德精神之传承。《史传》云"勋荣之家,虽庸夫而尽饰;迍败之士,虽令德而嗤埋,吹霜煦露,寒暑笔端"⑤。且不以现代西方传记理论所强调的"真实"、"展现人性"去评判,

---

① 礼制的"表演"性质,本书第三章论述江永礼学特征将有涉及。

② 刘师培著,万仕国辑校《刘申叔遗书补遗》,第 1571 页。

③ 墓志出现以前,古墓发掘多须寻绎蛛丝马迹才能确定。如南越王墓墓主确定为赵眜之墓,乃据其随身印。

④ 川合康三老师《中国的自传文学》以陶渊明《五柳先生传》为例,指出"开头依照'姓、名、字、籍贯'的排序——交代,是人物传记的通常格式",作为当时的反潮流,《五柳先生传》开头"先生不知何许人也,亦不详其字。宅边有五柳树,因以为号焉",与阮籍《大人先生传》、刘向《列仙传》、葛洪《神仙传》常常"不知其人"、"不知何处人也"相似,"姓名、籍贯的无从知晓,是另一个世界人们的共同标志"。川合康三著,蔡毅译《中国的自传文学》,中央编译出版社 1999 年版,第 56—57 页。

⑤ 刘勰著,范文澜注《文心雕龙注》,第 287 页。

即便是在中国传统史书体系中，"尊贤隐讳"与"奸黜惩戒"之间，"正义"更倾向于"董狐直笔"，以"颂德"为主的传记往往被归入"应酬之作"，蔡邕"为碑铭多矣，皆有惭德，唯郭有道无愧色耳"①，成为批评中国传记传统的靶点之一。可否换一个角度理解"勋荣之家，虽庸夫而尽饰"？就文体而言，"述德"与"述哀"本是辞令类传记文体形成的根本原因，《诔碑》篇"标序盛德，必见清风之华；昭纪鸿懿，必见峻伟之烈，此碑之制也"②，在《颂赞》所论魏晋"杂颂"，"陈思所缀，以《皇子》为标；陆机积篇，惟《功臣》最显。其褒贬杂居，固末代之讹体也"，即便是魏晋，曹植、陆机所作之颂，刘勰仍以"褒贬杂居"为"末代之讹体"，可见先秦辞令传记与生俱来的"述德"体性。

在史学视阈中，"求真"、"求实"是衡量传记价值的"金标准"，但作为一种延绵千年的写作习惯，我们的传统为什么一直敬重"传记"，包容"夸饰"，或许不能用"应酬文字"简单化处理。传记是一种独特的文体，记录着"人"的历史，对文明的延续发挥着莫大的作用。以先秦辞令传记为源头的文人传记传统，与以"纪传"为代表的史家传统，具有同样的历史价值。

三、传统传记的走向：敬畏人事、重视道德精神传承的恒与变

我们应如何看待中国本土的传记传统？或许我们可借用清人对"敬"字的争论概括中国传记传统的三种方向。阮元《揅经室集》有《释敬》一文，主训"敬"为"警"，"'敬'字从'苟'……加'攴'以明击救之义也"③。朱一新《无邪堂答问》以"憼"字"存心"加以反驳④，二人论辩成为学术史一段佳话。如今，我们可借阮元所释"敬警"、先秦之"敬慎"，宋儒之"存心"来诠释不同的传记传统：（一）史传传统乃"敬"之"击救"之义，故"农夫见莠，其必锄也"（《史传》）；（二）先秦辞令传记传统是"敬慎"之意，对不朽功德、历史道德精神之缅怀；（三）儒林传、宋儒言行录等传记，则为"憼"，所事在"心"与"大"，以圣人之言行为效仿、践履对象，通往即凡成圣之路。三个层面构成了统一又多元的传统文化性格，施用于不同的文化场域，未必那么抵牾与矛盾。

对于传记与中国"道德精神"传承，本书将在第六、七章详论。钱穆曾于1957年左右据《左传》作《论春秋时代人之道德精神》（上、下），该文指出

---

① 范晔《后汉书》卷六十八《郭符许列传》，中华书局1965年版，第2227页。
② 刘勰著，范文澜注《文心雕龙注》，第214页。
③ 阮元著，邓经元点校《揅经室集》，第1016页。
④ 朱一新著，吕鸿儒、张长法点校《无邪堂答问》，中华书局2000年版，第38—39页。

"中国传统文化,乃一种特重于道德精神之文化"①,是篇文章所用之方法,"则在根据《左传》,于春秋时代中,特举出许多极富道德精神之具体事例,并稍加阐发……亦可借以明孔学精神之特点,即其所由异于宗教,哲学,科学之特点所在也"②。钱穆从《左传》中举出卫二子、楚鬻拳等"可资表现春秋时代人之道德精神者凡十八事",以探求中国文化之"人生律则"③。他指出:

> 在中国古人观念中,似乎所重乃仅限于当前现实之人生界。如何完成此当前现实之人生,即此若为人生惟一主要事。至于死后如何,则更不置计虑中。此实一种至深邃之人文精神也。苟若越出此人生界,认为冥冥中别有主宰,一切当信从其意志,此即当归属于宗教。④

无论是古代还是现代,面对茫茫人生中的不确定性,又无法寄寓于不可知之神明,中国人习惯通过"过去"的"人生经验",保持乐观的信心和希望,借此追寻个体、家族、国家未来的方向,这或许正是被视作"应酬之作"、"千篇一律"的传记,即便面临"史家精神"之冲击,依然长盛不衰原因所在。

梳理出以上线索,我们似乎能明白,若不能理解传统传记的发生、肌理及走向,简单混淆"颂德"之辞令传统与"惩恶"之史传传统,忽略儒者传记"经师"、"人师"之别,将引起诸多纷争。"西学东渐"前后,清代、民国诸多传记之争,正是辨章学术、考镜源流的过程,我们感慨的是:聚讼不断的纷争中,清人与民国学人越析越明,思想越发深透,这是前人对传统文化最真诚、最笃定的坚守。

四、本书主旨与章节结构

受制于笔者的才学浅薄,对于这一宏大问题的研究,本书的取径只是以断代方式,浅尝辄止地开拓与尝试。之所以将"西学东渐前后"作为研究的两个重要时点,一方面是因为清代前中叶受《明史》、方志修纂、文史之争、骈散之争、汉宋之争等多方面因素驱动,传记文体理论阐释与实际创作都非常发达;另一方面,晚清民国以来的梁启超、胡适倡导以西方传记的理论与创

---

① 钱穆《论春秋时代人之道德精神》,《中国学术思想史论丛》卷一,安徽教育出版社 2004 年版,第 176 页。
② 同上,第 176 页。
③ 同上,第 194 页。
④ 同上,第 195 页。

作标准的"新传记学"，"旧学商量加邃密，新知培养转深沉"，在反复的否定与肯定过程中，喧嚣处，新的传记范式迅速确立，声势浩大；寂静处，对旧范式的重新体认也逐步展开，迷雾渐开。

以"传记之争"之题切入，绝非制造纷争、渲染纷争。恰恰相反，笔者在写作过程中，不断感受到处于纷争对立两端的清代、民国知识分子，以辨章学术、考镜源流的方式，坚守各自的传记理念、学术传统，每转益进，共同塑造了中国本土传记传统的广度与深度。学人围绕传记诸多领域的观点与主张，为我们擘肌析理、理解传记的历史与意义提供了非常清晰的脉络。

除绪论外，全书共分七个章节。需要说明的是，本书提炼出的"七争"，显不足以涵盖中国传统传记全部面向，但通过"由点到面"的探索，我们努力借助清代到民国学人对于传记文献从创作、整理、研究到争论的各种资源，寻找中国传记研究的内核与边界。这"七争"又可分为三个面向：

上编：基于古代传记创作理论发展，聚焦于传记文本"体与用"的纷争。

第一章：文史之争。在清代考据学的热潮中，史学家对人物传记"求真"的呼声越来越高，钱大昕提倡"据事直书"的作传手法，章学诚中极力痛陈古文家传记的弊端。以方苞为代表的桐城派提出"义法说"，强调"常事不书"之手法与《春秋》经之关系，意在为文人传记传统创作提供理论支撑。

第二章：骈散之争。"骈散之争"事实上是"文史之争"的一种延续，随着清代文章辨体意识的加强，通过对"史传"与"碑铭"文章辨体，"惩恶扬善"的史家与"隐恶扬善"的文学家寻找到了各自的边界与理论依据。

中编：针对学人传记内容、编撰体例等变化，探讨因果律决定下的学术史与真实的学人个体自我认同、社会认同、时代风潮之间的间隙。

第三章：角色之争。美国著名社会学家戈夫曼提出"角色距离"（role distance）的理路。该理论指人们扮演的角色和内心之间的分歧、外在角色和内在看法有一定距离。本章所选取的孙奇逢、贾田祖、方苞、江永，在清代不同学术系统中，呈现出不同"角色"，耐人寻味。

第四章：统绪之争。学案体依照宋明理学宗旨、宗派属性，为理学家量体裁衣定制了独特编纂体例。随着清代汉学家宗尚的愈发明晰，我们看到以接续汉儒统绪，强调"以经传经"、注重家法、师法的新型汉学家传记范式逐渐成熟。"批量裁剪"汉学家传记，成功构建属于经学家独有的统绪、具有识别度的学术指征，这是清代朴学与清代考据学家定格在历史、深入人心的重要步骤。

下编：**在不断变革的时代与思潮背景下，探讨传记在新旧文化中的"变"与"不变"。**科举制度废除、旧式私塾、书院的停办，传统学术之争的阵地由传统书院、幕府转向新式学堂、现代大学，伴随着源源不断传入的西方学术，"西学东渐后"的传记之争既是传统之争的延续，又是中西文化碰撞的产物。

第五章：古今之争。从乾嘉汉学考据到梁启超、胡适高谈实证主义、科学主义的间隙，透过道咸年间再次涌现的学案创作热潮，我们看到唐鉴《学案小识》、钱穆《清儒学案》、刘师培《近儒学案》三部学案，以学案之体重新续接理学学术传统的意图，以及学案体例传记兼容经学家时的违和。新旧交融之际，如果只顾及"发展"、"进化"思潮下求新的一面，难免会忽视学人学术这一历史时刻追求"一复往昔"的旨趣及意义。

第六章："传记文学"与"传记史学"之争。胡适的史学观念受西方史学分科影响，对传记史学价值并不甚看重，转而提倡其文学性；梁启超虽然同样提倡"新史学"，也接触西方传记作品，但他对人物传记的看法，实质仍是旧史学的影子。在"中国历史研究法"教学中，我们可以看到梁启超由否定"人物本位"的史学传统，转向"同情之理解"，最终肯定纪传传统对记录"历史人格"、"历史精神"的价值的转变过程。

第七章："章节体"与"学案体"之争。梁启超与钱穆同名著作《中国近三百年学术史》之争，是现代史学以"因果联系"为主旨的"章节体"与传统史学以"保存人物"为要义的"学案体"在历史上的碰撞。梁启超以章节体著述《中国近三百年学术史》，力图呈现清代学术走向现代的方向。钱穆则以学案体著述同名学术史，指出清代学术的每况愈下。钱穆以学案体著述《中国近三百年学术史》，正欲以"人物"为中心，以"宋学精神"为完整人格、完美学术的参照对象，为清代乃至民国的学人、学术把脉问诊，"因病立方"。

传统传记书写本身就是一种极具"仪式感"的社会活动，其形式、内容的背后均隐藏着特定的历史语境。以西方传记理论为基础的"新传记"研究在探究中国历史语境方面的无力，是不难想象的。本书以"传记之争"切入，关键点就在于厘清两种新旧传记传统之间的起承转合，其难点也在于对"传统传记"与"新传记"的各自体性、问题意识及发展脉络的全面把握，但相信这一"振叶以寻根，观澜而索源"的过程，或许会是一次积极有意义的冒险，可以让我们更多地从传记文本以外，窥见"传记书写"、"历史原貌"、"历史精神"之间隐秘的联系。

第一章　文史之争：文人传统与史官家法

随着西方现代大学"文史哲"分科架构以及"纯文学"概念的引入与传播，加剧了现代人对"经史子集"罅隙的敏感，"四部"分类由一种用于解决存世书籍文章收纳整理之法，转而成为士人选择"以学术为志业"时的方向指南。但是，现代学科中"文"与"史"的学科分界，并不完全适用于"西学东渐"以前，就"文"的概念而言，若从古人"文集"编撰的文学观来看，历代别集通常于经论、史论、策论、诗文、尺牍兼容并包，无不收录，传记更是古人文集重要组成部分①，然而对传记的讨论，往往又不自觉地陷入史学传统、史学范式的纠葛，对"文史之争"的讨论，或应首辨各自源流之所出。

本书认为，先秦辞令传记、汉魏碑铭、唐宋八大家碑志，实则都凭文人才气所驱，主颂德述哀之文。自"君子九能"，"丧祭能诔"之后，后世文人作传记文，既是一种普遍的社会活动，又颇受来自"史德"的压力，自汉代以来，不居史职的"文人作传"几乎成为"应酬之作"的同义词，一代碑铭之祖蔡邕，一句"吾为碑铭多矣，皆有惭德，唯郭有道无愧色耳"②，因言获罪，几乎被否定其碑铭文全部价值及意义，这是研究中国传记传统必须重新审视的问题。

明清以来，关于文人碑铭传记与史学家史传的论争从未休止过，这为我们重新认识中国传记传统提供了极多元的视角。清代，前有顾炎武《日知录》的《志状不可妄作》，后有章学诚《文史通义》的《古文十弊》，纷纷对"文人传记"加以批判，钱大昕等人所提倡的"据事直书"成为清代传记书写新风尚。所幸，"文人传记"传统并非就此而颓败，方苞以"义法说"重申传记"常事不书"传统，这是中国古代传记两大源流在古典时代的最后一次对决。

---

① 何诗海《古书凡例与文学批评——以明清集部著作作为考察中心》，中华书局 2023 年版，第 20—28 页。

② 范晔《后汉书》卷六十八《郭符许列传》，中华书局 1965 年版，第 2227 页。

第一节　"常事不书"：从先秦辞令
传记到文人碑铭传记

碑、传是中国古代人物传记中最重要的两种文体，"碑"、"传"二体却在历史上时分时合。钱仲联释碑传："曰碑传，合金石文字与非金石文字而言，其文体则均为传记文，犹正史之列传也。"①视碑传均为"正史之列传"，是从两者史料价值出发所得结论。但若从文体源流来看，《诔碑》《史传》分属于《文心雕龙》"文"、"笔"两部，又可谓渊源有自。本书认为，史传是史学家一直遵循的文体范式，碑铭则与先秦辞令传记一脉相承，属于文人传记范畴。在围绕传记书写的文史之争中，碑铭与史传文体源流、文体特征、文学风格差异逐渐彰显。

碑铭人物传记主要有墓志（铭）、墓表、神道碑等几种形式②。碑铭传记与史传关联紧密。《文心雕龙·诔碑》曰："夫属碑之体，资乎史才。其序则传，其文则铭，标序盛德，必见清风之华，昭纪鸿懿，必见峻伟之烈，此碑之制也。"③"资乎史才"说明碑铭写作与史传一样，需要史学家之别识心裁，"其序则传"则说明碑铭叙事与史传叙事之间的契合。纵有上述联系，碑铭之所以能发展成一种独立的文体，也有别于史传之处。《诔碑》篇所说"标序盛德"、"昭纪鸿懿"是碑铭产生的原因，"必见清风之华"、"必见峻伟之烈"是碑铭的创作宗旨，这与史家"惩恶扬善"的目的以及寓含褒贬的"春秋笔法"有很大不同。碑铭文自有其独特的传统与特质。

一、"自庙徂坟"、"由骈入散"的碑铭传记

大致而言，若我们将先秦辞令传记、以汉魏碑铭为代表的骈体传记、古

---

① 钱仲联《广清碑传集前言》，《广清碑传集》，苏州大学出版社 1999 年版，第 1 页。
② 明代吴讷《文章辨体序说》于碑铭分类更为详细具体，惜乎未说明诸体之间的变迁，兹录于下：
　（神道碑）：《事祖广记》曰：古者葬有丰碑以窆。秦、汉以来，死有功业，则刻于上，稍改用石。晋、宋间，始称神道碑，盖地理家以东南为神道，碑立其地而名之耳。
　墓碣：近世五品以下所用，文与碑同。
　墓表：则有官无官皆可，其辞则叙学行德履。
　墓志：则直述世系、岁月、名字、爵里，用防陵谷迁改。
　埋铭、墓记，则墓志异名。（《文章辨体序说》，王水照编《历代文话》第二册，复旦大学出版社 2007 年版，第 1632—1633 页。）
③ 刘勰著，范文澜注《文心雕龙注》，第 214 页。

文运动后韩、柳变革文体所成的散体碑志，一并视作文人传记传统来加以考察，可更清晰地辨析这类文体的源流、体性与功用。

首先，秦汉之间，碑铭传记有"自庙徂坟"的过程。刘勰《文心雕龙》论"碑"："宗庙有碑，树之两楹，事止丽牲，未勒勋绩，而庸器渐缺，故后代用碑，以石代金，同乎不朽，自庙徂坟，犹封墓也。"①前人对"自庙徂坟"的解读重点，往往放在"碑铭"、"墓志"与墓葬文化变迁的进程中，忽略了作为祖先祭祀场所的"宗庙"与"先秦辞令"之间的关联。但先秦以前无刻石，碑志滥觞于秦汉，完备于晋宋，对于如何由"宗庙之碑"发展为墓志，先行研究至今仍疑窦丛生，难以自洽。诚如本书绪论所论，若从宗庙祖先祭祀角度，将刘勰所指的"自庙徂坟"，视作先秦祖先祭祀由"口诵文学"、"仪式文学"到汉魏"书于竹帛"、"刻镂金石"的历程，"先秦辞令传记"与"碑铭传记"之间的隐秘联系，亦可窥得一二。

追本溯源，碑文"颂"之体性与古之"君子"居庙堂、行祭祀时的"辞令"、"言说"或为同源，这在不同角度的史料中可觅得踪迹：

（一）就宗庙祭祀而言，有"庙祝之史"，钱穆曾指出旧时"王官学"中存在"档案之史"与"庙祝之史"两种不同的"六经皆史"："章氏（章学诚）所谓'史'，即政府中掌管档案文卷者，如《周官》中之五史皆是，与最先庙祝之史不同。"②司马迁《报任少卿书》亦曾感叹："文史星历，近乎卜祝之间，主上以倡优畜之。"③可见早期掌于宗庙之史，与后世史家传统有别。

（二）这种以"颂赞"为叙事动机，施用于祖先祭祀仪式的口诵文学，书于竹帛后，即成为"文章"。《诗经》三《颂》是先秦宗庙祭祖诗之留存，郑玄释《诗经·周颂·清庙》之"庙"："庙之言貌也，死者精神不可得而见，但以生时之居，立宫室象貌为之耳。"作《清庙》之旨，乃为"天德清明，文王象焉，故祭之而歌此诗也"④。三《颂》之文，固然是后世骈文传记之典范，但本质仍是宗庙祭祀传唱之如实记录，并非为有意之文书。

（三）汉代以降，书于竹帛、刻镂金石之文渐行于世，有意为文之热忱愈发高涨，《文心雕龙》中的骈体传记呈现出一种趋同的倾向，以"文类"而观⑤，黄侃《文心雕龙札记·颂赞篇》认为诸骈体传记可归入"颂"体："或变

---

① 刘勰著，范文澜注《文心雕龙注》，第 215 页。
② 钱穆《国史大纲》，第 100 页。
③ 司马迁《报任少卿书》，萧统编，李善注《文选》第五册，上海古籍出版社 1985 年版，第 1860 页。
④ 《毛诗传笺》，第 451 页。
⑤ 《文心雕龙》中文类思想，可参看胡大雷《〈文心雕龙〉文体谱系论》，《中北大学学报》2018 年第 3 期，第 1—6 页。

其名而实同颂体,则有若赞,有若祭文,有若铭,有若箴,有若诔,有若碑文,有若封禅,其实皆与颂相类似。"①这类文体均如《文心雕龙·诔碑篇》所谓"标序盛德,必见清风之华,昭纪鸿懿,必见峻伟之烈"②,骈体、颂赞的属性成为这类文体一贯共同之特征。

(四)"自庙徂坟"关涉东汉明帝以降从"庙祭"到"墓祭"之转变。汉以前有"古不祭墓"之传统,祖先祭祀活动多在宗庙(祠堂)中完成,汉明帝行"上陵之礼",墓祭逐渐盛行③,"碑铭"等石刻载体的传记,也随祭祀场所转变,产生、发展、逐渐定型。

纵观碑铭文体发展的历程,魏晋南北朝和唐宋是至为重要的两个阶段,前一时期,由于骈体文学的发展,碑铭抒情性、文学性大为增强,后一时期,由于古文运动的努力,碑铭实现了从骈体到散体的转变,确立了碑铭的现代典范。碑铭屡因谀美不实之辞而饱受非议,历朝历代文学之士却依然所乐意为之,由此可见碑铭巨大的生命力。

古文运动的实绩之一,便是碑铭的古文革新,章学诚认为韩愈的功劳当居首位:

> 韩、柳诸公,始一变而纯用情真叙述之体,隐与史传相为出入。是则铭志之体,原属华辞,似微哀讠几一路相沿。至韩、柳诸公推陷廓清,反属变体。盖从古来无此者。然变而得善,则人乐从之,故欧、曾以下,奉为不祧之宗。而文集之中,遂为一大门类,与传记相出入矣。④

以脱胎换骨来形容碑铭由骈体到散体的转变恐怕并不为过,"以史传叙事之法志于前"、"纯用情真叙述之体"均是韩愈对骈体碑铭文改革的切入点。他的改革得到了后人一致的认同,元代潘昂霄《金石例》以韩文碑铭为正宗,清代黄宗羲《金石要例》沿承潘说。方苞《古文约选》、姚鼐《古文辞类纂》均以韩文为宗,足见韩愈碑铭文影响。台湾学者台静农《论碑传文及传奇文》一文中称:"试看宋元明清四代的散文家文集,其中的碑铭文,有几人

---

① 黄侃撰《文心雕龙札记》,上海古籍出版社 2000 年版,第 72 页。
② 刘勰著,范文澜注《文心雕龙注》,第 214 页。
③ 上陵礼与"古不祭墓"思想,可参看杨宽《中国古代陵寝制度史研究》四《陵寝制度的确立(东汉)》,上海人民出版社 2016 年版,第 36—42 页。
④ 章学诚《与朱少白书》,章学诚著,仓良修编注《文史通义新编新注》,浙江古籍出版社 2005 年版,第 786 页。

能不向昌黎集中讨些生活。"①此说即是。

以韩、柳碑铭文为正宗，我们再去翻检唐宋以来的碑铭传记，就会发现一个很有意思的现象：在韩愈、柳宗元所作短小精练的碑铭文之外，尚有大量篇幅巨大、体式与史传文相似的碑铭文存在，如唐宋八大家之一的苏轼，就常作此体碑传文，朱熹曾品评几位古文家之碑铭：

> 韩千变万化，无心变；欧有心变。《杜祁公墓志》说一件未了，又说一件。韩《董晋行状》尚稍长，权德舆作宰相神道碑，只一板许，欧苏便长了，苏体只是一类。②

史传文的篇幅往往比较大，而传统碑铭文皆崇尚简洁，苏轼所作类似长篇史传的碑铭不被列为碑铭正宗，足见碑铭传统特质的根深蒂固。

就文体而言，无论是骈体碑铭还是古文碑铭，都秉承了碑体"体尚严重，镕经铸史，乃克堂皇"的范式③，延续碑体歌功颂德的功能。又因墓志等常寄之以哀思，多感伤之词，后人有用"悲"训"碑"："碑，悲也，所以悲往事。今人墓隧宫室之事，通谓之碑矣。"④"悲往事"又继之"纪功颂德"成为碑铭又一重要特征。此外，由于载体尺幅所限，碑铭尚简洁，其传人"只书其学行大节，小善寸长，则皆弗录"⑤。这些要求均成为碑铭的重要特征。

二、与史传若即若离的碑铭文

海登·怀特认为：历史学家能够把表现和解释历史领域的概念工具用于历史领域之前，他必须先预构历史领域，即将它构想成一个精神感知客体，这种预构被称为"诗性预构"。历史学家以某一种主导性的比喻预构了他所要研究的历史领域，这种预构行为决定了他所选取的叙事策略，使得历史学家必然是从特定的视角来思考和表现他所研究的对象⑥。

回到"碑铭"和"史传"的区别上来。"碑铭"和"史传"看似大同小异的结构和叙事，但二者起源、宗旨均存在着很大的差异。与史传相比，"碑体"

---

① 台静农《论碑传文及传奇文》，《龙坡论学集》，辽宁教育出版社 2000 年版，第 53 页。
② 黎靖德编《朱子语类》卷一百三十九，中华书局 1986 年版，第 3306 页。
③ 刘师培《汉魏六朝专家文研究》，《中国中古文学史讲义》，上海古籍出版社 2000 年版，第 126 页。
④ 世人多谓该说出自《初学记》，然通检全书并无此句，当另有出处。
⑤ 吴讷《文章辨体序说》，《历代文话》，第 1633 页。
⑥ 海登·怀特著，陈新译《元史学：十九世纪欧洲的历史想象》，译林出版社 2004 年版，第 39—40 页。

的"诗性的预构"更近于是宗族或私人群体基于慎终追远的目的,围绕祭祀、葬礼等仪式缅怀逝者。这与史官史传基于族群乃至人类之最大利益,以最高之道德标准与行为准则对历史人物加以褒贬,为万世立法,属于不同场合的书写表达活动。刘师培《汉魏六朝专家文研究》论曰:

> 碑铭叙事与纪传殊,若以《后汉书》杨秉、杨赐、郭泰、陈实等本传与蔡中郎所作碑铭相较,则传实碑虚,作法迥异。于此可悟作碑与修史不同。①

"传实碑虚"是"碑铭"与"史传"差异的外在表现,钱穆指出:"碑志既缚于题材,碍于情面,又限于文体。盖碑文当勒之金石,体尚谨严,文须韵藻,并不与其他散文同其渊源,亦复与史传性质有别。"②更是点出了碑铭与史传不同之原因。一直以来,碑铭沿着自己"纪功德"、"悲往事"的体式向前发展,韩愈等古文家对骈体碑铭的突破,也未曾越过这一层藩篱。他们的革新,主要是从融合抒情和议论、增加叙事性两个方面展开:

首先,融合抒情和议论。方苞对韩愈、柳宗元碑铭概括曰:"盖志铭宜实征事迹,或事迹无可征,乃叙述久故交亲,而出之以感慨,《马志》是也。或别生议论,可兴可观,《柳志》是也。"③"叙述久故交情"、"别生议论"这都是古文家开创的碑铭写作新手法。以议论融入碑铭,与碑石最初"言劳、言禁、言信、言要害"之功相契合④,不失碑体本身之特性。写作碑铭者,往往是有声望之士,叙述交情则可提升墓主之地位,与碑铭颂功的特性又吻合。加之碑铭字数的限制,字数不可多,也不可少,所以用"议论"、"述故交"来平衡篇幅,这也是对碑铭一种合理的完善。

其次,增加叙事性。这有两种做法,一种是引入小说家的写法,如叙述奇闻逸事以增加文章生动性;另一种则直接以史传叙事。章学诚所说"韩、柳、欧阳恶其芜秽,而以史传叙事之法志于前,简括其辞以为韵语点缀于后"即是如此⑤。这两种做法,前者增加的是"虚"的内容,于碑铭有益无害,后一种尽管对碑铭极为重要,但过度的使用会使碑铭宛若史传,从而失去碑铭

---

① 刘师培《汉魏六朝专家文研究》,《中国中古文学史讲义》,第 123 页。
② 钱穆《杂论唐代古文运动》,《中国学术思想史论丛》卷四,第 44 页。
③ 方苞《古文约选序例》,方苞著,刘季高点校《方苞集》,上海古籍出版社 2008 年版,第 615 页。
④ 龚自珍《说刻石》,龚自珍著,王佩净校《龚自珍全集》,上海古籍出版社 1975 年版,第 264 页。
⑤ 章学诚《墓志辨例》,《文史通义新编新注》,第 490 页。

本身的特性，因此使用的分寸需要极为小心谨慎。

创作者依据社会需要，选择文体时，"碑铭"和"史传"文体是两种"竞争的解释策略"，选取哪一种，完全由作者倾向审美的颂扬还是惩恶扬善的道德价值判断来决定。这两种解释策略在韩愈以前并不矛盾，因为他们属于不同的文体，一个是骈体，一个是散体，他们背后又有着不同的"诗性预构"。就碑铭而言，这种"诗性预构"的构成，正如前文所引钱穆论述碑铭所述，包括了"缚于题材"、"碍于情面"、"限于文体"、"体尚谨严"、"文须韵藻"等因素，这些因素构成了碑铭独特的伦理观、价值观。"碑铭"的写作引入了史家的技法作为其叙事的部分，但归根结底，整个碑铭创作的"意识形态蕴含式解释"所指向的还是碑铭本身所具有的那套伦理观、价值观。

对于碑铭而言，"史传"叙事策略是一个强大的竞争对手，骈体文式的打破，史家的叙事手法与史家的价值观之间天然的"选择性亲和"性，极易将碑铭引入史传的价值体系之中，从而以史传的价值判断标准来影响碑铭写作。这样一来，先秦辞令传记以来，主"颂扬"的碑铭传统便岌岌可危。

苏轼撰《司马温公神道碑》，由于篇幅过长而被明代茅坤讥为不懂史法：

> 欧阳公碑文正公，仅于四百言，而公之生平已尽；苏长公状司马温公，几万言而上，似犹有余旨。盖欧得史迁之法髓，故于叙事处裁节有法，字不能繁而体已完。苏则所长在策论纵横，于史家学或短，此两公互有短长，不可不知。①

茅坤赞赏欧阳修深悟春秋笔法，"于叙事处裁节有法，字不能繁而体已完"，而"深于策论纵横"的苏轼，其碑铭却颇似史传之"传实"，却不为后世所接受。出现这样的评价差异，在于茅坤评判碑铭优劣的标准，苏轼这种"史传化"的碑铭不被后世所看重，或正因为其丧失了碑铭的传统特征。欧阳修的碑铭，虽借用"史家笔法"，却保留碑铭的特性。后世常常拘泥于史学家讥讽文学之士不能深谙史学，实质上文学之士的史观与史学家史观并不一致，这两种不同的史观对应着他们各自关注的命题，各自的旨趣。史传文是要"据事直书"、"臧否人物"，碑铭文则是"崇纪功德"、"常事不书"，二者一旦相混，"文史之争"亦不可避免。

① 引自吴孟复、蒋立甫主编《古文辞类纂评注》，安徽教育出版社1995年版，第1236页。

第二节　"据事直书"：史家家法和清代传记新风

回到史传体的定义。《史》《汉》无疑是孕育史传体传记的摇篮。尽管古文家碑铭传记也常从《史》《汉》中汲取营养，但碑铭传记从《史》《汉》中获取的是文章结构、章法，而史传体传记则是史学家秉承传统史官惩恶扬善、存一人之信史的史学传统下，进行的传记文创作。

从编年史学到纪传体再到人物传记，是一步步转折发展的历程。刘知幾《史通》论纪传："夫纪传之兴，肇于《史》《汉》。盖纪者，编年也；传者，列事也。编年者，历帝王之岁月，犹《春秋》之经；列事者，录人臣之行状，犹《春秋》之传。《春秋》则传以解经，《史》《汉》则传以释纪。"①以"经传"关系来解释，朱东润先生指出，尽管常被冠以"某某"列传，但是列传在史书体例中担当着为本纪作传的作用，其目的是配合本纪，记载更丰富翔实一朝史事，其最初目的并非为了传写人物，所以朱东润认为纪传并不能算是真正的传记文学②。直至后汉把本纪与列传分开，应劭作《中汉辑序》，"这便是独立的传记文学，与官家底史书无涉"③。

摆脱"帝王一家之史"的束缚后，史官史学传统下的传记也在不断拓展其边界：一是别传，别传因不再肩负记录国史的重任，更加专注于个人性情、生活细节的描述；二是郡书、家传等传记资料，使得传记生成、保存形式愈发多元。

尤应注意的是，经历了两汉、魏晋萌芽、发展后，隋唐两朝禁止私家修史，文人不再担当史职，这对随后传记的创作产生了不小的影响：史传修纂集中于官方，民间传记多以碑铭文为主，家集编纂则日趋兴盛。也就是说，民间传记传统多为文人传记传统所占据。

但史传体在清代的兴盛，绝不是偶然，明季史学粗疏，刺激了史学家们对求真求实的渴求：

---

① 刘知幾《列传》，刘知幾撰，浦起龙通释《史通》，世纪出版集团 上海古籍出版社 2008 年版，第 35 页。
② 朱东润："为什么司马迁不把传主底全面放在传内呢？这里我们当然可以用互见之例去解释，指出作者示褒贬、明忌讳底用意，但是主要的原因，却在司马迁作传的时候，只把每篇列传作为本纪、书、表、世家底训释，并没有认定每篇有什么独立的意义。"朱东润《八代传叙文学述论》，第 23 页。
③ 朱东润《八代传叙文学述论》，第 53 页。

　　先朝之史,皆天子之大臣与侍从之官承命为之,而世莫得见。其藏书之所,曰皇史宬。每一帝崩,修实录,则请前一朝之书出之,以相对勘,非是莫得见者。人间所传止有太祖实录。国初人朴厚,不敢言朝廷事,而史学因以废失。正德以后,始有纂为一书附于野史者,大抵草泽之所闻,与事实绝远,而反行于世。世之不见实录者从而信之。万历中,天子荡荡无讳,于是实录稍稍传写流布。至于光宗而后十六朝之事具全。然其卷帙重大,非士大夫累数千金之家不能购,以是野史日盛,而谬悠之谈遍海内。①

　　明季史学荒废,野史肆行,这或许是促使明清之际一大批学者从事考史的原因。在这种考史的热潮中,对人物传记求真的呼声也越来越高。顾炎武在《日知录》"志状不可妄作"中指出：

　　志状在文章家为史之流,上之史官,传之后人,为史之本。史以记事,亦以载言,故不读其人一生所著之文,不可以作。其人生而在公卿大臣之位者,不悉一朝之大事,不可以作……今之人未通乎此,而妄为人作志。史家又不考而承用之,是以抵牾不合。子曰："盖有不知而作之者",其谓是与?②

　　顾炎武对志状的创作态度提出了要求,他认为对志状的写作应该建立在对传主生平以及生活时代背景全面了解之上。由于志状妄作的积弊由来已久,所以史家需要对志状进行翔实的考辨③。

　　史学家以"惩恶扬善"的宗旨,发展出一套"求实"史学批评方法论。杜维运《王夫之与中国史学》一文中,就盛赞王夫之史论"集中于批评史事之真伪,举凡夸诞、附会、溢美、溢恶、掩饰之处,皆曲了揭示之,以使真相呈露"④。王鸣盛等人也同样流露出"求实"的态度：

---

① 顾炎武《书吴潘二子事》,《亭林诗文集》文集卷五,《四部丛刊》本。
② 顾炎武《志状不可妄作》,顾炎武著,黄汝成集释《日知录集释》,上海古籍出版社2006年版,第1107—1108页。
③ 《日知录》又有"文章繁简"条："刘器之曰:《新唐书》叙事好简略其辞,故其事多郁而不明,此作史之病也。且文章岂有繁简邪? 昔人之论,谓'如风行水上,自然成文'。若不出于自然,而有意于繁简,则失之矣。当日《进新唐书表》云:'其事则增于前,其文则省于旧。'《新唐书》所以不及古人者,其病正在此两句。""文章繁简"是文学家与史学家在传记创作中争论的一个焦点,从顾炎武此论亦可见史学风气开始影响志状创作。
④ 杜维运《王夫之与中国史学》,《清代史学与史家》,中华书局1988年版,第80页。

大抵史家所记典制有得有失,读史者不必横生意见,驰骋议论,以明法戒也。但当考其典制之实,俾数千百年建置沿革了如指掌,而或宜法,或宜戒,待人之自择焉可矣。其事迹则有美有恶,读史者亦不必强立文法,擅加与夺,以为褒贬也……议论褒贬犹恐未当,况其考之未确者哉!盖学问之道,求于虚不如求于实,议论褒贬皆虚文耳。作史者之所记录,读史者之所考核,总期于能得其实焉而已矣,外此又何多求邪?①

这种"求实"的主张,在同时期钱大昕等人身上也可以看出:"史家以不虚美不隐恶为良,美恶不揜,各从其实。"②重视事实、不虚美、不隐恶的史学态度,正是钱大昕等人提出"据事直书"理论的来源,这种思潮在明末清初酝酿,随考据学的发展而成熟,并逐渐影响到传记创作。

以全祖望碑铭为例,《明故权兵部尚书兼翰林院侍讲学士鄞张公神道碑铭》云:"考公集中诸事迹,合之野史所纪,并得之先族母(张公之女,归全氏族祖穆翁为子妇)之所传者,别为碑铭一篇。"③可见传记重考核的倾向。《姚蕙田圹志铭》云:"蕙田之操行,其视敬所为更醇。敬所死,予铭其墓,不讳其生平疵颣,蕙田垂泪读之,已而相向嗷然以哭,至失声。长兴令鲍辛浦在座,亦汍澜而起。"④这又可看出史家"惩恶扬善"的史识已经开始影响碑铭"隐恶扬善"的传统。

乾嘉学术的兴起,钱大昕、王鸣盛等人对史传的考证,章学诚对方志人物传记编纂的探索,均促进了史传文趋于严实缜密,源自《春秋》的"据事直书,其义自见"思想为当时学者所看重。

第三节 章学诚传记理论与方志编纂的关系⑤

考史派促使清代传记创作由重碑铭向史传偏重的同时,大量地方志的

---

① 王鸣盛《十七史商榷序》,王鸣盛著,陈文和等点校《十七史商榷》,凤凰出版社 2008 年版,第 1 页。
② 钱大昕《史记志疑序》,钱大昕著,吕友仁点校《潜研堂集》,上海古籍出版社 2009 年版,第 396—397 页。
③ 全祖望著,朱铸禹汇校集注《全祖望集汇校集注》,上海古籍出版社 2000 年版,第 197—198 页。
④ 同上,第 359 页。
⑤ 本节曾以《章学诚的传记思想与方志理论的关系》为题,发表于《中国地方志》2010 年第 10 期,书稿有删改。

编纂也促进了史传文体的发展。一些优秀的方志家，如章学诚，在方志编纂过程中，加深了对人物传记的理解，不仅对古文家传记进行了更深刻的批判，而且对传记创作、保存等多方面提出了独到的见解。

清代地方志的发达源于《大清一统志》的编撰。该书的修纂，经历了康熙、雍正、乾隆、嘉庆、道光五朝前后150多年，撰成康熙《大清一统志》、乾隆《钦定大清一统志》和嘉庆《重修大清一统志》三部巨著。《大清一统志》的编修是一个自下而上的、庞大的文化工程，"首先由州府县志汇编为直省通志，再由各直省通志汇为《一统志》，自下而上，逐级成书"①，为配合《大清一统志》的修纂，各州县也逐渐形成了地方志六十年一修的传统，现存清代的众多方志，正是这项文化工程下的产物。

从地方志的发展史来说，地方志成形于宋代，《一统志》创例于元代，但地方志的真正兴盛还是在清代。据仓修良《方志学通论》统计，流传至今的方志，宋代33部、元代11部、明代992部、清代5701部②。方志数量的激增，无法掩饰当时方志家们所面临的困境，"前志难觅"乃众多方志编撰者不约而同之感叹，但由于缺少传统约束，加之官方的重视，众多学者的鼎力加盟、相互砥砺，清代方志学的理论得到了长足的进步。在章学诚看来，"人物"是方志中最重要的内容，方志人物传在史料来源上当博采众长，在传记笔法上当据事直书、详细具体，将史家的征实传统与文学的"情性"相结合，从而纠正传记由史传入文集后产生的种种弊端。

一、方志之定位："方志乃古国史"

方志体例的发展，有着从"地志"到"人物志"的转变历程。由于元、明两代《一统志》的撰修并未形成固定统一的体例与规范，这使得继踵其后的《大清一统志》的编撰也举步维艰，从上到下，众家各执一词，难以定夺。就官方来看，康熙帝认为《一统志》与《实录》《会典》相似，"不过誊录，并非撰文"，令馆阁限期完成③，但此后雍正帝又认为《一统志》"登载一代名宦人物，较之山川风土，尤为紧要"④，更重"人物"。即便后来官方意见趋于统一，具体负责修纂各州县地方志的学者在认识上仍有分歧：以戴震、章学诚

---

① 牛润珍、张慧《〈大清一统志〉纂修考述》，《清史研究》2008年第1期，第136—148页。
② 仓修良《方志学通论》，齐鲁书社1990年版，第372—373页。
③ 中国第一历史档案馆整理《康熙起居注》，康熙二十四年十二月初四日条，中华书局1984年版，第1408页。
④ 《大清世宗宪（雍正）皇帝实录》卷七十五，雍正六年十一月甲戌条，台湾华文书局1964年版，第1154页。

为例,二者修志于乾隆朝,戴震认为方志以"悉心地理沿革为要",章学诚则认为方志"有如古国史",应以"收罗一方文献"为重①。二者孰是孰非不在本节讨论范围之内,但正是这些论辩,促使章学诚的方志学理论更加细致完备,而章学诚也正是沿着"方志乃古国史"、"人物尤属紧要"的思路从事方志编纂。

对于其理论的根据,章学诚有详细的论述:

> 且有天下之史,有一国之史,有一家之史,有一人之史。传状志述,一人之史也;家乘谱牒,一家之史也;部府县志,一国之史也;综纪一朝,天下之史也。比人而后有家,比家而后有国,比国而后有天下。唯分者极其详,然后合者能择善而无憾也。②

"天下之史"即《史记》《汉书》类正史,"一国之史",即地方州县志,"一家之史"、"一人之史"分别指家谱与个人文集著作。在此之中,方志承上启下,尤为受章学诚重视。他将方志视为诸侯国史书,如晋国之《乘》、楚国之《梼杌》。正如三代诸侯之史书,由外史掌管,与天子史书相辅相成,州县志书,"下为谱牒传志持平,上为部府征信,实朝史之要删也"③,地方史可谓是承接个体、家族史与"天下之史"之间重要枢纽。

章学诚理想的史书保存体系,当是家有家谱、州县有志,州县志取之家谱,国史取之州县志,自下而上,逐级递传,最终统一汇成"天下之史"。国史越过地方志,径直取自家谱,有诸多不利:

> 或曰:自有方志以来,未闻国史取以为凭也。今言国史取裁于方志何也? 曰:方志久失其传。今之所谓方志,非方志也。其古雅者,文人游戏,小记短书,清言丛说而已耳。其鄙俚者,文移案牍,江湖游乞,随俗应酬而已耳。搢(缙)绅先生每难言之。国史不得已,而下取于家谱志状,文集记述,所谓礼失求诸野也。然而私门撰著,恐有失实,无方志以为之持证,故不胜其考核之劳,且误信之弊,正恐不免也。盖方志亡而国史之受病也久矣。方志既不为国史所凭,则虚设而不得其用,所

---

① 章学诚《记与戴东原论修志》,章学诚著,叶瑛校注《文史通义校注》,中华书局 1985 年版,第 869—870 页。

② 章学诚《州县请立志科议》,《文史通义校注》,第 588 页。

③ 同上。

谓觚不觚也，方志乎哉。①

"搢（缙）绅先生每难言之"，语自《史记·五帝本纪》："百家言黄帝，其文不雅驯，荐绅先生难言之。"②司马迁所排斥，乃是"来自阴阳家、术数家的所谓《谍记》《历谍谱》《终始五德》之传"③。章学诚论及方志因为粗疏荒陋而不能为国史所采信，深有同感，屡用该语以表惋叹。国史取之家传，其弊端主要有二：一是家传往往隐恶扬善，失之诒谀："私门撰述，恐有所失"，"谱系之法，不掌于官，则家自为书，人自为说，子孙或过誉其祖父，是非或多颇谬于国史。其不孝者流，或谬托贤哲，或私鬻宗谱，以伪乱真，悠谬恍惚，不可胜言。……则有谱之弊，不如无谱"④。二是散落于家中的家谱，较之方志，更容易散失："谱牒之书，藏之于家，易于散乱；尽入国史，又惧繁多，是则方州之志，考定成编，可以领诸家之总，而备国史之要删，亦载笔之不可不知所务者也。"⑤

方志在国史编撰体系中，负责地方文献的保存、征信，本应占据重要的地位，但由于世人对方志的轻视与误解，致使方志作为文献征信的重要一环而缺失，国史不得不取之家乘，"不胜考核之劳"，即便如此，"误信之弊"仍然不可避免。

二、方志之筋骨："人物尤属紧要"

章学诚总结了方志的重要性，并指出了国史取之家传而不征信于地方志的弊端。在方志中，"人物"最为章学诚所为关注，因为：

国史取材邑志，人物尤属紧要。盖典章法令，国有会典，官有案牍，其事由上而下，故天下通同，即或偶有遗脱，不患无从考证。至于人物一流，自非位望通显，太常议谥，史臣立传，则姓名无由达乎京师。其幽独之士，贞淑之女，幸邀旌奖，按厥档册，直不啻花名卯册耳。必待下诏纂修，开馆投牒，然后得核。故其事由下而上，邑志不详备，而日后何由而证也？⑥

---

① 章学诚《方志立三书议》，《文史通义校注》，第573—574页。
② 司马迁《史记》，中华书局1982年版，第46页。
③ 徐师兴无《谶纬文献与汉代文化构建》，中华书局2003年版，第163页。
④ 章学诚《和州志氏族表序例中》，《文史通义校注》，第627页。
⑤ 同上，第621页。
⑥ 章学诚《答甄秀才论修志第二书》，《文史通义校注》，第826—827页。

从保存史料的角度来说,典章法令都有官方记载,而人物除了位望通显之士以外,往往很难载入史册。"人物"是方志中最重要的内容,本来方志以地理志等内容为主,与人物、家传相涉并不多,但章学诚力主方志"人物尤属紧要",如何吸纳、如何取舍家传成为方志编纂的难点。

历来方志以"考地理沿革"为务,人物传记并不为编者所重视,往往篇幅短小,内容空泛,不足为国史采择。相比之下,家传作为国史采编来源,却由来已久,据姚振宗《隋书经籍志考证》所述,家传为国史采信,在南朝国史中,已屡见不鲜。为配合国史编撰,家传亦逐步发展形成了一整套完备的董理文献的体式,一般家传中,均收录传者行状、史书与文集中传记、言行录、奏札、书信、诗文、所受恩赐、墓志等,这些材料正为人物传记所必需①。为弥补方志人物资料收集方面的缺憾,章学诚提出了"为方志立三书":

> 凡欲经纪一方之文献,必立三家之学,而始可以通古人之遗意也。仿纪传正史之体而作志,仿律令典例之体而作掌故,仿《文选》《文苑》之体而作文征。三书相辅而行,阙一不可;合二为一,尤为不可。②

"方志三书"要求方志具有志、掌故和文征三方面的内容,章学诚将其渊源溯自三代:

> 古无私门之著述,六经皆史也。后世袭用而莫之或废者,惟《春秋》《诗》《礼》三家之流别耳。纪传正史,《春秋》之流别也;掌故典要,官《礼》之流别也;文征诸选,风《诗》之流别也。③

尽管"方志三书"体例可溯自"三代",但究其体例,三家之书与家传体例颇有相合之处,掌故一编,可收录奏折恩赐,文征一编,则可收录所涉传记、诗文、墓志等,加之方志本身即有的人物志、氏族志等体例,客观上,形成了一个向下对家传完全兼容收纳的州志体例。章学诚正是欲通过此,将地志由"地理之书"转变为"国史之要删",存"一方之文献",特别重视人物资

---

① 《钦定四库全书总目》传记类《崔清献全录》条:"《崔清献全录》十卷。又蒋曾莹家别有写本,分为两集。内集有两卷,前卷为言行录,后卷为奏札诗文,外集三卷,上卷为所赐诏札,中卷为《宋史》本传及《续通鉴纲目》诸书所记与之事,下卷为题赠诗文。题其十四孙爌所重编,成于嘉靖庚申。"(《钦定四库全书总目》,中华书局 1997 年版,第 833 页)
② 章学诚《方志立三书议》,《文史通义校注》,第 571 页。
③ 同上,第 572 页。

料的收集。由于章学诚的方志理论既强调方志乃国史编撰的重要环节，又主张人物是方志最重要的内容，这就使得其方志思想与传记理论紧密结合，相互激荡，从而呈现出独特的风貌。

三、方志之困境：古文家传记之弊

设立"三家之书"工作，仍属于"整齐故事"之列，只是保存较完整的史料，为后人所采用。史家贵在"别识心裁"，人物传记的编写就显得尤为突出。正因为家传多谄谀不实之辞，所以章学诚欲以州县志纠正其弊端。然而州县方志，亦难以独善其身，方苞就曾批评地方志"其识之明，未必能辨是非之正，而恩怨势利之请托，又杂于其间，则虚构疑似之迹，增饰无征之言，以欺人于冥昧者不少矣"①。作为较家传更官方化的文献收藏载体，方志本应更加客观公正，为此，章学诚吸纳家传文献丰富、可以互相引证的优点，设立三书，以求对历史人物作如实的记录。然董狐作古已久，能书法不隐者，亦难寻觅，人物传记要想做到征实可信并非易事。在章学诚看来，人物传记的失实无信由其历史积习所导致："传记入文集"，自韩、柳起始的应酬之风，以及后世为沽名钓誉对前人作品生硬模仿，均损害了传记的写实性。

有鉴于此，章学诚对传记的创作又提出了自己的意见，分析了传记写实精神衰落的根源。在史学传统中，人物传记的写作，自《春秋》起，就有"据事直书，善否自见"的写实传统。方志创作也多遵循这一原则，如明代陈沂《与顾全州论郡志书》就认为："夫志，列国之史也，舍志之得失人之臧否而作之，何义哉？"②方志传记本是有着臧否人物的要求，因而"据事直书"显得尤为重要。然而在实际写作过程中，写实传统的丧失，在后世越发严重。此前钱大昕、王鸣盛不约而同地重提"据事直书，善否自见"的主张③，皆是从史学家的史德出发，对这种流弊的纠正，而章学诚更是从源头出发，分析了这种流弊产生的原因：

> 传记之文，古人自成一家之书，不以入集；后人散著以入集，文章之

---

① 方苞《畿辅名宦志序》，《方苞集》，第90页。
② 陈沂《与顾全州论郡志书》，《石亭文集》卷七，日本东京尊经阁文库藏嘉靖四十四年刊本。
③ 章学诚："今之志书，从无录及不善者；一则善善欲长之习见，一则惧罹后患之虚心尔。仆谓讥贬原不可为志体，据事直书，善否自见，直宽隐彰之意固不可专事浮文，以虚誉为事也。"（《答甄秀才论修志第一书》，《文史通义校注》，第821页）此外，钱大昕《春秋论》（《潜研堂文集》第18页）、王鸣盛《十七史商榷·自序》，有类似见地。

变也。既为集中之传记，即非删述专家之书矣，笔所闻见，以备后人之删述，庶几得当焉。①

　　史学衰，而传记多杂出，若东京以降，《先贤》《耆老》诸传，《拾遗》《搜神》诸记，皆是也。史学废，而文集入传记，若唐、宋以还，韩、柳志铭，欧、曾序述，皆是也。负史才者不得身当史任，以尽其能事，亦当搜罗闻见，核其是非，自著一书，以附传记之专家。至不得已，而因人所请，撰为碑、铭、序、述诸体，即不得不为酬酢应给之辞，以杂其文指，韩、柳、欧、曾之所谓无可如何也。②

人物传记由史册进入文集，这是传记发展的一个重要转折，史家专门家法不再，"史学废"，为传记浮华无信埋下了隐患，"不得不为酬酢应给之辞"，为后世史家"删述"取舍造成莫大困难。

后世学者刘师培《中国中古文史讲义》也曾论述这段转变：

　　再就史书而论，《史》《汉》之所以高出于后代者，即在其善于写实……《晋书》《南、北史》喜记琐事，后人讥其近于小说，殊不尽然……唐以后之史书用虚写者甚多，非独不及《史记》《汉书》，且远逊于《晋书》《南、北史》……宋以后之史书，或偏于空写，或毫无神采，所据者非当时之官书，即当时之碑志。③

刘师培与章学诚观点相似，皆以唐宋作为传记文学的转折点。但是传记入文集乃是文化发展的大趋势，不可避免。众所周知，韩、柳为志铭不祧之宗，方苞《古文约选凡例》："退之、永叔、介甫，具以志铭见长。"④在这一点上，章学诚并不否认韩、柳等古文家对志铭文作出的贡献：

　　志铭虽原于三代，而其盛为文辞，实自东京。今见崔、蔡文集，与金石诸录所征引者，殊不见奇。至六代以还，文靡辞浮，殆于以人为赋，赋卒为乱，千篇一律，意义索然。即唐初诸子，承陈、隋之余波，无复振作，韩、柳诸公，始一变而纯用情真叙述之体，隐与史传相为出入。是则铭

---

① 章学诚《黠陋》，《文史通义校注》，第426页。
② 同上，第429页。
③ 刘师培《中国中古文学史讲义》，第150—151页。
④ 方苞《古文约选序例》，《方苞集》，第615页。

志之体，原属华辞，似微哀讥一路相沿。至韩、柳诸公推陷廓清，反属变体。盖从古来无此者。然变而得善，则人乐从之，故欧、曾以下，奉为不祧之宗。而文集之中，遂为一大门类，与传记相出入矣。①

韩、柳借鉴史传笔法，以"情真叙述之体"，一改六朝以来文辞浮靡、内容空泛之弊端，遂为后世之典范。但韩、柳之文是否能成为方志传记写作的典范，章学诚对此提出了质疑。其一，他认为韩柳之文长于辞章而弱于史学：

> 昌黎之文，本于官礼，而尤近于孟、荀，荀出《礼》教，而孟子尤长于《诗》，故昌黎善立言而又优于辞章，无伤其为山斗也，特不深于《春秋》，未优于史学耳。②

韩愈的传记"善立言而又优于辞章"，其优点不可抹杀，但以"国史要删"为旨要的方志人物传记创作，并不能只停留在辞章华美、标新立异的层面，秉承《春秋》"比事属辞"、"心知其意"的传统，才是传记家最该追求的目标。以韩愈为代表的古文家，虽然为传记文学带来了生气，但是又将传记领入了另一个歧途：

> 盖文辞以叙事为难……然古文必推叙事，叙事实出史学，其源本于《春秋》"比事属辞"，左、史、班、陈家学渊源，甚于汉廷经师之授受……而昌黎之于史学，实无所解，即其叙事之文，亦出辞章之善，而非有"比事属辞"，"心知其意"之遗法也……欧阳步趋昌黎，故《唐书》与《五代史》，虽有佳篇，不越文士学究之见，其于史学，未可言也。然则推《春秋》"比事属辞"之教，虽谓古文由昌黎而衰，未为不可，特非信阳诸人，所可议耳。③

在章学诚看来，唐宋史传"虚写"、"空写"之习气，与唐宋八大家古文传记不无关联。以辞章之学替代史学，人物传记丧失了其史学价值。

其二，韩柳之文有应酬之弊。本来这类传记，若能"以尽其能事，亦当搜罗闻见，核其是非"，亦无不可，但韩、柳将传记作成应酬之文，"昌黎墓志，其

---

① 章学诚《与朱少白书》，《文史通义新编新注》，第785—786页。
② 章学诚《上朱大司马论文》，《文史通义新编新注》，第768页。
③ 同上，第767页。

无实而姑取以应酬者,十之七八"①,贻害无穷。

其三,后世对史传和韩柳文的生硬模仿,愈发僵化。《史记》《汉书》、韩、柳、欧、曾传记文,在后世古文家眼中均有典范的意味。史传本贵乎"别识心裁","载笔之士,有志《春秋》之业,固将惟义求之,其事其文,所以存义之资也"②,而古文家却常常背道而驰,拘泥于形式,章学诚认为:"古人文成法立,未尝有定格也。传人适如其人,述事适如其事,无定之中,有一定焉。"③从义法上模仿《史记》《汉书》,或者韩、柳碑志,并不可取。他以归有光、唐顺之等人文论为例:

> 归、唐之集,其论说文字皆以《史记》为宗;而其所以得力于《史记》者,乃颇其怪不类。盖《史记》体本苍质,而司马才大,故运之以轻灵。今归、唐之所谓疏宕顿挫,其中有物,遂不免于浮滑,而开后人以描摹浅陋之习。故疑归、唐诸子,得力于《史记》者,特其皮毛,而于古人深际,未之有见。④

归、唐误读《史记》,开后人"以描摹浅陋之习",而后来古文家所热衷的"文章选评",更是"邯郸学步",弄巧成拙:

> 时文可以选评,古文经世之业,不可以选评也……夫古人之书,今不尽传,其文见于史传,评选之家,多从史传采录。而史传之例,往往删节原文,以救隐括,故于文体所具,不尽全也。评选之家,不察其故,误谓原文如是,又从而为之辞焉。于引端不具,而截中径起者,诩谓发轫离奇;于刊削余文,而遽入正传者,诧为篇终之崭峭。于是好奇而寡识者,转相叹赏,刻意追摩……是误学邯郸,又文人之通弊也。⑤

这种亦步亦趋的模仿,最终会造成"削趾适履"的恶果:

> 尝见名士为人撰志,其人盖有朋友气谊,志文乃仿韩昌黎之志柳州也,一步一趋,惟恐其或失也……末叙丧费出于贵人,及内亲竭劳其

---

① 章学诚《答朱少白书》,《文史通义新编新注》,第 776 页。
② 章学诚《言公上》,《文史通义校注》,第 171 页。
③ 章学诚《古文十弊》,《文史通义校注》,第 508 页。
④ 章学诚《文理》,《文史通义校注》,第 286—287 页。
⑤ 章学诚《古文十弊》,《文史通义校注》,第 509 页。

事……则曰："仿韩志柳墓终篇有云：'归葬费出观察使裴君行立，又舅弟卢遵，既葬子厚，又将经济其家。'附纪二人，文情深厚。今志欲似之耳。"……不知临文摹古，迁就重轻，又往往似之矣。是之谓削趾适履，又文人之通弊也。①

以"形"似古文为目标的古文传记创作，演变成"事"似古人，不能不说是一种倒退，韩、柳传记中文学趣味多于史学精神，应酬之文多于秉实写作难脱其责。章学诚在《古文十弊》还罗列了诸如"妄加雕饰"、"八面求圆"、"私署头衔"、"无端影附"等十种古文传记创作时弊，并一一加以批判。推究其原因，乃是在史学家浓烈的求实存真精神下，对传记创作，较之古文家有所不同。

与此同时，章学诚提出了其正面主张：

首先，"凡为古文辞者，必先识古人大体，而文辞工拙，又其次焉"②。"文"虽为"史"之凭借，但人之情往往"似公而实逞于私，似天而实逞蔽于人，发为文辞，至于害义而违道，其人犹不自知也"③。重文辞有"以文害道"的可能，所以"辨心术以议史德"④，这才是史家所要重视的。

其次，文章可以学古，而制度必须从时，不可以"秦、汉之衣冠，绘明人之图像"⑤：

汪钝翁撰《睢州汤烈妇旌门颂序》，首录巡按御史奏报，本属常例，无可訾，亦无足矜也。但汪氏不知文用古法，而公式必遵时制；秦、汉奏报之式，不可以改今文也。篇首著监察御史臣粹然言，此又读《表忠观碑》"臣抃言"三字太熟，而不知苏氏已非法也。⑥

再次，不可借为他人立传而博取私名：

黠于好名而陋于之意者，度其文采不足以动人，学问不足以自立，于是思有所托以附不朽之业也，则见当世之人物事功，群相夸诩，遂谓

① 章学诚《古文十弊》，《文史通义校注》，第 505 页。
② 同上，第 504 页。
③ 章学诚《史德》，《文史通义校注》，第 230 页。
④ 同上。
⑤ 章学诚《古文公式》，《文史通义校注》，第 498 页。
⑥ 同上。

可得而籍矣。籍之,亦似也;不知传记专门之撰述,其所识解又不越于韩、欧文集也,以谓是非碑志不可也。碑志必出子孙之所求,而人之子孙未尝求之也,则虚为碑志以入文集,似乎子孙之求之,自谓庶几韩、欧也。①

最后,"据事直书,善否自见"的作传态度:

> 《春秋》书内不讳小恶……古人叙一人之行事,尚不嫌于得失互见也。近叙一人之事,而欲顾其上下左右前后之人,皆无小疵,难矣。②

写实传统,本是传记文学的重要特征,但传记入文集后,古文家所主导的传记创作,逐渐丧失了"写实"的精神,传记成为文人标榜文采、沽名钓誉的工具。章学诚以"保存一方文献"为己任,对史学精神的追求超过辞章义理,从而跳出了古文家的窠臼,他通过对传记入文集以来由古文家所主宰传记传统的批评,而施之以"据事直书,善否自见"等措施作为补救,使传记重新回归到史学传统中,促进了传记文学的健康发展。

四、方志与叙人:人物传记应有其性情

传记文学本身就有着"类型化"与"个性化"的矛盾。创作传记初始,人物印象概念的形成,必是要将传记人物定义为历史中某一种类型之人,而传记的最终目的却又是要说明传记人物的个性特征。这个悖论无法调和,在史学家心目中,唯有为阅读者提供尽可能多的可信的资料,这才是化解该悖论最可行之办法。章学诚在地志中注意收集传者各种资料,便有此目的。

具体到地方志文学中的人物志,又有其特殊性。章学诚提出:"夫志者,志也。人物列传,必取别识心裁,法《春秋》之严谨,含诗人之比兴,离合取舍,将以成其家言;虽曰一方之志,亦国史之具体而微矣。"③方志传记为"国史具体而微",所以方志要比国史详细,以备国史删减:

> 方志为国史所取裁,则列人物而为传,宜教国史加详。而今之志人物者,删略事实,总撮大意,约略方幅,区分门类。其文非叙非论,似散

---

① 章学诚《黠陋》,《文史通义校注》,第 429—430 页。
② 章学诚《古文十弊》,《文史通义校注》,第 504—505 页。
③ 章学诚《亳州志人物表例议下》,《文史通义校注》,第 808 页。

似骈；尺牍寒温之辞，簿书结刊之语，滥收猥入，无复剪裁。至于品皆曾、史，治尽龚、黄，学必汉儒，贞皆姜女，面目如一，情性难求；斯固等于自郐无讥，存而不论可矣。①

人物志不仅要比国史详细，而且要体现传记人物的"性情"，如果只是千篇一律、千人一面，"品皆曾、史，治尽龚、黄，学必汉儒，贞皆姜女"，又失去了"人物尤属紧要"的意义。

为了避免类型化的弊端，章学诚一方面重视方志的分目。方志人物必分目，而这也是造成方志人物类型化的一个重要原因，对此章学诚亦有自己的见解：

> 夫传即史之列传体尔。《儒林》《游侠》，迁《史》首标总目，《文苑》《道学》，《宋史》又画三科。先儒讥其标帜启争，然亦止标目不及审慎尔。非若后世志乘传述碑版，统列艺文。及作人物列传，又必专标色目，若忠臣、孝子、名贤、文苑之类，挨次排纂，每人多不过八九行，少或一二行，名曰传略。夫志曰辖轩实录，宜详于史，而乃以略体行之，此何说也？至于标目所不能该，义类兼有所附，非以董宣入《酷吏》，则于《周臣》阙韩通耳。②

"色目"加"传略"，这不应是方志人物传采用的体式，这样保存在文献中的人物，仅仅是贴了标签的人物脸谱而已，毫无价值。因此，章学诚对"色目"分类，慎之又慎，并对进入"色目"的人物，要求"义类兼有所附"，避免人物类型化。

然而传记分科终不可避免，于是，在另一方面，章学诚对材料收集提出了要求：

> 但所送行状，务有可记之实，详细开列，以备采择，方准收录。如开送名宦，必详曾任何职，实兴何利，实除何弊，实于何事有益国计民生，乃为合例。如但云清廉勤慎，慈惠严明，全无实征，但作计荐考语体者，概不收受。又如卓行亦必开列行如何卓，文苑亦必开列著何书，见推士林，儒林亦必核其有功何经，何等著作有关名教，孝友亦必

① 章学诚《亳州志人物表例议下》，《文史通义校注》，第808页。
② 章学诚《答甄秀才论修志第二书》，《文史通义校注》，第827页。

开明于何事能孝能友。品虽毋论庸奇偏全,要有真迹,便易采访。否则行皆曾、史,学皆程、朱,文皆马、班,品皆夷、惠,鱼鱼鹿鹿,何以辨真伪哉?①

  以可信翔实的材料,说明传记人物所含"特质",这也是章学诚对传记文学空虚浮泛的一种挽救。如果对人物生平中的仕宦经历、从政业绩有具体说明,对人物道德品格、政治作为有事例作证,对人物的卓行、文学、儒学、孝友等方面都分别用其具体事迹、著作来表现,那么人物的行为、文学和人品就会因叙述的详细具体而体现出个性特征,个性鲜明的人物才是真实可信的。对于人物传记来说,个性化与写实性是相辅相成的两个特征,章学诚的传记理论以方志为立足点,因而能够更清晰地认识到人物传记这两个层面之间的内在联系。

  章学诚欲将方志由"考地理沿革"的地志改变成"保存一方文献",以备"国史删要"的"古国史",人物志成方志的核心。在全面吸纳家集资料进入方志的同时,章学诚对传记进入文集、家集后,由古文家所主导的传记传统进行了较深入的批判,指出古文家由于缺乏史识、好为应酬之作,重形式而不注重内容真切与否,开启了后世传记浮华不实之风。在对古今传记批评的基础上,章学诚提出"据事直书,善否自见"的传记准则,使得传记传统由文学再次向史学回归。在改造方志人物传的过程中,章学诚又从材料选编标准、体式等多方面出发,纠正了方志人物容易类型化的缺陷,充分保留了传记人物的性情。

第四节　方苞"义法说"对"据事直书"的抗辩②

  "常事不书"与"据事直书"的抗争,实质是古文家碑铭文写作旨趣与史学家史传体写作规范之间的分歧。两家对碑铭与史传概念的区分并不明晰,碑传往往被视为一个整体,在古文家眼中是"古文"的一部分,在史学家眼中,又是"传记"的重要成分,这造成的后果便是清代古文家、史学家均试图以各自的创作规范来统一碑传。

---

① 章学诚《修志十议》,《文史通义校注》,第844页。
② 本节曾以《方苞的"义法说"与碑铭传记理论的构建》为题,刊于《文学评论丛刊》第13卷第1期,书稿有删改。

在咄咄逼人的史学实证思潮下，古文家与碑铭文休要想延续其自身的文体特征，需要有一个坚定明晰的理论来确定它与史传的差别。虽然方苞"义法说"针对所有古文文体，但是我们仍有理由认为："碑铭"的"义法"在其整个"义法"体系中占据着相当重要的位置，主要原因有二：其一，碑铭传记是方苞古文创作的大宗。仅以《四部备要》本《望溪先生全集》考察，全集共收录文章433篇，其中史传15篇，碑志146篇，足可见碑铭在方苞古文创作中所占的地位；其二，方苞对碑铭在内的人物传志创作也倾注了大量心血。且不说在这些人物传志内有关传志写作所发的议论，其文集收录与友人的书信也常专论传志，如《与孙以宁书》讨论《孙征君传》的写作，《与乔介夫书》讨论乔莱墓志写作，《与陈若韩书》讨论其母墓志写作，可见方苞对碑铭"义法"的重视。因此，通过对方苞"义法说"的探讨，有助于我们了解清代文学家传记观的新动向。

关于"义法"的定义，方苞将其追溯自《春秋》《史记》以来的经史传统：

> 《春秋》之制义法，自太史公发之。而后深于文者亦具焉。义即《易》之所谓"言有物"也；"法"即《易》之所谓"言有序"也。义以为经而法纬之，然后为成体之文。①

对于"义法"的理解，王运熙、顾易生主编的《中国文学批评通史》归纳出了四点：（1）指不同文体对写作的规定和限制；（2）对文章取材上详略得当的要求；（3）对文章开阖起伏、脉络呼应的要求；（4）"雅洁"的审美标准②。该说对"义法"概括极为精当。遗憾的是，研究者们仅注意到了方苞"义法"论文"本于治经"，方苞的经学和"义法说"到底有何种关联？"义法说"从传统经史之学中"拿"走了什么？"拿去"做了什么？其中有值得研究之处。

一、"义法说"与"舍传求经"之经说

方苞于经史之学用力颇深，《清史稿》称其"尤究心《春秋》《三礼》"③，桐城诸公也推崇方苞经史之学，刘大櫆《祭望溪先生文》称方苞于《六经》之道"则"究其根株"，于《春秋》诸传"则"比其事，孔思昭苏"，于《周官》、

---

① 方苞《又书货殖列传后》，《方苞集》，第58页。
② 邬国平、王镇远著《中国文学批评通史·清代卷》，上海古籍出版社1996年版，第411—428页。
③ 赵尔巽等《清史稿》卷七十七《方苞传》，中华书局1977年版，第10272页。

《士礼》"则"斫璞出玉,朗然虹珠"①,姚鼐编纂《新修嘉庆江宁府志》也将方苞列入《儒林传》。再就方苞文集来看,其自得于经史之学也胜过文章之学。但方苞经史之学也颇受同时和之后的朴学家指摘,严元照认为:"丧服经传,最为《礼经》之精诣,方氏说之则殊无难,凡所不解,悉归罪于王莽、刘歆,以为二人所窜改,而郑注、贾疏不足言矣。予尝谓方氏之侮经,罪过于毛大可。"②汉宋经学各有其宗主,我们姑且搁置朴学家的立场与价值观,就经史之学自有的传统和用意,讨论方苞经史之学与文学的关系。

方苞的经史之学最大的特点在于"舍传求经"。他在《春秋直解序》中阐述了他的理论特色:

> 盖屈折经义,以附传事者,诸儒之蔽也。执旧史之文,为《春秋》之法者,传者之蔽也。圣人作经,岂豫知后之必有传哉?使去传而经之义遂不可求,则作经之志荒矣。旧史所载事之烦细、及立文不当者,孔子削而正之可也。其月、日、爵次、名氏,或略或详,或同或异,策书既定,虽欲更之,其道无由,而乃用此为褒贬乎?于是脱去传者诸儒之说,必义具于经文始用焉,而可通者十四五矣。然后以义理为权衡,辨其孰为旧史之文,孰为孔子所笔削,而可通者十六七矣。③

这则材料可以看出方苞的春秋学是沿袭了唐朝啖助、赵匡、陆淳所开创的新春秋学路数。其解经依据乃是圣人作经并未预知后人会为其作传,故经义具于经文本身。欲了解《春秋》之微旨,则可通过研摩揣摩经文,揣度圣人"笔削之法"而获取。"舍传求经"是唐宋儒摆脱汉儒章句注疏的重要手段,西晋杜预《春秋经传集解序》曰:"仲尼因鲁史策成文,考其真伪,而志其典礼,上以尊周公之遗制,下以明将来之法。其教之所存,文之所害,则刊而正之以劝戒,其余则皆用旧史。"④孔子因鲁史修《春秋》,皆以原史为主,关乎"教之所存"、"文之所害"之处,则"刊而正之以劝戒",正因为如此,方苞认为只要以"义理为权衡","辨其孰为旧史之文,孰为孔子所笔削","可通者十六七"。

方苞的"义法说"可以看作是对文章取裁以及结构呼应的要求,在经学

① 刘大櫆《祭望溪先生文》,刘大櫆著,吴孟复点校《刘大櫆集》,上海古籍出版社1990年版,第337—338页。
② 朱铸禹《全祖望集汇校集注》,第310—311页。
③ 方苞《春秋直解序》,《方苞集》,第85页。
④ 阮元校刻《十三经注疏》,浙江古籍出版社1998年版,第1705页。

上，则是通过对"笔削之事"与"笔削之法"的探究，寻求经文本义：

> 孔子删《诗》，事有细而不遗，辞有污而不削，以是乃废兴存亡之所
> 自也。非然，则郑、卫、齐、陈之淫声、慢声胡为而与雅颂并立与？①

> 司马迁作《史记》，于《费誓》具详焉，于《秦誓》删取焉，而《文侯之
> 命》则莫之，盖以其言无足存而不知事不可没也。用此观之，圣人删述
> 之义，群贤莫之能赞，岂独《春秋》之笔削哉？②

"事有细而不遗"、"辞有污而不削"之处，正包含圣人"废兴存亡"之大
道，对此不可有一丝的遗漏疏忽。司马迁于《尚书》具详《费誓》、删取《秦
誓》、不存《文王之命》，是以"言"断取舍，而不知经文"事"的价值。谙熟史
法的司马迁也不能尽悟此道，这无疑让唐宋以来相信"舍传"可以"求经"的
新儒家兴奋不已。通过对圣人所述之事的揣摩，即可越过汉儒的藩篱，直窥
"圣人之心"。基于此，"义法"中的"义"，"言有物"中的"物"，即可等同于
"笔削之事"的"事"。"事"一经书写，即具有特定的意义。
同样，"事"以外，事与事之间的关联呼应的结构顺序也极为重要：

> 记事之文，惟《左传》《史记》各有义法，一篇之中，脉相灌输，而不
> 可增损。然其前后相应或隐或显，或偏或全，变化随宜，不主一道。③

> 汉之乐既无可次，而律则往古成法，故独著其通于兵事，以为法戒。
> 武帝改历，虽由公孙卿札书，而洛下泓运算，日顺夏正，于历术则无可议
> 者，故直叙其事。凡此皆著书之义法，一定而不可易者，非故欲如
> 此也。④

圣人谋篇布局有其用心之所在，"著书之义法"有"一定而不可易者"，
而其中的规则，随情随事，"变化随宜，不主一道"，又非几条简单规则可以囊
括。这样一来，经文中"脉络"、"详略"等成文之法，深具圣人之旨意。故重
视圣人"笔削之法"，也就是"言有序"，也就是方苞"义法"中的"法"。源自

---

① 方苞《读齐风》，《方苞集》，第13页。
② 方苞《读君牙囧命吕刑文侯之命费誓秦誓》，《方苞集》，第6页。
③ 方苞《书五代史安重海传后》，《方苞集》，第64页。
④ 方苞《读史记八书》，《方苞集》，第39页。

唐宋新儒学的"义法说"，实质上是认定事与事排列组合所产生的情节结构的内容和意蕴是可以大于所有单个事件内容和意蕴相加的总和。正因为意义可以表现在结构之中，所以有时形式甚至比文字本身更重要。

"义法说"出现后，或被看作陈词滥调，或被奉为作文金科玉律，但从经学层面来看是汲取了唐宋经说中重视"文法"结构的思想特征，无怪乎乾嘉学者对"义法说"鄙夷与不屑。

二、经学体系、文法次序与义法

从经文文法发挥来解经，是唐宋以来文人经学家的一大特色，也是乾嘉学者责难宋学的一大罪状。全祖望撰《前侍郎桐城方（赠）公神道碑铭》，盛赞方苞沟通经史与文章：

> 古今宿儒，有经术者或未必兼文章，有文章或未必本经术，所以申、毛、服、郑之于迁、固各有沟浍。唯是经术文章文兼固难，而其用之足为斯世斯民之重，则难之尤难者。前侍郎桐城方公，庶几不愧于此。然世称公之文章，万口无异辞，而于经术已不过皮相之，若其惓惓为斯世斯民之故，而不得一遂其志者，则非惟不足以知之，且从而掊击之，其亦悕矣。①

全祖望的赞誉，隐将方苞之经学与汉儒经学相衔接，难怪会引发严元照极大的不满。实质上，方苞之所以能沟通"经史与文章"，是由于他秉承了韩、柳以来的新儒学，与同时或之后经学家常声称深服"许郑之学"、"非唐以前书不敢读"不同，方苞对其宋学的倾向并不避讳："《春秋》之制义法，自太史公发之，而后之深于文者亦具焉。""夫纪事之文成体者，莫如左氏；又其后，则昌黎韩子；然其义法，皆显而可寻。"②韩、柳为代表的文学家，深得《春秋》《史记》之义法，故其为文，也最为精妙：

> 十篇之序，义法严密，而辞微约，览者或不能遽得其条贯，而义法之精变，必于是乎求之，始的然其有准焉。欧阳氏《五代史志考》序论，遵用其法，而韩、柳书经子后语，气韵近之，皆其渊源之所渐也。③

---

① 全祖望《前侍郎桐城方（赠）公神道碑铭》，《全祖望集汇校集注》，第305—306页。
② 方苞《又书货殖传后》，《方苞集》，第58—59页。
③ 方苞《书史记十表后》，《方苞集》，第49页。

退之、永叔、介甫俱以志铭擅长。但序事之文，义法备于《左》《史》；退之变《左》《史》之格调，而阴用其义法；永叔摹《史记》之格调，而曲得其风神；介甫变退之之壁垒，而阴用其步伐。学者果能探《左》《史》之精蕴，则于三家志铭，无事规橅，而自与之并矣。①

方苞将义法说归于《左》《史》，将义法师传归之韩愈、柳宗元、欧阳修，这与宋学尤其是文人经学所信奉的学脉相一致。韩、柳经学受啖助、赵匡、陆淳"舍传求经"的影响极大，韩愈《寄卢仝》有"春秋三传束高阁，独抱遗经究终始"之语②，"舍传求经"的兴起，是由于"杜预以下，以《左传》解经，《春秋》仅成为一部历史，乃至自董仲舒以下，以《公羊》《榖梁》解经，《春秋》变成了当代的一部政典，到此都不合了时代要求，于是才要在孔子《春秋》里重新找意义，而废传解经之风遂为当时所重视了"③。由于舍弃了繁复的章句注疏，于《春秋》本身寻求义理，对《春秋》行文、叙事的发挥也就成了解经的重要手段。纵然"全抛弃了三传，讲《春秋》便会像猜谜，孔子作《春秋》的本义，反而愈变愈模糊，愈变愈支离"④。但从另一个角度来看，这种像"猜谜"的解经方式，也将传统的"文法"理论发挥到了极致。

对于中国传统"文法"特色，钱穆引顾炎武《日知录》"陨石于宋五"条论述极当：

《春秋》僖公十六年有"陨石于宋五"、"六鹢退飞过宋都"。
《公羊》曰：石记闻，视之则石，察之则五。六鹢退飞记见，视之则六，察之则鹢，徐而察之则退飞。
《榖梁》曰：先陨而后石，陨而后石也。后数，散辞也，耳治也。六鹢退飞，先数也，聚辞也，目治也。
韩愈：文从字顺各识职。⑤
《日知录》曰：此临文之不得不然。⑥

钱穆认为："《公》《榖》之说正可见当时人对文字文法之欣赏，实足证明

---

①　方苞《古文约选序例》，《方苞集》，第615页。
②　韩愈著，钱仲联、马茂元点校《韩愈集》，上海古籍出版社1997年版，第65页。
③　钱穆《孔子与春秋》，《两汉经学今古文平议》，商务印书馆2001年版，第294页。
④　同上，第295页。
⑤　韩愈《南阳樊绍述墓志铭》，《韩愈集》，第306页。
⑥　顾炎武著，黄汝成集释《日知录集释》，第269页。

孔子春秋时代,散文有新的开始,文字的运用,文法的组织,都大见进步。"①
韩愈对"文法"的认同,顾炎武对"文法"的不屑,再到方苞"义法"说的提出,
由此不仅可看出方苞"义法说"的宋学渊源,而且结合清初以来传记写作强
调"据事直书"之背景,可以感受到"义法说"的提出,也将以经学的源流,支
撑文人传记写作的正当性。

三、"常事不书"与碑铭传记创作

"常事不书"本就是碑铭的一个惯例,吴讷《文章辨体序说》曰:"只书其
学行大节,小善寸长,则皆弗录。"②柳诒徵《国史要义》评价方苞史学时说:
"章氏(章学诚)谓文士之识非史识,然文士之识出于经史者,正足以明史
识。以吾国经史与文艺本一贯也。方苞之读《霍光传》,测其用意,即本《春
秋》常事不书一语,而通之于史也……世之撰碑传、修方志、纪兵事者,大抵
用此法,而后人可以见其人其事其地之特色。"③柳诒徵之论不仅指出了"常
事不书"理论与碑铭文的关系,而且指出了方苞在这种理论构建中的贡献。
的确,"常事不书"理论正是方苞"义法说"的一个重要推论:

> 常事不书,此礼记之变也。④

> 春秋之法,常事不书。然必尽合于礼,而后得为常。⑤

> 古之良史,于千百事不书,而所书一二事,则必具其首尾,并所为旁
> 见侧出者,而悉著之。故千百世后,其事之表里可按,而如见其人。后
> 人反是,是以蒙杂暗昧,使治乱贤奸之迹,并昏微而不著也。⑥

记人叙事当依据"义法",只记一两件极具意义之事,然后"旁见侧出"。
后世之人亦通过"义法"寻得所述之事之表里,从而见所传之人的精神。若
叙事过多,意蕴过于混乱,则作者本来叙事意图反而会"昏暗不著"。这正是
方苞经史之学与"义法说"的特点,这又与碑铭文的写作法则极其相似。

---

① 钱穆《中国史学名著》,生活·读书·新知三联书店 2005 年版,第 65—66 页。
② 吴讷《文章辨体序说》,《历代文话》,第 1633 页。
③ 柳诒徵《国史要义》,华东师范大学出版社 2000 年版,第 191 页。
④ 方苞《春秋直解》卷十,清乾隆刻本。
⑤ 方苞《春秋通论》卷一,文渊阁《四库全书》本。
⑥ 方苞《书汉书霍光传后》,《方苞集》,第 62 页。

或许有人会认为方苞这样构建体系是小题大做。然而追溯到方苞所牛活的那个年代，史学家所提出的"据事直书"理论，对碑铭冲击甚大。钱大昕《十驾斋养新录》"五代史"条批评欧阳修："欧阳公《五代史》自谓窃取《春秋》之义，然其病正在乎学《春秋》。"①又"唐书直笔新例"条："史家记事，唯在不虚美不隐恶，据事直书，其义自见，若各出新意，掉弄一两字以为褒贬，是治丝益棼之也。"②钱大昕对方苞的义法说颇不以为然，其《与友人书》似乎乃针对方苞《与程若韩书》所发议论：

> 前晤吾兄，极称近日古文家以桐城方氏为最。予常日课诵经史，于近时作者之文无暇涉猎，因吾兄言，取方氏文读之，其波澜意度，颇有韩、欧阳、王之规橅，视世俗冗蔓獶杂之作，固不可同日语。惜乎其未喻乎古文之义法尔……至于亲戚故旧，聚散存殁之感，一时有所寄托，而宣之于文，使其姓名附见集中者，此其人事迹原无足传，故一切阙而不载，非本有可纪而略之，以为文之义法如此也。方氏以世人诵欧公《王恭武》《杜祁公》诸志，不若《黄梦升》《张子野》诸志之熟，遂谓功德之崇，不若情辞之动人心目。然则使方氏援笔而为王、杜之志，亦将舍其勋业之大者，而徒以应酬之空言了之乎？六经、三史之文，世人不能尽好……文有繁有简，繁者不可减之使少，犹之简者不可增之使多。《左氏》之繁，胜于《公》《穀》之简，《史记》《汉书》互有繁简，谓文未有繁而能工者，非通论也。③

这则材料为不少文学批评家所重视。钱大昕为代表的史学家否定义法，根本原因是他们并不认同文章修辞、谋篇布局能蕴含价值、道德判断。因此，表现一个人只能靠实证材料、详述人物生平大事得以实现。

以史学来规范碑铭，其体现之一便是奏章入碑铭。赵翼《陔余丛考》有"《明史》多载原文"条，"《明史》于诸臣奏议，凡切于当时利弊者多载之"④。即可见清代史学的这一发展趋向。而方苞对奏章入碑铭抵制，也正是由于他对碑铭传统美学价值、史学价值的信奉。其有《答乔介夫书》，拒绝了好友乔崇修请求将其父乔莱奏议入碑铭的请求：

---

① 钱大昕《十驾斋养新录》卷六，凤凰出版社 2016 年版，第 197 页。
② 钱大昕《十驾斋养新录》卷十三，第 352 页。
③ 钱大昕《与友人书》，《潜研堂集》，第 606—607 页。
④ 赵翼《陔余丛考》，河北人民出版社 2007 年版，第 250 页。

以鄙意裁之，第可记开海口始末，而以侍讲公奏对车逻河事及四不可之议附焉，传志非所宜也。盖诸体之文，各有义法。表志尺幅甚狭，而详载本议，则拥肿而不中绳墨；若约略剪截，俾情事不详，则后之人无所取鉴，而当日忘身家以排廷议之义，亦不可得而见矣。①

方苞以碑铭体制等原因说明，捍卫碑铭传统特性。后来朱彝尊所作《翰林院侍读乔君墓表》、潘耒所作《翰林侍读乔君墓志铭》均千字以上，与方苞雅洁之风不合，也与碑铭传统不合，足见当时史学观对碑铭影响之烈。方苞另作《记开海口始末》，详述乔莱在"开海口"一事中的表现，并录其奏议于内。一方面可见他对好友的敬重，另一方面也表现出他对碑铭传统的坚持。

"常事不书"也成为方苞撰写碑铭的一个通例，在此基础上，方苞继承了韩、柳"情真叙述"之风格，提出了"功德之崇，不若情辞之动人心目"的主张：

来示欲于志有所增，此未达于文之义法也。昔王介甫志钱公辅母，以公辅登甲科为不足道，况琐琐者乎？此文乃用欧公法，若参以退之、介甫法，尚可损三之一，假而周、秦人为之，则存者十二三耳。此中出入离合，足下当能辨之。足下喜诵欧公文，试思所熟者，王武恭、杜祁公诸志乎？抑黄梦升、张子野诸志乎？然则在文言文，虽功德之崇，不若情辞之动人心目也，而况职事族姻之纤悉乎。②

在情辞方面，方苞要求发乎真情实感，他看重归有光对"亲旧及人微而语无忌者"所发之情：

震川之文，乡曲应酬者十六七，而又徇请者之意，袭常缀琐，虽欲大远于俗言，其道无由。其发于亲旧及人微而语无忌者，盖多近古之文。至事关天属，其尤善者，不俟修饰，而情辞并得，使览者恻然有隐，其气韵盖得之子长，故能取法于欧、曾，而少更其形貌耳。③

"事"与"情"是碑铭重要的内容，方苞"常事不书"、"情辞动人"的要

---

① 方苞《答乔介夫书》，《方苞集》，第 137 页。
② 方苞《与程若韩书》，《方苞集》，第 181 页。
③ 方苞《书归震川文集后》，《方苞集》，第 117 页。

求,继承了碑铭作为颂赞文字的传统,成为碑铭写作的典范。碑铭是方苞创作人物传志的主要形式,在方苞为数不多的史传传记中,也渗入了方苞碑铭的审美体系与价值观。他在与孙以宁的信中谈及为孙父孙奇逢所写的《孙征君传》：

> 仆此传出,必有病其太略者。不知往者群贤所述,惟务征实,故事愈详,而义愈狭。今详者略,实者虚,而征君所蕴蓄,转似可得之意言之外；他日载之家乘,达于史官,慎毋以彼而易此。惟足下的然昭晰,无惑于群言,是征君之所赖也,于仆之文无加损焉。如别有欲商论者,则明以喻之。①

方苞对孙以宁认同其传、不求加增而甚为激动,视若知己。从他洋洋得意的叙述中,也可以看出他也认为这种传记有别于家乘、史传。然而现在我们可以清楚地看到,这种“得之意言之外”的手法,正依托其经史之观,与碑铭暗合。

本 章 小 结

“文史之争”是中国传统传记首先要正视的问题。无论是传统史学理论,还是现代传记学说,“详尽”、“真实”都是传记书写的要义。传统史学与现代传记理论看似完美无缝的结合,却令我们忽略了中国本土传记中以“颂”为风格取向,作为“文”的重要一支,在历史长河中发展的轨迹及意义。从早期宗庙祖先祭祀,到“自庙徂坟”刻镂金石,再由古文运动由散体转为骈体,蔚然大宗,颂体传记多由文人书写,是社会活动的一部分,也一直与“史家”审美标准相抗衡,清代前有钱大昕、章学诚与方苞等人的对战,“西学东渐”后,则有胡适、梁启超“传记文学”、“传记史学”之争论。与崇高的“史德”相比,“谀墓”、“润笔”、“应酬文字”成为颂体传记的“原罪”,方苞的“义法说”,借用春秋笔法叙事原则,是为这类传记的存在寻找当时人能理解的理据。

近些年,碑版文字出土甚多,研究者也多关注其世系、生平履历,以地下出土文献补传世文献之阙。墓志中近乎骈文、寥寥数笔的“格套”,往往被视

---

① 方苞《与孙以宁书》,《方苞集》,第137页。

作千篇一律的敷赞,不曾引起人心的共鸣。笔者曾在一部名为《四个春天》的纪录片中,看到丧礼上一段吟唱的颂赞文,哀祭的对象是一位善良、年轻的女教师,一位普通的母亲,丧礼的现场,礼生唱赞曰:"我问问,亲慈的天,路途险悚,我妈一生,尘土里,养儿艰辛,我本想要留你在照顾我的家杂,盼呀盼,我泪也流,头戴孝帕,我听过,你贤良的女子,累管家当,正说因你,要此绝去,子母锥心。我身旁未带有纸笔和墨砚,她这一生,泪洗人呐,七天夜满,乱哄哄,到终点,交付纸砚,教一生,明话任你,细听哭咽。也有我们唱歌超度你啊。"脱离了纪录片的叙事背景,这段文字或许会空洞不知所云,但置入剧情之中、回到生活当中,我们就会明白其充沛的感情,也属于每一个生者为逝去人的"专属定制",即便有史学传记存在,"颂体传记"依然会存在于中国文化之争,成为中国人心灵中的一部分。

第二章 骈散之争：继轨唐宋与
追宗六朝①

"骈散之争"实质上是"文史之争"的一种延续，继方苞以"义法说"申辩传记写作"常事不书"之理，随着清代文章辨体意识的加强，文笔之争的意外结果，就是扬州学派的文论家们通过对"碑铭"、"史传"文章辨体，为"隐恶扬善"的碑传与"惩恶扬善"的史传寻找到了各自的边界与理论依据。这一问题最早由骈文派内部对于"骈文传记"创作观点的分裂而产生，凌廷堪、汪中积极尝试骈体碑铭，焦循则明确反对。阮元触发的"文笔之争"中，文学、史学、骈体、散体等体性的交织，也让阮元"文笔说"划分传记类文体时出现严重偏差，误将"碑铭"归为"笔"。刘师培晚年提出"传实碑虚"的理论，严格限定六朝碑文与骈体、史传与散体的关系，既为"文笔说"增添新证，又让传记文与文史之争、骈散之争迎刃而解，可视作这一纷争最终的总结。

第一节 古文传记与骈文传记的对峙

历代碑铭文创作为文人提供了丰厚的"润笔"之资，也因其无关乎经术政理的应酬性质而饱受诟病，碑铭之祖蔡邕、韩愈也概莫能外。入清以来，经世、考据学勃兴，诸位经史大家对以碑铭文为代表的古文批判甚为用力。清初顾炎武《日知录》提出"文须有益于天下"，"志状不可妄作"，其在与友人书信中更是以谢绝作志状以明"器识为先"的决心：

> 《宋史》言刘忠肃每戒子弟曰："士当以识器为先，一命为文人，无足观矣。"仆自一读此言，便绝应酬文字，所以养其器识而不堕于文人

———————————
① 本章节内容，曾以《刘师培的碑传观与扬州学派》为题，发表于《南京大学学报》(哲学·人文科学·社会科学)2018 年第 2 期，有删改。

也……中孚为其先妣求传再三,终已辞之,盖为此一人一家之事,而无关于经术政理之大,则不作也。韩文公文起八代之衰,若但作《原道》《原毁》《争臣论》《平淮西碑》《张中丞传后序》诸篇,而一切铭状既为谢绝,则诚近代之泰山北斗矣。今犹未敢许也。此非仆之言,当日刘叉已讥之。谨此奉闻。①

明清鼎革后,遗老遗少们将明王朝败落原因部分归咎于有明文人士行不端、文风浮华,故对文人耽迷应酬文字表现出强烈不满。顾炎武以碑铭等应酬文字"为一人一家之事,无关乎经术政理",并惋惜韩愈耗损精力于此,故未成"泰山北斗",将滥作碑铭的源头直导韩愈,其厌弃志传之心也可见一斑。另一方面,尚须注意的是:碑版文字也存在巨大的社会需求②,顾炎武"铭状"不分,未区分碑铭、行状、史传文体功用上不同,一概不作,并非所有士人可为。在上一章"文史之争"中,我们已经论述随着考据学的暗潮涌动,清人考据一派遂从"谢绝应酬文字"转为以史家标准来创作是类文字,试图以"据事直书"等要求来衡量人物传记。钱大昕谓方苞之碑铭:"方氏以世人诵欧公《王恭武》《杜祁公》诸志,不若《黄梦升》《张子野》诸志之熟,遂谓功德之崇,不若情辞之动人心目。然则使方氏援笔而为王、杜之志,亦将舍其勋业之大者,而徒以应酬之空言了之乎?"③章学诚在《文史通义》中更是不遗余力排击文人传记,均是史学家与古文家争夺人物传记创作话语权的表现④。

第二节　扬州学派内部骈散观的分歧

在"文笔之争"诸多论述中,阮元、阮福"文笔说"将传志统称为"碑版文字",归为"笔类",延续了清代以来经史考据学家对碑铭文轻视的态度,但

---

① 顾炎武《与人书十八》,《亭林诗文集》,中华书局1983年版,第96页。
② 余英时《士商互动与儒学转向——明清社会史与思想史之一面相》中通过碑铭墓志创作,考察士商阶层的互动性(《士与中国文化》,上海人民出版社2013年版)。即使不考虑士商互动,墓志铭作为传统丧礼一部分,也不容缺失。
③ 钱大昕《与友人书》,《潜研堂集》,第606—607页。章学诚《文史通义》中《古文十弊》等文,更直指碑铭文创作的诸多弊端。
④ 章学诚:"今之志书,从无录及不善者;一则善善欲长之习见,一则惧罹后患之虚心尔。仆谓讥贬原不可为志体,据事直书,善否自见,直宽隐彰之意固不可专事浮文,以虚誉为事也。"(《答甄秀才论修志第一书》,《文史通义校注》,第821页)此外,钱大昕《春秋论》、王鸣盛《十七史商榷·自序》,均有类似见地。

与这些人评判标准不同的是，考据学家们以古文家未秉承"据事直书"传统而看低碑状文字，阮元等人欲依据《文选序》《金楼子》《文心雕龙》等经典论述，将"文"立于经史子之外，独立成为一美文系统，他们看低"碑版文字"恰恰是因为这类文字不能体现"对偶押韵"、"沈思翰藻"的文学特质，虽殊途同归，但出发点却截然不同。

以上学者的讨论主要针对的还是散体碑铭，例如章学诚虽然意识到碑铭"本辞章之流也"，但是仍赞同韩愈、柳宗元以散体写作碑铭"变而得善"，可当古老的骈体碑铭加入这一场混战时，当扬州学派学人在骈体碑铭创作已取得实绩时，学人们由于各自学术涵养的不同，对骈体碑铭态度也并不一致：

一方面，阮氏父子和焦循对骈体碑铭不感兴趣，阮氏父子虽然力倡骈文，但是学海堂师生"文学旨趣较重赋体，追求文有其质"[1]，并未于骈体碑铭有所创发。按理说，阮元爱好金石、书法，又作有《南北书法论》，对南北朝碑铭文并不陌生，可惜其只重书法，不重文字，未曾想到在此处着力。

焦循则旗帜鲜明地反对以骈文做史传。焦循早年曾做《读书三十二赞》，以骈俪之文述其对大儒之敬仰，但此后焦循对骈文传记尤其是骈体史传却持有抵触的情绪，其论四六文曰："好用冷僻故事，新异字句，往往见之不解何故，及一一考注，明白而其意，又索然无理。是真天下之废文，吾不愿子弟习之。"[2]焦循以骈文佶屈聱牙，索然无味，不愿子弟习之，似又与他史学思想有关，"文言"碑志与"质言"碑志中，焦循的趣味更倾向于后者：

> 平湖陆烜有《陇头刍话》一卷，论四六云：四六之文，多在影响间，大抵其德不可称而必欲称之，其事不足述而必欲述之，则舍此体其谁？此言甚有见。乃今则足称足述之德与事亦概用四六，何邪？余幼年好为此体，尝以小试，为刘文清公所称，后深悔之。处太平之世，有何不可明言之？隐即市井驵侩，岂无一节之可称述？有一节之可称述，何难质而言之？韩、柳诸铭墓之文，其人岂皆可足述者？果一无足称述，虽影响之言，亦在所宜戒，何四六为耶？然既有此体，亦不容废，特不可专于此，以绮语自饰其拙耳。[3]

---

① 曹虹《学术与文学的共生——论仪征学派"文言说"的推阐与实践》，《文史哲》2012年第2期，第77页。

② 焦循《里堂家训》，《续修四库全书》子部，第951册。

③ 同上。

焦循反对以骈体做传状的理由是骈体叙事幽暗不明,难以尽"据事直书"之旨。扬州学派骈文虽盛,上述扬州学人于人物传记创作,却多秉承清初以来史学家"据事直书"立场,未曾欲在此以骈文争一席之地①。

另一方面,这并不影响扬州学派另一重要学人汪中触及骈体碑铭这一领域。汪中对骈文碑铭研摩甚用力,多有心得:其论《张子韶祭文》"其情旨哀怆,乃过于词,前人所未有此格也"②;论白居易所作碑文"予窃爱其简明洁亮"③;赞苏东坡拒作碑铭,"可印公心"④;又赞蔡谟"虽勋德之家请于朝,出敕令书者亦辞之",乃"清介有守";⑤又全录《唐曹因墓铭》,虽未著一字评点,然赞誉之情,不言自明⑥。考之汪中文集,不仅有骈体碑铭,而且有不少骈体史传,可见汪中对骈体碑传的喜好。

汪中虽好骈体碑铭,但文体源流上仍将碑铭正宗归为《史》《汉》、韩柳。其子汪喜孙《汪容甫年谱》云:"今人若作碑版文字,上不规《史》《汉》,下进韩、柳,但依仿六朝骈俪之作,可乎?"⑦这又让碑铭本该在此时彰显的六朝骈文原始的特性,淹没于韩柳古文的识见之中。

概言之,在对待骈体人物碑铭的态度上,扬州学派学人内部分化明显:焦循站在明清以来史学家的立场上,反对以骈体作碑铭;阮元虽提倡骈文,却以缺乏沈思翰藻贬低碑版文字,忽视骈体碑铭的存在;汪中虽好为骈文碑铭,但将其源头落在韩、柳古文一头,反而与扬州学派主流史学、文学思想产生抵牾。这一分化的根本原因,是扬州学派内部对文史、文笔关系的不同看法。

第三节　刘师培与文史、骈散之争的调和

"文笔说"是扬州学派在文学领域开宗立派的宣言书,自汪中、凌廷堪首

① 焦循《国史儒林文苑传议》:"我朝儒学,以考核通贯为长。窃谓为诸人立传,宜以《道古》《潜研》两集所载阎若璩、梅文鼎、万季野、惠士奇、钱塘江永、戴震诸传为式,举长编所录,精之又精,核之又核,或直录其篇,或节揭其要。"《焦循诗文集》,第 217 页。
② 汪中《张子韶祭文》,《新编汪中集》,广陵书社 2005 年版,第 278 页。
③ 汪中《八种经典》,同上,第 280 页。
④ 汪中《东坡作碑铭》,同上,第 295 页。
⑤ 汪中《蔡君谟书碑》,同上,第 293 页。
⑥ 汪中《唐曹因墓铭》,同上,第 279 页。
⑦ 汪喜孙《容甫先生年谱》四十九年甲辰,《新编汪中集》附录。

先揭橥①，经阮元布扬其说，学海堂诸生往返策问，到刘师培以《文章原始》《广阮氏文言说》《文笔词笔诗笔考》接续前贤，这一学脉经久不衰，颇受关注②。在强大的学术传统背后，学派成员之间的分歧也不应被忽视，补苴罅漏、张皇幽眇本就是学派向前发展的动因。刘师培碑传观的内涵和背景，正是在修正阮元"文笔说"漏洞的过程中产生的；与此相关，刘师培"传实碑虚"理论的发展过程，旨在化解扬州学派于骈体碑铭问题上的分歧，乃是扬州学派文史观向前发展之必然一环。

一、阮氏文笔说的漏洞与刘师培的修正

在对读阮福《学海堂文笔策问》与刘师培《文笔词笔诗笔考》时，我们常关注刘师培对阮氏"文笔说"的继承与沿袭，却忽视了刘师培对"文笔说"的改订。其实，刘师培晚年反复论述的碑铭与史传文体有别这一看法，正是在修正阮元"文笔说"漏洞的过程中产生③。

从文体流别来看，碑铭与史传界限俨然。刘勰《文心雕龙》、陆机《文赋》、虞挚《文章流别论》均持类似看法。然而碑铭与史传又并称为"碑传"、"传志"，一是因为古文运动后，韩愈所开创的散体碑铭取代骈体碑铭，体式与史传逐渐趋同④，二是在碑铭文序与铭的骈散属性界定有模糊之处。刘勰以"属碑之体，资乎史才，其序则传，其文则铭"⑤，铭文部分属骈体，自不必说，而"其序则传"常被解读为碑序与史传相近，在一定程度上也淡化了碑铭文的骈体属性⑥。在多数时候，碑铭与史传不分并无大碍，但是在"文笔说"中，碑与传的划分却能左右"文笔说"的成败：骈文碑铭为文，散体史传为笔，若将二者辨析清楚，"文笔说"可添力证。若辨析不清，强以碑铭为笔，

---

① 刘奕《清代中期的"文笔说"产生、发展与演变》："阮元是清代重塑'文笔说'的旗手，但这个理论并非源自阮元的灵光乍现，它权舆于稍早的凌廷堪和汪中。"《天津社会科学》2006年第4期，第113页。

② 可参看曹虹《学术与文学的共生——论仪征派"文言说"的推阐与实践》，《文史哲》2012年第2期，第74—80页。

③ 刘跃进《刘师培及其汉魏六朝文学研究引论》一文注意到刘师培在教学过程中对"碑"、"诔"等文体源流特点的论述，并揭示刘师培于蔡邕碑文研究有精到之处。《文学遗产》2010年第4期，第148—149页。不可忽视的是，刘师培的碑铭文研究是在扬州学派"文笔说"大背景下展开的。

④ 钱穆《杂论唐代古文运动》认为：韩愈碑志乃"创意以散文法融铸入金石文"，"所谓好古之文者，实自有其一种开新之深见"。《中国学术思想史论丛》卷四，第44页。

⑤ 刘勰著，范文澜注《文心雕龙注》，第214页。

⑥ 林登顺认为：由于志序与铭辞文体差异，所以在创作上，一般都遵循"序以记事，铭以颂德"之原则。（林登顺《北朝墓志文研究》，丽文文化事业股份有限公司2009年版，第111页）刘师培对此深不以为然，说详下。

只会错误百出,阮氏父子恰恰忽视了这一点。

先看阮元"文笔说"的漏洞。阮元在《书梁昭明太子文选序后》一文末有云:

> 然则今人所作之古文,当名之为何? 曰:凡说经讲学皆经派也,传志记事皆史派,立意为宗皆子派也,惟沉思翰藻乃可名之谓文也。非文者尚不可名为文,况名之为古文乎。①

经史百家之文在古文家眼中皆为作文典范,阮元则反其道而行之,以《文选序》为依据,别立"文"之疆域。此处当注意的是阮元对人物传记的分类:历代古文家所看重的"传志记事",虽为"子史正流",却已"与文有别也",被归入"笔"类。阮元的划分固然高妙,但他完全没有意识到"传志记事皆史派"的表述可能略有武断:《文选》尚收录蔡邕《郭有道碑文》等传记作品,可见"志"(碑志)有"文学"的属性。且王运熙先生《从〈文选〉所选碑传文看骈文的叙事方式》一文就曾指出:"《文选》卷五八至卷六十,有碑文、墓志、行状三体……综观这些篇章的传记部分,都以骈文写作……因而与散体文传记(《史记》《汉书》)……写法迥异。"②阮元将骈体碑铭与史传等同,归为"记事之属"的"笔",考虑略欠妥当。

嘉庆二十五年(1820),阮元于学海堂以文笔策问课士,阮福作《学海堂文笔策问》,主张"综六朝、唐人所谓文、所谓笔,与宋、明之说不同而见于书史者,不分年代,类列之,以明其体。"③阮福的对策深契阮元之意,阮元乃命刻于《揅经室》三集之末,"与《书文选序后》相发明"④。在《书文选序后》中,阮元只略略提及碑传,在《学海堂文笔策问》中,阮福则欲证史传、诏制、碑版文字皆"记事之属"的"笔"类,所引例证错漏百出,阮氏父子"文笔说"中的失当之处由此进一步暴露。

扬州学派能创能通的特点和强大的弥合力在此也逐步显现。《学海堂文笔策问》问世百年后,刘师培作《文笔词笔诗笔考》,开篇即宣称"此篇以阮氏《文笔对》为主,特所引群书,以类相从,各附案词,以明文轨"⑤。虽然以

---

① 阮元《书梁昭明太子文选序后》,《揅经室集》,第 608 页。
② 王运熙《从〈文选〉所选碑传文看骈文的叙事方式》,《上海大学学报(社会科学版)》2007 年第 3 期,第 21 页。
③ 阮福《学海堂文笔策问》,《揅经室集》,第 609 页。
④ 同上,第 715 页。
⑤ 刘师培《文笔词笔诗笔考》,《刘申叔遗书补遗》,第 1308 页。《文笔词笔诗笔考》最早刊于《四川国学杂志》第六号,题作《国学学校论文五则(附文笔词笔诗笔考)》。其后发表的《中国中古文学史讲义》第二课《文学辨体》与此篇同。

"阮氏《文笔对》为主"，但是他在碑铭问题上的论述却有不小的变化，两篇文章所举材料相差无几，案词却别出机杼，我们不妨罗列原文，以窥其奥秘：

阮福《学海堂文笔策问》与刘师培《文笔诗笔词笔考》对读

引　　　文		阮　福　案　语	刘师培案语①
①《梁书·任昉传》/《南史·沈约传》	尤长载笔/彦昇工于笔。	……考《礼记》"史载笔"，**任彦昇长于碑版，亦记事之属**。	据上六证，是官牒史册之文，古概称笔。盖笔从"聿"声，古名"不聿"，"聿"、"述"谊同。故其为体，惟以直质为工，据事直书，弗尚藻彩。《礼·曲礼篇》曰："史载笔。"孔修《春秋》亦曰："笔则笔，削则削。"
②《唐书·蒋偕传》	三世踵修国史，世称良笔。	此笔亦记事之属。	
③《陈书·徐陵传》	国家有大手笔，皆陵草之。	**此笔谓诏制碑版文字**。故唐张说善碑志，称"燕许大手笔"。	
④《陈书·陆琼传》	讨周迪、陈宝应等，都官符及诸大手笔，并敕付琼。		
⑤《文赋》	诗缘情而绮靡，赋体物而浏亮。碑披文以相质，诔缠绵而凄怆。铭博约而温润，箴顿挫而清壮。颂优游以彬蔚，论精微而朗畅。奏平彻以闲雅，说炜晔而谲诳。	此赋赋及十体之文，不及**传志**，盖史为著作，不名为文。凡类于**传志**者，不得称文。是以状文之情，分文之派，晋承建安，已开其先，《昭明》《金楼》，实守其法。	后世以降，凡体之涉**传状**者，均笔类也。陆机《文赋》，诠述诗赋十体，弗及**传记**，亦其明征。

从上述表格中阮福案语部分，我们不难看出阮福援引《礼记》"史载笔"、陆机《文赋》以及史书中"大手笔"几条例证，都是想证"传志"、"碑版文字"为笔。刘师培将《任昉传》《蒋偕传》《陆琼传》引文的几条案语悉数删去，重新按语曰："据上六证，是官牒史册之文，古概称笔。"②同样是这几则材料，结论却转而强调"诏制"、"官牒史册"为笔。推究其原因，应当是刘师培发现阮福强以"碑铭为笔"有诸多不妥之处。如阮福《学海堂文笔策问》被刘师培删去的两条按语，正是问题多多：

（一）"任彦昇长于碑版。"阮福以"任彦昇长于碑版，亦记事之属"，证《礼记》"史载笔"之论。尽管《文选》收录有任昉碑铭文，但史书未见关于任

① 刘师培《文笔词笔诗笔考》，《刘申叔遗书补遗》，第 1309—1310 页。
② 刘师培将《汉书·楼护传》"长安号曰'谷子云笔札'"也移至此处。

昉长于碑版的表述。刘师培在稍晚写成的《汉魏六朝专家文》中表示："至于兼长碑铭箴颂赞诔说辨议诸体者,惟曹子建、陆士衡二人。任彦昇则短于碑铭箴颂赞诔,庾子山则短于论说辨议。天赋所限,不可强求。"①可见他对阮福说法的不认同。

（二）"唐张说善碑志,称'燕许大手笔'。"《旧唐书》本传称张说:"前后三秉大政,掌文学之任凡三十年。为文俊丽,用思精密,朝廷**大手笔**,皆特承中旨撰述,天下词人,咸讽诵之。尤长于碑文、墓志,当代无能及者。"②这本是阮福将"史载笔"与"碑版文字"联系在一起最有说服力的论断。刘师培发表于《文笔诗笔词笔考》之前的《文章原始》中尚引用了这一例证,此处删去本令人费解。考之张说碑志骈散结合,与初唐骈体碑铭相差无几③,且《新唐书》谓其"为文属思精壮,长于碑志,世所不逮"④,"属思精壮"与《文选序》"沉思翰藻"近似,更说明阮福的例证经不起推敲。且刘师培文体观中,专家文体研究也应断自五代以前⑤,刘师培在《文笔诗笔词笔考》中删去此条,也可见其以骈体碑铭为"文"的观点更加笃定。

我们应该注意的是,刘师培全盘摒弃阮福说法,不是对阮氏父子疏漏的简单修补,而是他开始用更严格的文笔标准来区分碑铭与史传。这在前表中陆机《文赋》的按语部分体现得最为明显。《文赋》本有"碑披文以相质……铭博约而温润"诸语,陆机本意碑铭文理应位列于"文",对这一句的解读,这也成了刘师培与阮福分歧最大之处:

此赋赋及十体之文,不及**传志**,盖史为著作,不名为文。凡类于**传志**者,不得称文。（阮福）

陆机《文赋》,诠述诗赋十体,弗及**传记**,亦其明征。（刘师培）

"传志"包含碑铭与史传,阮福认为《文赋》中未提及二体,故不得称"文"。刘师培改成"传记",一字之别,则意在仅将史传排除在"文"之外。

① 刘师培《汉魏六朝专家文》,《中国中古文学史讲义》,上海古籍出版社 2000 年版,第121 页。
② 刘昫等撰《旧唐书·张说传》,中华书局 1975 年版,第 3057 页。
③ 于景祥、李贵银:"对于碑志文的创作来说,唐初确实沿袭了南北朝的余绪,仍以骈体为碑志,人物个性不突出。"《中国历代碑志文话》,辽海出版社 2009 年版,第 50 页。
④ 欧阳修等撰《新唐书·张说传》,中华书局 1975 年版,第 4410 页。
⑤ 刘师培《汉魏六朝专家文研究》:"尝谓五代以前文多相同,五代以后,乖违乃甚。"（《中国中古文学史讲义》,第 119 页）

案语的论断部分,阮福作:"凡类于传志者,不得称文。"刘师培则曰:"后世以降,凡体之涉及传状者,均笔类也。"此处"传志"改作"传状",看似大同小异,实则泾渭分明。

或许有人会怀疑刘师培的修改是否出于有心,然早在 1905 年写作《文章原始》时,刘师培尚沿袭阮福之说,主张"陆机《文赋》不及传志碑版之文,盖以此为史体,非可入之于文也"①。通检刘师培晚年《中国中古文学史讲义》《汉魏六朝专家文研究》等书,均只有"传记"、"传状"而无"传志",可见刘师培不愿将碑铭与史传等同视之的态度之坚决。阮氏父子在碑铭问题上一错再错,刘师培将错就错悄然修正,可见他对乡贤持敬之深。他本人的碑传观也在辨析"文笔说"的过程中更加鲜明。

二、传实碑虚:刘师培独特碑传观的形成

刘师培对碑铭文的重视,应是出于本人发自内心的喜好。尹炎武《刘师培外传》称"其为文章则宗阮文达《文笔对》之说,考型六代而断至初唐,雅好蔡中郎,兼嗜洪适《隶释》《隶续》所录汉人碑版之文,以竺厚古雅为主。"②刘师培《甲辰年自述诗》云:有"我今论文主容甫,采藻秀出追齐梁。(予作文以《述学》为法。)"③我们可以看到,无论是对阮元文学主张的继续阐论,还是对汪中文学创作的模拟,刘师培自身学术爱好的规模格局深受乡贤影响。

刘师培对碑铭与史传区别看待的态度源自何时? 通过相关文献梳理,我们不难发现,刘师培对这一问题的思考大致可以分为以下三个阶段:

(一) 1905 年:沿袭旧说,含混不清

1905 年《国粹学报》第一期发表的《文章原始》中,刘师培引阮福之说,以碑志为笔:"唐张说称大手笔,亦指其善修史及作碑版耳,亦记事之文也。"④又曰:"韩、柳之文,希踪子时,即传志碑版之作,亦媲美前贤。然绳以文体,特古人之语,而六朝之笔耳。"⑤这一例证显然源自阮福《学海堂文笔策问》,可见彼时刘师培仍在秉承乡贤之说。

不过,与此说有些不同的是,在《国粹学报》第二期发表的《论文杂记》

① 刘师培《文章原始》,《刘申叔遗书》,第 1646 页。
② 刘师培《刘申叔遗书》,第 17 页。
③ 刘师培《中国中古文学史讲义》附录,第 170 页。
④ 刘师培《文章原始》,《刘申叔遗书》,第 1646 页。此条在"观魏晋六朝诸史各列传中多以文笔并言"案中。是条案语还有《论衡》等诸多佐证,除"孔子作《春秋》必言笔削"外,皆源自阮福《学海堂文笔策问》。
⑤ 同上。

中,刘师培则将碑单独讨论,归为有韵之文:

> 箴、铭、碑、颂,皆文章之有韵者也,然发源则甚古……碑者,古人记功之文也……推之志铭、诔辞之作,皆起于三代之前,而皆为有韵之文。足证上古之世,崇尚文言,故韵语之文莫不起源于古昔。阮元《文言说》所言,诚不诬也。①

同样是论述《文赋》十体,刘师培已经进入碑、铭等文体源流问题,这为此后发觉碑传文体之别已埋下了伏笔②。

(二)1913 年:悄然修正 稍露端倪

《文笔诗笔词笔考》写作于这一时期。刘师培晚年对早期《国粹学报》所作文章并不满意,1919 年所撰《陈钟凡〈周礼古注集〉跋》回忆其学术次第:"清末旅沪,为《国粹学报》撰稿,率意为文,说多不莹。民元以还,西入成都,北界北平。所至,任教国学,纂辑讲稿之外,精力所萃,实在《三礼》。"③这段叙述虽着重强调自己于《三礼》用力之深,但也表明他于《国粹学报》诸稿之后学术的更新。如前所述,1913 年刘师培《文笔诗笔词笔考》修正"文笔说",删去阮福《学海堂文笔策问》中"任彦昇长于碑版"、"唐张说善碑志,称'燕许大手笔'"等案语,将阮福认为陆机《文赋》"不及传志"说改为"弗及传记"。这些蛛丝马迹都透露了刘师培碑传观念演进的消息。这段时期刘师培任教于成都国学院,正是他学术承前启后的重要阶段,我们有理由相信,他在厘清碑铭与史传源流及特征上应该倾注了不少的心血,才会在晚年有鞭辟入里的阐论。

(三)1917—1919 年:辨彰文体,阐发新说

1917 年至 1719 年,是刘师培生命的最后三年,作为北大教授主讲中国文学。这三年里刘师培开始反复申说"传实碑虚"的理论,其碑传观日益鲜明④。

除《中国中古文学史讲义》《汉魏六朝专家文研究》外,学生罗常培所记口义中,尚有《文心雕龙诔碑篇口义》,专论碑铭文之写作,足见刘师培对碑

---

① 《国粹学报·文篇》第二期。
② 刘师培在论述张说、韩、柳之文时,要么"修史"与"作碑版"并列,要么"传志碑版"并列,这与阮氏父子均视之"传志"还是有些不同。
③ 万仕国《刘师培年谱》,广陵书社 2003 年版,第 275—276 页。
④ 尽管刘师培在《中国中古文学史讲义》第二课《文学辨体》中仍全盘沿用《文笔诗笔词笔考》,但在第四课《宋齐梁陈文学概略》再述《文笔之区别》时,刘师培能以《文心雕龙》篇次为证,《诔碑》《史传》分列为有韵之文、无韵之文两部,与《文心雕龙》暗合,成为"文笔说"有力证据。(《中国中古文学史讲义》,第 110—111 页)

传研磨之深。细读《汉魏六朝专家文研究》各章节，碑铭、史传均有细致的分论，论点颇新。与阮元、阮福简单地混碑志与史传为一体截然不同，他认为：

> 又碑铭叙事与记传殊，若以《后汉书》杨秉、杨赐、郭泰、陈实等本传与蔡中郎所作碑铭相较，则传实碑虚，作法迥异。于此可悟作碑与修史不同。①

"传实碑虚，作法迥异"，这是刘师培第一次明确揭示碑铭与史传不同。需要补充的是，前文已提及碑铭与史传争议的关键在于碑序的文体属性。历史上多数学人接受刘勰的观点，将碑序等同于史传。若"碑前之序"近于史传，不绳以"碑虚"的标准，那"传实碑虚"的适用范围就会大大缩小。刘师培碑传观的一大创获，即是将碑序与铭文文体视为一体，与史传严格区分。他指出：

> 碑前之序，虽与传状相近，而实为二体，不可混同。盖碑序所叙生平，以形容为主，不宜据事直书……两汉、魏晋之碑体，未有据事直书，琐屑毕陈，而与史传、家传相混者。试观蔡中郎之《郭有道碑》，岂能与《后汉书·郭泰传》易位耶？彦和"其序则传"一语，盖谓碑序应包括事实，不宜全空，亦即陆机《文赋》所谓"碑披文以相质"之意，非谓直同史传也。六朝碑序，本无与史传相同之作法，观下文所云："标序盛德，必见清风之华；昭纪鸿懿，必见峻伟之烈"，则彦和固亦深知形容之旨，绝不致泯没碑序与史传之界域也。②

在刘师培看来，碑序与碑铭有着相同的文体属性，应等同看待。"碑序与史传"的界域正在于"形容之旨"。"蔡伯喈之碑铭无不化实为空，运实于空，实叙处亦以形容词出。"③"传实碑虚"的差异也体现在此，具体表现在：

首先，"传实碑虚"要求碑铭文"实叙处亦以形容词出"。刘师培推碑铭源头出自《书经·尧典》之首段，"与《礼经》之不可增减一字者不同"，碑铭"本以'拟其形容，象其物宜'为尚，而不重写实，秦、汉碑铭全

---

① 刘师培《汉魏六朝专家文研究》，第 123 页。相似论述不止一处，如口义开篇绪论：其体裁讹变，正与后代混碑铭与行状，且复参加议论者，同一不足训。（第 120 页）"文章变化与文体迁讹"一节：绝无以传为碑或以碑为传者。（第 148 页）

② 刘师培《〈文心雕龙·诔碑篇〉释要下》，《刘申叔遗书补遗》，第 1572 页。

③ 刘师培《汉魏六朝专家文研究》第十《论各家文章与经子关系》，《中国中古文学史讲义》，第 141 页。

属此体"①。碑铭"体尚严重",所以看重"镕经铸史,乃克堂皇"②。如蔡邕《郭有道碑》开头"先生诞应天衷,聪睿明哲,孝友温恭,仁慈笃惠"四句,刘师培指出:"自《尧典》化出,皆表象形容之词。如作《郭泰传》,即应据事直书,不可文胜于质。"③同样,"丧事惟约,用过乎俭"一句,化自《周易》,"传状中不能用"④。

在形容词、典故用法上,蔡邕以后的碑铭文走入歧途,在"形容之旨"方面日趋僵硬。一则是因为六朝以后形容词等级分明,用法甚严,而汉碑形容词使用非常灵活,常可断章取义,如"克岐克嶷",用于童稚,亦不违碍⑤;二则在用典方面,后人不知文字有"实写"与"形容"之别,亦不知有"表象"之法,以"典故"代替"形容","典故穷后易以代词,此风自六朝已渐兆其端,唐、宋始变本加厉"⑥。

其次,"传实碑虚"在谋篇布局、材料抉择上也有不同的要求。对史传文字而言:"**凡作纪传之文,但就行状本事,晦者明之,繁者简之。**"⑦但"**作碑铭者**,如欲历数生平,宏纤毕备……必至繁芜冗长,生气奄奄,此并不知谋篇之术,而吝于割爱者也"⑧。换言之,记传当简明扼要地列述行状,而碑铭必须对生平有所取舍。比如,蔡邕《胡公碑》以"七被三事,再作特进"八字消纳胡广屡次之黜陟⑨,即是碑铭正体。

再次,在评价史传与碑文的艺术成就上也有不同的标准:"记事之文以善传神者为生","善用笔者,工于摹写神情,故笔姿活跃,不善用笔者,文章板滞,毫无生动之气,与抄书无异"⑩。这就意味着史传要追求传神写照,活灵活现地展示传主的风神气韵。"有韵及偶俪之文则以句句安定为生"⑪,

---

① 刘师培《汉魏六朝专家文研究》第十五《汉魏六朝之写实文学》,《中国中古文学史讲义》,第 152 页。

② 刘师培《汉魏六朝专家文研究》第三《学文四忌》,《中国中古文学史讲义》,第 126 页。

③ 刘师培《〈文心雕龙·诔碑篇〉释要下》,《刘申叔遗书补遗》,第 1573 页。

④ 同上,第 1576 页。

⑤ 刘师培《汉魏六朝专家文研究》第十《论各家与经子之关系》(《中国中古文学史讲义》,第141 页)。第十五《汉魏六朝之写实文学》:"如传状本以记事为主,用表象形容之词即为失体。然《史记·石奋传》'子孙胜冠者在侧,虽燕居必冠,申申如也'(卷一百三),《汉书·朱云传》'蹑齐升堂抗首而请',并用《论语·乡党》文。实则汉人之衣冠亦未必与周制相同,用此两语,即近粉饰。但施之碑铭则甚调和,此殆沿用当时碑文未加修改,致乖史传之体耳。"(《中国中古文学史讲义》,第 151 页)

⑥ 刘师培《汉魏六朝专家文研究》第十五《汉魏六朝之写实文学》,第 152 页。

⑦ 刘师培《汉魏六朝专家文研究》,《中国中古文学史讲义》,第 122 页。

⑧ 同上,第 129 页。

⑨ 同上,第 130 页。

⑩ 同上,第 136 页。

⑪ 同上,第 137 页。

"凡文章有劲气,能贯串,有警策而文采出(即《文心雕龙·隐秀篇》之所谓"秀")者乃能生动"①。"东汉一代之文皆能镕铸经诰,惟余子仅采用经书之字句组成,而伯喈能涵泳诗书之音节,而模拟其声调,不讲平仄而自然和雅,此其所以异于普通汉碑也。"②由此可见,碑铭崇尚气脉贯穿,有警策秀句,在熔铸经书字句的同时要涵泳模拟其音节声调。

除此之外,在文章主客观等方面,刘师培均列出了碑铭与史传的区别。他的碑传研究,因为厘清了碑传文体属性,故无论是在研究格局,还是在观念创新上,都与之前学者有较大不同,应当被视作其重要之成就。

三、刘师培碑铭观：扬州学派文史观下的新变

继承却不墨守是扬州学人的特色。前论刘师培对"文笔说"的修正即是一例。刘师培对汪中碑铭观的继续阐发,也是一例。同样爱好碑铭,且声称"论文主容甫",刘师培对汪中碑铭创作并不满意:他在《汉魏六朝专家文研究》中指责汪中"作碑铭杂用《国语》《国策》《史记》《汉书》诸体,而参之以唐宋之文,遂至骈散皆不可辨,此镕合之弊也"③。这显然是刘师培超越前贤后,对前贤学说一次中肯的批评。

探求刘氏能够超越前贤的原因,我们有必要注意到章学诚"考镜源流、辨章学术"与张舜徽先生指出的扬州学派"能创、能通"之间的关系。扬州学人运用这一史学方法有如鬼斧神工,得心应手。阮元融合当时骈文思潮、汉学家文学观、本地文选学传统,追源溯流于《文选》《文心》乃至诸子百家中寻求"文笔"例证,以成一家之说,是其成果。刘师培继踵阮元、汪中提出"传实碑虚",区分碑铭,将碑铭源头追溯至蔡邕,何尝也不是这一路径?

最后需要说明的是,通过文体、文论渊源考辨建立的扬州文论,虽欲成一家之言,却又能融古文家理论。就以骈散碑铭来看,骈体碑铭与散体碑铭纵然在句法音节上有诸多不同,然其文体之特质,实质均为一种刻于碑板上的颂赞文字。方苞以"义法说"、"雅洁"理论保留碑铭之传统特性,刘师培论骈体碑铭,又与方苞碑铭理论有几分相近。其论"谋篇之术":"作碑铭者,如欲历数生平,宏纤皆备;论事理者,如欲胪陈往迹,小大不遗,必至繁芜冗长,生气奄奄。"④这正是方苞总结出来"常事不书"的碑铭理论;又论蔡邕之碑文"一人数篇,而篇法各异":"世谓碑铭之文千篇一律,惟修辞有工拙

---

① 刘师培《汉魏六朝专家文研究》,《中国中古文学史讲义》,第136—137页。
② 同上,第133页。
③ 同上,第146页。
④ 同上,第129页。

者,岂然乎?"①这与古文家重"义法"相似。对骈体碑铭的探究更有助于了解古文家创作的意图与宗旨,这不能不说是扬州学说融通的表现。

本 章 小 结

清代扬州学派的土壤中,既有史学家求实的一面,又有趋于汉魏六朝的骈体文学观,这使得"传志文体异同"问题不断交织碰撞,刘师培"传实碑虚"理论的提出,或许正是这种兼容并包学说发展的必然结果。从1905年的《文章原始》延续阮氏旧说,到1913年《文笔词笔诗笔考》悄然修正这一漏洞,再到1917年寄身北大主讲中国文学史期间,反复申说碑铭与史传之不同,刘师培逐渐发展出"传实碑虚"的碑传文体观。他之所以能够厘清史传、碑铭的源流与体性,是对扬州学派文史观融会贯通、推陈出新的结果,是扬州学派文史观向前演进之必然一环。

简言之,"文史之争"为我们揭示了"文人传记"与"史家传记"两大传统,文人传统传记以"碑"、"颂"为代表,以"常事不书"、"功德之崇,不若情辞之动人心目"为文体风格,"标序盛德,必见清风之华;昭纪鸿懿,必见峻伟之烈";史家传统则以史官史职自居,以"惩恶扬善","农夫见莠,其必锄也",更强调"据事直书"的原则。方苞为代表的文学派,章学诚为代表的史学派,各自的理论主张,源于对各自传统的体认与捍卫。

从"骈散之争"切入传记研究,可以从文体学角度认识"中国早期传记形态"文体特殊性,拓展中国传记传统研究空间。一方面,从"分"的角度,诚如"碑铭"、"史传"各体,自有渊源,不同的体用关系、社会功用决定了它们不同的文体形态,多样的文体形态是中国传统传记的特色之一。另一方面,从"合"的角度,黄侃《文心雕龙札记·颂赞篇》以诸骈体传记可归入"颂"体②,若从溯源角度,诸多文体亦有归并的可能。骈散之争依据的"文笔说"理论,也揭示骈体传记与早期"言说"传统的关联,归并不同文体传记,寻找传记与早期祖先祭祀、舞、乐、歌之联系,也有较大拓展空间。

---

① 刘师培《汉魏六朝专家文研究》,《中国中古文学史讲义》,第129页。
② 黄侃《文心雕龙札记》第九《颂赞》,上海古籍出版社2000年版,第72页。

第三章　角色之争：儒者、礼生 抑或诗叟

　　本章选取的四位人物：首先是孙奇逢，早年被推为"清初三大儒"，节行卓著，黄宗羲以其为北方之学代表，乾嘉以后经方苞、焦循议论，一度险被归入"隐逸传"，又在晚清民国重新被徐世昌推为《清儒学案》首位。其次是贾田祖，作为扬州高邮民间一位默默无闻、游历甚少的士子，其一生爱好诗文，因曾与同乡王念孙一同论学之缘，身后被誉为"经学老儒"。最后是方苞与江永，桐城派方苞敏觉于时风，有志于经史，终未能摆脱"文士"的定位；而作为乾嘉考据先驱的江永，俨然汉学宗师，其宋学的背景也逐渐被人所遗忘。哪一个"角色"才是真正的孙奇逢、贾田祖、方苞、江永？或者说，怎样去接受这些不同的"角色"塑造，厘清制造这些"角色"差异的动机，呈现更为复杂的清代学人社会，这是本章将要探讨的问题。

　　美国著名社会学家戈夫曼借鉴戏剧表演理论提出"角色距离"（role distance）。该理论指人们扮演的角色和内心之间的分歧、外在角色和内在看法有一定距离。通过清儒传记与文集自叙，我们不难发现清儒的自我期许会因不同人物阐说，会随社会认同、时代思潮演变等因素衍生出诸多不同的"角色形象"。戈夫曼的"角色距离"理论其源头可追溯至欧洲社会学"符号互动学派"，其理论所长在于"用戏剧学的理论和概念来解释日常生活"①，诚如研究者所指出："戈夫曼的著作对于人类的自身理解有显著的贡献，它精细地论述了社会环境中的人类行为以及我们在他们面前如何表现自己这一主题。"②戈夫曼角色理论的主要贡献在于用戏剧表演理论来阐述"角色"的定义，在分析传统"角色分析"理论缺陷的同时，提出了自己对"角色分析"的新看法：

---

① （美）欧文·戈夫曼著，徐敏江、丁晖译《日常接触》，华夏出版社 1990 年版，《译者前言》，第 1 页。

② 同上。

　　虽然传统的角色分析一开始总是把焦点对着产生于角色分化和整合中的模式或系统,但近来人们已使用另一种方法来进行角色分析。这一方法虽然与前一种有联系,但分析的角度却很不相同,因为它是把个体作为中心单位来对待的。角色分析中的一个基本假设是,每个个体都将卷入到一个以上的系统或模式中去,并因此而扮演几个角色。因此,每一个个体都有几个自我,这就给我们提出了一个有趣的难题,即这些自我是如何发生相互联系的。根据第一种角色观点,人的模型有点象(像)一个股份公司,由一群彼此不相关的角色组成。只是第二种观点才力求弄清个体是如何经营这个股份公司的。①

　　戈夫曼的理论中呈现出了两种不同的人物研究方法:一种是"股份公司"式的,只是发掘出"人物是由一群彼此不相关的角色组成",另一种则是他所期待的基于"个体"的分析,"个体是如何经营这个股份公司的"。

　　清代学术史中,不仅是每个个体都在有意无意经营着自己角色的"股份公司",而且对于学术史的编撰者而言,也如同一位导演,将不同角色为其所用,揉捏在他的"作品"之中。真实的清代学术史一定远比我们仅凭十几位学者、一些代表作拼接而成的样子精彩得多,真实的清代学者也未必会喜欢我们给他们贴上的刻板"标签"。如果我们对于清代学人传记、学术的分析只停留在不断强化复述或是刻意为之的翻案,都会让清代学术史的研究始终停留在一条线性发展的轨道上裹足不前,失去进入古人思想与生活世界的契机。丰富的史料让清人成为我们最容易接近、最能够理解的"古人",不同文献呈现出越复杂越矛盾的形象,或许越接近历史最真实的一面。我们需要换一种视角,用更包容的心态,更耐心地处理文献之间的矛盾,将清代学术中最细腻的一面呈现出来。

　　将"角色之争"这一概念引入清代学术史,正因为清代学术思想反复更迭过程中,清代学者的自我认同、流淌于学术史的形象都在反复变动,通过"角色距离"的分析,我们或许能够尝试去触碰清人对自我、对所处时代学术最朴实最真诚的看法。

---

　　① 欧文·戈夫曼著,徐敏江、丁晖译《日常接触》,第77页。

第一节　孙奇逢：从气节之士到隐士①

由于明清鼎革造成的思想动荡，清前期人物传记的创作常引发一连串的争议，以孙奇逢传记为例，就有黄宗羲、魏裔介、方苞等多位学者为其立传②，尤以方苞所作传记备受争议。以往研究从文史之争角度，多批评方苞所作传记笔削失当，并未注意到方苞将孙奇逢形象由"侠烈"转为"隐逸"的良苦用心及思想史意义。方苞对孙奇逢传记的书写，寄托了他对于"儒者"标准新的理解，而孙奇逢"隐逸"形象被建构的过程及其后世影响，有颇多待发之覆。

不同时期学者的传记书写，对孙奇逢"儒者"形象给予了不同的定义，本节将通过魏裔介与方苞所作传记的比对，探讨孙奇逢这位"效死勿去"、以"侠烈"名扬的北方学者，如何因方苞颇具争议的传记书写，险些被历史遗忘，以至于被焦循建议列入《拟国史儒林传稿》"隐逸传"。以孙奇逢传记书写为例，分析传记书写与时代思潮的相互激荡，梳理孙奇逢"侠烈"与"隐逸"形象为后世学术思想史提供的不同思想资源。

一、魏裔介《夏峰先生本传》中"效死勿去"的侠烈形象

越是嘉道以后，孙奇逢益以北方之学先导而声名愈显。追溯历史，早在黄宗羲《明儒学案》的《诸儒学案》有《征君孙钟元先生奇逢》，"北方学者"的形象已呼之欲出：

> 孙奇逢字启泰，号钟元，北直容城人。举乡书。初尚节侠……燕、赵悲歌慷慨之风久湮，人谓自先生而再见。家有北海亭，名称其实焉。其后一变而为理学，卜居百原山，康节之遗址也。其乡人皆从而化

---

① 本节以《"侠烈"或"隐逸"：孙奇逢传记之书写的思想史意义》为题，发表于《古典文献研究》第27辑下卷，有删改。

② 孙奇逢的传记主要有魏裔介、方苞、江藩等所作传，黄宗羲《明儒学案·征君孙钟元先生奇逢》，魏一鳌、汤斌等编订《征君孙先生年谱》，方苞修订《孙夏峰先生年谱》以及孙奇逢自撰《岁寒居年谱》《日谱》《游谱》等。据董建和编著《九十种清代传记综合索引》收录，孙奇逢传记尚包括黄宗羲撰《思旧录》、陆言纂辑《政学录初稿》、阮元撰《国史儒林传》、彭绍升撰《儒行述》、蔡冠洛编纂《清代七百名人传》、邓之诚撰《清诗纪事初编》、徐世昌著《清儒学案》、李佩芳等编《国朝尚友录》、徐世昌辑《晚晴簃诗汇小传》、朱克敬撰《儒林琐记》、姚永朴撰《旧闻随笔》等（董建和编著《九十种清代传记综合索引》，开明出版社2008年版，第522页）。

之……北方之学者,大概出于其门。先生之所至,虽不知其深浅,使丧乱之余,犹知有讲学一脉者,要不可泯也。①

黄宗羲推孙奇逢为北方学者之领袖,并以其生平从燕赵"节侠"之风"一变而为理学",可视为当时学界之公论。

同样,早期以魏裔介所作《夏峰先生本传》为代表的孙奇逢传记,均展现了他所体现的"北方学者"的气魄。《夏峰先生本传》开篇即录孙奇逢十四岁一段奇闻:

> 公十四岁入邑庠,谒杨尚宝补庭,补庭问:"设在围城中,内无粮刍,外无救援,当如之何?"先生应声对曰:"效死勿去。"补庭曰:"此足卜子生平矣。"②

"效死勿去"四字铿锵有力,杨尚宝"此足卜子生平"一语,不仅是他本人对孙奇逢一生之预言,想必也是魏裔介为传记主线所埋下的铺垫。在魏裔介《夏峰先生本传》中,孙奇逢这样一位代表北方之强的学者,具有以下特点:

(一)遵循古礼、刻苦躬行。北方之学者践行古礼,既是北方学者特色,也是明清学术复古倾向的体现,可视为清代礼学发展的重要一环。如《本传》所记孙奇逢"二十二岁,丁父艰,哀毁成例,病、丧、葬,一准古礼,偕兄若弟结庐墓侧,不饮酒、不食肉、不御内者三年。服甫阕,旋丁母艰。既葬,依庐六载如一日"③,展现了孙奇逢恪守古礼的虔敬。时代稍后于孙奇逢的颜元,同样以恪守古礼著称,据戴望《处士颜先生元》所记,颜元也因"守《朱子家礼》惟谨","觉其过抑情,校以古丧礼为非"④,由《朱子家礼》转为尊奉古礼,由此可见当时北方学者的共同趋向。

(二)"天性孝友"、"安贫乐道"的伦理观。魏裔介凸显了北方学者极重视道德践履的一面。魏裔介《本传》认为"公(孙奇逢)学以慎独为宗,体认天理为要,以日用伦常为实际",这就是说,与南方尚博雅之风相异,北方学者笃守"德性之知",以"日用伦常"作为工夫之对象。《本传》记孙奇逢常

---

① 黄宗羲《明儒学案》,中华书局 2008 年版,第 1371 页。
② 魏裔介《夏峰先生本传》,孙奇逢著,朱茂汉点校《夏峰先生集》,中华书局 2004 年版,第 5 页。
③ 魏裔介《夏峰先生本传》,《夏峰先生集》,第 1 页。
④ 戴望《处士颜先生元》,戴望著,刘公纯点校《颜氏学记》,中华书局 1958 年版,第 1—2 页。

言"七十岁工夫较六十而密，八十工夫较七十时而密，九十工夫较八十而密，学无止境，此念无时敢懈……视听言动无非礼，子臣弟友能尽分，戒欺来慊，此是圣贤真境界也"①，这一记载从工夫随年龄增长而加密，圣贤真境界见于视听言动，折射魏裔介对孙奇逢日用工夫的彰显。传记又录孙奇逢"值两亲丧葬之后，产益落，饔飧常不继"，而不愿受人金粟而为不义之事，"食贫自甘，若将终身"，"以父母未伸一日之养，遂淡然仕进"②，"天性孝友，兄若弟先逝已久，每触其手迹，辄为涕零"③。此类对孙奇逢"天性孝友"、"事贫自甘"的记述，至今读来至情感人，诚如近年来颇受研究者关注的《日谱》《日录》《修身日记》等，是我们理解北方理学传统中"工夫论"的珍贵史料。

（三）魏裔介还刻画了孙奇逢等北方学人重视实学、崇尚"礼乐兵农"的特征。魏裔介《本传》记孙奇逢率族人抗击清兵的事迹："戊寅冬，有兵革之事，公率子弟门人入易州之五公山，族党绅士依之者愈众。公饬武备，辑人心，为守御计，誓神告众。暇则讲礼兴学，诵诗、书，修冠昏丧祭之仪，相恤相观，简而可守，于干戈抢攘时隐然揖让礼乐，远迩皆服其德化。"④较之方苞《孙征君传》"奇逢为教条，部署守御，而弦歌不辍"一笔带过，魏裔介的《本传》非常细腻地描述了北方学者群体"饬武备"、"讲礼兴学"、"揖让礼乐"；又如在不废农事，"辟兼山堂，读《易》其中。率子若孙躬耕自给，门人日进"⑤。清初学者多以"经济"、"实学"自居，当时北方学者最原生态的表现亦存于孙奇逢传记中。

（四）魏裔介详细记述了孙奇逢著述情况。"考订诸儒，辑成《理学宗传》二十六卷，识趋学力于此见其大端矣。"《本传》还记载了孙奇逢《日谱》《四书近指》《四礼酌》《答问》《书经近指》《取节录》《孝友堂家乘》《读易大旨》《圣学录》《两大案录》《畿辅中州人物考》《甲申大难录》《岁寒居全集》等著作刊刻及尚未受梓情况⑥。此后方苞所作孙奇逢之传记，"至论学，则为书甚具"，不载其书其学，只以"知命"推其为"儒"，孙奇逢固能以托方苞之声名文章传世，然其学术之大端已不复在。

魏裔介《本传》"赞"引《易》曰"鸿渐于逵，其羽可用为仪"概括孙奇逢之一生。在魏裔介看来：

---

① 魏裔介《夏峰先生本传》，《夏峰先生集》，第5页。
② 同上，第3页。
③ 同上，第6页。
④ 同上，第4—5页。
⑤ 同上，第5页。
⑥ 同上，第5页。

《易》曰:"鸿渐于逵,其羽可用为仪。"征君之谓也。世徒见征君乙
丙之间急于友难,以节侠目之;人见其讲学于百泉之上,以为追慕姚许;
见其接引公卿大夫暨田夫野老,油油然无倦色,谓其和而不流。此讵足
以尽知征君耶?二氏之流断臂然指,觊觎长生,终沦幻妄。征君不离人
伦日用,寿几期颐,子孙三十余人,和气盈庭,虽禀气之异哉,亦有以养
其浩然者在也。①

魏裔介推崇孙奇逢因节侠之目,教诲不倦,不离人伦日用而得声名,代
表了他的时代对孙奇逢气节与学问的追慕,也是他心目中"儒者"的典范。

二、方苞论孙奇逢"知命而不知惑"

与魏裔介《夏峰先生本传》相比,方苞亦有《孙征君传》,我们可以看到
方苞对孙奇逢"角色"的改写与隐晦的时代政治忌讳、方苞个人思想的认识,
以及不断更迭的学术思潮。

方苞深知孙奇逢此前在众人心中的形象,《与孙以宁书》云:"所示群贤
论述,皆未得体要。概其大致,不越三端:或详讲学宗指及师友渊源,或条
举平生侠义之迹,或盛称门墙广大,海内向仰者多,此三者皆征君之末迹也;
三者详而征君之志事隐矣。"②他认为对孙奇逢的事迹应有取舍:"征君义
侠,舍杨、左之事,皆乡曲自好者所能勉;其门墙广大,乃度时揣己,不敢如
孔、孟之拒孺悲、夷之,非得已也;至论学,则为书甚具;故并弗采著于传上,
而虚言其大略。"③方苞这番"删汰"对孙奇逢的学术史"角色"影响甚大,仔
细体味,大致可归纳出以下五点:

(一)开篇即定调孙奇逢从"节烈"成为"不可强仕"之士。"孙奇逢,字
启泰,号钟元,北直容城人也。少倜傥好奇节,而内行笃修,负经世之略,常
欲赫然着功烈而不可强以仕。"④从魏裔介的"效死勿用"到方苞的"不可强
以仕",不只是语气的舒缓,更是一种新的叙述主线与逻辑的产生。

(二)方苞述"征君义侠,舍杨、左之事"时,补记孙奇逢"密上书承宗",
"世以此益高奇逢之义",特强调"台垣及巡抚交荐,屡征不起。承宗欲疏请
以职方起赞军事,使元仪先之,奇逢亦不应也"⑤;"入国朝,以国子祭酒征,

---

① 魏裔介《夏峰先生本传》,《夏峰先生集》,第 7 页。
② 方苞《与孙以宁书》,《方苞集》,第 136 页。
③ 同上。
④ 方苞《孙征君传》,《方苞集》,第 213 页。
⑤ 同上,第 213—214 页。

有司敦趣,卒固辞"①;"鼎革后,诸公必欲强起奇逢,平凉胡廷佐曰:'人各有志,彼自乐处隐就闲,何故必令与吾侪一辙乎?'"②以上皆强调孙奇逢之"不可强以仕"。

(三)为突出孙奇逢之"隐逸",在容城、易州五公山抵御清兵一段,方苞记"奇逢为教条,部署守御,而弦歌不辍"③,着墨"弦歌不辍",除表现沉稳之外,有渲染"隐逸之趣"的意味。

(四)孙奇逢门徒众多,方苞淡化门徒诸如汤斌等朝廷、地方显贵。方苞以孙奇逢"其门墙广大,乃度时揣己,不敢如孔、孟之拒孺悲、夷之,非得已也",论所收学生"人无贤愚,苟问学,必开以性之所近,使自力于庸行,其与人无町畦,虽武夫悍卒、工商隶圉、野夫牧竖,必以诚意接之,用此名在天下,而人无忌嫉者"④。此处与魏裔介《夏峰先生本传》对比,差异明显,魏裔介述孙奇逢生徒并不回避"公卿"交往之迹:"上自公卿大夫暨田氓野老,有就公相质者,公披衷相告,无所吝也","卿贰韦布,不作歧视"⑤,并录孙奇逢劝导中州官员"匹夫为善,康济一身,公卿为善,康济一世"⑥。方苞则刻意淡化孙奇逢与公卿之交往,亦未提及与汤斌等人之交往,是否触及时局,其原因有待考证。

(五)方苞叙孙奇逢之学则云"奇逢始与鹿善继讲学,以阳明为宗,及晚年,乃更和通朱子之说","征君论学之书甚具,其质行学者谱焉,兹故不论"⑦,孙奇逢之著述均未提及。

孙奇逢去世三十七年后,其曾孙孙用桢以旧编《年谱》嘱托方苞删订,方苞作《孙征君年谱序》中,开篇同样试图将孙奇逢与"义侠忠烈"之士作区分:

> 自古豪杰才人以至侠义忠烈之士不得其死者众矣,而传经守道之儒无是也,极其患至摒斥流放胥靡而止耳。其或会天道人事之穷而至于授命,则必时义宜然,而与侠烈者异焉。⑧

方苞以"豪杰才士以至侠义忠烈之士不得其死者众矣",而"传经守道

① 方苞《孙征君传》,《方苞集》,第213页。
② 同上,第214页。
③ 同上。
④ 同上。
⑤ 魏裔介《夏峰先生本传》,《夏峰先生集》,第5页。
⑥ 同上。
⑦ 方苞《孙征君传》,《方苞集》,第214页。
⑧ 方苞《孙征君年谱序》,《方苞集》,第88页。

之儒"至多是"摒斥流放",以此推导出"儒者"与"侠烈者"相异之处,乃"会天道人事之穷而至于授命,则必时义然"之论断。这与素来孙奇逢"燕赵大侠"之角色形象相差甚大。邬国平等学者亦注意到方苞对明清遗民书写的变化,他在《新译方苞文选自序》中通过讨论方苞《方正学论》中论"方孝孺、刘珝之死"指出:"方苞认为方孝孺、刘珝的死关涉一个共同的问题,人当兴亡鼎革、生死患难之际,不能总是以为可以不惜一切地牺牲掉生命,结局越惨烈越好,相反,应当尽量设法让别人活下去,使受祸害的人越少才越好。也就是说,英雄在这种时际选择慷慨就义,是为了让更多人能够生存。"①可见一种新的"儒者"定义,贯串在方苞传记与文论之中。在《孙征君年谱序》中,方苞用同样的"人生哲学观"来分析孙奇逢之"明且哲"之处:

> 先生生明季,知天下将亡,而不可强以仕,此固其所以为明且哲也。然杨、左诸贤之难,若火燎原,而出身以当其锋;及涉乱离,屡聚义勇,以保乡里,既老,屏迹耕桑,犹以宵人几构祸殃。迹其生平,阽及危死者数矣! 在先生自计,固将坦然授命而不疑,而卒之身名泰然,盖若有阴相者。②

在这篇《序》中,方苞试图说明孙奇逢因"侠烈"而"阽及危死者数矣",何以能保全其身? 方苞认为此正因为"儒者自有授命","懔懔然惟恐失其所受之理而无以为人",儒者虽不赴死,"其操心之危,用力之艰,较之奋死而卒然者有十百矣。此天地所寄以为心,而借之纪纲乎人道者也。岂忍自戕贼哉?"③基于此,方苞认为目前所存《孙征君年谱》中孙奇逢"侠烈角色"不足以成为后学不加思辨效仿的典范:

> 今谱阙始终,其行事或近于侠烈,而治身与心则粹乎一准于先儒。学者考其立身之本末,而因以究观天人之际,可以知命而不惑矣。④

在方苞心中,孙奇逢是"儒者",贵在能"知命"得以善终。方苞反复强调孙奇逢之"知命":"先兄百川闻之夏峰之学者,征君尝语人曰:'吾始自分

---

① 邬国平、刘文彬注译《新译方苞文选·自序》,三民书局2016年版。是《序》同时指出:"研究者认为方苞写这篇文章与清朝前期汉人思考如何与统治者相处有关。"
② 方苞《孙征君年谱序》,《方苞集》,第88—89页。
③ 同上,第88页。
④ 同上,第89页。

于杨、左诸贤同命，乃涉乱离，可以犯死者数矣，而终无恙，是以学贵知命而不惑也。'"①

文末仍记一事："高阳孙少师以军事相属，先生力辞不就，众皆惜之，而少师再用再黜，讫无成功。"②方苞以孙奇逢力拒孙承宗之邀，而孙承宗最终全家死节之对比，勾勒孙奇逢"侠烈"角色背后"知命"一面，用意甚为清晰。方苞在《孙征君传》文末引《易》"介于石，不终日"，感慨曰"其殆庶几耶"，可见方苞对孙奇逢"知命而不惑"角色解读之自信。

或是孙奇逢后人孙以宁写信商榷，或是方苞对自己所作《孙征君传》将引发争议早有心理准备，《方苞集》收入《与孙以宁书》，易被忽略的一个小细节：早年《夏峰集》载有魏裔介《夏峰先生本传》，方苞在《与孙以宁书》特别强调"他日载之家乘，达于史官，慎毋以彼而易此"。而孙以宁似乎心领神会接受了方苞的建议，故方苞有"惟足下之然昭晰，无惑于群言，是征君之所赖也，与仆之文无加损焉"③。既有魏裔介《夏峰先生本传》，孙氏家族为何又请方苞另写传记，而方苞特别强调今后"载之家乘，达于史官"的"慎毋以彼而易此"，"慎毋"二字触目惊心，或与时局文网繁密有关。

方苞这一番煞费苦心的改写，是将孙奇逢这一角色从"明清鼎革之际英雄谱"的系统中移入了"文网繁密高压统治下自我压抑的遗民心态"系统中，呈现出不同以往的孙奇逢角色。通过文本分析，我们应该有理由相信，《孙征君传》在当时所引起的争议，恐怕不止于"文史"写法"详略"，更是对孙奇逢这样一位人物历史定位的争论。平心而论，方苞这样的解读固然为"侠烈"形象增加了几分更复杂的内心戏，但对于多数读者而言，可能更期待孙奇逢"侠烈"的一面。

三、乾嘉以后孙奇逢形象的思想史意义

孙奇逢与李颙、黄宗羲被推为清初三大家，最早见于全祖望为李颙所作《二曲先生窆石文》中④："当是时，北方则孙先生夏峰，南方则黄先生梨洲，西方则先生，时论以为三大儒。"⑤可见当时社会风评。然而孙奇逢一度消失于清代学术主线之中，又在道咸以降出现截然不同的"形象"及评价，这一

①　方苞《孙征君传》，《方苞集》，第214页。
②　同上，第214页。
③　方苞《与孙以宁书》，《方苞集》，第137页。
④　何冠彪《黄宗羲、顾炎武、王夫之合称清初三大儒考——兼说清初四大儒及五大儒的成员》，氏著《明清人物与著述》，台湾商务印书馆1996年版，第50页。
⑤　全祖望《二曲先生窆石文》，《全祖望集汇校集注》，第237页。

现象值得关注。

　　就生平履迹而言，孙奇逢与黄宗羲实则有几分相似：黄宗羲生于明万历三十八年（1610），虽晚孙奇逢近二十五年，然黄宗羲少年成名。天启年间，孙奇逢与逆阉魏忠贤周旋，为左光斗、魏大中、周顺昌斡旋，"海内高其义，有范阳三烈士之称"①。黄宗羲则在崇祯元年袖长锥，草疏入都讼冤上书，请诛阉党余孽许显纯、崔应元，锥刺许显纯，播名海内。清兵入关，孙奇逢率宗族子弟据守容城、易州五公山；黄宗羲则在黄竹浦组建"世忠营"，奋力抵御外辱②。易代以降，孙奇逢、黄宗羲均屡诏不仕，避迹山居，从事于讲学，生徒广众，梁启超曾指出："清初讲学大师，中州有孙夏峰，关中有李二曲，东南则黄梨洲。三人皆聚集生徒，开堂讲道，其形式与中晚明学者无别。"③论著述，孙奇逢亦与黄宗羲比肩，孙奇逢《理学宗传》与黄宗羲《明儒学案》《宋元学案》继踵先后，二人同好讲《易》与《礼》④，注重乡邦晚明史料收集。钱穆《中国近三百年学术史》第二章《黄梨洲》有云："盖往昔理学家精神，在单纯，在切己，其长为能彻底而敦实践。"⑤黄宗羲因"学必源本经术，而后不为蹈虚；必证明于史籍，而后足以应务"⑥，巍然为时代所宗师。黄宗羲一直稳居"清初三大儒"之列，孙奇逢之学术及其所代表"北方之学"，则一度淹没于清代学术史，其消长轨迹仍值得去梳理。

（一）进入"隐逸传"的孙奇逢

　　《明儒学案》成书于康熙十五年（1676），越百年光景，清朝经历雍乾二朝，到嘉庆十四年（1809），阮元自愿兼国史馆总纂编撰《国史儒林传》时，焦循《拟国史儒林传》中论及孙奇逢、李颙时说：

　　　　他若孙奇逢、李中孚之徒，说经说理，无甚过人。（孙有《读易大旨》，乃晚年所作。中孚《二曲集》，亦演姚江之说而已，如宋之种放、明之王艮。）确能自守蒿莱，不趋轩冕，以入"隐逸"，于类为安。（顾炎武、黄宗羲亦不仕，乃学识精博，则宜入《儒林传》矣。）抑或立德可依卓行，政事不愧循良，以著述核之，宜去宜取，宜彼宜此，自有条而不紊矣。⑦

---

①　魏裔介《夏峰先生本传》，《夏峰先生集》，第3页。
②　黄炳垕《黄梨洲先生年谱》，《黄宗羲全集》第十二册，浙江古籍出版社2005年，第31页。
③　梁启超《中国近三百年学术史》，商务印书馆2017年版，第53页。
④　魏裔介《夏峰先生本传》："水部侍郎马光裕赠夏峰田庐，辟兼山堂，读《易》其中。"以黄宗羲、黄宗炎等人为代表的浙东学派，对《易》学亦多著述。
⑤　钱穆《中国近三百年学术史》，九州出版社2011年版，第30页。
⑥　全祖望《甬上证人书院记》，引自钱穆《中国近三百年学术史》，第30页。
⑦　焦循著，刘建臻点校《焦循诗文集》，第216页。

焦循以孙奇逢"自守蒿莱，不趋轩冕，以入隐逸，于类为安"。以"不仕"、"隐逸"一词，就清初语境而言并无褒贬，清廷遍寻举荐"隐逸"之士，黄宗羲、李颙、孙奇逢、王夫之等人，都有因"不能强仕"而益发为士人所重之记述①。但焦循以孙奇逢入《隐逸传》，是因"学识"之厚薄为标准，将其排斥于《儒林传》的一种委婉表达，因为焦循以"顾炎武、黄宗羲亦不仕，乃学识精博，则宜入《儒林传》矣"。笔者一度以为这是历史无情的删汰，或是阮元、焦循等人是基于汉宋之争立场对孙奇逢学术的轻视。但通过上一节的梳理，不难发现"隐逸"之于孙奇逢，最早的源头可能来自方苞备受争议的《孙征君传》。从作为明清遗民"晚节"的"隐逸"，在方苞传记中成为"不如归去"般的"知命豁达"，这是"孙奇逢"角色在学术史转变中被忽略的一点。

钱锺书《谈艺录》七十《随园述方望溪事》亦指方苞《与孙以宁书》"力辩所撰孙奇逢传中不详其'讲学宗旨'、'平生狭义'、'门墙广大'，以为'此皆末迹'，'事愈详而义愈隘'，且引《史记·留侯世家》语为张目，谓其'明示后世缀文之士以虚实详略之权度'"，认为方苞之辩解是"文过饰说，似是而非"，"作诗之于查夏重，讲学之于孙夏峰，正如'功力'之于留侯，传志中安能草率默尔乎？"②钱锺书认为不突出孙奇逢"讲学"这一"角色"，孙奇逢的形象很难说是饱满，甚至有偏颇。

笔者并不完全赞同上述看法，通过对魏裔介《夏峰先生本传》与方苞《孙征君传》的比对③，我们认为方苞《孙征君传》最具争议之处，莫过于将魏裔介等人所建构的"效死勿去"的"侠烈"闻名的孙奇逢，转为了"知命而不惑"以保其全身的"隐逸"角色。仔细阅读文本，我们会发现作为"隐者"的孙奇逢已悄然刻画于方苞传记中，也为焦循以孙奇逢归入"隐逸传"提供了依据。

（二）作为"侠烈"之士的孙奇逢的归来

尽管焦循欲以孙奇逢入《隐逸传》，然时风渐变，阮元、焦循所代表的汉学家的意见，并不足以阻挡孙奇逢在清代中后期经世之风日起的形势下重归学术史的历程。江藩《国朝宋学渊源记》有《孙奇逢传》，所记有"左光斗之事"、

---

① 全祖望《二曲先生窆石文》记李颙拒绝"以隐逸荐"："癸丑，陕督抚竟以隐逸荐，先生遗书曰：'仆少失学问，又无他技，徒报皋鱼之至痛，敢希和靖之芳踪哉？……明公此举，必当为我曲成。如必不获所请，即当以死继之，断不惜此余生，以为大典之辱。'"《全祖望集汇校集注》，第236页。

② 钱锺书《谈艺录》，生活·读书·新知三联书店2008年版，第589—590页。

③ 沈德潜云："魏裔介，字石生，直隶柏乡人。顺治丙戌进士，官至大学士，补谥文毅。著有《兼济堂集》。国朝诸大典半属文毅奏议所定。学宗朱子，著有《约言录》《知统录》诸书，风节侃侃，时称二魏，谓公及敏果公也。"沈德潜编《清诗别裁集》卷二，上海古籍出版社2013年版，第59页。

于容城、易州五公山"奇逢定条约,修武备,暇则讲论身心性命之学",以及鼎革后讲学百泉山,汤斌从学,已有揄扬孙奇逢德行、修身之意,又录其论学语录:"尝曰:'喜怒哀乐中,视听言动必合于礼;子臣弟友尽分,此终身行不尽者。世之学者不务躬行,惟胜口说,徒增藩篱,于道何补?'"①可见对孙奇逢有关礼学与人伦实践阐说的重视。光绪癸未年间,孙奇逢《日谱》由鹿氏后人鹿传霖刊刻,其曰:"若夫古圣贤修身行己之学,无不于日用起居以觇其本原。此又日谱之作,几与年谱同不可废。"②为孙奇逢《日谱》题序之人甚多,多推崇其以《日谱》所录"日用伦常"于天道、世道人心、修身之功效:

> 征君孙先生清风劲德,为吾道正宗。稽其言行一本,孝弟而君臣、夫妇、朋友、至性至情,胥由此推以薪人伦之至,而全天命之原。(光绪癸巳,曾培祺)③

> 国朝理学名臣,明理达用,莫如汤文正公。而文正尝师事夏峰孙先生,其称先生之言曰:自述日谱,凡日用动作,应事接物,纤细必书……又曰:其学以慎独为宗、以礼认天理为要、以日用伦常为实际。(光绪三年,王荣光)④

> 江受读数过,见其言皆日用云为之故,友朋赠答之诗,间或探节义之事与志行之人,无一不关心人心世道,脱非躬行心得者,乌能与于斯。(光绪七年,潘江文涛氏)⑤

自戴望编订颜李丛书、颜元年谱兴盛,北方之学逐渐为人所重视。晚清民国,颜李学派重新被推崇后,孙奇逢等北方学者也日益显现,钱穆《中国近三百年学术史》:

> 夏峰论学,朴朴无所奇,以视习斋傲睨千载,独步一世,若遥为不伦;然以夏峰人格之坚实,制行之朴茂,则习斋所论,正为近之……今夏

---

① 江藩《国朝宋学渊源记》,朱维铮主编《汉学师承记》(外二种),生活·读书·新知三联书店 1998 年版,第 188—189 页。
② 孙奇逢著,张显清主编《孙奇逢集》中册,中州古籍出版社 2003 年版,第 1336 页。
③ 同上,第 1336 页。
④ 同上,第 1338 页
⑤ 同上,第 1342 页

峰忠孝之大节，礼乐兵农之素行，正习斋《四存编》中理想之人物，所谓"吾儒一线之真脉"者。惟夏峰不斥宋儒，不废著述耳……当时北方学者，厉忠孝之节，究兵、农、礼乐，为风尚之大同，习斋亦莫能外。①

以颜李学派之学源来自"北方之学"，或是受黄宗羲《明儒学案》影响，或是受谭献影响②，并以"孙奇逢、颜元"及师友圈勾勒出"北方之学"。

与此同时，徐世昌《清儒学案》以孙奇逢为首位，《清儒学案·凡例》即说明："夏峰已见《明儒学案》，而是编取以弁冕群伦，以苏门讲学时入清初，谨取靖节《晋》《宋》两传之例。《学案小识》不加甄录，盖有门户之见存，非以其重出也，次青论之赴矣。"③《清儒学案》中亦推孙奇逢为"北方学者"：

> 夏峰以豪杰之士，进希圣贤，讲学不分门户，有涵盖之量。与同时梨洲、二曲两派同出阳明，气魄独大，北方学者，奉为泰斗、北斗。命弟子魏莲陆、汤潜庵分辑《北学》《洛学》两编，其传衍甚远。述《夏峰学案》。④

徐世昌以孙奇逢为第一，是经过慎重考虑。《夏峰学案》附录孙博雅、王余佑等十八名学者，唯独舍去孙奇逢学友鹿善继，以其只是"义行之士"而不能入《学案》⑤，可见徐世昌《清儒学案》强调孙奇逢作为"阳明后学正脉"之一面。

（三）作为生命个体的孙奇逢

上述讨论无论是魏裔介、方苞、孙以宁、焦循、江藩、钱穆、徐世昌等，都提供多多少少有所区别的"孙奇逢"。作为生命个体的"孙奇逢"是如何看待他的"角色"？孙奇逢之《日谱》，记录其践履纤细感人，然细读《夏峰先生集》，归隐之心，亦不能说方苞之解读纯属误读：如《文集》中《与鹿伯顺》有云"新春心绪又觉不佳，壮龄去矣，无异东流。岁月居然有虚，比上不知彼苍作何如安排"⑥，感慨岁月之流逝；《复梁如星》"不佞廿余年落魄书生，骨相

---

① 钱穆《中国近三百年学术史》，第 199 页。
② 钱穆自注："清末谭献《复堂日记》谓'习斋门径略似苏门孙先生'，可谓知言。"（《中国近三百年学术史》，第 203 页）
③ 徐世昌等编纂《清儒学案·凡例》，中华书局 2008 年版，第 1 页。
④ 徐世昌等编纂《清儒学案》卷一，第 1 页。
⑤ 朱曦林《〈清儒学案·夏峰学案〉纂修述略》，《清史论丛》2016 年第 1 期。
⑥ 孙奇逢《与鹿伯顺》，《夏峰先生集》，第 5 页。

贫薄,已无缘奋翮言天下事,然每念苟全性命,不求闻达,此中清福亦自不小"①,甘于"苟全性命"。若从《夏峰先生集》与友人尺牍所见之情,与《日谱》所录,"角色"未必能够统一。如《复宋小凤》一文:

> 读手教,字字是情,字字是理。"是非"二字自不待辨而明。不佞窃谓情理中未免字字带气耳。对无血性之男子,此气不可无;对配道义之君子,此气不可有。何也? 渠视此房为性命,觉不可少;足下有此房为赘疣,反觉其多。何如哀多益寡,彼此两为愉快乎? 民吾同胞物吾与,谁非自家屋里人? 不独得老氏退一步之法,我之大贤于人何所不容? 亦见吾儒涵养之道。不佞对众人不敢为此言,对足下则不可无此言也。因凤昔知爱之深,敢以臆言奉复左右。②

孙奇逢劝"是非二字不待辨而明",而以"谁非自家屋里人? 不独得老氏退一步之法,我之大贤于人何所不容?"北方学者"节烈"而外,"揖让之道"亦跃然呈现。又如《与鹿伯顺》:

> 弟素有志,不忘沟壑。一有恒产,此志便为所夺。"贫即是道",旨哉斯言。弟向来殊恨未到足色,就中苦趣未得一一领出。是举也,返躬多愧,受享知惭,不知于古人取与之界两无害否? 近与二三兄弟捉笔工课外,就所闻见有一事可传者,随意札记,用以磨砺肺肠。儿辈亦稍稍解文路,或嬉或读,不减舞雩三三两两,颇觉愿外之念比向时减的几分③。

"安贫乐道"与兄弟儿辈之乐,似乎亦消解了鼎革之际对于遗老们剧烈波动的固定思维,以此看来,方苞以孙奇逢为"知命而不惑"又有几分道理。

诚如孙奇逢所述:"吾之学与年俱进,而有三变焉:天启乙丑、丙寅,则陈太丘、郭林宗;癸未、甲申,则管幼安、田子春;今老矣,其卫武公乎?"孙奇逢编撰《畿辅人物考》《理学宗传》《中州人物考》等人物传志,亦有宣扬、效仿各种历史"角色"之意。以生命个体去体味不同角色的孙奇逢,或许是我们阅读历史的意义所在,不同时期的人阅读孙奇逢,也会得到不同的启发,

① 孙奇逢《复梁如星》,《夏峰先生集》,第18页。
② 孙奇逢《复宋小凤》,《夏峰先生集》,第7页。
③ 孙奇逢《与鹿伯顺》,《夏峰先生集》,第15页。

完成对自我生命的升华。从魏裔介《夏峰先生本传》与道咸以降孙奇逢等人诸多传记，我们又可看到对于"侠烈"气节的永恒期待。孙奇逢复杂的内心世界以及动荡不安的社会变迁，我们亦能从"隐逸"的孙奇逢汲取智慧，相信通过对诸多孙奇逢"角色"的辨析，我们可以理解儒者定义的变迁。

第二节　江永与方苞："礼学之士"的"南辕北辙"①

方苞与江永，一位是桐城开宗立派之始祖，一位是汉学皖派的先声。后世的学术史中，曾任"三礼馆总纂修"的方苞，从"文士"向"儒者"进阶之路异常艰难，而"欲卒朱子之志"的江永，因戴震、钱大昕、王昶、刘大櫆等人的大力宣扬，当仁不让被视作传经之儒、汉学家。我们固然能以"汉宋之争"、"文士"与"经儒"区分方苞与江永，但考察康熙、乾隆年间礼学在社会各阶层的原生态与新发展，我们可以看到清代学术多重面向：江永的礼学有明清礼生"复制"、"挪用"礼制，为乡村宗族提供乡规民约的思想背景，其被广泛推崇的考据著述，多可划入"畴人"之范畴。方苞之"学行继程朱"，容易忽略其以孙奇逢、汤斌为效仿对象，以"古礼"、"气节"为道德践履的一面，其礼学研究，与当时浓厚的经史研究、礼学实践一脉相承。江永汉学家形象如何形成，方苞以及桐城派缘何与学术史则渐行渐远，这是本节讨论的典型案例。

一、江永：从宋学到汉学

章学诚《文史通义·朱陆》以"宋儒有朱、陆，千古不可合之同异，亦千古不可无之同异也"②，阮元《拟国史儒林传序》则以"师、儒"弥合汉宋，汉宋之争成为清代学术史独具标识性的特征。然而江永卒于乾隆壬午（1762），被梁启超誉为汉学家大本营的四库馆开馆尚在乾隆三十八年（1773），借用惠能"菩提本无树，明镜亦非台。本来无一树，何处有尘埃"的偈语，对于江永而言，其本人应无所谓汉宋。江永与方苞同浸染于安徽学术的土壤之中，同尊奉程朱之学，又以修续礼经、践行古礼为趋向，我们不妨暂时搁置他们身上"古文家"、"汉学家"等身份，将其置入"清代礼制社会"、"徽州礼学"的大系统中，与同为"礼学家角色"的孙奇逢、汤斌、戴震、曾国

---

① 本节以《礼学视阈下的江永与方苞传记研究》为题，发表于《历史文献与传统文化》第30辑，有删改。

② 章学诚《朱陆》，《文史通义校注》，第262页。

藩等一并讨论,方能看出"从宋学家成为汉学家"的江永以及"从经生成为文士"的方苞,在历史世界中的独特历程。

(一)"婺源老儒"的"礼学"与"名物度数"

乾隆二十七年(1762)壬午,江永去世。至民国徐世昌《清儒学案》论江永之影响:"婺源江氏与元和惠氏同时并起,其后治汉学者皆奉为先河。婺源之学,一传而为休宁,再传而为金坛、高邮,其学派流衍,比于惠氏,为尤光大矣。"①江永已然以"徽学"、"尤精礼经"等文化符号成为一个学派的开端,为人所称道。

方苞生于康熙七年(1668),江永生于康熙二十年(1681),事实上,在二人的时代,方苞更早以礼学获得声名。据戴震《江慎修先生事略状》所记,江永曾与方苞于京师一晤,时任三礼馆总裁的方苞"素负其学,及闻先生,愿得见,见则以所疑《士冠礼》《士昏礼》中数事为问,先生从容置答,乃大折服"②。彼时方苞身居高位,以经术为业,心目中之所谓"儒",当如《孙征君年谱序》之孙奇逢,践古礼、知天命,以"天地所寄以为心,而借之纪纲乎人道"③。然而对江永来说,那次京师之旅,似乎并没有太多轰动,数年后,"上方崇奖实学,命大臣举经术之儒",江永虽获乡贤举荐,却以"驰逐名场非素心"婉拒之④。晚居故里,戴震《事略状》连用"家居寂然"、"自顾颓然就老,谓无可复用",略可窥睹这位婺源老儒晚年的潦倒寂寞。

江永逝世后,戴震、王昶、钱大昕、刘大櫆等人纷纷为其立传,阐述其学术宗旨。学术史中,我们尤应注意时间轴的节点:江永游京师是在乾隆庚申(1740)、辛酉(1741)间⑤;戴震入都,"声重京师",受纪昀、王昶、钱大昕、朱筠"名公卿争相交焉",是在乾隆乙亥(1755);江永卒,戴震作《江慎修先生事略状》于乾隆壬午(1762);王昶为江永所作传记约在乾隆丙申(1776)⑥,钱大昕《江先生永传》应在乾隆丙午(1786)后。从江永游京师至钱大昕作传,相隔近半个世纪,对于历史来说只是沧海一粟,但若用个体生命的长度来度量,已是两三代学人之更迭。当江永作为世事中浮沉的复

①　徐世昌《清儒学案》第三册,第2245页。
②　戴震《江慎修先生事略状》,《戴震集》,上海古籍出版社2009年版,第230页。
③　方苞《孙征君年谱序》,《方苞集》,第88页。
④　戴震《江慎修先生事略状》,《戴震集》,第230页。
⑤　同上。
⑥　王昶《江慎修先生墓志铭》有云:江永卒后,"又十余年,余自蜀还朝,而东原以荐授庶吉士校理四库馆书,于是取所自为状,及汪世重等年谱而属余铭之"(王昶《春融堂集》卷五十五,清嘉庆十二年塾南书舍刻本)。孙文娟定王昶回京为乾隆丙申年,见孙文娟《王昶年谱》,兰州大学2013年硕士论文,第65页。钱大昕《江先生永传》文末提及,"丙午乡试,士子主先生说者皆得中式",可考钱大昕所作传应在乾隆丙午(1786)后。

杂的生命体,定格为一版文字的"文本",其谋生的艰辛逐渐模糊,其"汉学家"的身份愈发清晰,但若仔细推敲,从"江永传记文本生成"角度来考察,他身上的"礼学家"身份却略显杂乱与模糊。

第一位为江永作传的应是戴震。戴震《江慎修事略状》作于 1762 年,据段玉裁年谱,"是年三月十三日,江先生卒于家,先生作《江慎修先生事略状》"①。在《事略状》文末,戴震亦说明撰写缘起:"乾隆二十七年五月,休宁戴震次先生治经要略、著书卷数。先生生于康熙辛酉年七月十七日,卒于乾隆壬午年三月十三日,遗书二十余种,缮写成帙,藏于其家。书未广播,恐就逸坠,不得集太史氏,敢以状私于执事。谨状。"②众所周知,戴震之学术随其游历、交游渐广,不断转进。1762 年,为江永作传时的戴震正处于学术进阶的哪一阶段? 钱穆《中国近三百年学术史》有精辟之考证:他认为乾隆二十二年(1757),戴震南游扬州,与惠栋相晤为其学风之转折点。前期乃徽学路径,与惠栋相识后,戴震受惠栋影响,开始抨击程朱。钱穆认为戴震《原善》三篇"至迟在癸未(1763),至早在丁丑(1757)"③,也就是说戴震作《江慎修先生事略状》,恰是其渐受惠栋学风影响,转向"义理三书"写作的初期,在这一节点为江永生平学术作传,不啻也是戴震自己在学术转折中的一次自我省视与回顾。

江永卒于乾隆壬午(1762),被梁启超誉为汉学家大本营的四库馆开馆为乾隆三十八年(1773),戴震所作《江慎修先生事略状》可视为汉学萌芽之初,清代汉学家传记较早的典范。戴震《江慎修先生事略状》对于江永学术史中"角色"的塑造必然受到时风所趋之影响,有微妙之拿捏,其要点在于对江永学术中"礼学"与"名物度数"的整合,这也与戴震自身的经历有关。戴震之学最先为京都文化圈所重之处,本在"名物度数"。据钱穆考订,戴震于乾隆甲戌(1754 年)入京都,"初见钱竹汀,竹汀叹其学精博,荐之秦蕙田。蕙田闻其善步算,即日命驾延主其邸,朝夕讲论五礼通考中《观象授时》一门,以为闻所未闻。据《年谱》翌年夏,纪晓岚初识东原,见其《考工记图》而奇之,因为付梓。见《考工记图纪序》是年,东原又成《句股割圜记》三篇,秦蕙田全载于《通考》","一时学者,推服东原,本在名物数度"④。不难看出,戴震彼时见推于京城学术圈,笼统可称为以礼学所长,细究则在于"历学"、"步算"。

戴震对"江永"角色的塑造,同样也是以治"礼学"为标识,着重强调江

---

① 段玉裁《戴东原先生年谱》,《戴震集》,第 464 页。
② 戴震《江慎修先生事略状》,《戴震集》,第 230 页。
③ 钱穆《中国近三百年学术史》,第 354 页。
④ 同上,第 342 页。

永"历学"、"步算"等方面成就。《江慎修先生事略状》中，戴震一方面以江永"精心于前人所合集《十三经注疏》者，而于'三礼'尤功深"，另一方面也在强调"先生读书好深思、长于比勘、步算、钟律、声韵"①。我们不妨从史源学角度追踪戴震所取江永事略之史源：

《江慎修先生事略状》	江 永 著 述
1. "宣城梅氏所言岁实消长，见歧未定"，则正之②。	《数学》卷二《岁实消长辨》
2. 考订乐律，"言乐律实汉已降，二千年莫知关究者如此为书以论"③。	《律吕阐微》卷五
3. 考订古韵："古韵起于吴才老，而昆山顾氏据证尤精博，先生则谓顾氏考古之功多，审音之功浅，正顾氏分十部之疏……顾氏未之审也。"④	《古韵标准》《四声切韵考》《音学辨微》
4. 论《易》：《易》象言"往来上下者"，后儒谓之卦变，江永以凡曰"来"、"下"、"反"，乃"自反卦之外卦来居内卦"；凡曰"上"、"进"、"升"，"自反卦之内卦往居外卦也"⑤。	《群经补义》卷一《卦变考》（笔者注：即《事略状》中《读书随笔》，戴震以《周礼疑义举要》别为一书，余则改名《群书补义》）
5. 考兵农，辨"后儒皆言古者寓兵于农井田废而兵农始分"⑥。	《周礼疑义举要》卷二，又见《群经补义》卷五
6. 深衣考⑦。	《深衣考误》

从戴震塑造的江永"汉学家"角色，我们能看到清代学术发展更为细腻的纹理：虽然诸家公认"礼学"为江永经学之擅场，但是戴震是以"比勘、步算、钟律、声韵"为其学术大端，这与戴震自己最初享誉京师路径一致。戴震详述江永《深衣图考》例证后，以"经传中制度名物，先生必得其通证举视此，盖先生之学自汉经师康成后罕其俦匹"⑧，以"比勘、步算、钟律、声韵"直接"俦匹"郑玄，总有一点违和感，与其说是"礼学家"、"汉学家"，倒不如此

---

① 戴震《江慎修先生事略状》，《戴震集》，第 226 页。
② 同上，第 226—227 页。
③ 同上，第 227 页。
④ 同上，第 227—228 页。
⑤ 同上，第 228 页。
⑥ 同上，第 228 页。
⑦ 同上，第 229 页。
⑧ 同上，第 219 页。

后"畴人"角色贴切。这一点，王昶的《江慎修先生墓志铭》更为通达："尝见明丘氏《大学衍义补》，征引《周礼》，爱之，求得其书，朝夕讽诵，自是遂研覃《十三经注疏》，凡古今制度及钟律、声韵、舆地，无不探赜索隐，测其本始，而于天文地理之术尤深。"①王昶以江永于"天文地理"尤深，绕开"礼学家"的角色，江永在汉学家心目中学术之所长，反而更清晰了。

（二）江永与徽州"礼生"群体

不难看出，虽然江永这位婺源老儒在清代学人心目中的地位，首推是"礼学"，但江永"礼学"与清代"礼学"之关系，仍有待梳理之处。近年来清代学术史以从戴震到凌廷堪构建出"以礼代理"的清学发展诠释理论，其内核所关注的"礼"的范畴乃是依据"考据学"所定义的②。清代礼学之全貌如何？是徽州独盛，还是一种普遍现象？为何只有江永、戴震一支的礼学研究成为朴学新军，又能"理欲之辨"上升为戴东原之"哲学"？本章论及孙奇逢时，我们已提及北方学者"重气节""复古礼"的行为，王汎森《清初"礼治社会"思想的形成》一文亦指出诸如顾炎武、吕留良强调"出处、去就、辞受、取与"，黄宗羲"以礼抗俗"，魏裔介提出"以礼治心"，颜元、李塨践行"礼容"，由此可见清初士大夫们在日常生活中对"礼"的重视与不同实践方向③。那么，作为"礼学家"的江永，与其他学者的礼学"角色"的关系是怎样？

近年来的历史人类学研究注意到中国古代一个特殊的群体"礼生"。据刘永华《仪礼下乡——明代以降闽西四保的礼仪变革与社会转型》一书所定义："在明清文献中，礼生又称赞礼生、奉祀生、主礼生，他们引导吉、嘉、宾、军、凶五礼，参与神明崇拜、祖先祭祀、婚嫁丧礼等多种礼仪实践，其中尤在祭礼中最为引人注目。他们在礼仪中承担的职能，最为基本的是赞相礼仪。清中叶博闻强识的士大夫梁章钜称'近赞礼者为礼生'，而清代官修《六部成语》对礼生的解释更为详细：'祭祀圣庙及先贤祠堂，在旁提倡（唱）起、跪、叩首诸仪之员，曰礼生。'"④王振忠《明清以来徽州的礼生与仪式》一文

---

① 王昶《春融堂集》卷五十五，清嘉庆十二年塾南书舍刻本。
② 可参阅张寿安《以礼代理——凌廷堪与清中叶儒学思想之转变》，河北教育出版社 2001 年版；《十八世纪礼学考证的思想活力》，北京大学出版社 2005 年版。
③ 王汎森《清初"礼治社会"思想的形成》，氏著《权力的毛细管作用——清代的思想、学术与心态》，北京大学出版社 2015 年版，第 36—77 页。
④ 刘永华《仪礼下乡——明代以降闽西四保的礼仪变革与社会转型》，生活·读书·新知三联书店 2019 年版，第 51 页。对于礼生的定义，还有赵克生《何为礼生？礼生何为？——明清礼生的分类考察与职能定位》，《史林》2021 年第 2 期，是文与刘永华提出商榷。

则对徽州礼生群体、功用、行为等有更详细的考述①。刘永华以礼生为各级礼仪中"最重要乃至唯一的专家群体",他同时注意到"礼生的社会地位是比较低",所以《颜习斋先生言行录》有"礼、乐,圣人之所贵,经世重典也;而举世视如今之礼生、吹手、反以为贱矣。兵学、才武、圣教之所先,而人皆视如不才寇盗,反皆以为轻"之感慨,据此,刘永华推测"很少士大夫以充任礼生为荣,对他们的记载也就不可多见"②。

江永是否有充任过"礼生",目前所掌握的文献并不可考,黄智信《江永及其礼学著作——兼论其与朱子礼学的态度》所引江永与汪绂往返书信所论"吾意亦欲存古,以资考核,非谓先王之礼尽可用于今也,然而礼亦不为无用……有窃以为古礼虽不可尽行于今,今人亦当知其文、习其数"③,并以《昏礼从宜》抄本讨论江永对乡曲之礼之整理④,可见江永礼学研究与"礼生"群体有交叉之处。

作为明清社会普遍存在的"礼生"与日益发达、争议越来越多的"礼学"研究与实践,江永的传记中蕴含某些历史细节,有待推敲。研读江永传记,我们已感受到一方面诸家强调江永礼学之精擅,却较少引用江永礼学著作成果,另一方面盛推其"读书好深思,长于比勘,于步算、钟律、声韵尤明"⑤,是以"步算、钟律、声韵"模糊处理,归入"礼学"。但就汉学内在发展来看,江永乃至徽州学者致力于礼学的动机是基于"算畴",还是有其"致用"的实务,或是如同江南学术博物考古之趣味? 我们猜测,戴震以来的江永传记可能隐藏了部分历史真相。

回顾江永京师一游,在京师文化圈影响甚小,即便是此后戴震入京,因秦蕙田之邀撰修《五礼通考》,秦蕙田其所关注点以"见书笥中有先生历学数篇,奇其书",《五礼通考》"摭先生说如'观象授时'一类,而《推步法解》则取全书载入,憾不获见先生《礼书纲目》也"⑥。江永身后传记,除戴震《江

---

① 王振忠《明清以来徽州的礼生与仪式》,《传统中国研究辑刊》2009 年。对于"礼生"的来源,该文亦指出:不过,对于整个徽州而言,充当礼生者的身份各异。总的说来,礼生的充当主要在于其人对礼仪的熟悉程度,而对其身份、年纪等方面的要求,各地、各村并不完全相同。作为礼生,有的具有功名(如知书达礼的秀才),有的则为白丁,只要是知书者皆可担任。而礼生的年龄,有的村落规定,与祭礼生都必须在十五岁以上,而有的村落十五岁以下者亦可成为礼生。

② 刘永华《仪礼下乡——明代以降闽西四保的礼仪变革与社会转型》,第 61 页。

③ 引自黄智信《江永及其礼学著作——兼论其与朱子礼学的态度》,叶纯芳、乔秀岩编《朱熹礼学基本问题研究》,中华书局 2015 年版,第 25 页。

④ 同上,第 22—23 页。

⑤ 钱大昕《江先生永传》,《潜研堂集》,第 706 页。

⑥ 戴震《江慎修先生事略状》,《戴震集》,第 230 页。

慎修先生事略》、王昶《江慎修先生墓志铭》外，尚有钱大昕《江先生永传》、刘大櫆《江先生传》等，均强调江永"尤精礼学"，其学之契机是见丘濬《大学衍义补》之《周礼》引文，刘大櫆《江先生传》：

> 先生始就外传，见丘氏补《大学衍义》之书，其中征引《周礼》，即求取《周礼》全文诵之，自是旁通十三经而于《礼经》尤深。谓朱子《仪礼通解》虽屡经续辑，尚多阙遗，乃广搜前载，为《礼经纲目》八十八卷，而古礼灿然可观。①

戴震所撰《江慎修先生事略状》，对于江永《周礼》之喜好描述更为详尽：

> 少就外傅时，与里中童子治世俗学，一日见明丘氏《大学衍义补》之书，内征引《周礼》，奇之，求诸积书家，得写《周礼》正文，朝夕讽诵，自是遂精心于前人所合集《十三经注疏》者，而于《三礼》尤功深。先生以朱子晚季治《礼》，为《仪礼经传通解》，书未就……乃为之广摭博讨，一从《周官经·大宗伯》吉、凶、军、嘉、宾五礼，旧次使三代礼仪之盛，大纲细目，井然可睹于今，题曰《礼经纲目》，凡数易稿而后定，值朝廷开馆定《三礼义疏》，纂修诸臣闻先生是书，檄下郡县，录送以备参订，知者亦稍稍传写。②

戴震所述之江永礼学，虽续接朱子礼学为起始，然其所好，一如汉学家之成长轨迹，从"治世俗学"，偶见《周礼》，"奇之"，"朝夕讽诵"，最终以《周官》改朱子礼说。然而，江永的传记中有以下几点值得注意：

首先，无论是戴震还是刘大櫆所作江永传记，江永从事礼学的契机从明代丘濬《大学衍义补》，此处史实略可存疑。江永"与里中童子治世俗学"，而读丘濬《大学衍义补》，然《大学衍义补》分《正朝廷》《正百官》《固邦本》《制国用》《明礼乐》《秩祭祀》《崇教化》《备规制》《慎刑宪》《严武备》《驭夷狄》《成功化》十二章，煌煌一百六十一卷之巨，很难为婺源童子治学之书。江永读此书，至多为该书之节要本。不过，另有一种可能更值得注意，丘濬

---

① 刘大櫆《江先生传》，《刘大櫆集》，第165页。
② 戴震《戴震集》，第226页。

又有《家礼仪节》八卷,在明代以来流布甚广,几与《朱子家礼》并行①,江永少时与童子共读之书,是《大学衍义补》还是《家礼仪节》,是不能忽略的历史细节②。尽管戴震欲突出的是江永对《周礼》萌生兴趣之起点,但若江永其早年所习是《家礼仪节》此类"俗学"之书,包括江永在内的明清士大夫以"礼生"身份,对礼学实践、礼学经典的研究则具有更多现实意义。

其次,诸家传记,虽推崇江永"尤精礼经",对江永学术大要逐一论述,但对江永"著述之最大者"(钱穆语)的《礼经(书)纲目》并无特别阐说。如钱大昕《江先生永传》采用叙事性的手法,以方苞"以所疑《士冠礼》《士昏礼》中数事为问,先生从容置答",又同时吴绂"于《仪礼》功深","质以《三礼》中疑义,往复辩难"③,对江永与方苞、吴绂争论观点精辟之处并无具体记述,文章转而论述"比勘、步算、钟律、声韵"等问题,事实上存在着某种断裂。

再次,钱大昕多依戴震所述,较之戴震《事略状》,多出一条其解《论语》"摄齐升堂",或可见江永礼学对"制度、仪式"之重视:

> 古者诸侯三朝,外朝、治朝、皆有位而无堂。古之朝仪甚简,日出视朝君,与卿大夫士相揖而朝,事毕,君反乎路寝,卿以下各就治事之所。君召与图事,乃入内朝,内朝有堂有寝,孔子"摄齐升堂"谓内朝,非治朝也。路门为君乘车出入之地,故《考工记》云:"路门不容乘车之五个。"治朝在路门外,若治朝有堂,碍于车行矣。《礼记》言"雨霑服失容则废朝",此亦治朝无堂之证。④

是文应出于《周礼疑义举要》卷五,钱大昕以"先生于经传制度名物,考稽精审多类此"⑤。戴震《江慎修先生事略状》亦提及"制度名物",然以《深衣图考》为表彰,相比之下,钱大昕所采撷的例证,更像是"活的历史"片段,

---

① 赵克生《丘濬〈家礼仪节〉及其礼学贡献》,《人文论丛》2020 年第 1 期,第 194—204 页。该文指出:"丘濬著作中最具影响力、传播范围最广的正是《家礼仪节》。在明清家礼学著作中,《家礼仪节》也罕有匹敌,影响尤大,几成为与朱熹《礼》并行的新经典,明清两代不断翻刻,现存有十余种不同版本。"

② 苏正道《〈朱子家礼〉在清初的困境与出路——兼论江永〈礼书纲目〉的编撰和刊行》,(《闽江学院学报》2018 年第 1 期)指出《朱子家礼》在清初的困境,以及江永《礼书纲目》编纂的背景。该文亦注意到戴震《江慎修先生事略状》中江永早年习丘濬《大学衍义补》,认为作为明代礼学研究者,其礼学以及所著《家礼仪节》对江永应有影响。

③ 钱大昕《江先生永传》,《潜研堂集》,第 706 页。

④ 同上,第 709 页。

⑤ 同上。

更具有仪式性。刘永华《仪礼下乡》一书也注意到"礼生"制订乡村礼制中"仪式表演"中的作用，并以邹尚义编纂《家礼纂要》为例，"备考成书，辑其简要，以合乡俗之易行，而省其无益之繁赘"①。诚如丘濬《家仪礼节》是明清礼学改制的重要书籍，其《自序》曰："是以不揆愚陋，窃取《文公家礼》本注，约为仪节，而易以浅近之言。使人易晓而可行，将以均诸穷乡浅学之士。"②丘濬将《家礼》而"约为仪节"，"以均诸穷乡浅学之士"，江永《礼书纲目》《昏礼从宜》亦有同样之努力。

从"仪礼下乡"角度看到江永对乡村礼法的态度，无论是"创制"，还是"存古礼"，都与当时历史现场有深刻关联，而不应简单视作汉学兴起之前奏。江永的角色中包含着民间礼生礼学实践、对天文地理、名物制度的钻研，对其思想的全面把握，有助于我们破除对"汉学"发展的线性刻板认识。从徽州礼学实践以及"礼生"的角度考察江永之学术，并非将江永定格在"礼生"这样一种角色，只是相对于清代学术史中考据学者"考证古礼"而言，明清乡村社会有结合传统礼制、乡村现实"制礼"、"行礼"的实际需求。以此的角度来理解江永礼学思想与实际的用途，或许，戴震以来的汉学家们，在迫不及待将江永推上"汉学"的神坛。

二、方苞："理学名臣"还是"礼学名臣"

方苞作为桐城派的开创者，其在文学史上的地位毋庸置疑，而其经史之学与经世之用的主张颇受争议，无论是刘大櫆《祭望溪先生文》，还是全祖望《前侍郎桐城方(赠)公神道碑铭》，或是后世徐世昌《清儒学案》、马其昶《桐城耆旧传》都有为方苞争辩之意，这几乎成了方苞传记文的共同点。

清代学术史上有一个极为吊诡的现象：方苞先前或同时代的学者，如以孙奇逢、颜元为代表的"北方学者"，以艰苦自修、践行古礼以获得高名，江永、戴震等考据学者，因精研礼经，以经师备受尊崇；而方苞的"角色"却被定格在古文家，其践行礼学的诸多行为不受重视，甚至被认作"迂阔"与"伪道学"，越发摆脱不了文士的宿命③。如何从"礼学"的角度来看待方苞呢？作为三礼馆总纂修，其礼学著述，据徐世昌《清儒学案》所列即有《周官集注》二十卷、《周官析疑》四十卷、《周官辨》一卷、《仪礼析疑》十

---

① 刘永华《仪礼下乡——明代以降闽西四保的礼仪变革与社会转型》，第92页。
② 参见赵克生《丘濬〈家礼仪节〉及其礼学贡献》，《人文论丛》2020年第1期，第195页。
③ 王兆符《方望溪全集序》，《方苞集》，第906—907页。

七卷、《礼记析疑》四十六卷、《丧礼或问》一卷①，四库馆臣亦多有肯定；然其经世之用之迂阔，亦常与其立身行事，多有模仿、遵循"古礼"，屡屡上书推行"古礼"、"古制"有关。造成"方苞"学术史形象矛盾混乱的根源，或许是我们太拘泥于"汉宋之争"的视角，将方苞"学行继程朱之后"中的"学行"狭隘地理解为"程朱理学"的界域，忽略方苞了"礼学研究"与"礼学实践"的关联。

乾隆辛未（1751），方苞与王昆绳、姜宸英同客京师，三人"论行身祈向"时，方苞立言"学行继程朱之后，文章介韩欧之间"②。据苏惇元所辑《方苞年谱》，是年方苞入京师，与万季野相识，万季野以"子于古文，信有得而已，于世非果有益也"相劝，方苞"于是辍古文之学，一意求经义焉"③。以此看来，对万季野、方苞来说，耽于"古文之学"，或影响"学行继程朱"，但"一心求经义"与程朱之学并不矛盾。诚如江永之礼学是为继朱子未卒之志，钱穆已注意到方苞与清廷、桐城派对此的同样态度："时清廷崇正学，纂修三礼，欲补南宋以来朱义之未备。方望溪苞拟定纂修三礼条例札子(外集卷二) 亦以宋儒'有志未逮，未经垦辟'为说。慎修曾至京晤方氏，未合而归。"④尽管江永与方苞在京师一晤，学术有未合之处，但二人之"行身祈向"，以礼学实践以续接程朱学行可能是当时学者共同趋向。

全祖望《前侍郎桐城方（赠）公神道碑铭》有方苞治经之细节：

> 诸经之中尤精者为《三礼》，晚年七治《仪礼》，已登八秩，而日坐城北湄园中，屹屹不置，次之为《春秋》皆有成书。间读诸子，于荀、管二家别是删定本，皆行于世。其在京师，后进之士挟温卷以求见者，户外之履，昕夕恒满，然公必扣以所治何经，所得何说，所学者谁氏之文，盖有虚名甚盛，而答问之下舌桥口噤，汗流盈赖不能对一词者，公辄愀然不乐，戒其徒事于驰骛。⑤

---

① 徐世昌等《清儒学案》卷五十一，第 2003 页。《清儒学案》所列，方苞其他经学著作尚包括：《春秋通论》四卷、《春秋直解》十二卷、《春秋比事目录》四卷、《诗义补正》八卷、《左传义法举》《删订管子荀子》《离骚正义》《史记补正》各一卷。

② 王兆符《方望溪全集序》，《方苞集》，第 906 页。

③ 苏惇元《方苞年谱》，《方苞集》，第 869 页。

④ 钱穆还注意到姚鼐亦推崇江永："姚鼐极推江氏，谓：'婺源自宋笃生朱子，传至元明，儒者继起。虽于朱子之学益远，然内行则崇根本，而不为浮诞，讲论经义，精核贯通，犹有能守大儒之遗教而出乎流俗者焉。近世若江慎修永其尤也。'"（《中国近三百年学术史》，第 334 页）

⑤ 全祖望撰，朱铸禹汇校集注《全祖望集汇校集注》，第 309 页。

方苞治经之严谨可见一斑。方苞的传记中处处体现其"行身祈向"对"礼"的追求，反而较少提及程朱理学之"理"。章太炎《清儒》即认为"方苞出自素寒，虽未识程、朱深旨，其孝友严整躬行足多矣"①。既是如此，方苞为何难以在学术史中留有一席之位？我们或应注意到康熙乾隆之间，入仕者道德实践的困境，可能远远超过隐逸者之流：无论是"不可强以仕"的孙奇逢，还是偏居一隅、刻苦自修的颜元、江永，均能以其节行、学问在清代学术史留名；反观汤斌、方苞等仕宦之学者，其"恪守古礼"之行为，在其时代往往被视作为迂阔，甚至是"伪道学"，这是康乾学术中一个奇特的现象。马其昶《方望溪先生传》所记：

> 笃于伦纪，其立身一依《礼经》：遇忌日必废食；遭期功丧，必准古礼，宿外寝。以弟椒涂亡，病未视敛，终身恨之，且卒，遗命袒右臂自罚。②

又如苏惇元《方苞年谱》所记康熙二十九年：

> 冬十一月，娶夫人蔡氏。先是先生以弟椒涂卒，服未终，不娶妻，父母趣之，始娶。礼齐衰期，三月不御内。时七阅月，计时过时，先生犹不忍成婚，入室而异寝旬余。族姻大骇，物议纷然。先生乃勉成婚，毕生恨之。（见《与兄子道希兄弟书》。）③

又如《方苞年谱》康熙四十六年：

> 冬十月四日，父卒。先生以母老疾，酌《礼经》筑室宅之西偏以奉事焉，而不入中门。（见刘古塘所撰《丧礼或问序》。）④

此类事迹并不难看出方苞践行礼法的笃定不亚于在民间的北方学者，章太炎以方苞"孝友严整躬行足"应亦源于此。方苞在朝廷所议，亦多以提倡古礼：

---

① 章太炎《清儒》认为"桐城诸家，本未得程、朱要领，徒援引肤末，大言自壮"。相比较于方苞，"诸姚生于纨绔绮襦之间，特稍恬淡自持，席富厚者自易为之，其他躬行，为有闻者。既非诚求宋学，委蛇宁靖，亦不足称实践，斯愈庫也，故尤被轻蔑"。章太炎、刘师培等著，徐亮工编校《中国近三百年学术史论》，上海古籍出版社 2018 年版，第 7 页。
② 马其昶撰，彭君华点校《桐城耆旧传》，黄山书社 2013 年版，第 257 页。
③ 苏惇元辑《方苞年谱》，《方苞集》，第 868—869 页。
④ 同上，第 874 页。

　　今上即位,有意大用公。时方议行三年之丧,礼部尚书魏公廷珍,
公石交也,以咨公,公平日最讲丧礼,以此乃人伦之本,丧礼不行,世道
人心所以日趋苟简,谆谆为学者言之,而是时皇上大孝,方欲追践古礼,
公因欲复古人以次变除之制,随时降杀,定为程度,内外臣工,亦各分等
差以为除服之期。(此说本之桴亭,陆氏最为有见。)魏公上之,闻者大
骇,共格其议,魏公亦以此不安其位。①

　　公尝陈《酒诰》之戒,欲禁酒,而复古人大酺之制;以为民节用,又言
淡巴菇出外番,近日中原遍种之,耗沃土以资无益之产,宜禁之,其言颇
近于迂阔,益为九列中口实②。

　　方苞提出三年朝廷大丧"以次变除之制,随时降杀,定为程度,内外臣
工,亦各分等差以为除服之期",虽依据《仪礼·丧服》,但是在现实操作难
度极大。其所议禁酒、禁烟令以为民节用亦是"正风俗"之举,时人竟以此
"其言颇近于迂阔,益为九列中口实"——若是出自孙奇逢、颜元之口,或为
其"北方学者"角色应有之义,然方苞于朝廷有此建议,被视作"迂阔",为朝
廷同僚所非议,颇耐人寻味。

　　将方苞与孙奇逢、颜元同视作恪守节气、礼教之人,可见康熙乾隆年间官
宦阶层的理礼之辨。清代学术史中的理学名臣,特别是程朱一脉颇受訾议,梁
启超《中国近三百年学术史》说:"那时候的程朱学家,其间伏处岩穴暗然自修
者,虽未尝没有可以令我们佩服的人;至于那些'以名臣兼名儒'的大人先生
们,内中如汤斌,如魏裔介,如魏象枢等,风骨尚可钦……其余如熊赐履、张玉
书、张伯行等辈,不过一群'非之无举,刺之无刺'的'乡愿'。"③梁启超不喜程
朱之学,其实在更早的《新民说》中已对汤斌等一系列清朝文官表示出不满:

　　汤(汤斌)之柔媚取容,欺罔流俗,(汤斌虽贵,而食不御炙鸡,帷帐
不过枲绸,尝奏对出语人曰:生平未尝作如此欺人语,后为圣祖所觉,
盖公孙弘之流也)……此则陆陇其、陆世仪、张履祥、方苞、徐乾学辈,以
婟嫿夸毗之学术,文致其奸,其人格殆犹在元许衡、吴澄之下,所谓《国
朝宋学渊源记》者,殆尽于是矣。④

---

①　全祖望《前侍郎桐城方(赠)公神道碑铭》,《全祖望集汇校集注》,第307页。
②　同上。
③　梁启超《中国近三百年学术史》,第129—130页。
④　梁启超《新民说》,《梁启超全集》第二册,北京出版社1999年版,第718页。

汤斌为官清廉，然其"食不御炙鸡"、"帷帐不过枲绸"、"豆腐汤"等事迹在清代学术史中褒贬不一，尽管道光年间终入祀孔庙，但康熙时亦曾被诬为"伪道学"，"理学名臣"面临的"礼学实践"的困境，以及"礼学实践"与"学行继程朱"的关联，远比"汉宋之分"要复杂得多。

虽然，方苞与孙奇逢、汤斌同以尊奉古礼、提倡节行为立身之本，然与二人不同之处，方苞更注重从礼经中寻求依据，这一点上与江永更为相近。全祖望《前侍郎桐城方（赠）公神道碑铭》所论"世称公之文章，万口无异辞，而于经术已不过皮相之"①，徐世昌《清儒学案》为方苞经术辩护：

> 阮文达辑清一代经解，不收望溪之作，盖汉、宋显分门户也。望溪学宗宋儒，于宋、元人经说，荟萃折衷其义理名物，训诂则略之。馆修《三礼义疏》，义例出其手定。文章源于经术，姚氏惜抱承其绪，传衍甚远，桐城文派，遂为一代大宗。②

方苞之礼学思路，似乎有与浙东学说疑经思潮有关，四库馆臣论其《周官集注》：

> 是编集诸家之说诠释《周礼》，谓："其书皆六官程式，非记礼之文。后儒因《汉志·周官》六篇列于礼家，相沿误称《周礼》。故改题本号，以复其初。"……后苞别著《周官辨》十卷，指《周官》之文为刘歆窜改以媚王莽，证以《汉书·莽传》事迹，历指某节、某句为歆所增，言之凿凿，如目睹其笔削者。自以为学力既深，鉴别真伪，发千古之所未言。然明代金瑶先有是论，特苞更援引史事耳。持论太高，颇难依据，转不及此书之谨严矣。③

江永见丘濬《大学衍义补》征引《周礼》，而取《周礼》反复诵读之，方苞则辨《周官》为"刘歆窜改以媚王莽"，是为二人礼学途径之差异，然以此后今古文之争而言，方苞可称为今文经学之先行者，其经学价值亦不可抹杀。其经学、礼学旨趣，值得重视，有待更深入的发掘。

---

① 全祖望撰，朱铸禹汇校集注《全祖望集汇校集注》，第305页。
② 徐世昌等《清儒学案》卷五十一，第2001页。
③ 纪昀等著，四库全书研究所整理《钦定四库全书总目》（整理本），中华书局1997年版，第246页。

　　简而言之,本节将江永与方苞传记合而观之,是尝试在礼学视角下,探索突破"汉宋之争",重新认识清代学术发展脉络的可能。在"清代礼学"视阈下,我们可以看到从士人气节、乡风民俗、经史研究、现实政治、古今之辨等不同层面的问题。在重视礼学研究实践的徽州学术中,我们既可以看到方苞、江永对礼学共同的重视,也能看到他们从不同学理出发,对礼经辨析存在的差异,发掘他们身上共同的礼学实践的精神,以及这种礼学实践在不同群体产生的效果,他们学术与人生的分分合合,是清代学术多元特征的一部分。

第三节　贾田祖：从博学诗人到经学老儒①

　　在乾嘉学术史上,高邮贾田祖因与王念孙、李惇等人一起研治古学而闻名,阮元、江藩更是将他推为"经学老儒",然而通过对文献的梳理,我们可以发现,这位经学家生平的大部分时间,都是以诗人的身份出现,即使在朋友的眼里,也是如此。对这样一位扬州学派先驱人物的生平、交友进行考察,一方面有助于我们对扬州学派早期学人学术转型的动因有更全面、更丰富的认识,另一方面,也可以从地域学风的角度,为我们理解扬州学派博通的特点提供了很好的个案。

　　贾田祖,字礼耕,号稻孙。生于康熙五十三年(1714),卒于乾隆四十二年(1777)。他出身于文学世家,祖父贾良璧、父亲贾兆凤、叔父贾国维均有诗名。兴化李定斋称贾田祖叔父二人:"谭村(兆凤)先生天才盖世,与其兄毅庵(兆国)先生俱以丙戌入馆选,海内所称高沙二贾太史者也,时未竟其用,归田以诗文自娱,肮脏终老。"②贾田祖的父亲贾兆凤曾千里赴山西授徒,晚年居乡里与李雪邻等唱和③,穷老终身。

　　贾田祖著有《贾稻孙诗集》《礼耕存稿》,李定斋编定的《甓湖联吟集》也收录了他不少的诗歌。通过这些诗作,我们可以将他的大致生平和交友大致分为两个阶段,第一阶段是乾隆十年(1745)到乾隆十九年(1754)左右,他在高邮甓湖诗社与诸子进行诗歌唱和时期,当时已显示出渊博的学识,学

---

①　本节以《从博学诗人到经学老儒的贾田祖》为题,发表于《福州大学学报》2011 年第 3 期,有删改。
②　《甓湖联吟集》卷六《序》,《四库禁毁丛刊》本。
③　贾田祖有《集李翩飞斋头赏菊用先大人同雪邻先生雅集原韵》,《贾稻孙诗集》,乾隆四十九年刻本。

术旨趣偏丁文学和史学。第二阶段是乾隆三丨八年（1773）前后，在沈业富幕府受到更多的经学熏陶之后，贾田祖与王念孙等人的学术交往更加密切，对经学的热忱大为提高，他作为经学家的形象逐渐凸显出来。现就这两个阶段作一番详述：

一、瓛湖联吟时期诗人形象的贾田祖

李定斋在《瓛湖联吟集·贾田祖卷序》对贾田祖有如下描述：

> 余曾见（贾田祖）苍头负剑入试院，双眸如点漆，天庙器也。今年过四十，仍滞青衫，遇可谓蹇，然高达夫五十始为诗，今礼耕于古近诸体已苍老渊劲，成一家之言。嗟乎，礼耕何从事于诗之早也？君家甲第奕世，曷不乘此英妙，绳武前人，而乃工此穷物，作放废生涯为哉？然礼耕骨气峻嶒，一切不能软媚，即达亦不免于穷，在礼耕自揣，定不以彼易此，吾其如礼耕何也？仍愿礼耕从事于诗而已。①

显然，这是一个典型的诗人的形象。李斗《扬州画舫录》称贾田祖"好学"，"多所瞻涉，容甫所学半取资焉"②。汪喜孙著《容甫先生年谱》引用朱彬的话以驳斥之："贾君以诗名。世人谓容甫之学出于贾稻孙，误也。"③然从朱彬此言亦能印证贾田祖当时诗歌方面的声望。

贾田祖生长在文学世家，祖贾良璧、父贾兆凤都有文名。贾田祖的姐姐亦善吟诗，《七歌》有悼念其姐自注："我姊能诗自童稚"，"姊疾革，将诗集投火中，今所存无几"。《哭仲姊》有注："姊沉默不妄语，笑独喜，为诗吟必刻苦"，"雍正己酉，余闱试不售，姊长歌及之"④。

除了父亲是海内著名的文人外，贾田祖的授业恩师为李基简（雪邻），李雪邻的父亲是名列"江左十五子"的李必恒。贾田祖还尊崇本地三位老诗人：李必恒、殷峄、孙濩孙，尝作《三先生咏》以纪之⑤。

---

① 《瓛湖联吟集》卷六《序》，《四库禁毁丛刊》本。
② 李斗撰，汪北平、涂雨公点校《扬州画舫录》，中华书局 1960 年版，第 70 页。
③ 《新编汪中集》，第 13 页。
④ 《贾稻孙诗集》，乾隆四十九年刻本。
⑤ 李先生（必恒）：徘徊北郭门，文献悲耆旧。入云銮鹤声，一逝不可复。清风满枌榆，时名垂宇宙。华簪一相望，谁似斯人寿。鱼川已荒芜，高祠森俎豆。
殷先生（峄）：樊桐去已久，诗帙垂元亭。有如下仙步，玉佩鸣泠泠。又似群籁寂，云水留空青。我欲往从旋，遗瑟收湘灵。终古蕴奇秀，希声谁与聆。
孙先生（濩孙）：我怀沛村翁，英风淬干莫。白首受一官，朝端立孤鹗。抗疏指淮黄，直声振京洛。此老竟赍志，归与慕岩壑。事往二十年，汤汤走蛟鳄。

不过,此时的贾田祖并不只是一位诗人,他博览群书,史学知识尤为丰富。甓湖诗社的活动固然以诗歌唱和为主,但也包含了博学考据的内容。

(一) 甓湖诗社概况

甓湖诗社成立于乾隆乙丑、丙寅间(1745—1746),由乡贤李基简、兴化李定斋主持。成员除贾田祖外,还有陈兆兰、陈桂、宋鸿儒、沈均、李贡、沈锜六人①,贾田祖的哥哥贾恒若、贾景先,弟弟贾肇先、王目耕等人也经常参与其中。夏之蓉对该诗社有较为详细的介绍:

> 吾乡自秦淮海后,代有替人,予为童子时,犹及见鱼川李先生、画村殷先生、檀村贾先生诸老辈扶植风雅,作骚坛之领袖。迄今数十年来,音徽销沉,浸成往事。吾友李君雪邻于乙丑丙寅间赓续前事,复整坛坫于三十六湖之侧,时昭阳李君定斋亦与焉,有志之士翕然从之,不幸雪邻下世,定斋亦浮沉博士员中,风雅一道不绝如线,而此七君子者顾能服膺旧闻,益加恢廓,风晨雨夕,抒景写怀,酬答之篇积而日富。呜呼,讵不谓之卓然者与! 今就其诗按之,大抵人不一体,体不一例,畹园、沛舟、礜泉,和平之音也,时亦踔厉风发;椒园、荆门,冲寂之响也,而神采内蕴,奕奕有余;礼耕、铁崖则奇情肆溢,硬语独蟠,希踪昌黎而与之上下。是皆本其质性所涵,学力所到,肖心而出,不假雕饰。揆诸言志之本,洵有合矣。②

甓湖诗社持续了十年以上,唱和相当密集,诗集中仅分韵唱和就有二十六次之多③,可见七子交往之频繁。乾隆十九年(1754)左右诗作由李定斋

---

① 由《甓湖联吟集》注可知,陈兆兰字香谷,号畹园,著有《相襆集》;陈桂,字腾芳,号沛舟,著有《问樵集》;宋鸿儒,字悒中,号椒园,著有《东村集》;沈均,字以任,号礜泉,著有《韬霞集》;李贡字翮飞,一字格非,号荆门,著有《默存斋集》;沈锜,字虞襄,一字于湘,号铁崖,著有《无能子集》。

② 夏之蓉《甓湖联吟集序》。

③ 陈兆兰《赋得月斜楼上五更钟》《赋得长河落日圆二首》《雨霁同人小集赋夏日读书乐得乐字》;陈桂《赋得疏篱带晚花》《赋得水雾隐江津》《赋得白云深处有人家》《赋得花边行自迟》;宋鸿儒《赋得孤舟微月对枫林》《赋得秦时明月汉时关》《赋得草色新雨中》《论诗联句一百韵》(与贾田祖、沈虞襄作)、沈均《赋得菊残犹有傲霜枝》《赋得阴阴夏木啭黄鹂》《赋得夕殿萤飞思悄然》《赋得池塘生春草四首》《赋得绿杨宜向雨中看》《赋得花枝欲动春风寒》《赋得山雨欲来风满楼》《赋得雨雾隐江津》《赋得山翠借厨烟》;李贡《集李翮飞斋头赏菊用先大人同李雪邻先生雅集原韵》《赋得寂寂寒江明月心(限江字)》;贾田祖《赋得带月荷锄归》《咏古分得李广没羽箭》《集李翮飞斋头赏菊用先大人同李雪邻先生雅集原韵》;沈锜《赋得一阳初动处二十韵》《赋得清箪疏帘看弈棋》《赋得儒术于我何有哉》《赋得花边行自迟》。以上共计二十九首,然观诸题有三组六首同题,其为同次唱和,故有至少有二十六次聚会,可见七子集会之频繁。

选定刊行,定名为《罴湖联吟集》。《罴湖联吟集》为我们了解贾田祖等人当时的交游、学术旨趣提供了很好的资料。从《罴湖联吟集》来看,交游方面,陈兆兰去过山东、河北一带①,宋鸿儒去过苏州②,李贡去过山西③,陈桂去过浙江、北京、苏州等地④,十年间七子均有不长的外出游历。乾隆二十一年(1756),七子中贾田祖、陈桂、宋鸿儒、沈均、李贡等人聚集于金陵,并与当时在钟山书院的夏之蓉有过唱和⑤。

就诗歌的内容而论,《罴湖联吟集》中多叹老嗟贫之作。罴湖诗社成员大多家境贫寒,贾田祖《杂歌十首》之五有这样的描述：

> 椒园宋大(惺中)双鬓秃,城北李生(翮飞)饥划粥。家贫只富锦囊诗,诗骨清奇俪绝俗。一弦挥泪一声弹,弹到幽凄鬼神哭。冥搜十载闭穷巷,辛苦荆山自完璞。沈(以任虞襄)陈(香谷腾芳)与我同酸碱,矮屋寒灯时把读。吾家阿弟(肇先)近能诗,戛戛孤吟出深竹。嗟哉此物能饥寒,劝君休谱阳春曲。⑥

即使在这种艰苦的条件下,诗人们还是坚持自己的文学梦想,诗社成员可能有着共同的读书计划,因此留下了数量可观的论诗诗,既有汉魏唐宋的韩愈、苏轼、孟浩然、秦观、陶渊明、欧阳修、温庭筠、古诗十九首⑦,又有同时期本地的吴世杰、孙濩孙、殷峄、江左十五子、吴嘉纪、王渔洋等人的诗集。众多诗人中,最为特殊的,应当算是吴嘉纪⑧,这位贫民诗人受到了李必恒、殷峄、李定斋以及七子的一致推崇：

---

① 《白洋河晚泊》《淡流至天津关》《浮沱河和仲大品崇韵》《过柳林闸至大长沟》《邹县谒孟庙》《晨渡沂水抵旅店》《过惠济祠》《济宁登太白酒楼》。
② 宋鸿儒《虎丘杂咏六首》《忆吴门旧游怀锡山华西岻》。
③ 陈兆兰《送李四翮飞之山西》。
④ 陈兆兰《送五弟腾芳之浙江》、沈均《送陈五腾芳贡入京》、陈桂《虎丘》。
⑤ 夏之蓉《人日陈腾芳宋惺中贾稻孙李翮飞沈虞襄诸子燕集用昌黎人日登城南韵丙子》、陈桂《金陵元宵对月》、沈均《雨花台纪游同贾七稻孙作》、李贡《金陵旅舍除夕步苏长公韵三首》《同贾丈稻孙登报恩寺浮屠次韵奉和》《雨后山游饮宁泉茶社》《金陵元夜即事二首韵得十四盐》《雪后望钟山》《登雨花台拜方景二先生祠》、贾田祖《岁暮渡扬子江》《雨花台观剧小憩竹园即事》《方正学祠》《同李翮飞登报恩寺浮图》、沈锜《晚赴栖霞》等。
⑥ 《罴湖联吟集》,《四库禁毁丛刊》本。
⑦ 如陈兆兰《读韩昌黎诗集》《读孟襄阳诗集》《读苏长公诗集》《雪步苏长公清虚堂韵》《读古诗十九首》《题江左十五子诗集》《读秦太虚集》《题三十六湖草堂诗》。沈锜《咏古十首》分别吟咏蔡中郎、曹子建、左太冲、陶元亮、谢康乐、陈伯玉、李太白、杜子美、王摩诘。
⑧ 吴嘉纪(1618—1684)字宾贤,号野人,江苏泰州人。《清史稿》卷四九一本传说他"家贫,虽丰岁常乏食","由所遭不偶,每多怨咽之音,而笃行潜修,特为一时推重"。

　　　　东淘老人古节士,海滨孤吟穷到死。胸次槎枒攒五岳,愤激那顾外人
訾。我有其诗不能读,读之白日寒栗起。歌声到口不得热,冰霜沁入心脾
里。就中乐府特心裁,短叹长吟必有以。茫茫四海几知音,栎下先生一人
耳。渔洋后来亦津津,陋轩要是穷老子。此人此诗别一格,遗编直可垂百
祀。数十年后嗜者谁? 甓社湖头殷与李。(李贡《读陋轩诗》)①

　　　　停云号朔风,寒曦淡无辉。老人向火百不事,手中一帙陋轩诗。百
年声调何靡靡,公诗直似灵光岿。闲云野鹤亦萧散,五岳森森堆块垒。
哀羊裘,哭一钱,故交海内悲迍邅。凄凉岁月书彭泽,辛苦风波蹈鲁连。
凋尽友朋摧骨肉,剩有七歌比同谷。一生僵卧守蓬蒿,摧颓两鬓余风
骚。开国诸贤盛文藻,骨力苍深突此老。吾乡殷(画村)李(鱼川)剧嗜
之,昭阳定斋亦倾倒。文章论定须我曹,那更寒虫诮枯槁。(贾田祖《读
陋轩诗》)②

　　同样贫寒艰辛的生活,同样不幸的际遇,使得甓湖诗社的同人们在诗歌
里寻找到了知己,贾田祖此时的哀歌,也唱出了内心的抑郁和悲痛。
　　值得注意的是,《甓湖联吟集》曾遭清文字狱的镇压。乾隆四十四年
(1779)七月初九日,两江总督萨载将《甓湖联吟集》《容瓠轩诗钞》《定斋诗
钞》等书作为禁书呈报于乾隆皇帝:

　　　　《甓湖联吟集》一部,四本。陈兆兰等著。此书系高邮州已故陈兆
兰、陈桂、宋鸿儒、沈均、李贡、贾田祖、沈锜七人唱和之作,诗内均有狂
诞语。
　　　　《容瓠轩诗钞》一本,贾田祖著。此书系高邮州贾田祖著。集中各
诗大半刻入《甓湖联吟集》,其本集中亦有狂诞语。
　　　　《定斋诗钞》一本,李光国著。此书系兴化李光国著,语多狂诞。③

　　《甓湖联吟集》《容瓠轩诗钞》的遭禁,有很大可能是与其中的咏史诗有
关(说详下)。贾田祖于乾隆四十二年(1777)辞世,两年之后,其诗集即被
禁毁。

---

① 李翾飞《读陋轩诗》,《甓湖联吟集》,《四库禁毁丛刊》本。
② 贾田祖《读陋轩诗》,《贾稻孙集》卷二。
③ 《两江总督萨载奏续解〈九筌〉等违碍书籍拓片折(附清单一)》,中国第一历史档案馆编
　《纂修四库全书档案》,上海古籍出版社 1997 年版,第 1070 页。

（二）贾田祖的咏史诗与史学

甓湖七子的咏史诗数量可观,有分朝代吟咏:陈桂《汉史杂咏十九首》、沈锜《汉史杂咏十二首》;贾田祖《三国志杂咏十首》;陈兆兰《唐史杂咏十二首》、沈均《唐史杂咏二十首》、贾田祖《唐史杂咏十六首》、沈锜《唐史杂咏三十首》;陈兆兰《五代史杂咏十首》、宋鸿儒《五代史杂咏十首》、沈均《五代史杂咏》、沈锜《读五代史》;沈锜《宋史杂咏十二首》;李贡《阅明史偶成二首》、贾田祖《明史杂咏十首》、沈锜《明史杂咏十首》。也有单篇吟咏历史人物的,以陈兆兰、沈锜为例,陈兆兰吟咏过的历史人物有:周条侯、王景略、裴晋公、李卫公、陆士衡、李太白、谢康乐、周孝侯,沈锜吟咏过的有:信陵君、鲁仲连、荆卿、周条侯、文翁、朱云、周处、南将军、裴晋公、李赞皇、刘司户、宗留守、韩蕲王、岳鄂王、胡澹然、汪六安、刘文成、刘忠宣。

七子生活的年代已到康乾时期,然而七子的咏史诗依然沉浸于亡国的感伤,对乱臣贼子的痛恨,对金戈铁马的向往,是他们经常吟咏的内容,他们继承了前期文人的遗民情结和致用的风尚,又失去了前人积极入世的侠气,因此将内心的悲恸寄寓在了历史事件中,如沈锜《信陵君》:

> 不系兴亡非丈夫,不罗智勇非雄图。信陵归魏魏不疑,强秦恶得而灭诸。当时战国尚游士,鸡鸣狗盗拖青紫。威声惮赫咸阳宫,得士谁如魏公子。侯生奇毛薛,公子用之功日盛。腐肠食伐性斧,公子耽之心独苦。盗必憎主人,敌必忌良臣。何物晋鄙客,得金争为秦。鸿沟酸枣险空在,万里长城先自坏。①

信陵君"耽之心独苦"的心情际遇,"盗必憎主人,敌必忌良臣"的痛恨,以及"万里长城先自坏"的呼喊,显然是诗人将国仇家恨融入了明清鼎革的这段历史事件之中,故而也被列入清廷禁毁书目之行列。

又如贾田祖《明史杂咏》:

> 鸡鸣寺异凌烟阁,铁券朝成族暮夷。三十年来零落尽,长江飞渡北平师。

> 被啄皇孙厄已遭,貂珰未罢内廷操。六宫空有熊罴梦,敢向君王怨赵高。

---

① 《甓湖联吟集》卷七。

江南江北死节臣,涛寒五月惨清磷。空闻铁骑坟前拜,无复西台痛哭人。①

仍然如遗民一般感慨悲凉有怨气。七子的咏史,哀怨多于气节,现实中的七子也没有放弃对功名的追求,也许是因为生活的艰辛和交游的狭隘,使得七子由积极的入世转为一种消极悲观的吟叹。

如此丰富的咏史诗作,显然是以深厚的史学积累为背景的。在甓湖七子中,贾田祖的咏史诗作尤多。他除了与七子一样有吟咏汉史、唐史、五代史、明史的诗篇外,他还研读过《后汉书》②、《三国志》③、《辽史》和《金史》④等。

贾田祖的史学修养,首先得自家学传承。如前所述,其祖贾良璧长于经世之学,并以此传授给儿子。贾田祖的伯父贾兆国、父亲贾兆凤皆入馆选,则其家学积蕴之深厚,可想而知。贾田祖曾回忆父亲对他的教诲曰:"父为海内文章伯,课儿墨帐欢提携。"⑤由此可以推测,他自小对家学多有传承。此外,其妹夫孙乔年潜心经学。贾田祖有诗歌《哭孙宝田妹夫》:"古学丧根干,时流夸娉婷。君也弃糟粕,六籍驱菁英。笺注浩纵横,腕脱书不停。穷搜析豪芒,聋瞽见未曾。桃李笑春风,谁寻兰芷馨。弃置箧衍中,乙夜无由征。忆昨客汉水,同君坐寒灯。笼鸾吐高吟,抗言千载名。人事不可常,萍梗各飘零。可怜玉川子,死去留遗经。我欲事编葺,珍重付添丁。牙生已辍弦,呜咽难为情。"⑥与孙乔年的切磋讨论,必然对贾田祖的学问有很大帮助。

贾田祖本人的饱读诗书,还可以从他的藏书中窥见一斑。其《检书叹》云:"半亩荒园数椽屋,廿载积书盈敝篗。朝朝云叶吐奇香,萤窗雪案相携将。"⑦其藏书之丰富,读书之勤苦,跃然纸上。

田祖与甓湖社友的交游也多少包含了研治史学的成分。诗社同人多为博学之士。如前所述,沈云洲博学多识,他正是诗社的前辈⑧,陈桂称誉他"养静竹千竿,委怀书万卷"⑨,陈桂本人也是"博综群书,考据物类"⑩。沈

---

① 《甓湖联吟集》卷六。

② 贾田祖《读后汉书》,《贾稻孙集》卷一。

③ 贾田祖《甓湖联吟集》卷六。

④ 贾田祖《辽金二史偶咏》,《贾稻孙集》卷四。

⑤ 贾田祖《七歌》,《贾稻孙集》卷三。

⑥ 贾田祖《贾稻孙集》卷二。

⑦ 贾田祖《贾稻孙集》卷三。

⑧ 《甓湖联吟集》卷二收陈桂《寄沈云洲先生》《挽沈云洲先生二首》。

⑨ 贾田祖《挽沈云洲先生二首》,《贾稻孙集》卷二。

⑩ 《甓湖联吟集》卷二李定斋序。

均也以"淹贯百家"、"嗜古不倦"著称①。可以想见,贾田祖与这些博学诗友的交往,在一定程度上也有利于其经史之学的提高。

二、在沈业富幕中接受经学风气的熏陶

在乾隆四十年前后,贾田祖进入沈业富幕府,得以与同时代的第一流诗人交游过从,无疑令他极为兴奋。而幕府中浓郁的经学氛围,更增强了他对古学的兴趣。

（一）沈业富幕府概况

沈业富(1732—1807),字方毅,江苏高邮人。乾隆十九年(1754)成进士,任翰林编修,与张曾敞、翁方纲、朱筠并称"四金刚",官至河东盐运使。沈业富求才若渴,其幕先后吸引过章学诚、黄景仁、顾九苞、汪中等不少学者。黄景仁有《三月十三日沈既堂先生坐中十二人合连五百岁分韵得少字》一诗,沈幕得人之盛,由此可窥一斑。沈业富在太平当了十六年知府,在此期间,章学诚南北往来,屡次过访沈业富,并与沈业富之子沈在廷(字枫墀)讨论学术,前后数十年,沈、章相知、通问无间。又乾隆四十五年(1780),汪中在沈幕(《容甫先生年谱》);乾隆四十六年(1781),顾九苞馆沈家,授其子在廷(《庚辛间亡友列传》②);乾隆三十六年、四十年,黄景仁两次来沈幕。乾隆四十八年(1783),沈于运城任河东盐运使,黄景仁卒于署中,沈为其治丧,并收集遗稿。沈家居后,士大夫南北来往,必造门请谒。

沈幕多诗人,不像朱筠幕府那样旗帜鲜明地奖倡经学考据,但也是考据学的重要阵地。章学诚、顾九苞、汪中等考据学家的到来,自然使此幕富有学术气息。从黄景仁于乾隆四十年(1775)写给沈业富的儿子沈在廷的《将为北行留赠沈枫墀》中"重来益深造,衔华实为佩。钩探积籍精,敛气群经内。方今重实学,大义了无昧"数语来看③,此幕的经学色彩还是很浓的。

（二）贾田祖的文学和学术交往

贾田祖进入沈幕的具体时间,已难以确考。可以肯定的是,乾隆四十年黄景仁在沈幕时,他也同在。从贾诗中"欣欣两载入姑孰"一句来看,他在沈幕的时间不短。又《贾稻孙集》有作于乾隆三十七年(1772)和三十八年

---

①　《璧湖联吟集》卷四李定斋序。

②　《章氏遗书》卷十九。

③　《两当轩集》卷十,清咸丰八年黄氏家塾刻本。

（1773）之间的《至姑孰过采石镇》一诗①，那么他有可能在乾隆三十八年（1773）前后已至沈幕。不过，贾在沈幕可能时进时出，作于乾隆四十年和四十一年之间的《杂兴》有"我来柳初萌，倏已朱荷发"之句②，则此次入幕从是年春开始。

　　除了时有思乡之情外，贾在沈幕是相当愉快的，这不仅因为作为同乡友人的沈业富对他的优待："悠悠镇长坐，一弓足不越。借问此何为，升斗足觊活。骄儿亦在前，性颇耐薇蕨。饱食意忻然，简策幸可掇。讵无素餐耻，故人容懒拙（谓沈既堂太守）。一起故乡愁，心中乱鬙葛。"③更由于广交奇士的兴奋，《用昌黎石鼓歌韵赠武进士黄仲则即送入都》抒写了"所欣两载入姑孰，触眼奇士纷和多"的喜悦，《寄李成裕兼柬陈沛舟》也为"竭来论交数君子，不弃空鼓闻音鼚"而激动。

　　贾田祖在沈幕的活动，首先是与鲁馥旦、章步廷、朱润木、陆若泉、金玉相等诗人唱和。他赞誉诸人的诗才道："此间诗才尤辈出，金朱姜鲁（玉相、润木、达三、馥旦）连旌幢。搜奇凿险压元白，森森壁垒夸大邦。中有博士主敦槃（谓陆若泉），呼酒屡罄巨腹缸。"④在与他们的酬唱中，他写有《乙未春分日陆若泉广文招同姜达三金玉相》《鲁馥旦章步廷朱润木衙斋宴集韵限分字》《鲁馥旦题余诗集依韵答之》《金玉相轩中午饮》《雨中朱丈仔薪暨令嗣润木招同杨西斋陆若泉》数诗。

　　与此同时，他也感受到了沈幕重经学的风气。首先是与章学诚、顾九苞等经学家的交往给他留下了深刻印象："潭潭官署许径造，芍南绛帐时相遇（兴化顾文子，一字韶南），会稽章公大手笔（谓章实斋），忆昨累月相切磋。"⑤他与顾九苞的关系可能相对密切，在《寄李成裕兼柬陈沛舟》中他又一次称赞其经学深邃："顾君（文子）经学久遂茂，汪汪论说挑银钉。"⑥

　　与黄景仁的交往是诗歌与经学的双重洗礼。乾隆四十年（1775），黄景仁第二次来到沈幕，与贾田祖相识。贾大有相见恨晚之感："君才似海

---

① 《贾稻孙集》卷四。此集大致按时间编排，此诗之前有《壬辰初冬感怀杂咏八首之二》，之后有《六十生日》，贾六十生日是在乾隆三十八年，由此推测此诗作于乾隆三十七至三十八年之间。

② 《贾稻孙集》卷四。此诗之前有《乙未（1775）春分日陆若泉广文招同姜达三金玉相鲁馥旦章步廷朱润木衙斋宴集韵限分字》，此后有《丙申岁仲夏（1776）洪稚存来自毗陵访予寓斋用王荆公和王微之登高斋韵三首奉赠》。

③ 《杂兴》，《贾稻孙集》卷四。

④ 《寄李成裕兼柬陈沛舟》，《贾稻孙集》卷四。

⑤ 《用昌黎石鼓歌韵赠武进士黄仲则即送入都》，《贾稻孙集》卷四。

⑥ 《贾稻孙集》卷四。

我未识,相逢其奈桑榆何。"①其时黄景仁即将赴京,贾作《用昌黎石鼓歌韵赠武进士黄仲则即送入都》为之饯行,黄景仁答以《贾礼耕用昌黎石鼓歌韵赠诗和赠一首》。一赠一答之间,寄寓了崇尚古调和以学为诗的追求。因为韩愈《石鼓歌》是一首议论石鼓文的学术诗,贾氏用《石鼓歌》韵写赠诗,本身就包含了以学为诗的倾向。两人的诗歌更明确表达了学与诗为一体的观念。贾氏的赠诗肯定了黄氏一扫淫艳、推崇杜韩的特征:"镌劖造化奋催陷,屏斥淫艳凭挥呵。当其振笔出溟涬,杜韩衣钵传无讹。"黄氏的答诗也推贾氏为古调知音:"半生古意徇同调,企心疲想空搜罗。谁知古调属巨手,鲁灵光殿瞻峨峨。"同时,贾氏赞赏黄景仁之博学:"钧韶广乐静鼍鼃,元亭奇字追蚪蝌。"黄氏亦钦佩贾氏的学殖深厚:"文章鼓吹有根柢,以混凡响奚能讹。异书梦见身化蠹,奇字饱积胸盘蜗。"虽然黄景仁不以考据为专长,其诗歌中的杰作也有别于以学为诗的时代风气,但他曾广泛结交当代学人,因此其诗歌创作和观念难免会打上考据学的烙印。除了这首诗外,其《赠程厚孙时为厚孙作书与汪容甫定交》等诗也多用奇字。贾田祖与他的诗歌唱和和交往②,当在一定程度上强化了贾氏对于经学的热情③。

贾田祖可能还曾经入过朱筠幕④,但详情已不得而知。无论怎样,乾隆三十六年(1771),朱筠"提督安徽学政,十一月到官,在官凡二年"⑤,朱幕与沈幕同在姑孰(或曰当涂),贾田祖至少有机会与朱幕的考据学家来往,这也进一步提高了他对古学的热情。

（三）晚年与王念孙等人的学术交往

经过沈业富幕府的洗礼后,贾田祖晚年在与王念孙等人的交往中,心理天平越发向经学倾斜,最终成为汪中等人眼中的老儒。

贾氏早年与王念孙的交往,是以诗歌唱和为主的,同时王家的丰富藏书也开阔了贾氏的学术视野。贾田祖与王家比邻而居,因此,两人的交谊当从王念孙乾隆二十二年(1757)回乡后不久就开始了。贾田祖《送王怀祖入都》有"十年比屋欢绸缪"之句,此诗作于乾隆三十五年(1770)王念孙入都

---

① 《用昌黎石鼓歌韵赠武进士黄仲则即送入都》,《贾稻孙集》卷四。

② 由黄景仁《清明日偕贾稻孙顾文子丁秀岩登白纻山》(《两当轩集》卷十)可知,贾田祖还与黄景仁等人共登白纻山。

③ 贾田祖对黄景仁的印象是如此深刻,他在《寄李成裕兼柬陈沛舟》《丙申岁仲夏(1776)洪稚存来自毗陵访予寓斋用王荆公和王微之登高斋韵三首奉赠》等诗中一再提及黄氏。

④ 《容甫先生年谱》:"三十八年癸巳,秋,在朱学使幕,始与贾先生田祖定交。"(《新编汪中集》附录)

⑤ 汪中《朱先生学政记叙》,《新编汪中集》,第447页。

赴试之前①,则两人的友谊从乾隆二十五年(1760)左右就开始了。又贾氏《阅亡友李格非诗集怆然悲来有作》中"比邻有诗客,古道亦肫肫"句下自注:"谓王怀祖诸君为延医市参具,调治数日,竟不瘳。"②可以想见王念孙与李贡等甓湖诗社诸人也有过从,此时他是以诗客的形象出现的。值得注意的是,王念孙在1770年入都之前曾许诺为贾田祖删订、出版诗集。贾氏《送王怀祖入都》末有"呕心有句藉知定,恐君腹痛慎勿忘",自注云:"怀祖欲删订余诗付梓,末语戏之。"此事一则说明了两人交情的深厚,一则透露了王念孙此时对诗歌颇有兴趣。

当然,对于一贯好学的贾田祖来说,此一时期王家的丰富藏书令他大开眼界。《送王怀祖入都》云:"况乃奇书出天禄,汪洋时溉鲰生腹。"由于父辈任职京师,王氏藏书极为丰富,其中不乏高邮本地不易寓目的"奇书"。贾田祖素重博览,自然不会错过这一借阅奇书、提高学养的机会。这也为他突破高邮本地学风的限制,与王念孙一起走向乾嘉学术前沿,打下了良好基础。

经历了沈业富幕府的洗礼之后,在贾田祖生命的最后两年,他充分认同了王念孙的小学考据之学,并努力追随他的学风。乾隆四十一年(1776),王念孙中进士,归里居湖滨精舍,以著述为事。是年贾田祖亦归乡③,所作《丙申孟冬同李成裕过王怀祖庶常湖西别业时怀祖正注许氏说文奉赠三首》云:

> 君志不在隐,所志在著书。著书匪爱名,迷津导群愚。粤稽文字兴,虫鸟出皇初。史籀十五继,炳焕昭寰区。秦人创隶法,形模稍已殊。尔后日变乱,古制弥淆渝。东京许叔重,只手为匡扶。其文万有余,音义垂典谟。世久复破坏,绍述起二徐。掇拾岂不勤,不能掩瑕瑜。历今又千载,踵陋承其诬。君通六书秘,翻覆生嗟吁。澄心究本始,雅训刊粗疏。④

① 《贾稻孙集》卷四。此诗在集中列于《庚寅元旦》之后,又题为《送王怀祖入都》,故推测其作于是时。
② 关于李贡的卒年,《贾稻孙集》中《己丑岁初秋杂诗》和《己丑除夕》之间有《阅亡友李格非诗集怆然悲来有作》一诗,则李贡卒于乾隆三十四年(1769),又夏之蓉《半舫斋编年诗》卷二十有作于是年的《哭李翻飞》。
③ 贾田祖有《丙申岁仲夏(1776)洪稚存自毗陵访予寓斋用王荆公和王微之登高斋韵三首奉赠》,洪亮吉《高邮哭亡友贾田祖》有自注:"丙申夏子留太平几不能行,先生假钱携酒送归。"可见此时贾田祖仍在太平。而贾田祖又有《丙申孟冬同李成裕过王怀祖庶常湖西别业时怀祖正注许氏说文奉赠三首》,可见此后贾回乡。
④ 《贾稻孙集》卷四。

此诗叙述了王念孙注释《说文》的源起和意义。先秦以来,隶书、小篆、古文、籀文等不同文字变乱混淆,因而汉代许慎著《说文解字》加以归纳整理。但经过汉唐历史时期,文字又有变化发展,于是五代南唐徐铉、徐锴又重加刊定,然而其中多有残缺、窜补。清代段玉裁等多位学者从事《说文解字》的整理和注释,王念孙也为此殚精竭虑,以求追溯文字的本始,改正以往的谬误。此诗表明贾田祖对王念孙从文字、音韵入手从事文献考据的路径有了充分了解,并认为这一研究方法远远超出了以往的经学研究,是堪比轩辕、仓颉造字的伟大事业。

不仅如此,贾田祖热切地希望以迟暮之年参与这一事业。此诗中“一自沛舟亡,双泪日以零。纷纷里巷间,旧游等晨星。君义薄霄汉,不用金石铭。李君笃学人,未老称典型。此世少此辈,与我皆忘形”数语,叙述了他自甓湖诗社的友人相继辞世之后,晚境凄凉,所幸王念孙、李惇与他情好不变。“我衰尚编蒲,努力追遗经。君子扬德辉,勿陋末光萤”,则表达了他虽年老体衰,但仍一心向学的殷切心情,并谦虚地希望他们勿嫌弃这位年迈的学友。将此诗与《送王怀祖入都》等诗相比,可以发现此时贾田祖向慕古学的热情上升到了前所未有的高度。

在其生命的最后一年,贾田祖再次表达了对于古学的热情。是年春日,贾田祖以老病之身,与汪中、李惇、王念孙聚饮,作诗云:“汪子何来省龙钟,李王联袂其音跫。弥天凿齿劲敲逢,三君雁行于且喁。坐我琴书之房栊,家贫亦有鰕鮏供。相与作达灯烛红,耳官失职悲不聪。高谈但闻声飒飒,心许不假言辞通。”“良觌累日宽尘胸,已疾捷若卢扁功。”①此时贾田祖耳朵失聪,已听不清楚他们的高谈阔论,但他仍从这一聚会中获得了莫大的精神享受,仿佛疾病也痊愈了很多。此诗还高度赞赏了汪中的经学研究和文学成就:“我钦汪子灵光崇,五三八九经术鸿。文镵金石垂厚穹,阿谁相厄能两雄。”诗末“知己失散真路穷,出门惘惘迷西东。尔夔我蚿相怜同,望君重来鼓丝桐”数语,既写出了与王、汪等人分离的惘怅,又寄寓了与诸人继续从事古学的期望。

汪中《大清故高邮州学生贾君之铭并序》曰:“好学多所瞻涉,喜《左氏春秋》,未尝去手,旁行斜上,朱墨烂然。善为诗,所作三千余篇。性明达,于释老神怪阴阳拘忌,及宋儒道学无所惑。”②显然,在汪中眼里,贾田祖是一个典型的经学家。从贾田祖的学术经历来看,他之所以在生命的最后日子

① 贾田祖《丁酉春日病中……兼柬孝臣石瞿》,《贾稻孙集》卷四。
② 《新编汪中集》,第475页。

里迸发出向慕考据学的热情，是他的家学背景、进入沈幕、与王念孙等人交游等多种因素共同作用的结果。首先，他的家学中素有讲究经世之实学的传统，从经世之实学转向考据之实学，是顺理成章的。其次，他在沈业富幕府接受了古学风的洗礼，感受到了时代风气的转变。最后，他与王念孙、李惇等人交游，彼此之间以考据学相砥砺。于是这位鹭湖畔的诗人终于在晚年蜕变为一个经学老儒。在上述因素中，后两个因素的影响显然更为直接，但家学传统的意义也不可忽视。

在这个圈子里，以《群经识小》一书留名乾嘉学术史的李惇，也从他们的交游中获益匪浅。李培紫《群经识小凡例》称李惇成该书于乾隆丙申（1776），也可能是受到了这股学风的影响。

王念孙本人也是通过入幕、与诸子交游，而逐渐增强了对于古学的信心。如前所述，王念孙起初在与贾田祖等人的交往中，以"诗客"的形象出现。从他的诗歌创作来看，王念孙所存诗歌极少，成集的仅有《丁亥诗钞》一册，王敬之跋："此册盖二十四岁作也，敬检遗著，付诸梨枣。"丁亥年为乾隆三十二年（1767），收入诗歌十八篇二十首，近人王章涛考证其中夹杂有王安国诗作，且成诗不全是此年①，但据此可以推测，王念孙在当时应有较为可观的诗作。

以下这段文字则透露了王念孙决意献身于小学以后，从与李惇等人的切磋中得到的鼓励：

> 余自壮年有志于郑、许之学，考文字辨声音，非唐以前书不敢读。逡巡里下，同志者卒鲜，唯进士（李惇）与余有声气之应。晨夕过从，无间风雨，市酒一杯，园蔬数器，抵掌而谈，莫非古义，有所疑问则相问难，有所得则相造语，闻者或讪笑，而进士与余不因之而少沮。②

虽然在考据学方面，王念孙是贾田祖等人的领袖，但朋友的追随和赞誉，也给王念孙本人增添了信心和动力。

乾隆年间像贾田祖这样从好尚诗文走向小学的士人不单只是贾田祖一人，汪中亦是从一个文学家转为经学家："某始时止习辞章之学，数年以来，略见涯涘。《三礼》《毛诗》以次研贯，且有志于古人立言之道。盖挫折既

---

① 王章涛《王念孙王引之年谱》，广陵书社 2006 年版，第 17—18 页。
② 王念孙《群经识小序》，《王石臞先生遗文》卷二。

多,名心转炽,不欲使此身为速朽之物也。"①又汪喜孙《容甫先生年谱》乾隆三十七年(1772)下有按:"先君治小学当在是时。是时所校书多述王先生(王念孙)说。"②汪中也是通过入幕、与王念孙交往等经历,以文学家的身份而开始兼攻小学。

从贾田祖等人的学术历程可以看出,扬州地区本身就存在着重视文学、史学的学术传统,后来由于经学的地位提升,扬州学派的后人在为前辈立传时,往往为了彰显他们在经学方面的成就,而有意抹去了他们对文学、史学的重视,而文学、史学与经学之间的相互促动,或许正是扬州学派学者"博通"的一个重要原因。

本 章 小 结

面向时代思潮的宏观学术史研究与针对个体的研究常常陷入一对矛盾:"预设"的时代思潮不经意间会剥夺个体学术的独立性,但具体的"个体"研究,若无法回应或修正既有学术史,很难成为学术史中值得保存的"标本"。以戈夫曼基于戏剧表演理论的社会学研究视角,清代学术史中的学者本具备多重角色特征,学术史的叙述若只是有"侠烈之气的孙奇逢"到"汉学家先驱的江永"再到"汉学家旗帜的戴震"、"受王念孙影响的经学老儒贾田祖",回避"学行继程朱、不甘于文士的方苞",一定是一部毫无悬念、略显乏味的戏剧。

学术史亦是一部宏阔的历史大戏,单线程、单薄形象的出现,说明我们对时代、对人物的处理过于简单。我们应该尝试寻找新的"系统",正视并处理更为复杂的角色联系。若清代学术史没有"汉学"的观念,本章所论学者的学术将如何定义? 这将是我们重新思考清代学术的起点,清代士人对"礼"的遵循、实践与学术研究也是我们统整这一"角色系统"所运用的新视角。

---

① 汪中《与秦丈西岩书》,郑晓霞、吴平标点《扬州学派年谱合刊》,广陵书社 2008 年版,第153 页。

② 同上,第 159 页。

第四章　统绪之争：儒林传的编撰与汉学谱系的复苏

中国文论自古就有"拟人化"之"生命之喻"①，若将传记创作视之为塑造一个鲜活的"人"，"文史之争"、"骈散之争"所争在"体与用"，是塑造传记人物之"骨骼"；"角色之争"所争在"肌肤"，是决定传记人物以何种"面相"呈现于世人，但"人"并不是一个孤独的存在，必活跃于某一"时代"、"宗族"、"群体"，成为具有集体属性的"某一类人"，那么传记的存在形式，也绝非只是墓室中的一面刻石、文集中的几版文字，也会有"传记集"的汇纂，传记集的编纂指向了传主的"地域"、"品格"、"宗派"等群体特征。如果说"个体"传记的书写是要呈现一个"外于众人的我"②，那带有宗派性质的传记集的编纂，则是要向世人证明"作为同一类人的我们"。

不同学术宗派对传记体例会作出不同的选择，量体裁衣，找到合适的叙述方式。以此视角，以"学案体"为代表的程朱、陆王与以"儒林传"为代表的经学家围绕学人传记书写标准的"统绪之争"，是我们了解中国古代传记与传统学术宗派关联的重要途径。学界对学案体的创立多推至朱熹，朱熹借鉴禅宗传灯录体例所编撰的《伊洛渊源录》，被认为是学案的开山之作。陈垣《中国佛教史籍概论》介绍传灯录时说："传灯又为谱录体，按世次记载，与僧传之传记体不同。且僧传不限于一科，灯录则只限于禅宗，在《宝林传》未发现以前，《景德录》为禅宗史最初之一部。"③传灯录只录禅宗的排他性，与《史》《汉》儒林传只述经师、《伊洛渊源录》只录程朱道统相同，这几种

---

① 参见吴承学《生命之喻——论中国古代关于文学艺术人化的批评》，《文学评论》1994 年第 1 期，第 53—62 页。

② 川合康三老师在《中国的自传文学》一书中，以司马迁、王充、曹丕、葛洪自传为例，提炼出中国自传文学形象中几种"与众不同的'我'"。川合康三著，蔡毅译《中国的自传文学》，中央编译出版社 1999 年版，第 14—48 页。

③ 陈垣《中国佛教史籍概论》，上海书店出版社 1999 年版，第 73 页。陈垣同时指出："自灯录盛行，影响及于儒家，朱子之《伊洛渊源录》，黄梨洲之《明儒学案》，万季野之《儒林宗派》等，皆仿此体而作。"

与学术宗派相关的传记体,在诞生之际即被烙上了各自学派的印痕,在后世流传衍变中,也为自家学派所珍重。

清代的"汉宋之争"落在历史书写时,某种意义上也是清代儒者传记编纂标准之争。儒林传选录标准应"重德行"还是"重著述",这是阮元与方东树的重要分歧。学案体依照宋明理学宗派宗旨构建,为理学家量体裁衣定制了独特编纂体例,而以"汉学"为旗帜的朴学家如何"批量制造"汉学家,构建属于他们自己具有优势的统绪、标识性学术指征并扬长避短尽可能消减"理学家"身份的优势,是清代"经学家传记"创作的进化方向。接续汉儒统绪,强调"以经传经",注重家法、师法的新型汉学家传记,成为"学案体"以外,一种新的符合朴学家学术特征的学术史写作体例。

明末清初、乾嘉、清末民初几个节点中,程朱、陆王、汉学势力此消彼长,儒林传与学案在此之中均肩负着各自宗派的期望与使命。如果不认清儒林传与汉学、学案与理学之间的亲缘关系,就很难明白学案在明末清初与嘉庆道光以后增多之原因,也会失去了一个了解当时学术统绪整合的极佳视角。本章即拟在清代理学、汉学思潮演进的过程中讨论学案体的意义与价值。

第一节 《史》《汉》儒林传与汉代学官

清代经学家标举"汉学"旗帜,其所作人物传记也受到《史》《汉》儒林传影响,因此要理解清代经学家传记特征,就必须对《史》《汉》儒林传体有较全面的了解。何谓"儒林传体"？要给出精确的定义并不容易,自司马迁《史记》立《儒林列传》,后世正史儒林传并无整齐划一的体例,儒林人物之纷杂更是难以界定,但可以肯定的是,《史》《汉》儒林列传叙述五经博士官制度下的经师家法传授,与汉代政治文化制度丝丝相扣,司马迁《儒林列传赞》也为汉代儒学提供了最早的谱系。

一、为经师而创的儒林传记

诸正史《儒林传》之中,《史》《汉》儒林传与其他诸史作法差异悬殊,章学诚《和州志前志列传序例》云:"马、班《儒林》之篇,能以六艺为纲,师儒传受,绳贯珠联,自成经纬,所以明师法之相承,溯渊源于不替。""《儒林传》体,以经为纲,以人为纬,非若寻常列传,详一人之生平者也。自《后汉书》以下,失其传矣。"①这种"以经为纲,以人为纬"的叙录方式的形成与汉王朝五经博士官制度密切相关。

五经博士官制度作为汉王朝政治文化构建的重要部分,有为汉代新王权树立威信的作用,这种"权威"获得的根据,是由于新王官学继承了旧王官学的典籍(六艺),因此与三代王者之迹相贯通。也正因为此,司马迁在《儒林列传赞》中,不厌其烦地叙录了孔子整理六艺,六艺经孔门弟子一步步传至汉代经学各家的统绪:

> 故孔子闵王路废而邪道兴,于是论次《诗》《书》,修起礼乐。适齐闻《韶》,三月不知肉味。自卫返鲁,然后乐正,《雅》《颂》各得其所……故因史记作《春秋》,以当王法,其辞微而指博,后世学者多录焉……(七十子之徒)大者为师傅卿相,小者友教士大夫,或隐而不见……自是之后,言《诗》于鲁则申培公,于齐则辕固生,于燕则韩太傅。言《尚书》自济南伏生,言《礼》自鲁高堂生,言《易》自菑川田生,言《春秋》于齐鲁自胡毋生,于赵自董仲舒……天下之学士靡然向风矣。②

班固《汉书》儒林传全录司马迁《儒林列传赞》,后世儒林传序也常以此为据,可见该谱系对儒家尤其是传经之儒的意义。唐宋新儒学兴起后,唐宋诸儒重视儒学的内在精神传统,而非学术授受系统,以"孟子殁后,道之不传久矣"为据,直接越汉儒而续圣统,汉儒五经博士就此被排斥于理学家道统之外。

五经博士官制度不仅有神圣的血统,而且有严密的制度为之服务。这就不难理解为何司马迁在《儒林列传》的序中不录董仲舒"天人三策",却独录公孙弘"请为博士官置弟子"之奏议。《史》《汉》儒林传与五经博士官制度相呼应,《史》《汉》儒林传中所述经师经学也受博士官制度的影响,表现出"以六艺为纲"、"重视家学、师法"、"重视著述"、"轻儒行"的特征,今试对之加以分析:

(一)以六艺为纲。秦朝与汉初均设有七十博士制度,博士包括了六

---

① 章学诚《和州志前志列传序例上》,《文史通义校注》,第680页。章学诚又有论《史》《汉》儒林传与博士制度关系:"马、班《儒林》之传,本于博士所业;惜未取史官之掌,勒为专书。后人学识,不逮前人,故使未得所承,无能为役也。汉儒传经,师法亡矣。后史儒林之篇,不能踵其条贯源流之法,然未尝不取当代师儒,就其所业,以志一代之学。"(《和州志前志列传序例中》,《文史通义校注》,第686页)

② 《史记·儒林列传》,第3115—3118页。

艺、诸子、方技、数术在内。武帝罢黜百家,独尊儒术,置五经博士。"五经博士"中"五经"的含义,最初并未强调通某经,钱穆曰:"五经博士,初不限于一家一人……而其为博士者,初亦不限于专治一经……武帝置五经博士,特罢黜以百家传记为博士者,而博士之选,专以通五经为主。初亦未有某经博士之号也。"①此后,五经博士官制度在发展的过程中由于家学家法的日趋分化,逐渐形成了以五经为纲、师承绳贯珠联的格局。

《史记·儒林传》以五经为分,能较完整地叙述五经博士制度下的师承授受。刘向作《七略别录》,据《史记》儒林传之例,于每经详述其师承,凡《史记》有传者,著录姓名,不再有传,凡《史记》没有传的,写一小传。刘歆删节《七略别录》为《七略》,其后班固据《七略》作《汉书·艺文志》,并以《七略》中的"六艺略"续补《汉书·儒林传》。所以说司马迁《史记·儒林传》以"六艺为纲"叙录经师的模式,虽着眼于现实政治制度,却开创了叙述经师与经学的一种经典形式。

《史》《汉》的《儒林传》与《汉书》的《艺文志》六艺略所录均为当时王官之学。《六艺略》与《儒林传》的不同在于,《六艺略》分《易》《书》《诗》《礼》《乐》《春秋》《论语》《孝经》、小学共九类。《儒林传》分《诗》《书》《礼》《易》《春秋》五类,这是由于《乐》已失传,《论语》《孝经》、小学乃是各家博士官弟子入门课程,并无家法师法之分,也就没有如其他五经的师承流衍。《史》《汉》儒林传正是叙录王官学中有相对稳定师儒授受的部分。

(二) 重家学与师法。家学是先秦学术传播的主要形态,汉室的王官之学也是从民间家学中积聚提炼所形成②。五经博士官制度中家学与师法的具体特征,王国维《汉魏博士考》、钱穆《两汉博士家法考》的考证可谓详尽,钱穆谓"家法"即"章句",乃博士分家所致:"自武帝置五经博士,说经为利禄之途,于是说经者日众。说经者日众,而经说亦详密,而经之异说益歧。经之异说益歧,乃不得不谋整齐以归一是。于是有宣帝石渠会诸儒论五经异同之举。其不能归一是者,乃于一经分数家,各立博士。"③这里需要注意

---

① 钱穆《两汉博士家法考》,《两汉经学今古文平议》,第207—208页。

② 徐师兴无《刘向评传》中通过对《七略》《汉书·艺文志》中"家"考述,认为:"汉帝国的王官之学中的所有内容,无论是六艺还是诸子百家,一开始就不是从王官教育系统中培育出来的,而是由民间私家之学聚合而成。六艺虽为王官之学,但其保存、传授的形态也已流为私家之学。"刘向歆父子作《七略》"剖判艺文,总百家之绪",实则是"从构建新王官学之学的宏观角度,从逻辑的与历史的角度,将所有的学术资源的形态都视为民间私家之学。(让他们)以王官之学的形态,重新回到王道和王官的怀抱。"(详见《刘向评传》第九章,第236—245页)该说可以帮助我们更好地理解汉代家法、师法的形态。

③ 钱穆《两汉博士家法考》,《两汉经学今古文平议》,第128页。

的是,儒林传记述汉代经师家法师法之下专守一经、世代相传的模式,与五经博士官制度下的经学发展有关,并非汉代经学的全貌。汉代郎官经学、民间经学往往不限一家之学,显示出通儒的气象,后世儒林传将原来"以六艺为纲,师儒授受"的写法改为经师类传,与通儒之学的兴起不无关系。

(三)**重著述**。汉代经学传授早期多以训故的形式,重口说,但随着章句之学的发展,著述对《史》《汉》儒林传中的各家来说越来越重要。这不仅表现在当时学术背景中"一种书籍就是一家之言、一家之学",还表现在汉代博士官制度设立的过程中,著述也是决定其是否可以成为一家之言的重要依据,前期"文景之际立博士的方法只能是有书则立,有家则立"[1],后期家学是否有章句也是能否被立为学官的重要标准[2]。《史》《汉》儒林传虽未罗列经师著述,然而《汉书》中《儒林传》与《艺文志》六艺略并举,汉代五经博士制度家法、师承、著述便可一目了然,此可见班固之用心。章学诚《校雠通义》指出,"读《六艺略》者必参观于《儒林列传》"[3],史家敏锐之处正体现于此。鉴于著述的重要性,《儒林传》与《六艺略》互见,成为史家全面叙述经师学术的一种撰述方法。

(四)**轻儒行**。轻儒行并非指汉儒轻儒行,而是指《史》《汉》儒林传偏重叙述家法师承谱系以及影响五经博士制度的重要事件,经师儒行并不是儒林传关注的重点,有功业的大儒,在《史》《汉》中均另立列传。明人茅坤曾讥太史公之《史记》"太史传儒林,不采道德之士及其说经者之旨,独疏六艺门户,此其不知学之故也。古人云汉儒传经而经亡,而于此亦可概见矣"[4]。茅坤的讥屑显露出的是他本人学识的浅薄,但他所关注的角度,却代表了宋明理学发展成为主流以后,对"儒林"的一种理解(说详后)。

概言之,《史》《汉》儒林传是专门记述汉代五经博士官制度与统绪的传记。汉王朝立五经博士官制度,旨在以三代王官学树立自身政权的权威性,维护自身统治。在五经博士官制度发展的过程中,不仅构建了以"六艺"为媒介,从三代经孔子到汉代经师的家法师传谱系,而且以家法师法串联起一

---

① 详见徐师兴无《刘向评传》,第九章第二节"新王官之学与民间私家之学",该书第236—245页。

② 钱穆《两汉博士家法考》:"以前说《易》无章句,有章句即有家学矣。《易》有施、孟、梁丘三家章句,故云有三家之学。费、高两家治《易》,皆无章句。两家亦未尝立于学官。为博士立学官,成家学者,乃著章句以授弟子。"(《两汉经学今古文平议》,第224页)

③ 章学诚《校雠通义》内篇卷三,《文史通义校注》,第1022—1023页。

④ 茅坤《史记抄》卷八十五,《四库全书存目丛书》史部第138册。

个巨大的学术政治团体。《史》《汉》儒林传在叙述五经博士制度过程中，与五经博士制度以及经学传播特征相适应，儒林传的叙述也表现出了以六艺为纲、重师法家法、重著述、轻儒行的特征。

第二节　从《明史》到《四库》：汉儒学术谱系的恢复

《明史》《四库全书》《国史儒林传》的修纂是清代学界具有标志意义的三项文化工程，《明史》的修纂使明季人物有了盖棺定论的官方评价，以此为挡箭牌，学者品评人物自由度增强。《四库全书》的修纂、《四库全书总目》中的评价均成为清朝学界谈论学术的标准。《国史儒林传》的修撰，意味着官方儒学次序的排定。这三部书的修撰，《明史》始于顺治二年（1645），成于乾隆四年（1739）①，《四库全书》起于乾隆三十七年（1772），成于乾隆四十六年（1781），《国史儒林传》修纂集中于嘉庆十四年（1809）至嘉庆十七年（1812），以这三个时间为界。我们可以看到《史》《汉》儒林传影响逐渐增强的过程。

一、《明史·道学传》废立争议与儒林统绪的变迁

如果仅以"通经致用"作为入选儒林传的标准，《明史·儒林传》以及《国史儒林传》的修纂或许不会掀起那么大的波澜，然而儒林传的修纂涉及孰为儒学正统的问题，《明史·儒林传》的纷争，自《宋史》设立《道学传》，理学归《道学传》、心学归《儒林传》起已埋下了伏笔。

《宋史》修纂于元代，其分立《道学》《儒林》是为了树立程朱之学正统的地位，因此将程朱以外的心学一派，全部安排在了《儒林传》内。这样在《宋史》道学、儒林传内，分别存在着两个学术统绪，《道学传》中是程朱一派的道统："尧舜禹汤文武周公生，而道始行，孔子孟子生，而道始明。孔孟之道，周程张子继之，周程张子之道，文公朱先生又继之。此道统之传，历万世而可考也。"②《儒林传》中的则是心学的统绪。其暗含的逻辑便是：《道学传》高于《儒林传》，理学也高于心学。

---

① 乔治中、张艳秋《〈四库全书〉本〈明史〉发覆》考证：雍正十三年（1735）十二月，《明史》已基本告成。乾隆朝"只做了《明史》纂修中的收尾、修订、刊刻等极少工作。"（瞿林东主编《明史研究》，中国大百科全书出版社 2009 年版，第十卷，第 343—344 页）

② 黄勉斋《徽州周文公祠堂记》，《黄文肃公文集》卷十九，《北京图书馆古籍珍本丛刊》集部第 90 册。

　　明代修《元史》并未立《道学传》，然而在清初修纂《明史》的过程中，对是否沿袭《宋史》设《道学传》却有激烈的争论。李晋华《〈明史〉纂修考》对此考证甚周密：

　　　　自徐元文兄弟倡立《道（理）学传》后，附和者有彭孙遹等，反对者有黄宗羲、朱彝尊诸人，若汤斌、陆陇其介于两可之间者也。此外张烈有《王学质疑》，汪由敦有《史裁蠡说》（汪说在雍正时），于立《道学传》亦持异议。馆臣以学统所关，龃龉颇久，且因此竟置诸传于不问矣（见毛奇龄《西河合集·奉史官总裁札子》）。又按：今本《明史》无《道学传》，徐元文虽以监修而倡立《道（理）学传》，终格于众议不果行也。①

　　明代学术背景中，程朱理学为明代官学，然而明代中后期，陈白沙、王阳明心学一派异军突起，形成与程朱理学分庭抗礼的格局。清兵入关以后，明遗民的学术旨向，莫不宗程朱、陆王②。《明史》争论是否立《道学传》之争，实质上是陆王与程朱两派之争，在对《明史》是否分立《道学》《儒林》的问题上，陆王一派的反对尤为激烈。

　　这场论争中，各家在争论是否立《道学传》的同时，《儒林传》的意义不可避免地成为各家关注的一个焦点，参加《明史》修纂的各派，对《儒林传》的理解也有所不同：

　　第一种看法来自黄宗羲。黄宗羲作《移史馆不宜立理学传书》，反对立《道学传》，旨在为阳明学争正统：

　　　　夫十七史以来，止有儒林。以邹、鲁之盛，司马迁但言《孔子世家》《孔子弟子列传》《孟子列传》而已，未尝加以道学之名也。儒林亦为传经而设，以处夫不及为弟子者，犹之传孔子之弟子也。历代因之，亦是此意。周、程诸子，道德虽盛，以视孔子，则犹然在弟子之列，入之儒林，正为允当。③

————————

① 李晋华《〈明史〉纂修考》，《明史研究》，第 104 页。
② 《儒林传》本为"传经之儒"的传记，但到明代，"传经之儒"的影响力已微乎其微，这从明世宗嘉靖九年（1530）孔庙改制，申党、公伯寮、秦冉等十三位传经之儒被罢祀；林放、郑玄等七人改祀于乡可以看出。参见张寿安《打破道统　重建学统——清代学术思想史的一个新观察》，《中国文化》第 32 期，第 8 页。
③ 黄宗羲《移史馆论不宜立理学传书》，《黄宗羲全集》第十册，第 222 页。

《宋史》立《道学传》，依据的是汉儒对圣学之道体悟的粗疏，另立《道学》以表彰宋儒传道之功。黄宗羲以理学道统统绪，重新阐释了《史记》儒学各纪传之间的关联，对《儒林传》，他不取"经师之传"或"儒者之传"的定义，转而强调《史》《汉》儒林传中经师乃孔子"不及为弟子者"，突出儒林传在学统中的意义，借此消解另立《道学传》独尊程朱道统的含义，可见其良苦用心。

第二种看法来自朱彝尊。尽管朱彝尊"《儒林》足以包《道学》，《道学》不可以统《儒林》"一说，看起来与黄宗羲说法的差别不大，但在具体论述中，朱彝尊却持有不同的观点：

> 传儒林者，自司马氏、班氏以来，史家循而不改……元修《宋史》，始以《儒林》《道学》析而为两，言经术者入之《儒林》，言性理者别之为《道学》。又以同乎洛、闽者进之道学，异者置之《儒林》。其意若以经术为粗而性理为密，朱子为正学而杨、陆为歧途，默寓轩轾、进退、予夺之权，比于《春秋》之义。然六经者，治世之大法，致君尧舜之术，不外是焉。学者从而修明之，传心之要，会极之理，范围曲成之道，未尝不备。故《儒林》足以包《道学》，《道学》不可以统《儒林》。①

与黄宗羲强调《儒林传》为"孔子不及为弟子者"之传不同，朱彝尊强调《儒林传》与六艺之间的关联。他认为六经为"治世之大法，致君尧舜之术"，这是《儒林传》可以统《道学》的原因。黄宗羲反对立道学传是以心学反道学，朱彝尊反对立儒林传，则是欲以儒学来包含理学。朱彝尊延续了顾炎武"经学即理学"的观点，代表着当时学术思潮中回归六经原典的趋向。

在黄宗羲与朱彝尊之间，还有将儒林传经学、理学概念模糊处理的观点，汤斌即是其中之一。汤斌对是否立《道学》持两可的态度，他认为若不立《道学传》，"则薛以相臣，王以勋封，俱入大传。《儒林》则以曹月川、陈白沙、陈克庵、胡敬斋、罗念庵、王龙溪、罗近溪诸公，可得一二十人，与注释经传者先后并焉列"②。汤斌此说延续了《史》《汉》以下儒林传松散的定义，为折衷之论。

---

① 朱彝尊《史馆上总裁第五书》，《曝书亭集》卷三十，《四部丛刊》本。
② 汤斌《明史凡例议》，刘承幹《明史例案》卷四，民国嘉业堂刻本。

《明史·儒林传》的修纂，展示出了清初各学派在官方学术中的力量对比。学界一般认为《明史》不列《道学传》是王学的胜利，但通读《明史·儒林传序》，却可以看出这是清代在官方文化政策不明晰的情况下产生的"怪物"：程朱一派仍占据着官学正统的地位，《明史·儒林传》开宗明义，即肯定了《宋史》分立《道学》《儒林》维护道统之功，"《宋史》判《道学》《儒林》为二，以明伊、洛渊源，上承洙、泗，儒宗统绪，莫正于是。所关于世道人心者甚巨，是以载籍虽繁，莫可废也"①。不仅如此，《儒林传序》对王学还保留着传统的批判，"宗守仁者曰姚江之学，别立宗旨，显与朱子背驰，门徒遍天下，其教大行，其弊滋甚"②。但陆王一派也并非没有成果，《道学》并入儒林，改变了《宋史》以来程朱一派高居《道学传》的地位。黄宗羲力主理学、心学皆入儒林，"学术之异同皆可无论，以待后之学者择而取之"③，则可看出心学一派的自信。

朱彝尊所提倡的重视经学的观点，似乎也有所体现。《儒林传序》在溯源儒林传之体时，强调了《史》《汉》儒林传著录传经之士的特征：

> 粤自司马迁、班固创述《儒林》，著汉兴诸儒修明经艺之由，朝廷广厉学官之路，与一代政治相表里。后史沿其体制，士之抱遗经以相授受者，虽无他事业，率类次为编。④

尽管随后的叙述转为述《道学传》及程朱理学正统，但至少注意到"遗经之士"与《儒林传》之间的关联，序末又特别强调"至专门经训授受源流，则二百七十余年间，未闻以此名家者"⑤，这应该是经学一派借儒林传表达的一种惋叹与期许之情。

二、四库馆开馆与汉儒学统的恢复

钱穆先生在谈到中国历史之教育时，认为教统一直在民间："教育重家言，不重官学，循下统，不循上统，此正是中国传统文化一绝大特点。"⑥汉代新王官学、宋代理学均是由民间私家学术逐渐培植发展起来，清代汉学兴起亦是如此。

---

① 张廷玉等《明史》，中华书局 1974 年版，第 7222 页。
② 同上。
③ 黄宗羲《移史馆论不宜立理学传书》，《黄宗羲全集》第十册，第 223 页。
④ 《明史》，第 7221 页。
⑤ 同上。
⑥ 钱穆《道统与治统》，《钱宾四先生全集》第四十册，联经出版事业股份有限公司 1998 年版，第 84 页。

张寿安《打破道统 重建学统——清代学术思想史的一个观察》一文通过考察清代孔庙祀殿、五经博士以及书院祀典这种"传统中国最具学术指标意义"的"制度符号"，揭示清代汉学家如何破除理学传统、另立儒学学统的过程。该文在叙述雍正朝改祀时，认为郑玄等经师恢复从祀孔庙，"虽然同时增祀的理学诸儒远多过两汉经师，但对致力于尊经崇汉的清初学者而言则是一大鼓动"①。尽管张寿安先生一文中，详举大量学者为汉儒重新增祀孔庙请愿的努力，但这种研究角度忽略了清代学术中理学与经学一直并存的现状。从《明史》修纂时对《儒林传》以及汉儒传经的态度，可见崇经尊汉儒的风气在雍正朝官方学术中并未占据显著地位，雍正朝改祀，理学诸儒多于两汉经师，其实是当时官方学术下的一种必然。但在民间私家所作的学林传记中，这种重视汉儒学术统绪的风气已经暗流涌动：

明清民间学林传记收录汉儒统绪比较

收 入 汉 儒	未 收 入 汉 儒
明王圻《续文献通考·道统考》 明朱睦㮮《授经图》 清万斯同《儒林宗派》 清朱彝尊《经义考·承师》 清毕沅《传经表》附《通经表》 清焦袁熹《儒林谱》 清朱轼《史传三编》	明周汝登《圣学宗传》（收入扬雄、董仲舒） 明孙奇逢《中州人物考》 《理学宗传》（卷十二《汉儒考》董子附申公培、倪公宽、毛公苌、郑康成公） 明熊赐履《学统》（孔门弟子、传经之儒列为附统）

不可否认，周汝登《圣学宗传》、孙奇逢《理学宗传》、熊赐履《学统》的影响力远远大于诸如《授经图》之类，但在道学统绪中能对儒林传所提供的经学传承谱系加以吸收，这已经是一个令人惊奇的转变。清代严酷的政治统治中，民间经学的兴起可谓小心翼翼，毛奇龄著《四书改错》谓《四书》无一不错"，康熙五十一年，朱子配享孔庙，毛奇龄"闻朱子升祀殿上，遂斧其版"②，可见在高压政治统治下开辟新学统的风险。所幸这种实证的风气并没有就此停下脚步，而是渐渐凝聚，形成更大的力量。

乾隆年间，四库馆开馆后，清儒的汉学意识越发清晰明确，其中一个方面就是沿着朱彝尊等人的努力方向，大力倡导恢复汉儒在儒学统绪中的地位：

---

① 张寿安《打破道统 重建学统——清代学术思想史的一个观察》，《中国文化》第32期，第11页。
② 全祖望《萧山毛检讨别传》，《全祖望集汇校集注》，第988—989页。

《钦定四库全书总目》摘要

年　代	著　者	书　　名
明	朱睦㮮	《授经图》
且睦㮮之作是书大旨,病汉学之失传,因溯其专门授受,欲儒者饮水思源,故所述列传止于两汉。其子勤美跋亦称:"秦烬之余,六经残灭。汉兴,诸儒颇传不绝之绪,于是专门之学甚盛。至东京,则授受鲜有次第,而经学亦稍稍衰矣。故是编所列,多详于前汉"云云。其著书之意,粲然明白。虞稷等乃杂采诸家以补之,与睦㮮所见正复相反。然朱彝尊《经义考》未出以前,能条析诸经之源流者,此书实为之嚆矢。正不以有所点窜,并其原书而废之矣。①		
明	林希元	《易经存疑》
《自序》谓:"今必下视程、朱,则吾之说焉能有易于彼? 无已,则上宗郑、贾,郑、贾之说其可施于今乎?"盖其书本为科举之学,故主于祧汉而尊宋。然研究义理。持论谨严,比古经师则不足,要犹愈于剽窃庸肤,为时文弋获之术者。②		
清	万斯同	《儒林宗派》
是编纪孔子以下迄于明末诸儒授受源流,各以时代为次。其上无师承,后无弟子者,别附著之。自《伊洛渊源录》出,《宋史》遂以《道学》《儒林》分为二传。非惟文章之士,记诵之才,不得列之于儒。即自汉以来传先圣之遗经者,亦几几乎不得列于儒。儒遂专属于心性……斯同目击其弊,因著此书。所载断自孔子以下,杜僭王之失,以正纲常。凡汉后唐前传经之儒一一具列。除排挤之私,以消朋党,其持论独为平允……如斯之类,虽皆未免少疏,然较之学统、学案诸书,则可谓澌除锢习,无畛域之见矣。③		
清	朱轼	《名儒传》(《史传三编》)
明以来传名儒者,大抵宗宋而祧汉唐,而宋又断自濂洛以下。轼所为传,上溯田何、伏生、申公、高堂生诸人,不没其传经之功。中及董仲舒、韩愈诸人,不没其明道之力,于宋则胡瑗、孙复、石介、刘敞、陈襄,虽轨辙稍殊,亦并见甄录,绝不存门户之见,可谓得圣贤之大公。④		

　　梁启超谓四库馆为汉学家大本营,从上述表格中,我们也可以看出馆臣们对"传经之儒"的重新肯定。王汎森《清代儒者的全神堂——〈国史儒林传〉与道光年间顾祠的成立》一文指出:"清代官方的权威有一个升降的历史,在嘉、道年间,官方仍有很大的权威,官定文书的影响力仍然非常大,当

---

① 《钦定四库全书总目》卷八十五,中华书局 1997 年版,第 1134 页。
② 同上,卷五,第 45 页。
③ 同上,卷五十八,第 816—817 页。
④ 同上,第 817 页。

时士人常用来判断一位儒者分量的权威，是《四库全书》所收著作数量之大小，以及《四库全书总目提要》中之评论。在道光以后，《国史儒林传》中是否有传？评价如何？则至为重要。"①《四库全书总目》对汉儒统绪的重视，为汉学提供了最好的理论依据，汉儒在学统中的地位得到了官方的肯定，这无疑增强了汉学家的自我认同感，促进汉学的发展。至此，《史》《汉》儒林传的谱系得到了官方以及学界的认同。

第三节　清代儒者传记编撰视野下的汉宋之争②

阮元《拟国史儒林传序》有这样一段话："终明之世，学案百出，而经训家法，寂然无闻，揆之《周礼》，有师无儒，空疏甚矣。"③在为江藩《国朝汉学师承记》所作序中，阮元又以江藩此书"可知汉世儒林家法之承授，国朝学者经学之渊源"④。比较二序差别，阮元对"学案百出"后"经训家法寂然无闻"的遗憾，对《汉学师承记》明于儒林家法授受的赞叹溢于言表。学案体记言记行，侧重于儒者"德性之知"，汉世儒林传体则记录儒者"著述"之传承，侧重于"闻见之知"。本文将在梳理明清儒者传记编撰、儒林谱系书写的基础之上，揭示清代朴学家将儒者传记标准从"德性之知"向"闻见之知"的努力，这或许也是构成汉宋之争的重要因素。

一、重德行的言行录与重著述的汉世儒林谱系

传统儒学体系对德性之知的重视可谓高过一切。钱穆先生在《中国文化与中国人》一文曾举例说，诚然孔门弟子中冉有、子路有军事之能，宰我、子贡有语言、外交之能，子游、子夏有文学之能，可仍是"无表现"的颜渊、闵子骞、冉伯牛、仲弓凭"德行"居孔门四科之首，这正是中国重道德的历史精神⑤。宋儒传记多为言行录或学案体为主，这固然与他们受禅宗"不立文字"影响，以讲学取代了著述有关，但是"言行录"记言记行，在重德性之知方面实则与传统儒学一贯相通，且将儒学"尊德性"的一面推向了新的高度。

---

① 《"中研院"历史语言研究所集刊》第七十九本第一分，2007年，第69页。
② 本节以《德行与著述——儒者传记编撰视野下的汉宋之争》为题，发表于《斯文》第五辑，2020年4月，有删改。
③ 阮元《揅经室集》，第36页。
④ 同上，第248页。
⑤ 钱穆《中国历史精神》，九州出版社2011年版，第152—153页。

据班固《汉书·艺文志》所述,汉兴即广开献书之路,汉孝武帝甚悯于书缺简脱,于是建"藏书之策,置写书之官",成帝在位时又以书颇散亡,使谒者陈农求遗书于天下,并诏光禄大夫刘向等人校录图书,班固的《汉书·艺文志》即是在刘向《别录》、刘歆《七略》基础之上"删其要"而成。

汉世对图书、著述的重视毋庸置疑,但是并不能因此认为"德性之知"已位居"闻见之知"之上,其理由如次:(一)汉世儒林传谱系及《艺文志·六艺略》所录诸经章句地位特殊,绝非普通的"道问学"传递。汉世儒林传之所以不同于寻常列传,不详述一人之生平,反而专注于各家各经"师法之相承",乃是记录五经博士官制度下的"神圣血统"。其受尊宠的支撑,来自汉帝国对"新王官学"的渴望,而非"知识"本身①。(二)汉儒重著述,并非意味着"道问学"可以高过"尊德性"。刘向依《史记·儒林传》师承之例作《别录》,即申明凡《史记》有传者,著录姓名,不再有传,凡《史记》无传的,写一小传,可见"言行"依然是当时考察儒者的重要部分。《汉书》董仲舒等大儒也均另立传记,以表彰其德行卓著。(三)这种"以经为纲,以人为纬"的汉世儒林谱系,并不能包容汉代所有经学体系。如当时郎官经学、民间经学都强调通儒之学,这些学者既不是五经博士官下的经师,其学问也不局限于某家某经,很难接续到这一谱系中。所以五经博士官制度瓦解后,这种儒林谱系的失传,绝非偶然。

《后汉书》以后,儒林传都是以记人记事的儒者列传为主,可见对德性之知的追求仍占据了儒学的主流。尽管此后魏文帝曹丕在《典论·论文》中表达过文章乃"经国之大业,不朽之盛事"此类感慨,但在《与吴质书》中,他又无奈于古今文人"类不护细行,鲜能以名节自立"的现象。历代对"文人无行"的职责也在警示,儒者在追求著书立说过程中,绝不应放弃对"德性之知"的践履与坚守,"尊德性"永远是儒学的第一要义。

余英时先生提出明清学术从"尊德性"到"道问学"的转向②,为明清思想史转型提供了新的思路。笔者认为作为对儒者"盖棺定论"的人物传记,其书写标准在多大程度上完成了从"德性之知"到"闻见之知"的转变,恰恰可以检验余英时先生"内在理路说"的正确与否。儒者传记的编撰、儒林谱系的书写也是研究明清汉宋之争重要的一环。

二、言行录与传经图:清学的两种方向

明清学人所辑儒者传记资料数倍于前朝,这很容易被看作是近世文献

① 　徐师兴无《刘向评传》,南京大学出版社 2005 年版,第 236—245 页。
② 　余英时《清代思想史的一个新解释》,《中国思想传统的现代诠释》,江苏人民出版社 2006 年版,第 157—187 页。

激增的缘故,可是否也会存在一些内在因素的应激呢? 在研究阮元《国史儒林传》、江藩《汉学师承记》的过程中,不少学者已经注意到儒林传记书写与汉宋之争的关系,如漆永祥教授《论江藩〈汉学师承记〉研究中的几个问题》,就直接指出江藩作是书欲与《明儒学案》等学案类著作分庭抗礼、取而代之的意图①。若对明清儒林传记以"记言记行"与"记著述"的标准稍加区分,我们就会明白,汉宋之争早在明末清初儒者传记编写的过程中悄然展开。

明清之际,由于对汉儒的重视,出现了对汉儒学术谱系的重新叙述,若细加分析,我们会发现其中有两种方向:第一种如明代魏显国《儒林全传》,清代朱显祖《希圣录》、费纬祹《圣宗集要》、朱轼《史传三编》等,以理学家言行录的方式,在传统理学视域内对汉儒事迹、德行加以考述。第二种则是明代朱睦㮮《授经图》,清代焦袁熹《诸儒谱》、朱彝尊《经义考·承师类》、毕沅《传经表》、吴之英《汉师传经表》、江声《尚书经师系表》、周廷寀《儒林传经表》、田普光《后汉儒林传补逸》、赵继序《汉儒传经记》、侯登岸《两汉经学考》、胡秉虔《西京博士考》、张金吾《两汉五经博士考》等,旨在重新表彰汉儒师承家法的统绪。前者重德行,后者重师承,汉宋之争的态势一触即发。

(一) 言行录

起初,理学家所编撰的汉儒传记,往往呈现出理学范畴内所关注的问题。这在魏显国《儒林全传》、朱轼《史传三编》中表现得最为清楚。明代黄汝亨序《儒林全传》云:

> 儒者之道,自孔子而来数千载,盛称宋代,尤推尊周、程、紫阳氏之学;汉唐诸儒有表章疏注之功,俱在所略……近得西江门人魏生维藩持其大父古渠先生所纂《儒林全传》,展读之,则古今儒者德行、文学、语言之妙,同堂一室,并有开承;族谱家珍,俱堪世守。孔子之道,当借是以传,不至稿落断灭而不可振。②

黄汝亨指出汉儒之所以能融入道统,是基于"古今儒者德行、文学、语言之妙",使孔子之道得以传承。到了清代,《史传三编》的实际编撰者李清植也在《名儒传》跋中,申明作《名儒传》乃是效朱子《言行》《渊源录》、吕祖谦《近思录》"明学术、正人心、厚风俗"之功。他提出入选《名儒传》的标准是

---

① 漆永祥《论江藩〈汉学师承记〉研究中的几个问题》,《北京大学古文献研究所辑刊》1999 年第 1 辑,第 344—347 页。又,对江藩《汉学师承记》与《儒林传稿》的研究,还可参看戚学民《阮元〈儒林传稿〉研究》,生活·读书·新知三联书店 2011 年版。

② 黄汝亨《儒林全传序》,魏显国《儒林全传》,《四库全书存目丛书》史部第 97 册。

"有儒术、有儒行、有儒效",认为"术诡于经,虽有笺注如魏之何晏、晋之王弼,不可以为儒;行诡于圣,虽有物望,如汉之扬雄、马融,不可以为儒;效诡于王,虽有敷陈创建,如汉之匡衡、宋之王安石,不可以为儒。是故必能穷经而后其儒也正,能由圣而后其儒也醇,能崇王而后其儒也大"①。由此可见,这些理学家对汉儒的态度仍是以德行为主,重视其言行。

(二) 授经图

与此同时,描述汉世儒林谱系的授经图出现,也让"闻见之知"如何传递、如何增补道统成为儒者传记书写关注的热点问题。前文已述,汉世儒林谱系可分为两个层次,一是各经书著述的传递,另一个则是"新王官学"儒林家法的传递。前者是知识的传递(传经),后者是"血统"的传递,这在汉世合二为一,在后世却并非如此。故后世儒者在对待授经图的态度上,是传经还是传"血统",会有很大区别,汉学家们显然更重视其中"血统"的价值。

最先的意见来自明代朱睦㮮,他在所续《授经图》序文中称:

> 余观《崇文总目》有《授经图》,不著作者名氏,叙《易》、《诗》、《书》、《礼》、《春秋》三家之学,求其书,亡矣。及阅章俊卿《考索图》,六经皆备,间有讹舛。余因考之⋯⋯旧图俱无传,图后或录经论数条,而诸儒行履弗具,使览者不知其为何如人也,余既为图,复据摭其要而作传,无关经学、无裨世教者,皆略焉。传成,以诸儒著述及历代经解附之。②

朱睦㮮所作《授经图》是在章如愚《山堂考索》旧图的基础上修订而成。朱睦㮮在对旧图的修订过程中,指出旧图"诸儒行履弗具",令后人不知著者儒行,所以采集诸儒生平有关经学、有裨世教的部分作传,最后才附以著书及历代经解,由此可见朱睦㮮对汉儒德行的重视。

稍后,不同的意见则来自黄虞稷等人。他们将《授经图》当作是经学著述(目录)的延续,迫不及待地将宋儒经学著述补充到"以五经为纲"的儒林谱系中:

> 逮婺源朱子出,而五经之学益明。双湖云峰之于《易》,庆元辅氏之于《诗》,九峰蔡氏之于《书》,勉斋、信斋之于《礼》,清江张氏之于《春

---

① 朱轼《史传三编》,《景印文渊阁四库全书》史部第 217 册。
② 朱睦㮮《授经图》,《丛书集成初编》第 0269 册。

秋》，与夫元明以后诸儒，阐明羽翼，亦等于汉儒之家法，而义理过之。其源流派别，未有序而图之者。苟得续是编以传，其为裨益经学，不更大乎？①

在黄虞稷看来，宋元明儒所治之经，"阐明羽翼，亦等于汉儒之家法，而义理过之"，宋代经学是在汉代经学基础上的转精之作。这种见解或许并不存在多少汉宋之争的意味，反而是真正"道问学"者应有的态度。章学诚《文史通义·朱陆》就曾批戴震对朱子的态度，并举例说"考古易差，解经易失，如天象之难以一端尽也。历象之学，后人必胜前人，势使然也。因后人之密而贬羲和，不知即羲和之遗法也"②。纯粹从"学问之知"角度来看，后出转精乃"势使之然"，又怎能以此笑前人为粗疏，甚至有门户之见？

可是，四库馆臣却表达了不同的看法。他们对黄虞稷续补的部分，表示了极大的不满：

> 睦楔之作是书，大旨病汉学之失传，因溯其专门授受，欲儒者饮水思源，故所述列传，止于两汉……虞稷等乃杂采诸家以补之，与睦楔所见正复相反。③

四库馆臣的态度中，汉世"专门授受"的谱系更为重要，根本没有续补的必要，其关注点显然是在于汉儒传经的"高贵血统"。我们从朱序、黄序以及四库馆臣的评价，可以明清时期汉宋之学的消长升降。朱睦楔作《授经图》，有表述汉儒学行之意；黄虞稷重视五经书目，将宋儒经学纳入汉学传经谱系，则代表经学及传经谱系地位的日益提高；四库馆臣肯定朱睦楔绍介汉儒学统师承，而否定黄虞稷补入两汉以后经师的做法，则显示汉宋之间的裂痕越来越大。

三、清代学人谱系的重构

当清代汉学家试图构建自己的学术体系时，汉世儒林谱系是他们最理想的模型，所以在清代经学家构建的谱系中，也呈现出"以六艺为纲"、"以家学效仿汉儒家法"的倾向。更重要的是，汉学家们借助"重著述、轻德行"标准的植入，在清代儒林谱系中占据了有利位置。不过，这都免不了有一些

---

① 黄虞稷《授经图义例序》，朱睦楔《授经图》，《丛书集成初编》第269册。
② 章学诚著，叶瑛校注《文史通义校注·内篇三·朱陆》，第264—265页。
③ 四库馆臣《钦定四库全书总目》卷八十五，中华书局1997年版，第1134页。

生搬硬套的成分。

（一）以六艺为纲

尽管清代中期的翁方纲尚主张"今日《儒林》之目,必以笃守程朱为定矩也"①,但是章学诚在方志修撰中,即提出入《儒林》要考"有功于何经"的标准,焦循在《国史儒林文苑传议》中也说"太史公创《儒林列传》,推本孔子,尊崇六艺,班氏踵之,所列之人,皆经学也"②,可见当时学界对《儒林传》收入标准看法的转变。《儒林传》重视经学本无可厚非,可若要如《史记》《汉书》"以六艺为纲"的标准来续写清代经学谱系,并非易事。

尽管阮元盛赞《国朝汉学师承记》"可知汉世儒林家法之承授,国朝学者经学之渊源",但是真正以"六艺为纲",打通汉世儒林与清代经学的谱系并没有在《国朝汉学师承记》中如约而至,反而是《国朝汉学师承记》所附《国朝经师经义目录》中才得以完整呈现。《经师经义目录》直观地实现了"以六艺为纲",从汉儒经学到清儒经学的学脉。试举两例：

> 《易》:鲁商瞿子木受《易》于孔子……盖《易》自王辅嗣、韩康伯之书行,二千余年,无人发明汉时师说。及东吴惠氏起而道其源,疏其流,于是三圣之《易》昌明于世,岂非千秋复旦哉。③

> 《书》:《书》本有百篇,孔子序之,遭秦灭学。至汉,唯济南伏生口传二十八篇……逮至国朝阎氏、惠氏出,而伪古文寖微,马、郑之学复显于世矣。④

《经师经义目录》用很大篇幅以叙述各经自孔子之后师承授受,相比较而言,所列清代能续接该统绪的经书少之又少,精之又精：《易》有六家,《书》有六家,《诗》甚至只有四家。江藩的儿子江钧称："家大人既为《汉学师承记》后,复以传中所载诸家撰述,有不尽关经传者,有虽关经术而不醇者,乃取其专论经术而一本汉学之书,仿陆元朗《经典释文》传注姓氏之例,作《经师经义目录》一卷。"⑤江钧的这一番话道出了汉学家勾勒清代"专论经术而一本汉学"谱系之不易。早先在《汉学师承记》中,江藩以顾炎武、黄宗羲"多骑

---

① 翁方纲《与曹中堂论儒林传目书》,《复初斋文集》卷十一,清李彦章校刻本。
② 焦循《焦循诗文集》,第213页。
③ 江藩《国朝经师经义目录》,朱维铮执行主编《汉学师承记(外二种)》,第163页。
④ 同上,第167页。
⑤ 江钧《国朝经师经义目录跋》,同上,第167页。

墙之见"，置二人于全书末尾，以此彰显该书"纯正"的汉学血统。可从《汉学师承记》到《经师经义目录》，我们却看到汉学家对《汉学师承记》谱系的底气不足：《经师经义目录》是江藩在《汉学师承记》所收录经师著述基础之上，几经删汰"有不尽关经传者"、"虽关经术而不醇者"，最终才产生的"以六艺为纲"更纯正血统的谱系。

纵然如此，"以六艺为纲"的谱系仍不足以赋予清代经学家神圣的地位。毕竟，传统目录学中，经学著述分经著录早已成惯例，黄虞稷将宋元明儒经注续补入《授经图》，正是依据于此。汉学家们只不过排除了唐以后经学著述，选入了他们认为本朝纯粹"一本汉学"之书，构成远韶汉世儒林的经学著述谱系而已。可是宋儒道统是能够"以心传心"，汉儒道统素来却是自孔子以下师儒亲授，代代相传，《经师经义目录》中长长的叙言也在试图建立那样一个勾连汉代与清代，"以六艺为纲，师儒授受"的谱系。"师儒授受"一说的用意是：既然亲传已不复存在，那么退而求其次，只有续接上汉儒师法家法师法，才有获取高贵"血统"的可能。

（二）以家学效仿汉儒家法

故清人推崇汉儒师法、家法，王鸣盛尝言："汉人说经，必守家法，亦云师法，自唐贞观撰诸经义疏而家法亡，宋元丰以新经义取士而汉学殆绝。今好古之儒，皆知崇注疏矣，然注疏惟《诗》、三《礼》及《公羊传》犹是汉人家法，它经注则出于魏晋人，未为醇备。"[1]最早擎举汉学大旗的惠栋也说："汉人通经有家法，故有五经师……是故古训不可改也，经师不可废也。"[2]清人对汉代经师家法的推崇，可说是一个普遍的事实。

从此层面看，清代后期今文经学的兴盛，应是汉学复古的必然路径，因为只有今文经学才会有真正的"家法"、"师法"之说。但清代家学几世传经现象的不断出现，也应值得重视。陈居渊教授《清代的家学与经学——兼论乾嘉汉学的成因》一文对此考述甚详，经他考证，清代治经学者，有家学渊源的就有四十余家[3]，但是我们必须清楚，清代家学"数世传经"与汉儒"家法授受"并不是一回事。林庆彰《两汉章句之学重探》一文曾指出："章句既是当时经师的一种解经方式，此种诠释方式是由创立学派的经师所传，凡是受学于此一学派的经生，代代皆应以此种解经方式为典范。此种典范，即称为

① 钱大昕《西沚先生墓志铭》，《潜研堂集》，第 840 页。
② 惠栋《九经古义述首》，《松崖文钞》卷一，聚学轩丛书本。
③ 陈居渊《清代的家学与经学——兼论乾嘉汉学的成因》，《汉学研究》第 16 卷第 2 期，第 199 页。

'师法'或'家法'。不能奉行师法或家法的,可能受到相当严厉的制裁。"①
可见汉代的经学家法,实质上是一种固定的解经方式。与之相比较,梁启超
《清代学术概论》"朴学"一节则特别强调清代朴学"科学的精神":"(朴学
家)所见不合,则相辩诘,虽弟子驳辩本师,亦所不避,受之者不以为忤。"②
这可见清学的家学传承与汉儒家法相去甚远。

如果我们再仔细辨析,就会发现清代汉学家对经学汉宋区分的严苛,与
对家学称述时宽泛恰好相反。如高邮王氏家族,王安国(王念孙之父亲)高
祖王应详即以"治《尚书》有声州学"③。考之王应详之年代,专治《尚书》或
与举业有关,显非考订之学,然王氏家族即以此构成其家族《尚书》学传统。

又如焦循。阮元作《通儒扬州焦君传》谓焦循曾祖焦源"为《周易》之
学","祖镜,父葱,皆方正有隐德,传《易》学",有赞其子焦廷琥"能读父书,
传父学,端士也"④。焦循在《告先圣先师文》中也自述家学渊源:"循家三世
习《易》。循幼秉父教,令从《十翼》求经,然弱冠已前,第执赵宋人说,二十
岁从事于王弼、韩康伯注,二十五岁后,进而求诸汉、魏,研究于郑、马、荀、虞
诸家者,凡十五年"⑤。焦循治《易》,从执赵宋,道魏晋,最终返诸汉儒,丝毫
看不出家学对其治《易》的约束,其"三世传《易》"的神圣"血统",还是要大
大打一个折扣。

汉学家所作的自述中,常以"非唐以前书不敢读",所作经义目录严格不
录赵宋经说,然而其家学却放宽标准,将宋儒经学也视为家学的一部分,其
目的在于强调其家学的世代传承,可见清儒企慕汉儒数世传经之心的迫切。

(三)重著述、轻德行

与此同时,一种新型学人传记的诞生,却昭示着清代学术在"道问学"之
路上越走越深入,这种不同于历代儒者传记的书写方式,才是真正的"清
学"。焦循在呈给阮元的《国史儒林文苑传议》中提出:"我朝儒学,以考核
通贯为长。窃谓为诸人立传,宜以《道古》《潜研》二集所载,阎若璩、梅文
鼎、万季野、惠士奇、钱塘、江永、戴震诸传为式,举长编所录,精之又精,核之
又核,或直录其篇,或节揭其要……悉屏旁观褒异之虚文,备列当身著述之
明证。"⑥在这个以杭世骏、钱大昕所作的汉学家传记为范本的倡议中,"悉

① 林庆彰编《中国经学史论文选集》,台湾文史哲出版社 2008 年版,第 288 页。
② 梁启超《清代学术概论》,上海古籍出版社 1998 年版,第 47 页。
③ 王安国《古堂府君行述》,《高邮王氏遗书》,江苏古籍出版社 2000 年版,第 16 页。
④ 阮元《通儒扬州焦君传》,《揅经室集》,第 475—481 页。
⑤ 焦循《告先圣先师文》,《焦循诗文集》,第 421 页。
⑥ 同上,第 217 页。

屏旁观褒异之虚文"与"备列当身著述之明证"两句对举,恰恰是清代儒者传记从尊德性的记言记行转向重视著述之表现。

通常儒者传记,详述人物生平,于著述则录其书名,或稍作提要即可。焦循却提出"详载"之要求,以"学问文章,非博引无以信后……以经学文章传,必详其经学文章之过人"①,这种"详载"一人"学问文章"的传记,对儒者传记影响有多大? 我们若将刘大櫆所作《江先生传》与钱大昕、戴震、王昶为江永所作传记为例稍加比较,即可一目了然。江永的传记,最早有戴震《江慎修先生事略状》,其后有王昶据戴震《事略状》及江锦波、汪世重《江慎修先生年谱》所撰《江慎修先生墓志铭》,再有钱大昕《江先生永传》、刘大櫆《江先生传》。比较诸家传记,则可看出刘大櫆的《江先生传》与经学家所作传记存在着明显的差异:

戴震所作《事略状》,先述其《礼经纲目》,其次述"长于比勘,步算,钟律、声韵尤明",详细介绍其"岁实消长"、"古韵"、"易卦"、"春秋军制"、"深衣图考"等研究成果;再录其生平著作,叙游京师受推崇,援《春秋传》"丰年补败"之义,设立义仓。

王昶《江慎修先生墓志铭》,首据《年谱》对江永著作系年,其次沿袭戴震《事略状》,述其"岁实消长"、"古韵"、"易卦"、"春秋军制"、"深衣图考"等著作②。

钱大昕所作《江先生永传》内容基本与戴震《事略状》、王昶《墓志铭》同,独增"《论语》摄齐升堂"一条③,而援《春秋传》立义仓则略去。

相比之下,刘大櫆所作《江先生传》与上述三位所作传记则有所不同,其在罗列著述之余,着重叙述了江永"生而好古,而穷不见用于世,则益专my其心于远稽遐览,终身乐之无休暇"的学行,又述江永称《春秋传》"丰年补败"之义,立义仓的德行。再叙述其至京师,以三《礼》之学名闻京都的经历。最后转入抒情,悲江永逝世,"斯文沦丧,后生新进,猝有志于学问,于何执经而请业焉?"④

刘大櫆沿袭理学家传记作法,著述以外,看重德行、功业,其文风又兼有桐城派古文情真意切的风格,是传统的儒者传记风格。而戴震等人则更重视对学者学术精要的介绍,反而是一种新的学人传记范式。当一个人的生平传记完完全全被毕生著述精要所填充,功业忠孝德行却退居次位,我们应该可以说"道问学"确确实实已经超过了"尊德性",占据了"第一要义"。

① 焦循《国史儒林文苑传议》,《焦循诗文集》,第216页。
② 王昶《春融堂集》,卷五十五,清嘉庆十二年塾南书舍刻本。
③ 钱大昕《江先生永传》,《潜研堂集》,第705—709页。
④ 刘大櫆《江先生传》,《刘大櫆集》,第165—166页。

四、新儒林标准与理学的冲突

阮元《国史儒林传》以"师儒"之说调和汉宋之争,当我们重新看待阮元看似公允的汉宋调和之论时,必须注意到"重著述"的标准已成功植入到新的儒林传编撰理念中,而这对素来以尊德性之知为重的儒林谱系改变尤大。细究阮元《拟儒林传稿凡例》,其"讲经者岂可不立品行,讲学者岂可不治经史"一条,我们就能看出这一标准对理学家的影响。

(一)讲学者岂可不治经史:《凡例》称欲以《明史·儒林传》之例,"末列孔、颜、曾、孟传者","寻曾、孟、程、朱后人有名而多著述者,未得其人,应俟加访"①。考之《明史·儒林传》所列圣贤后裔,多未有著述,可《国史儒林传》为何定要以著述为衡量标准,来要求曾、孟、程、朱后人呢? 甚至"未得其人",亦不肯降低标准,这对于尚讲学、不重著述、欲以卓著品行自立的理学家来说,是多么无奈的标准。

(二)讲经者岂可不立品行: 阮元也要求经师必需要有儒行,但他所提倡的儒行非理学家建功立业之卓著品行,而更接近于学行:

> 国初讲学如孙奇逢、李颙等,沿前明王、薛之派。陆陇其、王懋竑等,始专守朱子,辨伪得真。高愈、应㧑谦等,坚苦自持,不愧实践。阎若璩、胡渭等,卓然不惑,求是辨诬。惠栋、戴震等,精发古义,诂释圣言。近时孔广森之于《公羊春秋》,张惠言之于孟、虞《易》说,亦专家孤学也。且我朝诸儒,好古敏求,各造其域,不立门户,不相党伐,束身践行,闇然自修。②

阮元将理学家传记道德践履的部分悄然以学行相替换,学行固可纳入道德践履,但践履道德绝不止学行一项。清儒有学行,而无道德践履,这正是此后经学家受指摘的一个重要方面。深谙清廷统治术的阮元必定明白,清王朝对经学的提倡,与其说是重视六经,不如说是看重研经之士潜研的品性。故《国史儒林传》以顾栋高为首,载乾隆奏谕:"且如《儒林》,亦史传之所必及,果其经明学粹,虽韦布不遗,又岂可拘于品位,使近日如顾栋高辈终于湮没无闻? 诸臣其悉心参考,按次编纂,以备一代信史。"③阮元提倡"束

---

① 阮元《拟国史儒林传稿凡例》,《揅经室集》,第 256—257 页。
② 同上。
③ 阮元《儒林传稿》,《续修四库全书》史部第 537 册。

身践行、闇然自修"之学行，与朝廷期许相符合，却代表不了儒学的全部精神。

阮元之子阮福称其父此说"持汉学、宋学之平"，这一"持平"之论，并不为理学家所承认。方东树《汉学商兑》即针对此展开辩驳。其辩"师儒"之分，历数《四库全书总目》学林传记谱系，"历选诸家，精确笃信，断制两千余年学脉，颠扑不破，无若阮氏之言者。惜乎！阮氏之言若彼，而其志业表彰，仍宗汉学一派①。其辩《儒林传》考核之标准，力陈儒者应以"重德行"、"轻著述"之为考核标准：

> 然窃以为尤当考其实行，以德行垂教，其功不更在传经之上乎？……秦火以后，汉儒实有保残守缺之功；魏晋诸儒，实有训诂名物之益；纵有遗行，当从宽假……惟在宋以后之儒，经程朱讲辨，义理昭著，一道同风，则必经行合茂而后可。否则宁取其行，不得以著述偏重。盖后世著述易，而实践难也（后世著述名家，淹贯经典，而行己范家，遗行足愧者有矣）。②

儒林传选录标准应"重德行"还是"重著述"，这是阮元与方东树的重要分歧。这一分歧在汉宋之争中可能并不及"师儒"之说等那么显眼，但却是在技术层面上将理学家摒弃出儒林传的重要手段。方东树深悟这一点，故据理力争，与《汉学商兑》成于同一时期的《书林扬觯》"专为著书而发"（管同语），提出"著书不贵多"、"著书无实用"、"著述不足重"、"著述伤物"等主张③，足以见理学家对儒林传以著述为最高标准的极大不满。

本 章 小 结

在以著述为考量依据，模仿汉世儒林谱系的清代新儒林标准下，受影响最大的可能并不是方东树及身后的桐城派，而是清初经世学风下的"北方之学者"，这些学人是清代德性之知最重要的实践者，孙奇逢、李颙皆是其代表。焦循《拟国史儒林传》中论及孙奇逢、李颙时说：

---

① 方东树《汉学商兑》，《汉学师承记（外二种）》，第252页。
② 同上，第256—257页
③ 方东树《书林扬觯》，华东师范大学出版社2015年版，第25—56页。

他若孙奇逢、李中孚之徒,说经说理,无甚过人。(孙有《读易大旨》,乃晚年所作。中孚《二曲集》,亦演姚江之说而已,如宋之种放、明之王艮。)确能自守蒿莱,不趋轩冕,以入"隐逸",于类为安。(顾炎武、黄宗羲亦不仕,乃学识精博,则宜入《儒林传》矣。)抑或立德可依卓行,政事不愧循良,以著述核之,宜去宜取,宜彼宜此,自有条而不紊矣。①

在对待孙奇逢、李颙、顾炎武、黄宗羲这四位同时期学者态度上,焦循在肯定这四人的德行同时,以顾炎武、黄宗羲"学识精博"入《儒林传》,孙奇逢、李颙则因"说经说理,无甚过人"但又"确能自守蒿莱,不趋轩冕",而入《隐逸传》。焦循可能也意识到了这种以"著述"为考量的新标准与传统儒林传的扞格,所以又加了"或立德可依卓行"、"政事不愧循良"这两种标准,但是最终还是强调仍要以"著述核之,宜去宜取",可见汉学家对"著述"一项的执着。

以"著述"或者"学识"来考核孙奇逢、李颙等人,显然是不公平的。梁启超《中国近三百年学术史》以孙奇逢是一位"有肝胆、有气骨、有才略的人。晚年加以学养,越发形成他的人格之尊严,所以感化力极大,屹然成为北学重阵"②。这类儒者素来是以"德行"、"气节"名垂青史。同为北方学者的颜元,就曾述其生平之志,乃"身游之地,耳被四方,惟乐访忠孝恬退之君子,与豪迈英爽之俊杰,得一人如获万斛珠,以为此辈尚存吾儒一线之真脉也。凡训诂章句诸家不欲问(《习斋记馀泣血集序》)"③。汉儒自身亦有"章句小儒,破碎大道"的自省,"北方之学者"虽然"说经说理,无甚过人",但是就儒学传统而言,又怎见得就比"道问学"低人一等。

重视德性之知,必然重视言行践履;重视言行,则人物传记资料的地位就非常重要。前文提出清代儒者传记激增的问题,儒林传与学案体的对决,应是其之一。我们应注意到这样一个现象:在《国史儒林传》《国朝汉学师承记》诞生后,清末民初有大批学案著作诞生,略统计就有唐鉴《国朝学案小识》《朱子学案》、刘廷诏《理学宗传辨证》、罗泽南《姚江学辨》、黄嗣东《道学渊源录》、成孺《国朝学案备忘录》《国朝师儒论略》、何桂珍《续理学正宗》、王检心《圣学渊源录》、徐世昌《清儒学案》、范台《皇朝儒行所知录》、戴殿泗《金华理学粹编》、章銮《闽儒学则》、王棻《台学统》、刘师培《近儒学

---

① 焦循《国史儒林文苑传议》,《焦循诗文集》,第216页。
② 梁启超《中国近三百年学术史》,天津古籍出版社2003年版,第46页。
③ 钱穆《中国近三百年学术史》,九州出版社2011年版,第199页。

案》、钱穆《清儒学案》《朱子新学案》①。这类著作或多或少有宗宋的倾向，有与儒林传谱系针锋相对的意味。

　　不过，笔者认为对儒者传记与"德性之知"关系的研究，不应只重视"谱系"的价值，更应从儒者言行道德践履的书写史角度切入。对清代"德性之学"的研究，决不可落入汉学家"重著述"的陷阱之中，而应以其生平传记、年谱等资料作为考察对象。颜元之学，生前亦不显，有赖于后学戴望所推崇，而颜元振聋发聩、引人深思之论，多见其年谱所录言行，其学术著作《四存编》反而相对粗疏，难以深论。同样，清代彭绍升编撰《儒行述》一书，述其编述之旨"予观近世诸先生论学书，其间是非离合盖难言之，然考其出处之际，进退作止之意，其冥符乎道者多矣。于是比次诸先生行事，则其言之纯者著于篇"，其所录清代名儒传记包括沈国模、孙奇逢、刁包、李颙、张履祥、朱用纯、顾炎武等人②。可见传记因为记言记行，正是追索清代德性之知影响力的重要资料。我们没有必要再去纠缠于汉宋之争的道统、学统下人物的选择，而应仔仔细细思考其中所记儒者"言行"，在清代汉宋之争的冲突下，有无新的表现或突破。正如我们不应只看方东树《汉学商兑》激烈的言辞，更要体悟他的《未能录》《进修谱》等书在"德性之知"方面的阐释和践履，因为这才是尊德性之学自己的表达方式。

　　总而言之，在明清之际由"尊德性"向"道问学"学术发展轨迹中，汉学家借助汉世儒林谱系，在儒者传记标准方面确确实实完成了从"德性之知"向"闻见之知"的转变。但是"德性之知"与"言行录"对儒学的意义，并不能就此忽视。诚如彭绍升《儒行述》的做法，若从文集、方志、碑传中考察清儒言行，我们完全可以找到一条清代"尊德性"的线索，这条线索不曾中断，甚至不弱于乾嘉学风。对清儒在道德践履方面的探究，依然有很大空间。

①　详见本书第五章第一节。
②　彭绍升《儒行述》，《昭代丛书》戊集续编补。

第五章　古今之争：学案体的链式
反应与清学的分合

尽管以费正清"冲击—反应"为代表的近代转型学说来看,现代中国的建立及一系列变革都有待于鸦片战争后西方思想文化的持续传入与冲击,但是也有越来越多的学者开始重视从中国文化传统自身中找寻变革的逻辑与方向①,事实上,在晚清民国学人眼中,"道咸以降学术"本就是传统学术中重要一环:王国维在《沈乙庵先生七十寿序》中即以"国初之学大,乾嘉之学精,道咸以降之学新"概括清代学术,成为具有代表性的"三段论"②。与之相反,亦有学者对"道咸以降之学新"提出质疑,如钱穆《清儒学案序》以"每转益进"来看中华传统学术亘古不变的"生力",清代学术则处于"所弃愈狭"之窘迫局促阶段:"至于道咸以下,乃方拘拘焉又欲蔑弃乾嘉以复宋明,更将蔑弃阳明以复考亭,所弃愈多,斯所复愈狭,是岂足以应变而迎新哉!"③两位学者的论述各有其着眼点,我们毋庸去讨论孰是孰非,但对"道咸学术"的"新旧之辨"、"古今之争",恰恰成为后人考察与解释近代学术史的起始点,应被付之以细心与耐心,审慎对待。

学案作为一种学术传记题材,已有较多论述,陈祖武《中国学案史》及林久贵、周春健《中国学术史研究》均以学案作为研究对象,这些研究厘清了学案发展的轨迹,尤其是学案体例完善的过程,对学案体研究有开拓之功。但这些研究又常常忽视了学案体与生俱来的"宗派气质",仅将其视为一种学术史体例,这就无法窥探到传记文体背后,不同学术宗派力量的交织与纷争。特别是在明末清初、清末至民国这两段历史中,程朱、陆王、汉学势力此消彼长,儒林传与学案在此之中均肩负着各自宗派的期望与使命。如果不

---

① 肖文明《宏大叙事的探寻与中国中心观的再思考》,《学术研究》2016 年第 5 期,第 71—76 页。

② 王国维《沈乙庵先生七十寿序》,汪学群《清代学问的门径》,中华书局 2009 年版,第 129—130 页。

③ 钱穆《清儒学案序》,《中国学术思想史论丛》(八),第 359—360 页。

认清儒林传与汉学，学案与理学之间的亲缘关系，就很难明白学案在明末清初与嘉庆道光以后增多之原因，也失去了一个了解当时学术统绪整合的极佳视角，也就难体会中国传统学术以复古求革新的思维方式。

第一节　学案体与宋明理学

禅宗与理学二派所重，一为立言，一为师承。学案依禅宗、理学学派特征而立，因此这种文体也最能表现禅宗、理学这两种学派的学术特征。

首先，在述录言行方面。禅宗重言传，理学重讲学，两者皆不立文字而重语录。语录繁碎，不成体系，故各家各派均要有"宗旨"。黄宗羲在《明儒学案发凡》中即非常强调宗旨："大凡学有宗旨是其人得力之处，亦是学者入门处，天下之义理无穷，苟非定以一二字，如何约之使其在我，故讲学而无宗旨，即有嘉言是无头绪之乱丝也。"①学案体之总序、小序，对各家学术提要钩玄，可见一代、一派、一家学术之"宗旨"，学案中"小传"与"语录摘要"，则见传主践履之工夫，以及言行学术之大要。"小序"、"小传"、"语录"三者相得益彰，可见一人学术之全貌。

其次，禅宗、理学又有宗派，重师承。禅宗以"摩诃迦叶至菩提达摩，为西土二十八祖，以达摩至慧能，为东土六祖，分南岳、青原二派，南岳下出沩仰、临济二宗，青原下出曹洞、云门、法眼三宗。"②故传灯录按世次记载的方式与这种师承相适应。黄宗羲以"儒者之学不同释氏之五宗，必要贯串到青源、南岳"，所以《明儒学案》"犹用高曾之规矩，非如释氏之附会源流而已"。可是，无论是传灯录体例还是"高曾之规矩"，实质都是一种师承关系。《明儒学案》分出各案，以"有所授受者分为各学案"，"特起者、后之学者其不甚著名者总列诸儒之案"，正是对应理学学派流传师承的特征。

学界对学案的关注由来已久，陈祖武《中国学案史》对学案有详细的定义：

　　学案史籍，是我国古代史家记述学术发展历史的一种特殊编纂形式，其雏形肇始于南宋初叶朱熹著《伊洛渊源录》，而完善和定型则是数百年以后，清朝康熙中叶黄宗羲著《明儒学案》。它源于传统的纪传史

① 黄宗羲《明儒学案发凡》，《黄宗羲全集》第七册，第5页。
② 陈垣《中国佛教史籍概论》，第74页。

籍,系变通《儒林传》(《儒学传》)、《艺文志》(《经籍志》),兼取佛家灯录体史籍之所长,经过长期酝酿演化而成。所谓学案,就其字义而言,意即学术公案。"公案"本佛门禅宗语,前哲释作"档案"、"资料",至为允当。顾名思义,学案体史籍以学者论学资料的辑录为主体,合其生平传略及学术总评为一堂,据以反映一个学者,一个学派,乃至一个时代的学术风貌,从而具备了晚近所谓学术史的意义。①

这里论及学案的渊源,实均为理学家传记集,最早可以追溯到《诸儒鸣道集》②,但朱熹的《伊洛渊源录》汰选更为严格、体例更为严谨。学术界对是以《伊洛渊源录》还是《明儒学案》作为我国第一部学案著作尚存在争议,仓修良等人从体式考量,以《伊洛渊源录》等传记并不具备《明儒学案》"小序"、"生平小传"、"语录摘要"的体式,主张以《明儒学案》作为学案体之始祖③。考之黄宗羲《明儒学案发凡》,初首即述"从来理学之书,前有周海门《圣学宗传》,近有孙钟元《理学宗传》,诸儒之说颇备"。又批周汝登《圣学宗传》主张禅学,"扰金银铜铁为一器",孙奇逢《理学宗传》"杂收不复甄别,其批注所及,未必得其要领,而其闻见亦犹之海门也",后世读《明儒学案》,"而后知两家之疏略"④。黄宗羲此处虽未提及《伊洛渊源录》,然已表明自己作《明儒学案》乃补周、孙《宗传》之疏略,可见《圣学宗传》《理学宗传》和《明儒学案》之间有延续性。陈祖武以学案雏形肇始于《伊洛渊源录》,完善定型于《明儒学案》,权持平之论,尤为公允。

　　但体例能否作为判断是否为学案的绝对标准,仍有值得商榷之处。《明儒学案》之后,学案著作体例仍在不断变化。《宋元学案》"一方面置《序录》于书首,提纲挈领,评介各家学术","另一方面,既在总体上,按时间顺序编次各学案,又围绕各案案主,以讲学、学侣、同调、家学、门人、私淑、续传分目,详尽记述各学术的传承、演变,从而突出宋元学术讲师承、重渊源的历史特征"⑤。此后道光年间唐鉴《国朝学案小识》又分《传道学案》《翼道学案》《守道学案》《经学学案》《心宗学案》,以突出程朱道统正宗地位。民国时期,钱穆编纂《清儒学案》,在总结前人编纂成果的基础上,对《清儒学案》编纂又有新主张:

----

①　陈祖武《中国学案史》,东方出版中心 2008 年版,第 259 页。
②　陈来《略论诸儒鸣道集》,《北京大学学报(哲学社会科学版)》1986 年第 1 期。
③　仓修良《黄宗羲和学案体》,《浙江学刊》1995 年第 5 期。
④　黄宗羲《明儒学案发凡》,《黄宗羲全集》第七册,第 5 页。
⑤　陈祖武《中国学案史》,第 150 页。

宋明学术易寻其脉络筋节，而清学之脉络筋节则难寻。唐书（笔者案：唐鉴《学案小识》）传道、翼道、守道之分，既不可从；徐书（笔者案：徐世昌《清儒学案》）仍效黄、全两家旧例，于每学案必标举其师承传授，以家学、弟子、交友、私淑五类附案，又别出《诸儒学案》于其后，谓其师传莫考，或绍述无人，以别于其他之各案，其实亦大可不必也。①

钱穆认为清代学术与此前学术之区别在于"无统宗纲纪可标"、"无派别源流可指"，因此主张"每人作案，不标家派，不分主属"，学案以时间为序，分为晚明遗老，与顺康雍诸儒，以及乾嘉与道光同光四部分。"虽异于黄、全两家之面目，实符黄、全两家之用心。"可见《明儒学案》以后，《宋元学案》《国朝学案小识》《清儒学案》等以学案为名的著作，体例常有变通之处，若过于执着学案体例，并无太大意义。

笔者主张将《伊洛渊源录》以来述录理学家统绪的传记均归为学案体，摆脱在学案体例问题上的纠缠，转为重视学案与理学的关系。当下，学界对学案的研究有一个误区，即抛开学案的理学学派特征，将学案等同于"学术史"，这种观点最早可能来自梁启超《中国近三百年学术史》，他论述黄宗羲《明儒学案》：

　　著学术史有四个必要的条件：第一，叙一个时代的学术，须把那个时代重要各学派全数网罗，不可以爱憎为去取；第二，叙某家学说，须将其特点提挈出来，令读者有很明晰的观念；第三，要忠实传写各家真相，勿以主观上下其手；第四，要把各人的时代和他一生经历大概叙述，看出那人的全人格。梨洲的《明儒学案》，总算具备这四个条件。②

梁启超受实证主义科学精神影响，极力称赞《明儒学案》的客观精神。尽管如此，我们也还是不能轻易放过学案与理学之间的关联③。梁启超本人也意识到学案与理学的联系，"及黄梨洲《明儒学案》六十二卷出，始有真正之学史，盖读之而明学全部得一缩影焉。然所叙限于理学一部分，例如王

① 钱穆《〈清儒学案〉序》，《中国学术思想史论丛》第八册，第361—362页。
② 梁启超《中国近三百年学术史》，天津古籍出版社2003年版，第54页。
③ 梁启超又评唐鉴《国朝学案小识》："唐鉴著《国朝学案小识》訾议梨洲，谓其以陈（白沙）、王（阳明）、与薛（敬轩）、胡（敬斋）平列，为不识道统，可谓偏陋已极。无论道统之说我们根本不能承认，试思明代学术，舍陈、王外更有何物？梨洲尊陈、王而不废薛、胡，还算公道，岂有专取薛、胡而弃陈、王之理！"（《中国近三百年学术史》，第45页）此处透露出梁启超的"王学"价值取向标准。

弇州、杨升庵辈之学术,在《明儒学案》中即不得见。而又特详于王学,盖'以史昌学'之成见,仍未能尽脱"①。"以史昌学"正是学案的宗派特征,"所叙述限于理学"则是学案的理学性质。尽管梁启超为《明儒学案》未录王世贞、杨慎等人的经学表示惋惜,但笔者认为,述录理学才是学案最鲜明的特征。

乾嘉以前,理学为当时学术之主体,学案只录理学也在情理之中,然而乾嘉汉学兴盛以后,学案著作仍表现出重理学的倾向,一来是由于学案体例与经学学术的隔阂,二来则是这种文体已被视为理学的一个标志性"符号"。与梁启超同时或者稍前的学者,在著录学案时,纵有徐世昌《清儒学案》试图调和汉宋,兼录汉宋,但多数学者涉足学案这一文体时,均有明确的理学倾向,本章随后章节会具体论述。

理学内部也存在着各种矛盾与标准,学案编纂者的"宗旨"难以统一,因此阐释各自的"宗旨"成为学案创作的主动力。学案层出的年代,往往也是思想界激烈动荡的年代。明末清初与清末民初这两个阶段,出现了大量的学案著作,经本文粗略统计,有近百种之多:

明末清初:周汝登《圣学宗传》,黄宗羲《明儒学案》,黄宗羲、全祖望《宋元学案》,孙奇逢《理学宗传》,熊赐履《学统》,万斯同《儒林宗派》,张伯行《伊洛渊源录续录》《道统录》,魏裔介《圣学知统录》《圣学知统翼录》,魏一鳌《北学编》,汤斌《洛学编》,范镐鼎《理学备考》《广理学备考》《国朝理学备考》,张夏《洛闽渊源录》,窦克勤《理学正宗》,钱肃润《道南正学编》,朱搴《尊道录》,汪佑《明儒通考》,王维戊《关学续编本传》,王心敬《关学编》,朱显祖《希贤录》,耿介《中州道学编》,王植《道学渊源录》,张恒《明儒林录》,李清馥《闽中理学渊源考》《闽学志略》,过庭训《圣学嫡派》,吴尚德《皇明理学汇编》,唐鹤征《宪世编》,刘鳞长《闽学宗传》《浙学宗派》,陈遇夫《正学续》。

清末民初:唐鉴《国朝学案小识》《朱子学案》,刘廷诏《理学宗传辨证》,罗泽南《姚江学辨》,黄嗣东《道学渊源录》,成孺《国朝学案备忘录》《国朝师儒论略》,何桂珍《续理学正宗》,王检心《圣学渊源录》,徐世昌《清儒学案》,范台《皇朝儒行所知录》,戴殿泗《金华理学粹编》,章鋆《闽儒学则》,王菜《台学统》,刘师培《近儒学案》,钱穆《清儒学案》《朱子新学案》②。

---

① 梁启超《中国近三百年学术史》,第 331 页。
② 徐公喜《理学源流著作述论》(《江西社会科学》2009 年第 12 期)对理学著述搜罗颇丰,本文以此为基础,又增入数十种。尽管如此,本文所录学案恐仍是清代学案总数九牛之一毛,更全面的统计,还有待今后研究中进一步收集整理。

在追踪学案发展的过程中，我们发现学案的创作有一种链式反应的现象，一部"异端"学案的诞生，会激发他人创作一系列新的学案群起而攻之，继而又有为之声援修正者出现，直至两派中某一方取得了独大的位置，或者分歧逐渐被弥合，创作学案的热情才会衰退。明清两代学案创作呈"哑铃状"分布的原因，正由于此。但清代学术史坐标中包含着极多的变量，致使我们很难以线性的结构去书写它的历史。乾嘉以前有王学、程朱的对垒；乾嘉以来汉学崛起，但又有此后理学的复兴与西学的东渐，所以创作学案的宗旨也各有不同。

第二节　学案与清代程朱、陆王统绪的重整

为研究的方便，本章将清代学案发展的历史分为三个阶段：明末清初，以《明儒学案》为代表，为程朱、陆王以学案争正统；嘉庆道光年间，唐鉴《国朝学案小识》等，旨在与阮元、江藩等人儒林传经学谱系抗衡；民国以后，章太炎、刘师培、钱穆等人讨论学案，则是在国难当头、"西学东渐"之时，对传统文化与学术进行反思。清初至嘉道的几部学案已有较多研究成果，故本章重在叙述嘉庆以后学案的创作与当时学风思潮的关联。

一、明末至顺康：学案与程朱、陆王道统的重建

从《诸儒鸣道集》之类的理学资料汇编发展至朱熹《伊洛渊源录》，学案逐渐被赋予了传承道统的使命。在明代程朱道统延续的过程中，陆王心学也在不断发展，这两派关于学统的争论，正是明末清初学案盛行的根源。明末清初陆王与程朱有关道统的论辩，学界已有不少研究成果。美国学者魏伟森《宋明清儒学派别争论与〈明史〉的编纂》一文，结合《明史·儒林传》的修纂，认为当时"原本只是许多儒家学派之一的道学已被扩大成为整体的儒学"，"道学家们被重新拉回到儒家的行列之中"，"这种回归不是作为历史上儒家传统概念扩大的方法，而是使道学家们能将所有儒家的道改造成他们所拥有的那种道"①。程朱、陆王两派谁在道统整合中占据了优势，其实尚存在争议，但二者道统逐渐相融合是有目共睹的事实。陈祖武《中国学案史》在以学案作为个案研究的基础上，已注意到学风转型中学案所发挥的作用，但研究最细致全面的，无疑是日本学者荒木见悟《道统论的衰退与新儒

---

① 魏伟森《宋明清儒学派别争论与〈明史〉的编纂》，《明史研究》，第250页。

林传的展开》一文。荒木教授通过对明末清初学案的全面考察,勾画出了程朱、陆王两派争论、融合的痕迹,他将这个过程分为如下四个阶段:

第一阶段:成化、弘治年间。杨廉类增《伊洛渊源录》、黎温《历代道学统宗渊源录》、程曈《新安学系录》、戴铣《朱子实纪》等,均遵循朱熹道统。

第二阶段:嘉靖以降。阳明心学逐渐传播,此时"理学系与心学系的严格区别已经与时代思潮不相吻合",杨廉《皇明理学名臣言行录》、王畿《大儒心学录》、朱衡《道南原委》、李人龙《道统集》、王圻《道统考》等书,在"心学略受压制的氛围中","一方面在人物收录方面参考了正规道统论及上述各种儒林传的做法,同时却始终一贯地站在心学立场上,可谓是由上代至明代的'评释心学传承史'著作"①。

第三阶段:明末到清初。周汝登《圣学宗传》、过庭训《圣学嫡派》、吴尚德《皇明理学汇编》、孙奇逢《理学宗传》等,"一方面对朱子表示了敬意,同时或由于受到陆王学的势力影响,而不得不与之采取妥协的态度,或是由于道统意识受到了限制,而使得道统观不得不有所改变"②。

第四阶段:清顺康年间。既有熊赐履《学统》(康熙二十四年)、张伯行《道统录》(康熙四十七年)这种墨守道统的学案,又有黄宗羲《明儒学案》、范鄗鼎《理学备考》《广理学备考》《国朝理学备考》、陈遇夫《正学续》等兼容并包的学案著作。可见该阶段,随着道学的衰退,"无视道学之价值及谱系的儒林传开始大量出现,虽然与此对抗而维护道统的儒林传也不少,但是对于道学家的历史定位已变得难以处理的情况却是非常明显"③。

荒木教授以学案作为介入学术史的手段,对明末清初学术发展的轨迹理解甚为深刻,他并未如魏伟森那样认定是理学道统在扩大,而是通过各种具体学案的分析,指出理学、心学谱系逐渐融合含混的事实。需要指出的是,荒木教授文中所指"新儒林传的展开",与本文所说"儒林传体"概念并不相同,他所说的新儒林传,是指程朱、陆王学派逐渐融合产生的儒林谱系,而非本文所指经学家传记。

清代学案创作在乾嘉两朝进入沉寂期,然而随着汉学的兴起,儒林谱系的撰写又变得更为复杂,阮元的"师儒说"将经学提升到与理学道统同等重要的位置,江藩《国朝汉学师承记》等经师儒林传体传记也逐渐兴盛。方东树《汉学商兑》刊于道光十一年,已开反对汉学之先声,唐鉴《国朝学案小

---

① 荒木见悟《道统论的衰退与新儒林传的展开》,《思想与文献——日本学者宋明儒学研究》,华东师范大学出版社 2010 年版,第 21 页。

② 同上,第 30 页。

③ 同上,第 40—41 页。

识》成书于道光二十五年，可视作学案反击儒林传的开始。但我们不能简单认为这将会是一场经学与理学的激烈交锋，道光以后学人学术旨向，存在着很大的复杂性。

二、道光以降：唐鉴《学案小识》与汉宋之争

顺康以后，道统逐渐融合，程朱、陆王之争渐息。出现在道光年间的唐鉴《国朝学案小识》，其抑汉扬宋的态度尚在意料之中，然而同时摆出正程朱道统、排斥王学的取向，多多少少令人有点诧异①。朱一新谓《学案小识》沿用孙奇逢《理学宗传》之体例，但实质上《学案小识》或许更接近熊赐履《学统》，这不仅体现在《学案小识》传道、翼道、守道、经学、心学的分目，与《学统》正统、翼统、附统、杂学、异学用意相仿，更体现在二者的使命都旨在维护程朱道学正统地位。若论二者之不同，则乾嘉以后的《学案小识》又担当起排斥经学的新任务。沈维鐈《学案小识序》中是这样解释袒护程朱的原因：

> 或曰：此编出，徒为言王学者集矢。今王学势已衰矣，何亟亟于是？余谓今世言程朱者，束于功令，非其好也，即好陆王，亦高明之过，无二子之本领气魄也。顾惟一种似是而非议论，务通朱王二家之邮，最足滋后学之惑。究其调停，皆左袒也。至理无两是，正路无旁歧，得是书分明别白，而谬悠之说，不扫而自退。②

沈维鐈指责的"一种似是而非议论，务通朱王二家之邮"，正是荒木教授等人所说的明清以来程朱、陆王日趋统一的"新儒林传"统绪。沈维鐈认为这种融合实质是在偏袒陆王心学，而使程朱道统幽暗不明，《学案小识》正欲重新树立程朱正统的尊严。这种复古的道统观，自然会引来不少非议，鲁一同《与高伯平论学案小识》即提出了不同的意见：

> 程朱之学，模范秩然，圣哲由之以利用，中材循之以安身。陆王之学，高明得之为简易，愚顽蹈之为猖獗，此其优劣乃在疏密之分，非关邪正之别，意见一胜，彼此凿枘，遂使吾道之内矛戟森立，岐畛横分，世变日下，人材至难，何苦自相摧败如此？推寻唐氏一书，不过攻王尊朱，用

---

① 沈维鐈称"（黄宗羲）手辑《明儒学案》，宜如何廓清阴暗，力障狂澜，而乃袒护师说，主张姚江门户，揽金银铜铁为一器，犹夫海门、夏峰"，唐鉴《学案小识》乃"辨黑白而定一尊"之作。（沈维鐈《学案小识序》，《学案小识》卷首）

② 沈维鐈《学案小识序》，《国朝学案小识》卷首，《续修四库全书》史部第 539 册。

意良厚,然持之过坚。①

鲁一同的态度,正是延续荒木教授所指出的"新儒林传"日趋弥合的程朱、陆王道统,反对门户之分,反对因门户之争引发理学内部的相残。然而复古未必就是倒退,唐鉴此时作《学案小识》,尊程朱正统,并不是简单地追溯与复述,而是有其宗旨与用意。唐鉴在《学案小识叙》中开宗明义曰:"圣人之学,格致诚正,修齐治平而已。离此者畔道,不及此者,远于道者也。""格致诚正,修齐治平"正是唐鉴这部学案的宗旨,他以此来概括千年的道统,正是基于对士人人格的重新反省:

> 学圣贤者,未有不由格致诚正而得者也。若别有捷径宗旨,则颜子才高,圣人当化之以速,而何循循然博文约礼是诱,犹有欲罢不能,欲从末由之叹也。曾子质鲁,圣人当教之以易,而何以兢兢然不忠、不信、不习是省,犹有如临深渊、如履薄冰之召也。子思子受之曾子,爰以传之孟子。孟子之知言,格致也,养气,诚正也,集义则格致诚正之实,修真积不袭取于外也。故曰必有事焉而勿正心、勿忘、勿助长也。勿正者,未发之中也,勿忘者,不睹不闻之戒慎恐惧也,勿助长者,知致而后意诚,意诚而后心正,而后身修,身修而后家齐国治天下平也。②

程朱道学包含完整的格物致知之法,"后之学者,循其次第,如何格致,如何诚意,如何正心修身,博学审问,慎思明辨而笃行之,由忠恕以至一贯,亦复何可限量?"《学案小识》由曾国藩刊印出版,唐鉴又与曾国藩交往甚密,所以《学案小识》"格致诚正,修齐治平"的宗旨,也与曾国藩"转移风俗、陶铸人才"的论学取向吻合,试图以程朱道统孕育出"刚直"、"忠诚"、"不问收获,但问耕耘"的士人品格③。与程朱之学正人心相对,在唐鉴等人看来阳明心学可谓坏人心之学。"援象山之异,揭良知半语为宗旨,托龙场一悟为归旨,本立地成佛,谓满街都是圣人,大惑人心,愈传愈谬,逾闲荡检,无所顾忌。天下闻风者趋之如鹜,骎骎乎欲桃程朱矣"④。如此泾渭分明的态度下,《学案小识》以陆陇其、张履祥、陆世仪、张伯行四子及其门人、同学、从游为《传道》一目,以示正统,置《心学》于最末,以示批判。曾国藩谓此书"居

---

① 鲁一同《与高伯平论学案小识》,《通甫类稿》,清道光八年刻本。
② 唐鉴《学案小识叙》,《学案小识》卷首。
③ 曾国藩有关风俗之论,可参考钱穆《中国近三百年学术史》第十二章《曾涤生》。
④ 唐鉴《学案小识叙》,《学案小识》卷首。

敬而不偏于静,格物而不病于琐,力行而不迫于隘,三者交修,采择名言",
"是唐先生与人为善之志也"①,可见唐鉴作学案尊程朱道统之用心。

《学案小识》诞生于汉学兴起之后,不可避免地要处理理学与汉学的关系。朱一新《无邪堂答问》"评《国朝学案小识》"条曰:"是书分门别类,盖沿《理学宗传》之例,所立名目,似未尽善……其本旨在辨别王学,而近世汉学家亦类及之。实则汉学家所当辨者固无几也。"②朱一新认为"汉学家所当辨者固无几",与后来钱穆《清儒学案》不录考据家思路一致,即理学学案以讨论性理心命为旨,汉学考据与理学多不相涉,故可不录。

然而既有阮元《国史儒林传稿》、江藩《国朝汉学师承记》等挑战程朱正统之书,以卫道为使命的《学案小识》不可能回避汉学这一问题。尽管唐鉴没有如方东树《汉学商兑》那样公开针对阮元、江藩,但他站在程朱道统的立场上,又找回唐宋理学开辟之初,对汉儒批判的魄力,对清儒汉学批判极为尖刻而又击中要害:

首先,对训诂学的基本态度:沈维鐈《学案小识序》云:"聪明杰特之士,厌常喜新,则有崇训诂而蔑绳检,以汉学小学凌驾宋儒者矣,言心性而遁元虚,袭六经注脚邪论,而显背孔孟矣。"唐鉴对以训诂为门径探究圣人之迹表示了怀疑:

> 朱子之博,盖博于内而不博于外也。孟子"万物皆备于我"之谓也。圣人之言典章也,莫大于颜子之问为邦,曰夏时、殷辂、周冕、韶乐,曰放郑声、远佞人。是必有顺天应人、长治久安、大经济、大功业以运用于两间,岂惟推天文、考舆服、讲求乐律而已哉? 其言政事,莫大于哀公之问政,曰达道五,行之者三,曰九经,行之者一。是必有事亲、知天、明善、诚身、真本原、真学问以弥纶于无际,岂惟考官禄、别等差、讲明礼节而已哉? 沾沾焉辨论于粗迹者,不知圣人之学也,外之故也。③

"推天文"、"讲求乐律"、"考官禄"、"别等差"、"讲明礼节"等考据内容,游离于大道之外,无法达到儒家内圣外王的人格理想。重新回归道统,摆脱章句训诂之陈腐之气,这才是唐鉴最根本的态度。他举例说:"秦人有敬其老师而慢其师者,或问之,曰:'老师衣紫,师衣褐。'或曰:'然则非敬其

---

① 曾国藩《书学案小识后》,《曾文正公诗文集》文集卷二,《四部丛刊》景清同治本。
② 朱一新《无邪堂答问》,中华书局 2000 年版,第 3 页。
③ 唐鉴《学案小识叙》,《学案小识》卷首。

老师也,敬紫也。'今之尊汉经师而诋朱子者,是亦敬紫之类也。"①此正是对重考据形式而忽视道学"格致诚正,修齐治平"终极目标的批评。

其次,对儒林传以六艺为纲的传承体系批判:

> 于斯时也,《易》有施、孟、梁丘,《书》有欧阳、大、小夏侯,《诗》有鲁、齐、燕,《礼》有刘向、高堂生、后苍,《春秋》有公羊、穀梁、邹氏、夹氏。此皆专门名家,最初之师也。厥后支分派演愈推愈广,历千有余载而至于今,考古者必溯其源,言师者必从其朔,得其一字一句,远搜而旁猎之,或数十言,或千百言,曼衍而无所底止。②

以程朱道统而言,汉代群经复出,"假令有能明道者生乎其间,则学术真,而统纪一,何至各立门户迄无归指?"汉代经学以经相传,家法分立的现象,正可以证明汉儒并未领悟一贯之大道。经师不过是"专门名家"、"最初之师",而非深得圣人大道之人,汉儒以来"六艺为纲"的经师传授体系,实则是在破碎大道。

再次,对于阮元"师儒说"的批判。唐鉴以为孔孟之道"阅暴秦而汉而唐,赖有江都董子、昌黎韩子以及伏、郑、孔、贾诸儒前后羽翼,得以稍稍不坠。"汉儒的功绩在于"典籍云亡编简散,老师、宿儒各得一说以传天下,说虽不同,而经未尝不由是以存也"。传经之儒于非常之时保存经书,有翼道之功,而程朱以来,圣道不再晦暗不明,求道之径也了然明晰,后世学者仅须沿圣人格物致知之法践行涵养即可,较之传道、翼道、守道,传经之功已退居其次。"黄梨洲以下为《经学》,许、郑、贾、孔皆道之支流余裔",所以也仅位于《心学》之前。阮元"师儒"并举之说,不攻而破。

唐鉴《学案小识》不仅继承了方东树《汉学商兑》对汉学的批判,更在此基础上,第一次尝试将汉学家纳入学案体中。今人戚学民研究表明,唐鉴《学案小识》借鉴了阮元《儒林传稿》,并进行了针对性的删改③。但戚学民认为:"《学案小识》虽托名学案,但是其编写体例、编撰原则等并非严格的学案体,时时流露出模拟国史的用心,如传文采用集句的方法,且在有些传

---

① 唐鉴《学案提要》,《学案小识》卷首。
② 唐鉴《学案小识叙》,《学案小识》卷首。
③ 戚学民《〈学案小识〉与〈儒林传稿〉》:"《学案小识》有关经学人物的记载与阮元的文字的继承关系更加明显,同时与阮元针锋相对的意图也更直接。其中,凡是阮元《儒林传稿》入选的经学人物,除毛奇龄等少数人外,绝大多数都被唐鉴收入含有贬义的《经学学案》中,而且该书经学人物的记载较之程朱一系的理学人物简略,传文也都有相应的删改,删改的矛头也是针对阮元等汉学家。"(《近代史研究》2010 年第 1 期,第 93 页)

记中借用了阮元辑撰的《儒林传稿》(《国史儒林传》)的文字,其内容也覆盖从清初到当时的儒学人物,具有国史儒林传的规模。之所以不叫儒林传,很可能是避嫌。"①传文采用集句,最初即来自学案,戚学民认为《学案小识》未用"儒林传"为避嫌,则过于忽略学案这种文体与理学的渊源②。实质上,《学案小识》体例并非严格学案的一个重要原因正是它试图融入经学家儒林传记。以学案与附案的体例来看,《学案小识》《传道》等学案均列门人、从游等附案,而唯独《经学》无,这纵然可以理解为经学不受重视,编纂的粗疏,但实质上这正是清代经学师承与理学师承的差异。钱穆《清儒学案》主张各案为主,正与此相同。

在入传人物的选择上,唐鉴显然不再采用儒林传以"传经"和"著述"来作为品论标准,而是基于汉学"天文、地理、音学、算术等事,则古为精"的观点,对天文、算术等学人给予了更多的重视。阮元《国史儒林传》录梅文鼎、王锡阐、薛凤祚、陈厚耀四位天文算术学者,《汉学师承记》仅录陈厚耀,《学案小识》尽录《国史儒林传》四位学者之余,还将梅文鼎位列经学第三,可见对经学家的选择未延续经师儒林传统绪。

陈祖武《中国学案史》对《学案小识》未能反映出乾嘉汉学盛况,对段玉裁、王念孙等人"只字不录,视若不见",颇有异议,谓其"真不知如何取信于人"③。但唐鉴之后钱穆《清儒学案》、刘师培《近儒学案》同样对考据学家入学案慎之又慎,可见多数学者均秉守学案"理学公案"之义,以阐发性理之说为主。

《学案小识》在纳入汉学儒林传谱系时的不适,体现了理学学术特征与经学学术特征的差异,民国徐世昌《清儒学案》将经学与理学收入为一体,以汉学"实事求是"与理学"格物穷理"作为区分:

> 周室衰微,孔子以无位之圣人,上承尧、舜、禹、汤、文、武、周公之统,于是政教始分……汉兴,表章六经而定一尊,宋以来,乃专言性理,以别于汉,谓之道学。要之,实事求是与格物穷理,其为学为用未甚辽绝也。④

① 戚学民《〈学案小识〉与〈儒林传稿〉》,《近代史研究》2010 年第 1 期,第 88 页。
② 陈祖武《中国学案史》同样也未注意到学案与理学的联系。其评价《学案小识》:"虽力图变通《明儒学案》编纂格局,但亦未能尽脱旧轨,无非学案史籍的变异而已。这种变异带着由学案向纪传体史籍之儒林传回归的色彩。"(《中国学案史》,第 201 页)
③ 陈祖武《中国学案史》,第 201 页。
④ 徐世昌《清儒学案序》,《清儒学案》,中华书局 2008 年版,第 1 页。

尽管这种编纂方式已接近于梁启超所谓的学案为"学术史",但后世对其评价并不高。钱穆评价曰:"全书二百八卷,一千一百六十九人,迄于清末,最为详备;然旨在搜罗,未见别择,义理考据,一篇之中,错见杂出。清儒考据之学,秩出前代远甚,举凡天文、历算、地理、水道、音韵、文字、礼数、名物,凡清儒考订之所及,徐书均加甄采而均不能穷其阃奥,如是则几成集锦之类书,于精于博两无取也。"①《清儒学案》付出失去学案理学"宗旨"的代价,换取搜罗的详备,最终难免沦为资料汇编的结局。

三、以六艺为纲、重家法著述的"儒林传"延续

学案传记重新出现的同时,《汉学师承记》奠定的儒林传谱系,也在被不断地复述②,曹允源《汉学师承记题语》云:

> 汉儒去古未远,学有师法,矜眷不苟作,故所称述多可依据。盖经籍虽经秦火,往往举煨之余,补苴掇拾,迁史《儒林传》、班书《艺文志》言之详矣……国初诸儒,鉴前代学人空疏之弊,讲求文字,独以汉儒为宗,一音一义,必推本原,始博采诸家之说而通之,足赓千余年绝学。③

曹说以汉儒为经师,清代经学继之,秉承了阮元《拟国史儒林传稿序》与江藩《国朝汉学师承记》的谱系。

晚清学者梅毓欲撰《续汉学师承记》,虽未成书,其《续汉学师承记商例》于光绪三十一年(1905 年)十月二十日发表于《国粹学报》第一年第 2号,漆永祥《江藩与〈汉学师承记〉研究》全录该文④,《商例》所倡诸凡例,可见儒林传体不断被确认的过程。今摘录其中数条,以见儒林传体之影响:

(一)《汉学师承记》卷首载诸经源流,并各家著述书目,裁别至当,

---

① 钱穆《〈清儒学案〉序》,《中国学术思想史论丛(八)》,第 361 页。
② 漆永祥考证:"在笔者所见清人及近代人著述中,受《汉学师承记》影响,仿其体例而略变之者,有张星鉴《国朝经学名儒记》不分卷、李慈铭《国朝儒林小志》与曹允源《国朝经师撰述略》三种,后两种未见传本。至于完全依仿《汉学师承记》体例进行续编者,笔者所见所闻之书有赵之谦《国朝汉学师承记续记》(残稿本)与曾文玉《国朝汉学师承续记》八卷、《续国朝经师经义目录》一卷(稿本)两种,另有梅毓《续汉学师承记商例》,只是一篇纂例而已。"(漆永祥《江藩与〈汉学师承记〉研究》,第 340 页)
③ 曹允源《淮南杂著》卷一《植志二》,光绪辛卯刊本。
④ 漆永祥《江藩与〈国朝汉学师承记〉研究》,第 351 页。

今宜仿之。

（二）各传必叙其人之授受渊源及擅长何学，固也。然或其师传不甚纯，而其学反优于师，则所授之人似宜从略。（略）

（三）前书叙次各传，率以年世为后先，近拟仿《汉书·儒林传》例，以所习之经为类。类分之中，略以时之远近相次，此于专经之人如此，若博通诸家者，亦汇聚为一类，庶眉目清晰，不致杂糅。

（四）汉学所以贵者在家法，《汉书·儒林传》所述是也。自有划除门户之说，而著书家法不纯者多矣，更有似是而非者，每寻一最大议论，以今时人之识见，臆谓古人定当如是，于是痛斥传注，一似千古不传之秘，至今始发其覆，大言不惭，谬妄已极。今凡遇此等书，概不录入。

（五）为各家作传，自叙述学业而外，但记其名字乡贯，及有爵职者，记其最后所终之秩，余如言论事迹，俱不旁及，以其与师承无涉也（前书于士之不遇而有学者，多记其言论丰采，今亦不必）。

梅毓《续汉学师承记商例》，正是江藩《汉学师承记》以来，经学家儒林传体例确立的最好证明。

首先，在重视"以经传经"方面："卷首载诸经源流，并各家著述书目"，"近拟仿《汉书·儒林传》例，以所习之经为类"，是延续"儒林传"的"以六艺为纲"重统绪的原则。"若博通诸家者，亦汇聚为一类，庶眉目清晰，不致杂糅"，既彰显"专经之人"在儒林谱系中独特性，也不也淹没"博通之家"。

其次，《续汉学师承记》延续了儒林传"重著述"、"轻学行"之传统，"自叙述学业而外，但记其名字乡贯，及有爵职者，记其最后所终之秩，余如言论事迹，俱不旁及，以其与师承无涉也"。梅毓以"前书于士之不遇而有学者，多记其言论丰采，今亦不必"，重"叙述学业"，而"言论丰采，今亦不必"，正是汉学家传记的延续。

再次，在重视经师家法方面，梅毓的标准更为审慎：一方面，"各传必叙其人之授受渊源及擅长何学，固也。然或其师传不甚纯，而其学反优于师，则所授之人似宜从略"，"几世传经"、"家法师法"固然是汉学家理想的学术谱系，然师弟子之间经学所长若无明显继承关系，梅毓主张"所授之人似宜从略"，不必刻意勾夸大师承；另一方面，梅毓对当时今文经学更狂热的"家法"、"不传之秘"表示警惕："汉学所以贵者在家法……更有似是而非者，每寻一最大议论，以今时人之识见，臆谓古人定当如是，于是痛斥传注，一似千古不传之秘，至今始发其覆，大言不惭，谬妄已极。今凡遇此等书，概不录入"，今文学家欲从"东汉"一复至"东汉"，不屑历代传注，梅毓的《续汉学师

承记》绳之以"传注"之"师承家法",是对今文学家"义例"、"微言大义"的
排斥。

支伟成《清代朴学大师列传》也是反对唐鉴《学案小识》之作,他指出
"唐确慎《国朝学案小识》宗旨侧重偏理学,又以经师错出其间,体制有乖,
在所不取。"①《列传》只录经师,不录理学,"理学诸儒不入斯传者,非蹈元修
《宋史》之谬,缘清学术以考据为中坚,其精至之处,殆千余年来所未有;若理
学则殊短发明,自不得如朴学之能卓然独立"②。可见他延续了江藩以来经
学家儒林传的理想,然而在此之中,汉学内部力量也在不断调整:

> 江藩《汉学师承记》家法严谨,素为学者所推许,惟坚守壁垒,摒绝
> 今文,是未免失之隘焉。今之载笔,力矫此弊,无论古文今文皆属汉学,
> 皆与甄别,凡以屏除门户之见也。③

《清代朴学大师列传》引入今文经学,顺应了清代经学的发展脉络。然
而无论是徐世昌《清儒学案》还是支伟成《清代朴学大师列传》,都只是汉宋
之争的延续下的产物。清末民国初学人,在巨大精神危机下,对传统儒学也
酝酿着新的反思与突破。

江藩《汉学师承记》写作的年代正是汉学的最顶峰,然而顶峰也意味着
退潮期的到来。道光以降,质疑汉学的呼声也越来越强烈,梅毓等在继承
《汉学师承记》统绪、汉学家传记体例时,所面对的不仅有更古的"东汉经
学"挑战,也面临影响更广泛的理学家统绪与学案传记的重新繁荣。

第三节 道咸原儒运动与学案体的新变

钱穆论述清代道咸同光四朝学术:"此际也,建州治权已腐败不可收拾,
而西力东渐,海氛日恶,学者怵于内忧外患,经籍考据不足安定其心神,而经
世致用之志复切,几几乎若将为有清一代理学之复兴。"④理学复兴与汉学
的碰撞,在思想领域,促发了对"儒"的概念的重新思考,在学林传记创作方
面,则引发了新学案(儒林传)的创作。前文所举《学案小识》《清代朴学大

---

① 支伟成《清代朴学大师列传·凡例》,岳麓书社 1986 年版,第 3 页。
② 同上,第 2 页。
③ 同上,第 3 页。
④ 钱穆《〈清儒学案〉序》,《中国学术思想史论丛》(八),第 359 页。

师列传》《清儒学案》即是此思潮下的产物。民国前后，尚有两部不及问世的学案著作不容忽视，一是作于1904年的刘师培《近儒学案》，另一是1940年左右钱穆《清儒学案》。钱穆《清儒学案》与理学渊源，本章第一节已有论述，刘师培《近儒学案》是否仍与理学有关，则是本节要讨论的问题之一。要弄清这个问题，需要从阮元"师儒说"以来的原儒运动开始探讨。

一、《原儒》："师儒之辨"与"汉儒"再认识

民国年间，一场关于儒的定义的论辩将章太炎、钱穆、胡适、冯友兰、郭沫若、傅斯年等一批优秀的学者均卷入其中[①]。这场风波的焦点是胡适提出"儒为殷遗民，由殷的祝宗卜史转化而来，在西周及春秋以治丧相礼为职业"，认为"作为殷遗民的儒，以柔逊为特征，乃由亡国状态所养成"[②]。钱穆、冯友兰等一批学者对此观点进行了批驳。陈来《说说儒——古今原儒说及其研究之反思》将近代这场原儒运动起点定于章太炎《国故论衡》的《原儒》篇，这就忽略了此前自清代嘉庆以来儒学发展的铺垫。笔者认为，阮元《拟国史儒林传序》提出的"师儒说"，以及浩浩荡荡的《国史儒林传》编纂过程；曾国藩、唐鉴等人借助程朱理学，回归儒学修身践行传统以救时弊；魏源等常州学派今文学家，欲以今文经学实现致用的作用，这些均是激发学者反思儒学的动因。不同流派对儒的理解不尽相同，但这些争论至章太炎，已有初步的共识。

尽管支伟成《清代朴学大师列传前言》中称章太炎为朴学大师，但是在章太炎眼中，"经师"并不能等同于"儒"。《菿汉雅言》一文论其论孔子："有商定历史之孔子，则删定《六经》是也；有从事教育之孔子，则《论语》《孝经》是也。由前之道，其流为经师；由后之道，其流为儒家。"[③]章太炎区分"经师之儒"与"从事教育之儒"，不同于"汉学家"以"治经"厕身儒林，章太炎明确以继踵"从事教育"之道者，"其流为儒家"[④]，章太炎主张将经师与儒家分开，这一观点在《原儒》篇里辨析得更为清楚。章太炎以《墨子》中"名：达、类、私"之分，将儒分为"达儒"、"类儒"、"私儒"，达儒是指术士，类儒是指掌六艺之官，私儒则是掌德教之师。又专论五经博士不为儒：

---

① 陈来《说说儒——古今原儒说及其研究之反思》，《原道》第二辑，北京团结出版社1995年版。

② 胡适《说儒》，《胡适作品集》，远流出版实业股份有限公司1986年版。

③ 章太炎《菿汉雅言札记》，《菿汉三言》，辽宁教育出版社2000年版，第149页。

④ 同上。

是三科者,皆不见五经家。往者商瞿、伏胜、谷梁赤、公羊高、浮丘伯、高堂生诸老,《七略》格之,名不登于儒籍。(原注:《盐铁论·毁学篇》云:"包丘子修道白屋之下,乐其志。"或亦非专治经者。)儒者游文,而五经家专致,五经家骨鲠守节过儒者,其辩智弗如。(原注:传经之士,古文家吴起、李克、虞卿、孙卿而外,知名于七国者寡。儒家则孟子、孙卿、鲁连、宁越,皆有显闻。盖五经家不务游说,其才亦未逮也。至汉,则五经家复以其术取宠,本末兼陨。然古文家独异是。古文家务求是,儒家务致用,亦各有适。兼之者,李克、孙卿数子而已。五经家两无所当,顾欲两据其长,《春秋》断狱之言,遂为厉于天下。)①

章太炎此处分述"五经家"、"古文家"、"儒家"三类,与其对清代学术流派的看法有关。其《检论·清儒》曰:"大氐清世经儒,自今文以外,大体与汉儒绝异。不以经术明治乱,故短于风议;不以阴阳断人事,故长于求是。"②可见清之今文学派,为古之五经博士;今文以外经学,则对应汉代古文家。更值得注意的是,他据商瞿、伏胜等人录于《七略》之《六艺略》,而谓其"不登于儒籍",可见其对儒之标准以《七略》诸子儒家为准,《六艺略》王官学的经师之儒,不得列于儒。钱穆后来发展了章太炎这个观点,进一步指出经师为"王官儒",理学家为"百家儒":"《史记》、《汉书》所特立《儒林传》,当知这些该名为'王官儒',与战国'百家儒'不同。若不分出古代'王官学'与'百家言'之分野,则《儒林传》之另成一流,便难明白其所以。《宋书·道学传》中人物,其实亦多是'百家儒'。"③儒学为"百家儒"的提出,为"儒"的定义摆脱传经之儒提供了依据,因此章太炎要"以师为儒",经师去除儒名:

今独以传经为儒,以私名则异,以达名、类名则偏。要之题号由古今异,儒犹道矣。儒之名于古通为术士,于今专为师氏之守……传经者复称儒,即与私名之儒淆乱。孔子曰:"今世命儒亡常,以儒相诟病。"谓自师氏之守以外,皆宜去儒名便,非独经师也。④

章太炎主张经师等去除儒名,独尊"师氏",对儒的理解已与阮元等汉学

① 章太炎《原儒》,章太炎撰,庞俊疏证《国故论衡疏证》,中华书局 2008 年版,第 488 页。
② 章太炎《清儒(一)》,《中国近三百年学术史论》,第 17 页。
③ 钱穆《孔子与春秋》,《两汉经学今古文平议》,商务印书馆 2001 年版,第 287 页。
④ 章太炎《原儒》,《国故论衡疏证》,第 490 页。

家不同。在"百家儒"的视域中,儒的内涵得到了扩大,章太炎对汉儒的理解,也不再局限于经师,而是更注重汉儒气节、致用的一面:

> 汉儒虽博稽名物,然其学有统,则仁义忠信是也。清世为汉学者,唯最先张蒿庵、江慎修辈,犹有汉儒风节;其后说经日以精博,躬行则衰。夫汉儒堕行者,固有之矣。若郑仲师之不屈于匈奴,卢子翰之抗议于废立,所谓使于四方不辱君命、见危授命颠沛不违者,此其风节,岂中庸之材所敢! 至师丹之骨鲠,朱云之狂简,与世亦希有;赵邠卿于重关复壁中注《孟子》,观其《题辞》《后序》,辞无憔杀,意抗浮云,是有得于孟氏浩然之气者也。清世其有乎?①

对汉儒风骨气节的揄扬与对清儒寡行的批判,也是当时学界对乾嘉学术反思的一个重要点,朱一新也有同样的看法:

> 能窥汉儒学术者,若阳湖庄氏之流,亦复偻指可数。其他可言学问,不可言学术……至如琐碎穿凿,自谓能振汉儒之坠绪,不知此特汉博士之所为,班孟坚所诃为"禄利之路"……然役一世之心思才力于训诂、名物、校勘之中,其杰出者足以补苴罅漏,便后人之取携,不可废也。汉学家之言曰:"训诂、名物,治经之涂径,未有入室而不由径者。"其言良有功于经学。第终身徘徊徊门径之间,而不一进窥宫墙之美富,揆诸古人之小学、大学之教,夫岂其然? ……古未有不躬行实践而可为学者,亦未有不坐言起行而可谓之学者……汉学家乃分穷经、致用为二事,浅学所未闻也。②

重新提倡德行功业,汉学家难以凭潜研经学而位居高位,阮元奠定的《儒林传》标准也受到了质疑,孟森就批评《清史稿·儒林传》入考据学者的做法:

> 《儒林》一传,沿清代学风之弊,以词章为《文苑》,考据中专究文字者,明明文苑耳,而亦与尊德性、饬躬行者并驱争先,且形容以身教人者为迂腐,为空疏,人心风俗,于是大坏。此亦非《清史稿》作俑,旧国史馆《儒林传》已立此例。盖为乾嘉以来学风所劫制,不自知其舍本逐末,而

---

① 章太炎《菿汉昌言·经言三》,《菿汉三言》,辽宁教育出版社 2000 年版,第 89 页。
② 朱一新《无邪堂答问》,第 4 页。

卒为世道之忧也。①

经学家强调的儒林传,是《史》《汉》只录"五经博士"的《儒林传》,在这场原儒运动中,汉学家"实事求是"的精神被肯定,但在"儒"的定义中,恢复了汉唐以来重德行、功业的特征,其学术也要有益于天下,经学纯考据一派被遗弃,唯有关乎性理者,逐渐被整合到道统之中。

二、《近儒学案》与刘师培儒学思想转变

刘师培曾欲著《近儒学案》,虽未完成,所幸有《近儒学案序》一文以及所拟定的目录,刊于1904年12月21日《政艺通报》第二十一号②。《左盦外集》收录其为此所作《习斋学案序》《幽蓟颜门学案序》《并青雍豫颜门学案序》《东原学案序》。本书一直试图说明理学与学案之渊源,若以学案为理学家传记,刘师培作《近儒学案》,有殊多不可解之处:

首先,刘师培之经学背景。仪征刘氏传至刘师培已四世治《左传》,朴学根底深厚。刘师培对乡贤阮元也极为推崇,在阮元"师儒说"受到广泛质疑之时,刘师培著有《释儒》一文,考镜源流,详述六艺与儒的关联,得出"儒家之学,上有所乘,舍穷经之彦,孰克伺儒林之列?"③此说与章太炎主张去除经师"儒"之名针锋相对,可见刘师培维护经学家尊严与地位的决心。

其次,刘师培之学派观。《刘申叔遗书补遗》有《道统辨》一文,载于《国民日报》1903年3月5日、6日。该文有破道统、崇学派的观点:"中国自上古以来,有学派,无道统。学派贵分,道统贵合;学派尚竞争,道统尚统一,学派主日进,道统主保守;学派则求胜前人,道统则尊尚古人。宗教家有道统,学术家无道统也。吾非谓宋儒之无足取,吾非谓理学之不足言,不过发明宋儒之学为学派,而不欲尊宋儒之学道统耳。"④刘师培欲破道统,以理学为学派,似受到现代学术史的影响,他对道统的态度,全不见理学家的影子,所以《近儒学案》是否会为理学学案,更令人怀疑。

纵然有这些怀疑,笔者认为《近儒学案》仍为一部理学学案。刘师培作为辛亥人物,积极用世,学术思想固然有较大的复杂性,但在清代学术史研究领域,刘师培著有《近儒学案序目》《南北考证学不同论》《近儒学术统系

---

① 孟森《清史讲义》,第7页。
② 《刘师培辛亥前文选》,第148页。该文又于1904年12月13日至17日连载于《警钟日报》,篇名改为《近儒学案序目》。
③ 刘师培《释儒》,《左盦集》卷三,《刘申叔遗书》,第1231页。
④ 刘师培《道统辨》,《刘申叔遗书补遗》,第61页。

论》《清儒得失论》《近代汉学变迁论》等一系列考辨清代学术脉络、特征的论文，其学术思路仍有迹可循，这为我们了解刘师培作《近儒学案》提供了有力的支持。

刘师培学术早年受章太炎影响甚深，在对清代学术的看法上，同样也关注"士节"与"学风"的命题。其著有《清儒得失论》，论明清两代"士节之盛衰，学风之进退"之关联：

> 清代之学，迥与明殊。明儒之学，用以应事；清儒之学，用以保身。明儒直而愚，清儒智而谲；明儒尊而乔，清儒弃而湿。盖士之朴者，惟知诵习帖括，以期弋获。才智之士，惮于文网，迫于饥寒，全身畏害之不暇，而用世之念汩于无形。加以廉耻道丧，清议荡然，流俗沉昏，无复崇儒重道，以爵位之尊卑，判己身之荣辱。由是儒之名目贱，而所治之学亦异。然亦幸其不求用世，而求是之学渐兴。夫求是与致用，其道固异，人生有涯，斯二者固不两立。俗儒不察，辄以内圣外王之学求备于一人，斯不察古今之变矣。①

刘师培以内圣外王别明清学术之差异。既可见他对积极入世、高风亮节的期许，又可见他对清儒求是一面的肯定。与章太炎相同，刘师培对朴学源流发展论述详细，辨别明晰：

> 及江、戴之学兴于徽、歙，所学长于比勘……即嘉定三钱，于地舆、天算，各擅专长，博极群书，于一言一事必求其征。而段、王之学，溯源戴君，尤长训故，于史书诸子转相证明，或触类所长，所到冰释。即凌、陈、三胡，或条例典章，或诠释物类，亦复根据分明，条理融贯，耻于轻信而笃于深求，征实之学盖至是而达于极端矣。②

刘师培所述江、戴之学，囊括了舆地、天算、典章、训诂等诸多领域，这与考据学者对其研究领域的认识基本相同。乾嘉学术的繁盛，也正是众多学者在不同领域以求是之心勉力耕耘的结果。然而若重新考察刘师培《近儒学案》所拟《目录》，了解朴学求是一派在《近儒学案》中所占分量，却发现朴学一派只有《东原学案》。《东原学案》收录人物有戴震、阮元、焦循、凌廷

---

① 刘师培《清儒得失论》，《中国近三百年学术史论》，第 154 页。
② 刘师培《近代汉学变迁论》，《中国近三百年学术史论》，第 166 页。

堪、程瑶田、洪榜（别出）、惠栋、钱大昕、汪中、江藩、王念孙、王祖。且不论以惠栋为代表的吴派不单列一案是否符合常理，戴学段玉裁等人甚至未列入学案，这与唐鉴《学案小识》的《经学学案》以及此后钱穆《清儒学案》竟有几分相似。

对《东原学案》及戴学特征的了解，或许正是我们探究刘师培作《近儒学案》用意的突破口：

> 厥后，汉学振兴，东吴之学掇拾丛残，高邮之学研覃诘故，皆无学派之可言，惟东原先生倡导实学，以汉学之性理易宋学之空言，推扫廓清，厥功甚茂……东原既殁，汉学者笃信其书，及常州学派兴，以微言大义之学为天下倡，而学术益归涣散矣。①

刘师培在《近儒学案》中欲表彰的，正是戴震"以汉学之性理易宋学之空言"，这大概就是刘师培《近儒学案》中汉学只立《东原学案》的原因所在。他《东原学案序》早已论述了选取人物的标准：

> 虽然，东原之学，小疵不掩大醇。义理必衷训故，则功在正名；讲学不蹈空虚，则学趋实用。凡小儒迂墟之说足以害政蠹民者，咸扫除肃清，弃如苴土。信夫圣人复起，不易斯言矣（戴氏学术最便于民）。故理堂、芸台撷其菁英（焦理堂作《论语通释》《格物说》《性善说》，攻乎异端，解以申戴仁恕之说。阮芸台作《论语论仁孟子论仁论》《性命古训》，一贯解亦多本戴氏之说），次仲、伯初率循途辙（凌次仲作《复礼说》三篇，谓理与礼同。洪伯初有《上朱学士书》，极论戴氏言义理有功于世道），学术所及，风靡东南（若钱竹汀、孙渊如、孔巽轩、王德甫，其解释性理，咸本于戴氏之说），岂徒说经硁硁，遂足伺籍儒林之选哉（戴氏于声音、训诂、典章、制度，以及数学、地学，皆造其精微，然全书之中，仍以说性理者为最善）。②

刘师培在肯定戴震"声音、训诂、典章、制度，以及数学、地学"的造诣同时，突出了戴氏性理之学。《东原学案》之师承授受，也是可传戴氏性理之学的学者。《近儒学案》中又有《西河学案》，刘师培解释立此学案，也是因为

---

① 刘师培《近儒学案序》，《中国近三百年学术史论》，第225页。
② 刘师培《东原学案序》，同上，第250页。

"毛西河《四书改错》《圣门释非录》专与宋儒为难，《四书改错·大学中庸》以《大学》推言民好民恶，《中庸》推言谓天地育万物，皆即忠恕也。已开戴氏解理字之先，焦氏絜矩说亦本之，而集成者实惟东原戴先生。"①以此来看，刘师培旨在提倡戴震《孟子字义疏证》以来汉学性理之学，这正是其作《近儒学案》原因之所在。

汉学性理之学与理学性理之学门径并不相同。汉学性理之说，由戴震《孟子字义疏证》《原善》所发，至阮元，则是其"以训诂发明义理"之法。阮元在《拟国史儒林传序》即提出"圣人之道，比若宫墙，文字训诂，其门径"的观点，但在《国史儒林传》中，考据一派天文、算术、小学、音韵无不收录，汉宋界限清晰可见，并未突出汉学义理学。然而阮元在《论语论仁论》《孟子论仁论》《性命古训》《论语一贯说》《大学格物说》等一系列的论文中，观点与思路均已明晰，此后焦循、凌廷堪等人亦沿此门径有所阐发。

"以训诂发明义理说"最重要之处在于发明何种"义理"，阮元、焦循等人眼中的"汉宋调和"，实质还是以汉兼宋。焦循《寄朱休承学士书》："循读东原戴氏之书，最心服其《孟子字义疏证》，说者分别汉学、宋学，以义理归之宋，宋之义理诚详于汉，然训诂明乃能识羲、文、周、孔之义理，仍当以孔之义理衡之，未容以宋之义理，即定为孔子之义理也。"②焦循又有《申戴》一文，驳斥戴震"义理之学，可以养心"所流露出的理学倾向，均见其对宋明义理之学的抵触情绪。

刘师培著有《理学字义通释》等文，可见他对义理之学颇有研究。刘师培《汉宋学术异同论》之《汉宋义理学异同论》分义理之学为两派：

> 近世以来，治义理之学者有两派，一以汉儒言理易通达，与宋儒清静寂灭者不同，此戴、阮、焦、钱之说也；一以汉儒言理多与宋儒无异，而宋儒名言精理大抵多本于汉儒，此陈氏、王氏之说也。③

道光以降理学复兴的背景中，儒的概念已由"王官儒"回归到了"百家儒"，刘师培对汉宋义理学的看法，似乎是与陈澧一路，其论汉宋义理之异同：

> 东原诸儒于汉宋之符于宋学者绝不引援，惟据其异于宋学者以标

---

① 刘师培《东原学案序》，《中国近三百年学术史论》，第236页。
② 焦循《寄朱休承学士书》，《焦循诗文集》，第236页。
③ 刘师培《汉宋学术异同论》，《中国近三百年学术史论》，第175—176页。

汉儒之帜;于宋学之于汉学者亦摈斥不言,惟据其异于汉儒者以攻宋儒之瑕。是则近儒门户之见也。然宋儒之讥汉儒者,至谓汉儒不崇义理,则又宋儒忘本之失也。此学术所由日歧欤。①

钱穆认为:"孔、孟义理,出于《诗》、《书》之古训,《诗》、《书》之义理复何出乎？若必以最先之古训为贵,则推溯古训来源,必有穷极。……且何以最先之古训,即为最真之义理乎？"②宋明理学的概念,本非尽出于先秦典籍、汉唐经书,所以无论是阮元等人以汉唐注疏构建新义理,还是刘师培等将宋明义理贯通至汉唐注疏,均是南辕北辙之举。但有一点可以肯定的是,这种贯通汉宋义理学的目的,正是刘师培欲挽救汉学衰势,重新在理学语境中证明汉学的价值。以学案阐明这种价值观,可能是再合适不过了。

本 章 小 结

在"角色之争"中,我们曾讨论过孙奇逢、江永、方苞、贾田祖等学人呈现出的不同的"儒者面相";在"统绪之争"中,我们也试图勾勒出理学家、经学家以通过人物传记剪裁与编纂,建立各自统绪的努力。因为我们知道清朝最终的没落、百年屈辱的即将发生,所以我们在打量这一段历史时,常常会先入为主寻找种种征兆,成为历史的"预言家"。

但在"西学东渐前夕",所有的"因果律"似乎并没有多么明显的效用,我们梳理出的"批评汉学"、"理学复苏"线索更多是处于并存或者纠缠的状态,桐城派学人的主张,也与史学家常常"和而不同"。在进入"西学东渐后"之前,我们不妨在中国传统文化的思绪中稍作停留,不必迫不及待地用"发展观"去解释历史。

纵观学案体发展的历程,学案由明末清初程朱、陆王道统争论的工具,逐渐衍变为嘉道以来反拨汉学弊端的重要手段,这均与学案本身所具有的理学性质有关。刘师培在对"儒"的态度上,本有着较为宽泛的定义,其《近儒学术统系论》《六儒颂序》等所论之儒,均囊括了所有考据学者,唯有《近儒学案》涉及学案体,表现出强烈的理学倾向。这可见刘师培选择学案体例撰写这样一部学术史,极具用心,这也证明了学案在学者心目中的理学

---

① 刘师培《汉宋学术异同论》,《中国近三百年学术史论》,第179页。
② 钱穆《中国近三百年学术史》,第532页。

意义。

　　"西学东渐后"的传记之争，我们依然可以看到钱穆中国"纪传体"得失，以"人物"保存历史的价值，梁启超也同样从"新史学"回到"人的专史"。以"史识"而论，学案、儒林传、人物传记之编写自有高下之分，但以"史料"而言，尽管诸如徐世昌《清儒学案》因求大求全不免落入琐碎零散而见訾，但"传记"毕竟真记录了一个时代曾经真实生活过的一群人，为后世以不同的视角触碰思考，提供了丰富立体的形象。我们从"古今之争"切入，仅仅是为了更好地体味清代学术在历史传统中"集大成"的一面。

第六章 "传记文学"与"传记史学"之争：
传记与现代大学文史分科

　　作为古典文学、学术史视阈下的传记研究，本书以"西学东渐前后"为切入点，并非将近三百年之大变局拦腰截断，简单分为"前"与"后"。上一章"西学东渐前夕"的新旧之争，我们即可看到传统思想内部也在不断地碰撞。现代传记学的建立几乎是以"西学东渐后"西方传记理论为师法对象，而本书"西学东渐后"部分另辟蹊径，重点关怀恰恰在于反思"现代传记学"建立过程中对本土传记传统的忽略。

　　"西学东渐"影响下的"传记革命"的固然源自梁启超、胡适的提倡，但无论是置入梁启超的"新史学"还是胡适的"传记文学"，都与现代大学文史分科概念紧密相关。在胡适"传记文学"成为革命主流下的情况下，我们更应该注意以梁启超为代表的"新史学"一脉，在延续清末大学章程"历史研究法"的过程中，从摒弃传统传记"人物本位"的理念，仅将传记视作历史研究的史料，到积极肯定传统传记在赓续"历史的人格"方面重要价值，以传记提倡"历史精神"，最终重新倡导传统传记范式写作的过程。

　　民国学人思想中的"新"与"旧"看似鸿沟天堑，立场的反复、前后的矛盾常常令后世的学者感到一头雾水，但客观看待老辈学者的"相争"，我们并非要评出一个是非高下，反而有如观睹高手过招的满足感，从他们的一招一式理解他们对文化的热情与真诚。

第一节　维新的桐城与文人传记的调和

　　透过道咸年间再次涌现的学案创作热潮，我们可以看到传统学术旨趣的复归与新旧交融，但在"文史之争"中处于保守被动一方的"文士"，思想上更为主动进取，成为引领思想与社会变革的另一支力量。传记方面，继方苞以经史之学体系构建"义法"理论，为碑铭抵御史传的侵蚀提供了坚定的理论支持,促使碑铭沿着传统的发展轨迹前行,桐城古文家在坚守碑铭传记传统的同时,也求新求变,不断吸收拓展自身的传记理论,持续发展。

章太炎《菿汉微言》有论"桐城义法何其隘邪"一条:"此在今日亦为有用。何者? 明末猥杂佻侻之文,雾塞一世,方氏起而廓清之,自是以后,异喙已息,可以不言流派矣。乃至今日,而明末之风复作。报章小说,人奉为宗,幸其流派未亡,稍存纲纪,学者守此,不至堕入下流,故可取也。若谛言之,文足达意,远于鄙倍可也,有物有则,雅驯近古,是亦足矣,派别安足论! 然是为中人以上言尔,桐城义法者,佛家之四分律也,虽未与大乘相齿,用以摧伏磨外,绰然有余,非以此为极致也。"①此处章太炎肯定了桐城义法在乱世正文体风气之功,又指出义法非金科玉律,文体辨证清晰后,自可不言流派。考之方苞以来之碑铭文学发展,章太炎此说极为精辟。

本书第一章已论方苞之义法,并非只对猥杂佻侻之文,而是为碑铭文争正统之地位。史传文于清代,属后起之秀,明人多不为人立传,顾炎武《日知录》:"列传之名始于太史公,盖史体也。不当作史之职,无为人立传者,故有碑、有志、有状而无传。"②方苞秉守此道,故于碑铭之体尤为用心。然而清代史学发展的势头却难以阻挡,方苞以后桐城诸家,也顺应历史潮流,给予碑铭、史传同样的重视。《刘大櫆集》中有碑铭文32篇,史传文40篇,《惜抱轩诗文集》收录姚鼐碑铭94篇,史传文22篇,这组数据对比,可看出桐城派已由方苞专注于碑铭逐渐向碑铭与史传兼顾过渡。

在史学实证的思潮中,方苞以"义法说"为碑铭文争得一席之地,此后尽管刘大櫆、姚鼐鲜有关于人物传记写作之议论,也从事史传创作,但整体风格仍与韩、柳、方苞以来碑铭文"常事不书"相近,与史学家的史传文"据事直书"的写法绝异,可见"常事不书"的传记思想已得到了士人们的确认,并融入桐城古文碑铭与史传文写作之中。

刘大櫆论文讲求"神气"、"音节"、"字句",姚鼐"义理、辞章、考据"均是从文体角度对方苞"义法说"的深化。刘大櫆论"文贵远":"文贵远,远必含蓄。或句上有句,或句下有句,或句中有句,或句外有句,说出者少,不说出者多,乃可谓之远。"③与方苞"义法"相似,仍是旨在通过句法、文法,讲求言外之意,又有"文贵简","神远而含藏不尽则简","简为文章尽境"④,这种思想贯彻到人物传记写作中,则是"常事不书"理论的延续:

① 章太炎《菿汉微言》,《菿汉三言》,第56页。
② 顾炎武《古人不为人立传》,《日知录集释》卷十九,第1106页。
③ 刘大櫆《论文偶记》,《历代文话》第四册,第4112页。
④ 同上。

而君子于世之末节小行，汲汲焉唯恐闻之不详，书之不实，而传之不广，特吾人好德之心不能自止，且以为来世劝耳！呜呼！此又视其文字之工拙何如矣！工则其人传，不工即其人虽传不显。周以来史籍具在，而世人读《宋》《元》之史，必不如读《左》《史》。①

刘大櫆认为人物传记"工则其人传，不工即其人虽传不显"，指出了史传过于拘泥于"小节末行"而轻"文字工拙"，传记丧失文学性，反而令所传之人传之不广。

姚鼐"义理、辞章、考据"中的"考据"，同样也针对了史学家的"据事直书"。他以考据"琐碎而不识事之大小"②，强调以文为主，以考据"助文之境"："以考据累其文则是弊耳，以考证助文之境，正有佳境。"③又论"笔意识趣"之重要："今需救其弊，必限以尽不用书，固亦不可，但当以笔意识趣为主。"④这些均是在文学性的要求下，注重对事的选取的剪裁。

在实际创作中，刘大櫆、姚鼐的碑铭文，与方苞已有所不同，方苞从韩愈碑铭文中延续过来的"叙故旧"，如详述受墓主亲属所请、与墓主之交谊，在刘、姚二人的碑铭文中已绝少出现，刘、姚碑传行文均以述墓主生平为主，兼之以真情，更见清真雅正的特征，这可能也是史传文风冲击下的一种改变。

桐城学派到了民国，面临更多繁复的现实问题与理论冲击，但对碑传"常事不书"的坚持仍未改变。姚永朴《桐城耆旧言行录序》："夫传状之文，贵能纪其人之大节。故功在社稷者，其州郡之设施略焉；功在州郡者，其乡里之行谊略焉。非惟叙事之体则然，苟详于其小，则大者转而之不显焉耳。"⑤在西方"文学"概念输入的背景下，姚永朴以纯文学的界定来抵制史学对传记的侵蚀，其《文学研究法》中《范围》一节，专论文学之范围，提出文学家有别于性理家、考据家、政治家、小说家。其中考据家分注疏家与典制家，"至于疏家，尤为冗蔓，且入主出奴，不如是则以为落叶不归根，狐死不正邱首，亦一病矣"。"在史则为典制家，如杜君卿（佑）《通典》、马贵与（端临）《文献通考》，各门总序，元元本本，殚见洽闻，诚不可谓非经世之作；然综其大体，多采掇群书，加以论断，与文学家实分道扬镳。"⑥姚永朴以古文

---

① 刘大櫆《再与左君书》，《刘大櫆集》，第 115 页。
② 姚鼐《与陈硕士》，《惜抱先生尺牍》卷六。
③ 同上。
④ 姚鼐《与伯昂从侄孙》，《惜抱先生尺牍》。
⑤ 姚永朴《桐城耆旧言行录序》，姚永朴著，许结讲评《文学研究法》，凤凰出版社 2009 年版，第 217 页。
⑥ 姚永朴《文学研究法》，第 23 页。

为"文学"的区分，与阮元"文笔说"以华章辞藻为"文"的区分，虽然有抵牾之处，但都是在试图以"纯文学"的概念来与史学划清界限。这种文学观观照下，对感情的追求、对文字工拙的追求，远胜过溯本追源、求真的需求，在价值选择上，他们宁愿继承碑铭体隐恶扬善的传统，而不是史家惩恶扬善的笔法。

当然，桐城文人也并未放弃对"求真"的努力，方苞"义法说"的构建，正是要向世人宣称，"真"的构建并非要靠翔实的事例来堆砌。后世的学者也在对这种"真"的理论进行拓展，梅曾亮就认为"物之可好于天下者，莫如真也"①，并提出"适乎境"、"称乎情"的主张②。在对真的理解上，吴汝纶的传记观已越出桐城前辈的藩篱之外，体现出了与桐城前辈不同的一面：

> 吾则以谓：凡著书者，君子不自得于时者之所为作也。凡所以不自得者，君子之道不枉实以谀人，而当世贵人在执者，必好人谀己。十人谀之，一人不谀，则贵人恶其傲己，十人者恶其异己。贵人与贵人比肩于上，十人与十人比肩于下，上恶其傲，下恶其异，虽穷天地、横四海而无与容吾身。吾且于书也，何有于此？有一在执者，虽甚恶之，而犹敬乎其名，而不之害伤，则君子俯默而就容焉，而以成吾书。而是人也，虽敬乎其名，固前知其不谀己也，闻有书则就求而亟观焉，察其褒讥所寓，得其疑且似者，且曰此谤我也，此怨非我也，则从而龉龁之矣。盖必其章章然称道叹羡我也，夫乃始憖置而相忘焉。彼君子也，其志洁，其行危，其不枉实而谀人，众著于天下后世，及其为书则往往诡辞谬称，谲变以自乱，以为吾意之是非，后有君子读吾书而可以自得之矣，安取彼訾訾察察者为？嗟夫！此殆君子所遭之不幸，其用意至可悲！③

梅曾亮对"真"的理解还在文学层面的营造，吴汝纶则已开始反思文学创作中应酬之作的弊端。应酬之作乃是文人传记的一种常态，"当世贵人在执者，必好人谀己。十人谀之，一人不谀，则贵人恶其傲己，十人者恶其异己"。从文学角度讲，传记若能真挚感人、文辞工整即是一篇优秀的传记，但从史学角度讲，真实的追求更为重要。韩愈之"谀墓"、文人撰碑志之"润笔费"均饱受批评，而桐城文人正是将这样一种应酬之作，发展成一种优秀的文体。

---

① 梅曾亮《黄香铁诗序》，《柏枧山房全集》文集卷五。
② 梅曾亮《李芝龄先生诗集后跋》，同上，文集卷六。
③ 吴汝纶《送张廉卿序》，《桐城吴先生诗文集》文集卷二。

吴汝纶强调著述为"君子不自得于时者之所为作也",这与碑铭歌功颂德的传统背道而驰。这样的叛道,可能与吴汝纶的史学观有关,吴汝纶修纂过《深州风土记》等地方志,他认为章学诚"以文史擅名,而文字芜陋,其体裁在近代志书中为粗善,实亦不能佳也"①,可见其对方志修纂自视甚高。在史学背景下的传记文学创作,与桐城古文家大不相同。

第二节　从书院到学校：经世辞章的新变②

随着对晚清民国学制改革研究的深入,我们渐渐知晓"中国文学"一科在成立之初的复杂情形③。遗憾的是,这场变革对《文心雕龙》研究热的推动作用,尚未得到人们足够重视。本节试图梳理出这样一条线索:早在嘉道年间阮元与桐城派激辩文章正宗时,《文心雕龙》就因其独特的骈散属性成为两派论争的焦点;1904 年学制改革时,张之洞殚精竭虑地弥合骈散、提倡宗经、重视文用,其主导的《奏定大学章程》中"文学研究法"与《文心雕龙》的高度暗合,或是龙学兴起最早的推手;在新式学校文学教育的顶层设计与具体实践中,章太炎、刘师培、黄侃等人申论不同的文学主张,提出不同的文学学科建设方向,《文心雕龙》是他们界定"文学"范畴时共奉的经典依据。可以说,《文心雕龙》研究热贯穿了晚清民国学制改革始终,见证了"文学教育"由守成走向趋新的数次变革,这都是龙学确立过程中不容忽视的历史环节。

或许要问,我们为何要突如其来地讨论《文心雕龙》在古今学制中的地位,这与传记之争有何关联?但从晚清到近代的发展脉络中,从"书院"到"学堂",从"辞章"到"文学学科"的系列变化,早已将中国传统传记推至与西方现代传记理论激烈交锋的前沿,这在现代大学堂中"文史"分科对传记的不同态度即可窥睹一斑。

一、阮元与刘开：骈散之争中的《文心雕龙》

"《文选》与《文心雕龙》相互关系研究"是近世较为热门的话题,但较少

---

① 吴汝纶《答孙筱坪》,吴汝纶著,徐寿凯、施培毅校点《吴汝纶尺牍》,黄山书社 1990 年版,第 24 页。

② 本文曾以《清末民初国文教育与"龙学"发展新论》为题,发表于《湖南师范大学学报》2022 年第 2 期。

③ "文学"一科在晚清民国的建立,陈平原、陈国球、栗永清、陆胤、陈广宏诸先生均有专著,本文的关注点则侧重于揭示《文心雕龙》与这场变革的关系。

有学者注意到这两部经典在扬州学派内部的此消彼长。从孙梅主张"二书宜相辅而行"，到阮元父子在骈散之争中有意回避《文心雕龙》，再到后学刘师培重新将《文心雕龙》引入"文笔说"，百年间扬州学人的《文心雕龙》研究，为我们探踪晚清民国龙学轨迹留下了极重要的线索。

阮元房师孙梅《四六丛话》有云："昭明太子纂辑《文选》，为词宗标准。彦和此书，实总括大凡，妙掘其心。二书宜相辅而行者也。"①嘉庆五年（1800）阮元作《四六丛话序》亦声称"昭明勒选，六代范此规模，彦和著书，千古传兹科律"②，可见阮元最初接受了孙梅"《文心雕龙》与《文选》相辅而行"的主张。而他在诂经精舍、学海堂亲撰的楹联"公羊传经，司马记史。白虎德论，雕龙文心"③，多少能见《文心雕龙》对其产生过影响。

可"文笔说"与《文心雕龙》文学思想体系之间的扞格又不是那么容易化解。为崇倡骈文，阮元尤标举《文选序》"事出于深思，义归乎翰藻"一语，意在提倡骈俪之文，又以《文选序》"于经子史三家不加甄录，为其以立意纪事为本，非沉思翰藻之比也"的选文标准④，欲将纪事之文驱出文囿。如果我们将《文选序》与《文心雕龙·序志篇》相比较，就会发现阮元与刘勰二人对"文"理解之差异：一是刘勰"论文叙笔"，文笔并重，"未尝以笔非文而遂屏弃之"⑤；二是刘勰以文心之作"本乎道，师乎圣，体乎经，酌乎纬，变乎骚"，且不弃史传、诸子，这与古文家不谋而合，与阮元"经也，子也，史也，皆不可专名之文也"的主张相去甚远⑥。所以说，阮元以《文选序》为理据，独倡骈文、摒弃"经、史、子"三家的主张与刘勰"论文述笔"的文论体系是无法兼容的。

然而，萧绎《金楼子》中的表述似乎更坚定了阮氏父子的信心。《金楼子·立言篇》主张"吟咏风谣，留连哀思者，谓之文"；"至如文者，惟须绮縠纷披，宫徵靡曼，唇吻遒会，情灵摇荡"；"至如不便，为诗如阎纂，善为章奏如伯松，若此之流，泛谓之笔"⑦，在阮元父子看来，《文选序》若辅之以《金楼子》，正是"文笔说"绝好证明。据阮福在《学海堂文笔策问》按语记述："福读此篇（《金楼子·立言篇》），与梁《昭明文选序》相证无异，呈家大人，家大

---

① 孙梅《四六丛话》，商务印书馆1937年版。
② 阮元《四六丛话序》，《定香亭笔谈》卷四，清嘉庆五年扬州阮氏琅嬛仙馆刻本。
③ 梁绍壬《两般秋雨盦随笔》卷一"学海堂"条，上海古籍出版社1982年版，第28页。
④ 阮元《与友人论古文书》，《揅经室集》，中华书局1993年版，第610页。
⑤ 黄侃即云："彦和虽分文笔，而二者并重，未尝以笔非文而遂屏弃之，故其书广收众体，而讥陆氏之未该。"（黄侃《文心雕龙札记·总术》，上海古籍出版社2000年版，第209页）
⑥ 阮元《书梁昭明太子文选序后》，《揅经室集》，第608页。
⑦ 阮福《学海堂文笔策问》，《揅经室集》，第711页。

人甚喜,曰:'此足以明六朝文笔之分,足以证《昭明序》经史子与文之分,而余平日著笔不敢名曰文之情益合矣。'"①——连用"甚喜"、"足以",阮元对"文笔说"获得更多理论支持的欢喜之情,跃然纸上。

相形之下,阮氏父子对《文心雕龙》的态度有点儿不冷不热。就阮元而言,《文言说》《书梁昭明太子文选序后》《与友人论古文书》《文韵说》四篇文章,涉及《文心雕龙》只有寥寥两处:一是《书梁昭明太子文选序后》"彦和雕龙,渐开四六之体"一语②,二是《文韵说》中阮福请益阮元,提到《文心雕龙》"今之常言,有文有笔"③。在阮福那里,《学海堂文笔策问》开篇尚称文笔之分"《金楼子》《文心雕龙》诸书极分明哉"④,而在文末"是以状文之情,分文之派",只言"《昭明》《金楼》,实守其法"⑤,此处《文心雕龙》的缺失同样耐人寻味。再考察学海堂诸生刘天惠、梁国珍、侯康、刘光钊等所作的《文笔考》,除番禺诸生侯康引用到《文心雕龙·章句篇》"裁文匠笔",《序志篇》"论文叙笔"、《时序篇》"庾以笔才愈亲,温以文思益厚"、《才略篇》"孔融气盛于为笔,祢衡思锐于为文"外,其他诸生所引无非《总术篇》"有韵为文,无韵为笔"一句,可见《文心雕龙》在学海堂中受重视的程度。

推究阮元、阮福对《文心雕龙》态度暧昧的原因,还有一种可能是来自桐城一方的压力。因为恰逢此时,《文心雕龙》已在桐城派文人手中大放异彩。桐城后学刘开著有《书文心雕龙后》一文,吕双伟教授认为该文"对于《文心雕龙》给予了高度评价,使得元、明至清前期遭人轻视的《文心雕龙》在此得到了积极而全面的肯定"⑥。刘开随后又有《与阮芸台宫保论文书》,径直上书阮元,矛头直指彼时学海堂里热闹非凡的"文笔说",其说多有"隐法雕龙"之意,而阮氏父子亦理应有所觉察。这么看来,阮元、阮福对《文心雕龙》略而不谈,恐怕并不是简单的忽视,而是在有意识地回避了。

刘开《与阮芸台宫保论文书》的论辩策略深得《文心雕龙·通变篇》精髓。刘勰在《通变篇》指出齐梁文风凋敝是"今之才颖之士,刻意学文,多略汉篇,师范宋集"、"竞今疏古"的恶果。刘开亦通过推举"汉篇",反对"师范宋集",提出"明道修辞,以汉人之气体,运八家之成法,本之以六经,参之以

---

① 阮福《文笔对》,《揅经室集》,第 711—712 页。
② 阮元《书梁昭明太子文选序后》,《揅经室集》,第 608 页。
③ 阮元《文韵说》,《揅经室集》,第 1064 页。
④ 阮福《文笔对》,《揅经室集》,第 709 页。
⑤ 同上,第 715 页。
⑥ 吕双伟《清代骈文理论研究》,人民出版社 2011 年版,第 139 页。吕双伟教授以刘开为"骈散兼容的代表人物",然而刘开在《与阮芸台宫保论文书》极力论述以韩愈、方苞为文宗,并未脱离其既有宗派观。

周末诸子"①，这与刘勰"练青濯绛，必归蓝茜；矫讹翻浅，还宗经诰"主张一致。更重要的是，刘勰以"设文之体有常，变文之数无方"，"通变"的核心在于"昭体"而"晓变"②。刘开在推崇"汉篇"同时，亦化用其说，指出文固然盛于西汉，但汉人之文多以奏对封事等"告君之体"而略涉"书序"，至于后世"赠送碑志之文"、"山水杂记之体"、"序事"、"策论"、"记学"诸体实乃备于八大家，"故文之义法至史汉而已，备文之体制至八家而乃全"③，从文体演变角度反驳阮元仅以《昭明文选》所论文体为文之正宗的论断，强调八大家"备文体制"的贡献，再次强调古文家文章的典范价值。

最后，我们有必要从宗派观角度重新考量《文心雕龙》在骈散两派文论体系中的地位与影响。无论是文选派孙梅，还是桐城派姚鼐、刘开，都以《文心雕龙》为文章辨体的重要依据。在辨体意识自觉的清代，《文心雕龙》因"昭体"而"晓变"的思想成为各派尊奉的经典，这为日后张之洞借助《文心雕龙》辨体思想打破骈散宗派之争埋下伏笔。周兴陆教授指出："正是因为其文学观念的复杂性，《文心雕龙》在清代中后期骈散文的交锋中能够为对立的两派提供理论资源，得到清代学者的重视。"④就本节考证所见，阮氏父子轻而易举地回避了《文心雕龙》；推崇《文心雕龙》的刘开，最终也是将刘勰与韩愈相勾连，以"彦和之生先于昌黎，而其论乃能相合，是其见已卓于古人"⑤，将刘勰纳入进古文家的谱系。论战双方从未超越既有文学观、宗主意识，《文心雕龙》卷入其中，无非是两派文学观的注脚而已。这还不足以揭示刘勰文学思想"论文叙笔"、"弥纶群言"、"擘肌分理，唯务折衷"的全部苦心。

二、张之洞与癸卯学制：国家意志中的"龙学"魅影

嘉道年间的阮元、阮福尚且泽被于大清帝国的余晖之中，而到晚清民国时的士子大夫，则在欧风美雨吹打下，不得不忧心于大厦之将倾。西式学堂教育的兴起，科举制度的中止，让延绵八十余载的学海堂也于光绪二十九年（1903）戛然而止。旧式书院教育的终结，戏剧性地将冰火不容的选学、桐城两派带入同一起点：他们不得不面对如何将传统的辞章学带入新式课堂，

---

① 刘开《与阮芸台宫保论文书》，《孟涂文集》卷四，《续修四库全书》第1510册，第351页。
② 周兴陆《〈文心雕龙〉精读》，北京大学出版社2015年版。
③ 刘开《与阮芸台宫保论文书》，《孟涂文集》卷四，《续修四库全书》第1510册，第351页。
④ 周兴陆《章太炎讲解〈文心雕龙〉辨析》，黄霖编著《文心雕龙汇评》，上海古籍出版社2005年版，第178页。
⑤ 刘开《书文心雕龙后》，《孟涂骈体文》卷二，《续修四库全书》第1510册，第427页。

如何回应与重塑本国的"文学"传统这一共同问题。

　　作为学制改革担当者之一的张之洞，其所面临的时局远比阮元时代要复杂得多。"国家"意识下，传统辞章学内部派系亟须调和；西风东渐下，新式学堂"中学"与"西学"的平衡也要费一番思量。张之洞先后主持过四川、两广、湖北等地学务，又临危受命制定全国性学制改革的纲领文件《奏定大学章程》，深度参与这一历史进程。种种迹象表明，《文心雕龙》在学制改革后的异彩纷呈，其原因很可能来自张之洞与他的学制改革。

　　张之洞与《文心雕龙》的联系，最早可追溯到同治十三年（1874）其任四川学政时的《輶轩语》。其中"古文、骈体文"一节有云："试场策论用散文，今通谓之古文。对策间有用骈文者，但不常有，惟词馆应奉文字用之耳。然骈、散两体不能离析，今为并说之。"①较之阮元倡导骈体正宗与古文派掀起文争，张之洞直以"骈、散两体不能离析，今为并说之"，不分骈散态度尤为坚决。特别要注意，此前刘开虽亦看重《文心雕龙》，然称"昌黎为汉以后散体之杰出，彦和为晋以下骈体之大宗，各树其长，各穷其力"，以韩愈为散体之宗，刘勰为骈体之宗，从未将《文心雕龙》视作弥合骈散之工具。相比之下，《輶轩语》则强调"梁刘勰《文心雕龙》，操觚家之圭臬，必应讨究"，"操觚"出自陆机《文赋》"或操觚以率尔"，意为"写作"，"圭臬"则指测日影之圭表。在张之洞《輶轩语》中，《文心雕龙》终于摆脱了各派文论配角、注脚的宿命，第一次被明确为所有文章家应共同遵守的规范，这应是龙学兴起的重要转折。

　　光绪二十九年（1903），张之洞进京奉旨参与《奏定大学章程》，据王国维等人表述："今日之奏定学校章程，草创之者黄陂陈君毅，而南皮张尚书实成之"，"详定教学细目及研究法，肫肫焉不惜数千言"②。"《学务纲领》、经学各门及各学堂之中国文学课程，则公手订也……所谓章程，实公晚年学案也。"③可见张之洞对《章程》起到了主导作用。《奏定大学章程》"历代名家论文要言"的课程明确指出："如《文心雕龙》之类，凡散见于子史集部者，由教员收集编为讲义。"④这是官方学制重视《文心雕龙》最直观的证明，但笔者认为《大学堂章程》中"中国文学研究法略解"与《文心雕龙》的高度契合，才是引燃此后《文心雕龙》热的真正导火索。对比"中国文学研究法略解"

　　①　张之洞《輶轩语》，《张之洞全集》第十二册，河北人民出版社1998年版，第9809—9810页。
　　②　王国维《奏定经学科大学文学科大学章程书后》，《教育世界》丙午（1906）第二、三期。
　　③　许同莘《张文襄公年谱》卷八，《北京图书馆藏珍本年谱丛刊》第174册，第95页。
　　④　张之洞等《奏定大学堂章程》，北京大学校史研究室编《北京大学史料》第一卷，北京大学出版社1993年版，第108页。

与《文心雕龙》，其近似之处可体现在：

（一）注重文体分类、文体源流、专家文论。"研究法"延续《輶轩语》以来的辨体意识，《略解》第二十二、二十三条论辞赋、制举、公牍以及记行、记事等文体古今异同，并强调"皆为文章家所需"；第八至十五条强调应考察周秦至今的文体；第十五、十六条强调注意骈散"古合今分之渐"，骈文"汉魏六朝唐宋四体"之别；第十九条强调"骈散各体文之名义施用"。仅粗略统计，这不过千言的《略解》，"文体"、"各体文"等词不厌繁复出现近二十次，可见其对"文体"概念的重视。同时，辅之第二十条"古今名家论文之异同"等，均与刘勰"论文述笔，则囿别区分，原始以表末，释名以章义，选文以定篇，敷理以举统"的写作主旨相吻合。通过强调"辨体"与"各体文"来化解骈散两派宗派之争，体现了张之洞深谋远虑之构想，也对日后"国文"教学与研究产生深远影响。

（二）注重五经与文学的关系。新式学堂"中国文章"课程的重点是应"宗经"还是"重文"，张之洞与吴汝纶所代表的不同力量之间曾产生过分歧①：阮元早早强调"经也，子也，史也，皆不可专名之文也"②，不过，晚近桐城派在平衡经文时又有尊《古文辞类纂》过甚之嫌，如吴汝纶即认为："后日西学盛行，六经不必尽读，此书决不能废。"③唯独张之洞对"中国文章"的定义，则特强调文与经史之关联，1902年其在回复张百熙的信件中明确："中国文章不可不讲，自高等小学至大学，皆宜专设一门。韩昌黎云'文以载道'，此语极精，今日尤切。中国之道具于经史，经史文辞古雅，浅学不解，自然不观。若不讲文章，经史不废而自废。"④《略解》于各朝代文体、骈散等文体之首，特列第五条"群经文体"，颇与刘勰《序志》"文章之用，实经典枝条，五礼资之以成，六典因之致用，君臣所以炳焕，军国所以昭明"之定位不谋而合。这种文与经史的表述与《文心雕龙》再次吻合。

（三）注重文章"体性"、"文用"。《略解》第一、二、三条强调古字、音韵、训诂的变迁，是为朴学之风延续，也与《文心雕龙》中《练字》《声律》等篇契合；第四、二十七、二十八、三十四、三十九条强调文章与治化、世运升降之关系，是与《时序》相近；第五、三十五条强调修辞立诚，有学无学对文章的影响，是与《程器》《才略》相近。在文章风格方面，《略解》第三十五条反对险

---

① 参见陆胤《政教存续与文教转型——近代学术史上的张之洞学人圈》第三章《以新学制含纳旧学统》，北京大学出版社2015年版，第161—172页

② 阮元《书梁昭明太子文选序后》，《揅经室集》，第608页。

③ 吴汝纶《答姚慕庭》，《吴汝纶全集》，第186页。

④ 张之洞《致京张冶秋尚书》，《张之洞全集》，第十一册，第8745页。

怪、纤佻、虚诞、狂放、驳杂等妨"世运人心"之作,第三十六条反思六朝南宋溺于好文之害,这亦与刘勰"折衷观"不谋而合①。刘勰《程器篇》"摛文必在纬军国,负重必在任栋梁,穷则独善以垂文,达则奉时以骋绩",不失为新式学堂"中国文章"教育的最高理想。

通常我们会将 1917 年刘师培、黄侃在北京大学讲授《文心雕龙》课程作为"龙学"确立的起点②,但我们应注意到,早在 1904 年《奏定大学堂章程》颁布之后,《文心雕龙》研究的集结号已在吹响:林传甲《中国文学史》专辟《刘勰〈文心雕龙〉创文之体》一章是在 1904 年;刘师培撰《文说》"篇章分析,隐法《雕龙》"是在 1905 年;章太炎旅日期间讲授《文心雕龙》是在 1908 年;李详《文心雕龙补注》也是在 1908 年;而桐城派姚永朴的《文学研究法》"发凡起例,仿之《文心雕龙》",其前身《国文学》则可追溯至 1909 年……这一时期涉及《文心雕龙》的研究既非少数③,也不同于此前校勘、评解为主的著述形式,而以教学讲义占据多数④。倘若我们仅仅将这一现象视作龙学兴起前的"自觉",或是刘勰成书以来不断诠释、不断发展的必然结果,则极有可能忽略了 1904 年晚清学制变革对《文心雕龙》研究热的推动作用。

事实上,扬州学派的《文心雕龙》研究史也为我们提供了这样一个辅证:刘师培将"文心雕龙"引入"文笔说"也始于此时。1905 年,刘师培由沪避走台湾,又辗转逃匿至浙江嘉兴"平湖大侠"敖嘉熊家,协助处理温台处会馆⑤,在此期间著述《文说》。《文说·自序》云:"幽居多暇,撰《文说》一书,篇章分析,隐法《雕龙》。"⑥又曰:

> 昔《文赋》作于陆机,《诗品》始于钟嵘,论文之作此其滥觞。彦和绍陆始论《文心》,子由述韩,始言文气。后世以降,著述日繁,所论之旨厥有二端:一曰文体,二曰文法。《雕龙》一书,溯各体之起源,明立言

---

① 刘勰"折衷观"可参见周勋初先生《梁代文论三派述要》,《周勋初文集》卷三,江苏古籍出版社 2000 年版,第 79—102 页。

② 张少康教授认为:刘师培、黄侃先后在北京大学教授《文心雕龙》课程,则促成了"龙学"的确立。(张少康《文心雕龙研究史》,第 135 页)

③ 此外还有 1905 年龙伯纯《文字发凡》将《文心雕龙》引入修辞学;以及叶瀚《文心雕龙私记》、林纾《春觉斋论文》、刘熙载《艺概》等。

④ 李曰刚教授认为"民国鼎革以前,清代学士大夫多以读经之法读《文心》,大则不外校勘、评解二途,于彦和之文论思想其少阐发……因此《札记》初出,即震惊文坛,从而令学术思想界对《文心雕龙》之实用价值,研究角度,均作革命性之调整"。(李曰刚《文心雕龙斠诠》,台北中华丛书编审委员会 1983 年,第 2515 页)

⑤ 陈奇《刘师培年谱长编》,贵州人民出版社 2007 年版,第 118 页。

⑥ 刘师培《文说序》,《刘申叔遗书》,凤凰出版社 1997 年版,第 700 页。

之有当,体各为篇,聚必以类,诚文学之津筏也。①

刘师培在《文说序》梳理了自陆机《文赋》以下的"论文之作",尤推《文心雕龙》辨体、论文法之功,誉为"文学之津筏"。《文说》共《析字》《记事》《和声》《耀采》《宗骚》五篇,《宗骚》以骚体"撷六艺之精英,括九流之奥旨,信夫骈文之先声,文章之极则矣"②;《耀采》一篇则曰"由古迄今,文不一体,然循名责实,则经史诸子,体与文殊,惟偶语韵词,体与文合"③,均在延续扬州学派文论主张,但是我们更应重视两处新变：一是《记事》一篇,这篇颇受《文心雕龙·史传》与章学诚《古文十弊》影响的文论,已与阮元、阮福竭力将"记事之属"驱出文囿大不相同;二是以《文心雕龙》"溯各体之起源,明立言之有当……诚文学之津筏",这种"昭体"而"晓变"的意识,在阮氏"文笔说"那里是不曾有的④。

从阮元不看重《文心雕龙》到刘师培隐法《文心雕龙》,即便不足以说明是晚清学制的影响,至少我们可以感受到,《文心雕龙》在逐渐成为近代学者无法绕过的重要原典。

三、文学观与文学科：国文教育实践中的《文心雕龙》

晚清民国学制改革如火如荼的同时,文学观的论争也是剑拔弩张。此前我们很少关注文学观与文学教育实践具体的关联,但就民国学者的文学观而言,绝非水中月、镜中花,而具有很强的现实指向性。章太炎的"广义文学观"、刘师培的"韵文学"主张以及黄侃等人的推崇"情辞说",都代表了此后文学学科建设的不同方向⑤。而民国文坛《文心雕龙》与不同文论经典的结合,支撑不同的文学主张,呼应不同的国文教育体系,这俨然成为一道独特的风景线。

（一）从《文心雕龙》到《论衡》：章太炎"广义文学观"是张之洞文学教育思想的延续。 1905 年起,身为扬州学派殿军的刘师培将乡贤"文笔说"引入现代"文学"外延内涵的讨论之中。阮氏"文笔说"所引申出的"情辞"、

---

① 刘师培《文说序》,《刘申叔遗书》,第 700 页。
② 刘师培《文说》第五《辨骚》,《刘申叔遗书》,第 708 页。
③ 刘师培《文说》第四《耀采》,《刘申叔遗书》,第 707 页。
④ 关于刘师培"文笔说"辨体意识的加强,更体现在 1913 年《文笔诗笔词笔考》与阮福《学海堂文笔策问》比对中。
⑤ 周勋初《黄季刚先生〈文心雕龙札记〉的学术渊源》一文从黄侃与章太炎、刘师培师承关系入手,分析《文心雕龙札记》学术史价值,笔者则试图从三人的教育理念差异角度来加以阐释。（《周勋初文集》卷六,江苏古籍出版社 2000 年版）

"翰藻"迅速成为新旧学者确立"文学之界义"的争论热点。1906 年,章太炎针锋相对地发表《论文学》的演讲,不遗余力对"文笔说"进行批判。若仅从文学观来看,太炎先生提倡的"广义文学观"日后渐渐冷落,处于了下风。太炎先生弟子朱希祖《〈中国文学史要略〉叙》即云:"余今日之主张,已大不同。盖此编所讲,乃广义之文学;今则主张狭义之文学矣。"①是书印于民国九年(1920),可见十多年间"文学"观念的转变。不过,我们在追索章太炎"广义之文学"之意义时,似乎都忽视了其与晚清"文学教育"实际形态的联系。

我们应注意到在当时的学制改革中,作为"学科"概念的"文学"本身就存在广义狭义之分。1898 年梁启超依照"泰西日本通行学校功课之种类,参以中学",草拟《奏拟京师大学堂章程》,其中"文学"与经学、理学、中外掌故学、诸子学等并为"溥通学"分支②。梁启超的"溥通学"是集合了传统经史子集四部的概念,隶属其下的"文学"则约等同于书院的辞章学,是为狭义的文学概念。相比较,1902 年张百熙《钦定京师大学堂章程》的"大学分科"虽然也"略仿日本例":"政治科第一,文学科第二,格致科第三,农学科第四,工艺科第五,商务科第六,医术科第七",其中"文学"一科又分为七:一曰经学,二曰史学,三曰地理,四曰诸子学,五曰掌故学,六曰辞章学,七曰外国语言文字学③。这里的"文学科"囊括经史子掌故诸子、辞章、外语等学科,是取"广义文学"范畴。前后两学制中"文学"界义之"小大之变",不可不察。

以此我们重新回顾太炎先生的文学观。《文学总略》云:"文学者,以有文字著于竹帛,故谓之文;论其法式,谓之文学……近欲改文章为彣彰者,恶乎冲淡之辞,而好华叶之语,违书契记事之本矣。"④太炎先生强调文章乃"书契记事之本",其论文之界域为:

> 鸿儒之文,有经传、解故、诸子。彼方目为上第,非若后人摈此于文学外,沾沾焉惟华辞之守,或以论说、记序、碑志、传状为文也。⑤

---

① 朱希祖《〈中国文学史要略〉叙》,民国九年铅印本,南京大学图书馆藏本。
② 《总理衙门奏拟京师大学堂章程》,北京大学校史研究室编《北京大学史料》第一卷,第82 页。
③ 张百熙等《钦定京师大学堂章程》,北京大学校史研究室编《北京大学史料》第一卷,第108 页。
④ 章太炎《文学总略》,章太炎撰,庞俊等疏证《国故论衡疏证》,中华书局 2008 年版,第250 页。
⑤ 章太炎《文学总略》,见程千帆《文论十笺》,第 8 页。

　　"沾沾焉惟华辞之守"是指文选派，"以论说、记序、碑志、传状为文"则是桐城派，可见章太炎勾勒的"广义文学观"界域，远远超越了桐城、选学两派总和，与癸卯学制"文学研究法"弥合骈散的气魄一致。章太炎又强调"鸿儒之文，有经传、解故、诸子"，也是在延续"文学研究法"规划的"宗经"、"重视文用"总体思路。在文论经典体系建构中，太炎先生对阮元、阮福以《文选序》为经典依据颇为不以为然，"《文选序》率尔为言，不为恒则……阮元之伦，不悟《文选》所序，随情涉笔，视为经常"①。他在《文学总略》提出了文论经典"惟《论衡》所说，略成条贯。《文心雕龙》张之，其容至博"②，可见《论衡》与《文心雕龙》组合，成为章太炎文论体系理论的支撑点。

　　太炎先生为何要以《论衡》发端，强调奏记之文、经解之文与文学之文的关系呢？一则，这是紧扣了当时张百熙、张之洞等人所规划的"文学科"的设想：张之洞《劝学篇·守约》所列"辞章学"，仅限于奏议、尺牍、记事，其《奏定大学章程》"文学研究法"则强调"宗经"、"文用"，都体现了章太炎对张之洞文教政策的相承之处。二则，这也符合当时开展的文学教育实际：周作人在《知堂回想录》里回忆他的学堂汉文教育："汉文老师我在学堂里只有一个……说到教法自然别无什么新意，只是看史记古文，做史论，写笔记，都是容易对付的，虽然用的也无非是八股作法。辛丑十一月初四日课题是：'问汉事大定，论功行赏，纪信追赠之典阙如，后儒谓汉真少恩，其说然欤？'"③这可见重视经史、重视公牍文书写作的文学教育模式，是当时新式学校普遍推行的范式。

　　不得不说的是，张之洞等人设立"广义文学"的"文学科"，实有"保存国粹"的意味。对比张百熙所列大学分科，只有"文学科"里保存了传统学术，其余均是西方外来学科，传统学术在新式学堂展开时的举步维艰可见一斑。不过，随着新式学堂分科制度的逐渐成熟，国学重要性得到了越来越广泛的认同，传统学科逐渐确立、分科越来越明晰，而张之洞等人苦心竭虑试图借"文学"来保存国粹的教育理念，作为过渡、折衷方案逐渐失去了特定历史意义，这也是章太炎"广义文学观"式微的内在原因。反而刘师培的韵文学说与黄侃的主情说，则以更保守或者更激进的方式，或是符合中国传统文章学教育，或是更能与西方文学思想接轨，成为时代的主流。

---

① 章太炎《文学总略》，见程千帆《文论十笺》，第 40 页。
② 同上，第 32 页。
③ 周作人《知堂回想录·老师二》，北京十月文艺出版社 2013 年，第 138 页。

（二）从《文心雕龙》到《与甥侄书》：刘师培的"韵文学"是对传统词章学的坚守。尽管刘师培在《文说》中一度转入"文笔并重"，但最终他还是选择了继续坚守"韵文学"。刘师培坚守韵文学的倾向早有端倪：在与 1913年《国文学校论文五则》里①，刘师培即宣称"明儷文律诗为诸夏所独有。今与外域文学竞长，惟资斯体"②，可见其对骈文的重视原因，已由阮氏父子的骈散之争提升到与"外域文学"相抗衡的意义。

依此方向，刘师培对"韵文学"发展史有更系统的论述。其晚年所作《中国中古文学史讲义》第一、二课为先前旧作，然最后第五课《总论》部分，特立新篇"声律说之发明"，"文笔之区别"，代表着其对"韵文学"的"文笔说"的最后申辩：

> 至文笔之别，盖汉、魏以来，均以有藻韵者为文，无藻韵者为笔。东晋以还，说乃稍别：据梁元《金楼子》，惟以吟咏风谣，流连哀思者为文；据范晔《与甥侄书》及《雕龙》所引时论，则又有韵为文，无韵为笔。③

这段文字中，刘师培将历史上的"文笔说"分为三个阶段，汉魏是以"藻韵"来区分文笔，这样《论衡》中经、史、子及朝廷文书中属于"精思著文结篇章"的部分，径可归为文。毕竟，那是汉代的标准，东晋开始则有《金楼子》的"吟咏风谣，流连哀思"和范晔《与甥侄书》及《雕龙》的有韵无韵两种标准。

刘师培选择的是延续范晔《与甥侄书》及《雕龙》"有韵为文"的传统。他认为"（南朝之文）至当时文格所以上变晋、宋而下启隋、唐，厥因由二，一曰声律说之发明，二曰文笔之区别"④。在"声律说之发明"部分，刘师培"粗引史籍所言"，梳理出一套支撑"韵—文"的经典：《南史》的《陆厥传》《周颙传》《沈约传》《庾肩吾传》；《宋书》的《谢灵运传论》；陆厥《与沈约书》，沈约《答陆厥书》；以及《文心雕龙·声律篇》、钟嵘《诗品》。由此，刘师培整理出音律与"四六之体"的发展脉络：

> 四六之体，粗备于范晔、谢庄，成于王融，谢朓，而王、谢亦复渐开律

---

① 《国文学校论文五则》与《中国中古文学史·第一课　概论》相同。
② 刘师培《国文学校论文五则》，《刘申叔遗书补遗》，第 1305 页。
③ 刘师培《中国中古文学史讲义》，第 108 页。
④ 刘师培《中国中古文学史讲义》，第 100 页。刘师培《中国中古文学史讲义》第二课已有《文笔词笔诗笔考》，最后《总论》再论"声律"、"文笔"，是其不懈思考后的晚年定论。

体。影响所及，迄于隋、唐，文则悉成四六，诗则别为近体，不可谓非声律论开其先也。又四六之体既成，则属对日工，篇幅益趋于恢广，此亦必然之理①。

可见阮元、阮福阐说的"情辞翰藻"已被刘师培将重心转至"声律"，并构建了完整的一套"骈文学谱系"，这也成为刘师培人生最后十余年孜孜以求的努力方向。

在讨论中国文学一科成立时，我们常关注于"文学史"的诞生与发展，而忽略了学科草创期蕴蓄的多种可能。章太炎与刘师培广义、狭义文学相争之争的实质，正是传统文学教育土壤里酝酿出的两种方向。我们不妨再看光绪二十七年（1901）刘坤一、张之洞所奏《育才兴学四事折》对"文科"教育有循序渐进的规划：

> 童子八岁以上入蒙学，习识字，正语音，读蒙学歌诀诸书……十二岁以上入小学，兼习五经，……十五岁以上入高等小学校，解经书较深之义理，学行文法，学为法论词章……设中学校（十八岁）……温习经史地理仍兼习策论词章，并习公牍书记文字……词章一门亦设教习，学生愿习与否，均听其便。②

这个规划中对强调经学、公牍书记文字之重要性，与章太炎"广义文学观"如出一辙，而传统"词章一门"则"学生愿习与否，均听其便"，则可看出词章学的冷落。以此看来，刘师培 1917 年在北大继续提倡"韵文学"，纵使提升到与外域文学相抗衡的地位，骨子里坚持的反而是古代书院中最传统的"辞章学"。

（三）从《文心雕龙》回到《金楼子》：黄侃等人的主情论是接受西方文学理论的开始。刘师培尽管区分出《金楼子》"吟咏风谣，流连哀思者为文"的情文系统，但其本人似乎对"情辞韵藻"中的"情辞"已不再重视，寄意于对"韵藻"的阐释与创作，以"与外域文学竞长"。当然，《文选序》《金楼子》构建的主情论也未消退。清末李详《文心雕龙补注》的《总术篇》仍援引《金楼子》，称许阮氏父子"以情辞声韵附会彦和之说，不使人疑专指用韵之文而

---

① 刘师培《中国中古文学史讲义》，第 106 页。
② 《刘坤一张之洞奏育才兴学四事折》，北京大学校史研究室编《北京大学史料》第一卷，第 29—30 页。

言,则于六朝文笔之分豁然矣"①。李详强调"文"不只在"用韵",而有"情辞声韵",这是对阮元阮福早期"文笔说"主张的复述。

章太炎也是反对"情辞"一方,《文学总略》明确反对"学说以启人思,文辞以增人感"之分。但时人对太炎先生主张的质疑,同样能反映出当时"文学教育"的新形势。据许寿裳回忆,留日期间,章太炎即否定鲁迅提出的"文学与学说不同,学说所以启人思,文学所以增人感"的观点,令鲁迅"默然不服"②。

从鲁迅与章太炎的分歧不难看出,主张"情辞"已然是新派的观点,最能与西方文学理论相契合。从文论经典体系构建角度来看,其依据自然会落在《文选序》《金楼子》以及《文心雕龙·神思》等篇。如谢无量《中国大文学史》引西人戴昆西之言:"文学之别有二:一属于知,一属于情。属于知者,其职在教,属于情者,其职在感。"③其"文学研究法"一节即举《文心雕龙》的《神思》为证。

这里最微妙的还是在黄侃与章太炎、刘师培二师之间。黄侃似乎有重视"情文"的倾向,其重视情采,且尝试以《神思》来补充《金楼子》主情论,是其不同于先师之处。如《文心雕龙札记·神思篇》中,他对"神思"、"文之思也,其神远矣"、"神与物游"的解读,显然已越出章太炎、刘师培论文的藩篱。又如《总术》对《金楼子》的按语:"文笔之别,以此条为最详明。其于声律以外,又增情采二者,合而定之,则曰有情采韵者为文,无情采韵者为笔"④,均可见其对"情藻"的重视。潘重规过录的《黄季纲先生评点〈昭明文选〉》中,《文选序》有黄侃批曰:"此序,选文宗旨、选文条例皆具,宜细审绎,毋轻发难端。《金楼子》论文之语,刘彦和'论文'一书,皆其卫翼。"⑤据潘重规《黄季刚先生遗书影印记》记述,黄侃授潘重规《文选》已是民国十六年(1927)国立中央大学期间⑥,此时黄侃重申《文选序》与《金楼子》,可见"主情说"伴随着"纯文学"的概念,越发受到重视。

---

① 李详《文心雕龙补注》,刘勰著,戚良德辑校《文心雕龙》,上海古籍出版社 2015 年版,第 248 页。

② 参见周勋初先生《文学观》一文,《周勋初文集》卷六,第 449 页。

③ 谢无量《中国大文学史》,《谢无量文集》第九卷,中国人民大学出版社 2011 年版,第 9 页。

④ 黄侃《文心雕龙札记》,第 213 页。

⑤ 参见周勋初先生《黄季刚先生〈文心雕龙札记〉的学术渊源》,《周勋初文集》卷六,第 14 页。原文见《黄季刚先生评点〈昭明文选〉》,潘重规过录本,载《黄季刚先生遗书》,台湾石门图书公司 1980 年印行。

⑥ 潘重规《黄季刚先生遗书影印记》,程千帆、唐文编《量守庐学记》,生活·读书·新知三联书店 2006 年版,第 34 页。

在学科史视野之下,我们可以观察到晚清民国学制变革走向的多样性,以及《文心雕龙》研究力量与研究动机的复杂性。通过比对先后为新式书院与新式学堂改革者的阮元、张之洞,我们发现正是他们对《文心雕龙》的一抑一扬,将《文心雕龙》带入到晚清学制改革的激流,而主持学制改革的张之洞对《文心雕龙》文学思想的重视与提倡,是龙学兴起过程中不可忽略的重要环节;从阮元、阮福"文笔说"对《文心雕龙》疏离的态度,到学制改革后刘师培"文笔说"中充分利用《文心雕龙》辨体思想的差异,为我们论证学制变革对晚清《文心雕龙》思想流布影响提供了佐证;而通过探讨章太炎、刘师培、黄侃等人文学观与文学教育理念的关联,我们看到文学学科发展的多样性,以及《文心雕龙》凝聚学者共识的重要性。以上都是我们试图梳理出晚清民国学制变革下龙学兴起的重要原因。

新文化运动后,"文学"越来越趋向西方学科体系和理论视角,时至今日,我们似乎已习以为常。本节的考察,或许可以看作这段进化史的"前史"研究,《文心雕龙》研究热的兴起绝非偶然事件,它既是官方在构建统一"文学"观的钦定文本,也是各家伸张自家学术主张的理论源泉,更饱含了老一代学者们对如何保存"国粹",如何借鉴西方的思考。传统是如何消失? 晚清民国学者所接触到的西方传统是何种状态? 他们为何做出如此的选择? 这里仍有很多的问题值得我们再度去思考。

第三节 大学分科:"史学学科"的建立与纪传体价值的重估

"西学东渐前"的"文史之争"中,治史者以"史官"、"史德"自居,自觉担当"王官学"的使命,在争夺"传记"写作权力的过程中占据天然的优势。"西学东渐后",在现代大学文史分科中,"文"与"史"处于平等的位置,"文学史"、"史学史"、"学术史"等以"发展观"、"章节体"为特征的专门史逐渐兴盛①,将纪传体的"正史"置入到一个尴尬的位置:在 1902 年清廷拟定的《奏定大学章程》史学科的"中国史学研究法"里,"纪传体"的正统史学地位已被"通鉴学"与"纪事本末体"取代,现代史学的开端呈现出重"经济"、轻"人物"之倾向,反而在文学科"中国文学研究法"中,依旧重视"周秦传记杂

---

① 周勋初先生《发展观》,《周勋初文集》第六卷,第456—473 页。

史文体"、"史汉三国四史文体"、"诸史文体"等历史传记①,可以说,早在胡适提倡"传记文学"之前,纪传体正史及传记已有转入文学研究范畴之征兆。

作为中国新式学堂学制最早设计者之一,梁启超对传统史学,特别是"人物传记"一门有截然不同之转变:从 1902 年"新史学"到 1921 年《中国历史研究法》时,梁启超尚贬低"以人物为本位"的纪传体与传统史学,但到 1926 年《中国历史研究法补编》时,他转而提倡"历史的人格者",以及"人的专史"。本节尝试揭示,梁启超这一转变发轫于现代学制创立之初史学教育理念的变迁,在与胡适"传记文学"与"传记史学"之争中寻找到突破,最终与胡适推崇与师法西方近现代传记取向相反,转而在西方古典传记传统中重新体悟到"以人物为本位"的中国人物传记书写所蕴含的精神传统价值。

一、从纪传到纪事本末:"中国历史研究法"中的文体转变

现代史学何时脱离纪传体史学、抛弃"以人物为本位"为叙事模式?为何继胡适提倡"传记文学"后,梁启超又以"人的专史"重新重视"人物"?这一系列问题的源头,恐怕应追溯到由张之洞、张百熙等人拟定,施行于京师大学堂,引导新式学堂史学开端的《奏定大学章程》,在"中国史学研究法"部分,章程对"通鉴学"与"纪事本末体"的强调,或直接影响了梁启超"新史学"对"以人物为本位"的纪传正史的态度。

诚如"中国文学研究法"中隐现《文心雕龙》的影子,光绪二十八年(1902)《奏定大学章程》中"中国历史研究法"则是强调"通鉴学"的重要。《章程》"研究史学之要义"共计 52 条,包括了地理风俗、政体沿革、交通钱币、历法等诸多领域,如"历代统系疆域"、"政治创始因革之大端"、"历代国政善否、国力强弱之比较"……"学校之盛衰"、"文人学术于国势民风强弱有关系之处"……"商业开通之渐"、"水陆道路于民生国势之关系"、"历代理财家之宗派"……"历代治河之得失"、"游民游士之所由来"、"各种教派之消长"、"外国渐通中国之原委"……"详细《左传》《国语》《战国策》《三国志》之政术"……"礼乐仪文丧服之改变"……"奏议公牍体式之变迁"、"外国史可证中国史之处"、"历代变法得失不同之故"、"历代史法之长短、史家之盛衰。"②与"中国文学研究法"相仿,上述详尽的"研究法"条目,如同近代习以为常的"教学大纲",为京师大学堂历史学科课堂教学重视经世之学定下了基调。

---

① 张之洞、张百熙《奏定大学章程》,《北京大学史料》第一卷,第 107 页。
② 同上,第 104 页。

在一个简短的说明中，章程提出"正史学"与"通鉴学"之差异："**正史学**精熟一朝之事，而于古今不能贯串"，"**通鉴学**贯通古今之大势，而于一朝之事实典章不能精详"。尽管章程制定者强调二者的平衡，"若不立正史学一门，则正史无人考究，于讲通史者亦有妨碍，故正史学与通鉴学亦有相资补助之处"，但章程同时指出"研究史学之要义"是"专为鉴古知今有裨实用而言，与通鉴学为近，讲正史学者与此纵横各异"①——"纵横各异"言下之意，已在申明"讲正史学者"虽是传统史学正途，但是现代大学堂史学课程的讲授将围绕"有裨实用"的"通鉴学"模式展开。

《奏定大学章程》诞生于晚清救亡图存的维新思潮中，对于急于寻求经济自强、摆脱政治危机的大清帝国来说，"通鉴学"更近于实务，故《章程》要求"治通鉴者必须自上古至明首尾贯彻，方合体裁。"②就文体而言，对"通鉴学"的强调，是打破以"纪传"为正体的传统史例，转以提倡"纪事本末"，这主要表现在：史学科十二门主课中，《各种纪事本末》课程每学年每星期5钟点，《御批历代通鉴辑览》每星期2钟点，已占据每学年所有课时（共24钟点）的近三分之一③。且"各科学书讲习法"规定"各种纪事本末，宜自《通鉴》讲起，《左传纪事本末》不必讲，全鉴及正史听其自行研究"④，也可看出"通鉴"在"中国历史研究法"中的分量。"史学科"对"正史"研习要求相对宽松，属于"自习时考览"类⑤，并明确"治正史者，可择治数朝之史，不必兼治二十四史，亦不得专治一史；亦须参考各种通鉴及别史杂史，并须参考外国史"，并无专门"正史学"课程讲授。

相比较而言，"文学科"对研治"正史学"更为积极，在"中国文学研究法"中有"周秦传记杂史文体"、"史汉三国四史文体"、"诸史文体"；在"各科学书讲习法"中有"周秦传记杂史，若《逸周书》《左传》《国语》《战国策》之类，汉以后史部除四史必应研究外，汉以后有名杂史若《吴越春秋》《东观汉记》《水经注》《洛阳伽蓝记》之类亦当博综"⑥；在中国文学科的主课中，有《周秦传记杂史周秦诸子补助课》《周秦至今文章名家》等课程，可见"史

① 张之洞、张百熙《奏定大学章程》，《北京大学史料》第一卷，第104页。
② 同上。
③ 同上，第105页。
④ 同上。
⑤ 《章程》规定：钦定二十四史，取认习之数种于自习时考览。《史记》、前后《汉书》、《三国志》为一类，晋至隋为一类，唐五代至宋为一类，辽金元为一类，明为一类。治正史者每人须习一类，不得仅治一朝之史。若治明史者须兼考国朝事实合为一类，不得仅治明史。（张之洞、张百熙《奏定大学章程》，《北京大学史料》第一卷，第105页）
⑥ 张之洞、张百熙《奏定大学章程》，《北京大学史料》第一卷，第108页。

传"更多放置在了"文学"课程中。需要补充的是,文学科主课同样有《御批历代通鉴汇览》《各种纪事本末》,三学年所占学时分别为3、4、5钟点,比史学科要略少些。

上一节我们已提及,文史学科分科之初,早期文学科更侧重于保存国粹的作用,属于"大文学"的范畴,而史学科则以"通鉴"为基调,重"鉴古知今有裨实用",应用学科属性比文学科浓郁得多。

二、"以事为主"的纪事本末兴起与"人物"的消失

从1902年"新史学"到1921年《中国历史研究法》,梁启超的史学思想有延续《奏定大学章程》"中国历史研究法"、重视"纪事本末"的痕迹,他对"纪传"的态度则略显微妙,这与他最初史学主张重"发展"、重"人类社会赓续之活动"的思想有关。

(一) 重"人类社会赓续之活动"的"新史学"

对"纪事本末"的重视,既是《奏定大学章程》注重"通鉴学"影响,也是西方新史学强调因果律的驱动。梁启超《历史研究法》论"过去之中国史学界",引章学诚《书教》对纪传体的批评:"纪传行之千有余年,学者相承,殆如夏葛冬裘,渴饮饥食,无更易矣。然无别识心裁可以传世行远之具。"[1]如果说"无别识心裁"在章学诚的时代是批评考据史学缺乏"史识",那么在梁启超语境中,"别识心裁"则是缺乏运用现代史学理论的阐述力,"夫所贵乎史者,贵其能叙一群人相交涉相竞争相团结之道,能述一群人所以休养生息同体进化之状,使后之读者爱其群、善其群之心,油然生焉"[2]。"团体"、"社会"、"进化"是梁启超"新史学"的基础,以本纪、列传为的结构,其因缺乏对社会的普遍关注,而失去了最高价值:

> 夫如此,则史之目的,乃为社会一般人所作,非为某权力阶级或某智识阶级所作,昭昭然也。[3]

> 其二,为主观的观念之革新:以史为人类活动之再现,而非其僵迹之展览;为全社会之业影,而非一人一家之谱录。如此,然后历史与吾侪生活相密接,读之能亲切有味;如此能使读者领会团体生活之意义,

---

① 梁启超《中国历史研究法》,第20页。
② 同上,第177页。
③ 同上,第4页。

以助成其为一国民为一世界人之资格也。①

不难看出，在《中国历史研究法》中"社会"、"进化"是梁启超认为史学关注的要点。梁启超对传统史学"以人物为本位"并不以为然，特别注重历史的"社会性"。在以记录社会文化为宗旨的史学观下，"人物"只是为社会研究提供"史料"的一部分，是"人类社会之赓续活动"：

> 不曰"人"之活动，而曰"人类社会"之活动者：一个人或一般人之食息、生殖、争斗、忆念、谈话等等，不得谓非活动也，然未必皆为史迹。史迹者也，无论为一个人独力所造，或一般人协力所造，要之必以社会为范围……质言之，则史也者，人类全体或其大多数之共业所构成，故其性质非单独的，而社会的也。②

在社会的进化史中，个体的"人"的意义在于"赓续"，所以个人的情感如"一个人或一般人之食息、生殖、争斗、忆念、谈话等等"并不是历史学家所看重的，但"整个社会的发展"又离不开"个体生命"的努力：

> 个人之生命极短，人类社会之生命极长，社会常为螺旋形的向上发展……一时代之人之所以进行，譬犹涉途万里者之仅跬一步耳……史也者，则所以叙累代人相续作业之情状也。率此以谈，则凡人类活动在空际含孤立性，在时际含偶现性断灭性者，皆非史的范围；其在空际有周遍性，在时际有连续性，乃史的范围也。③

在这段叙述中，相对于螺旋形的向上发展的社会，个体之生命仅是人类历史万里涉途之一小步，梁启超虽然承认历史是"累代人相续作业之情状"，但在他心目中，新的史学应该在空间、时间上有连续性与普遍性，"孤立性"和"断灭性"的人类活动，均不足以称为"史的范围"。

（二）"以事为主"的纪事本末与"以人物为本位"的纪传得失

与同时代史学思想相契，梁启超早年史学思想重视纪事本末也胜过纪传。梁启超在《中国历史研究法》第二章回顾"过去之中国史学界"，以"纪

---

① 梁启超《中国历史研究法》，第2页。
② 同上。
③ 同上，第3页。

传、编年、纪事本末、政书之四体,皆于创作之人加以评骘……两千年来斯学
进化轨迹,略可见矣"①。梁启超认为史学"夫欲求史迹之原因结果以为鉴
往知来之用,非以事为主不可",故于"旧史学"上述四体中,特推崇"以事为
主"的"纪事本末体":"夫欲求史迹之原因结果以为鉴往知来之用,非以事
为主不可。故纪事本末,于吾侪之理想的新史最为相近,抑亦为旧史界进化
之极轨也。"②梁启超以"以事为主"的"纪事本末"为"旧史界进化之极轨"。

　　相比较而言,梁启超对"纪传"一体的态度似乎存在着矛盾。一方面,他
推崇《史记》,以司马迁《史记》"其最异于前史者一事,曰以人物为本位。故
其书厕诸世界著作之林,其价值乃颇类布尔达克之《英雄传》"③;但另一方
面,"以人物为本位"的纪传体,《史》《汉》出道即顶峰:

　　　　迁、固两体之区别,在历史观念上尤有绝大之意义焉:《史记》以社
　　会全体为史的中枢,故不失为国民的历史;《汉书》以下则以帝室为史的
　　中枢,自是而史乃变为帝王家谱矣。④

　　仔细揣摩,我们可以看到梁启超虽然拈出"以人物为本位"的概念,但是
其兴趣与批判所在,仍集中于"社会"、"群体"的概念。《史记》所长是以"社
会全体为史的中枢",是"国民的历史",《汉书》以下之缺陷,乃是成为"帝王
家谱"。这与其1902年《新史学》中批判旧史学"知有朝廷而不知有国家"、
"知有个人而不知有群体"、"知有陈迹而不知有今务"、"知有事实而不知有
理想"一脉相承⑤。

　　在当时的梁启超看来,中国旧历史学最不缺乏的就是"人物传记":
"中国之史,则本纪、列传,一篇一篇,如海岸之石,乱堆错落。质而言之,
则合无数之墓志铭而成者耳。"⑥西方亦有"英雄传"的传统,但西方"英雄
传"与"以人物为本位"的中国纪传体一样,难以与他心中的"善为史者"画
等号:

　　　　历史者,英雄之舞台也,舍英雄几无历史,虽泰西良史,亦岂能不置

---

① 梁启超《中国历史研究法》,第25页。
② 同上,第23页。
③ 同上,第18页。
④ 同上,第19页。
⑤ 同上,第178页。
⑥ 同上,第177页。

重于人物哉？虽然，善为史者，以人物为历史之材料，不闻以历史为人物之画像；以人物为时代之代表，不闻以时代为人物之附属。①

虽"舍英雄几无历史"，但"善为史者"所关注点应在"时代"，"不闻以时代为人物之附属"。从《新史学》到《中国历史研究法》中，"人物"的价值往往在于"历史之史料"，如第四章《说史料》云：

> 人物本位之于史，既非吾侪所尚，然则诸史中列传之价值不锐减耶？是又不然。列传之价值，不在其为史而在其为史料。②

在"新史学"的框架中，"以人物为本位"的传记既不能体现"群体"之价值，实质上在"求真"学风下，就"史料价值"而言，"私家之行状、家传、墓文等，旧史家认为极重要之史料"，梁启超则认为"盖一个人之所谓奉功伟烈、嘉言懿行，在吾侪理想的新史中，本已不足轻重，何况此等虚荣溢美之文，又非半史半实耶？"③可见"虚荣溢美"之"人物传记"，其史料之价值亦有限。

三、"以人物为本位"：重新找寻中西古典传记的精神传统

"西学东渐后"的新式学堂，新旧力量相互牵扯，以"传记"切入，往往有双生对立现象。诚如二十世纪之初，史学课堂中纪传体日渐式微，刘师培在文学课堂中讲述汉魏骈体传记文之妙处（详见本书第二章）；又如二三十年代，胡适宣扬"传记文学"，梁启超倡导"传记史学"，成为近世学术思潮中一大纷争。如增加"中西"的维度，西方现代传记理论对近代学人的影响自不必多说，但是"西方传记传统"内部也有"古今之别"的维度，梁启超"人的专史"的提出，既有对传统纪传体的新体认，又有从古希腊罗马传记找寻依据的痕迹。

西方传记传统亦有多个历史阶段，包括古希腊传记到古罗马传记、中世纪圣徒传记、文艺复兴以及近代传记。梁启超、胡适将自古希腊、罗马到近代文艺复兴以后的传记传统常混为一体，但在具体论述中，胡适等人的"传记文学"越来越坚定以西方近现代传记文学创作以及理论来作为行动指南，而梁启超"人的史学"则有沟通中西古典世界，以西方古典传记传统，重新发掘中国传统纪传意义的倾向。

---

① 梁启超《中国历史研究法》，第177页。
② 同上，第57页。
③ 同上，第60页。

（一）回到西方古典传记传统

此前我们已提及梁启超在《中国历史研究法》中认为："盖一个人之所谓奉功伟烈、嘉言懿行，在吾侪理想的新史中，本已不足轻重，何况此等虚荣溢美之文，又非半史半实耶？"①事实上，比较西方古典传记传统，中西并无差异。1968 年，意大利学者阿纳尔多·莫米利亚诺在哈佛大学杰克逊古典学讲座曾发表古希腊传记的系列讲座，1993 年增补《再思希腊传记》，结集为《古希腊传记的嬗变》，是书通过对古希腊传记的研究，指出古希腊、古罗马传记的特异性②。通过对古希腊、古罗马传记精神的了解，我们会发现，不仅是普鲁塔克与司马迁，中西古典传记理论有诸多契合之处。

阿纳尔多·莫米利亚诺指出希腊传记中的几点特别之处：

一、葬礼演说。"我们理所当然地认为希腊人像其他民族一样，用葬礼演说和演唱来赞颂死者，这些都是潜在的传记。《伊利亚特》里面表现了很多葬礼挽歌，像安德洛玛刻（Andromache）、赫库芭（Hecuba）和海伦（Helen）对于赫克托尔（Hector）的遗体演唱的那样（24.720），据信在梭伦（Solon）时代之前，雅典就已经存在以葬礼演说赞扬死者的风俗（西塞罗《论法律》[De legibus]2.63）。"③

二、颂词。"（色诺芬）阿格西劳斯的传记与《希腊史》相关段落之间的关系也是个争辩不休的论题。他写了两次阿格西劳斯，这一事实恰恰是说明他区分了《希腊史》中的史记记叙与传单中的颂词（我不认为是传记）记述。他把后者称为ἔπαινος[颂词]，是对已故国王之德性与光荣的赞颂。"④"就像色诺芬自己在第三章开头解释的那样，在讲述了这位国王的事迹之后，他打算展示一下他的灵魂所具有的德性。他在颂扬德性的时候遵循了一定的顺序：同情、公正、自制、勇敢、贤明、爱国、文雅。"⑤

三、类型化。"我们一定不能预先假设，传记一成不变地意味着对某个与其他所有人都不相同的个别人的一生的描述。个性的观念无疑建立在近代欧洲语言的基础上，我很怀疑它能不能被恰当地翻译成古希腊语。实事求是地说，我们会不由得想到希腊罗马传记作者经常会写作一系列同一类型的传记，比如将军、哲学家、煽动家等。因此他们看上去更关心类型，而不

---

① 梁启超《中国历史研究法》，第 60 页。
② 阿纳尔多·莫米利亚诺著，孙文栋译《古希腊传记的嬗变》，华夏出版社 2021 年版。
③ 同上，第 27 页。
④ 同上，第 57 页。
⑤ 同上，第 57—58 页。

是个体。"①

梁启超与胡适都较早意识到西方古典传记与道德传统的历史意义，如梁启超在《中国历史研究法》就提及"北欧诸优秀民族如日耳曼人、荷兰人、英人等，每当基督诞节，犹有家族团聚彻夜谈故事之俗"；胡适《传记文学》一文也注意到古希腊苏格拉底的传记，"这三种谈话录，可算是世界文学中最美、最生动、最感人的传记文学"②，他也提到基督教《新约全书》中《马太福音》《马可福音》《路加福音》，认为"这三个福音是耶稣死后不久，他的崇拜者所记下来的三种耶稣的言行录，也像《论语》为孔子的一种言行录一样……记录他们所爱戴的人在世时的一言一行。这三个福音也是西洋重要的传记文学"③。二人对西方传记传统源流认识并无差异。然而，在胡适看来，"传记文学"真正的开端在十八世纪博施惠（Boswell）作《约翰生传》，"这是一部很伟大的传记，可以说是开了传记文学的一个新的时代"④，这也是胡适遵循西方现代传记理论阐述与创作实践的依据，而梁启超的"传记史学"，更多是回到了西方古典传记理论之中。

（二）重新评价普鲁塔克《英雄传》

我们注意到，从《中国历史研究法》到《中国历史研究法补编》，梁启超越发强调"以人物为本位"在史学中的重要性：

> 在现代欧美史学界，历史与传记分科；所有好的历史，都是把人的动作藏在事情里头；书中为一人作专传的很少。但是传记体仍不失为历史中很重要的部分，一人的专传，如《林肯传》《格兰斯顿传》，文字都很美丽，读起来异常动人。多人的列传，如布达鲁奇的《英雄传》，专门记载希腊的伟大豪杰，在欧洲史上有不朽的价值。所以传记体以人为主，不特中国很重视，各国亦不看轻。⑤

梁启超将中西传记比较提到"多人的列传，如布达鲁奇的《英雄传》，专门记载希腊的伟大豪杰"，认为"传记体以人为主，不特中国很重视，各国亦不看轻"，是他已逐渐摆脱以西方近现代史学范式，重新在西方古典学中为中国传统寻找思想源泉的征兆。

---

① 阿纳尔多·莫米利亚诺著，孙文栋译《古希腊传记的嬗变》，第57—58页。
② 胡适《传记文学》，《胡适文集》第十二册，第53页。
③ 同上，第53—54页。
④ 同上，第54页。
⑤ 梁启超《中国历史研究法补编》，中华书局2010年版，第37页。

　　"人"和"历史"的关系,一直是梁启超反复思考的内容。前文已述,早在《中国历史研究法》中,梁启超已将司马迁《史记》与布尔达克《英雄传》比较(笔者注:此处被译法与《补编》有异,现通常翻译为普鲁塔克,《英雄传》即《希腊罗马名人传》)。梁启超最初看重传记的史料价值,然而从《中国历史研究法》大谈特谈"纪事本末"到《中国历史研究法补编》专设"人的专史",梁启超基于"中西古典史学"的比较,重新认识普鲁塔克《英雄传》,对"以人物为本位"与"历史精神"也有了新认识。

　　在《中国历史研究法补编》中,"人"在历史中的作用,在梁启超那里得到越来越多的肯定:

　　　　历史与旁的科学不同,是专门记载人类的活动的。一个人或一群人的伟大活动可以使历史起很大变化。若把几千年来,中外历史上活动力最强的人抽去,历史到底还是这样与否,恐怕生问题了。譬如欧洲大战,若无威廉第二、威尔逊、路易乔治、克里孟梭几个人,历史当然会另变一种样子。[1]

　　我们犹记得梁启超在《新史学》中强调"善为史者,以人物为历史之材料,不闻以历史为人物之画像;以人物为时代之代表,不闻以时代为人物之附属"[2],特别强调"历史"对诠释"社会规律"的责任。但在《中国历史研究法补编》中,梁启超多多少少已开始破除"科学万能"的执念,重视史学的人文学属性。

　　在《中国历史研究法补编》中,梁启超开始反思"以最新的眼光"去看待"专以人为主的历史":

　　　　专以人为主的历史,用最新的眼光去观察他,自然缺点甚多,几乎变成专门表彰一个人的工具。许多人以为中国史的最大缺点,就在此处。这句话,我们可以承认:因为偏于个人的历史,精神多注重彰善惩恶,差不多成为修身教科书,失去了历史的性质了。但是近人以为人的历史毫无益处,那又未免太过。[3]

　　这段话的重点在讨论"偏于个人的历史","多注重彰善惩恶"之得失,

————————

[1]　梁启超《中国历史研究法补编》,第36页。
[2]　梁启超《中国历史研究法》,第177页。
[3]　梁启超《中国历史研究法补编》,第36页。

梁启超一方面承认这有成为"修身教科书","失去历史的性质"之危险,但另一方面又批判"近人以为人的历史毫无益处,那又未免太过",实则是对自己以历史重"人类社会赓续之活动"论断的调整,也是对胡适以西方"忏悔录"近于自我剖析,暴露人性弱点为范式的"传记文学"之否定。"彰恶扬善"的人物传记有何独特价值,成为梁启超重新思考的问题。

(三)"历史的人格者"与"历史精神"

其实在《中国历史研究法》第六章《史迹之论次》,梁启超即注意到历史与自然科学的差别。"自然科学常常在必然的法则支配下,赓演再赓演,同样条件必产生同样结果,且其性质皆属于可以还原",对于历史而言,"天下从无同铸一型的史迹;凡史迹皆庄子所谓'新发于硎',未有赓演其旧者也"①。梁启超认为自然科学"常为普遍",历史"常为个性",所以"历史由人类所造":"人类只有一个孔子,更无第二个孔子;只有一个基督,更无第二个基督。拿破仑虽极力模仿该撒,然拿破仑自是拿破仑,不是该撒。"②显然,这里以英雄为"人物本位"的历史,并非"赓续人类社会活动"的"群体"之一员,而是足以一个时代精神和力量。

在《历史研究法》中,梁启超的史学改造理想仍关注于当代,在对传记有所保留的同时,也呼吁以"生人本位的历史"代替"死人本位的历史","史家之职"在于发掘"历史人格"之意义:

> 史家之职,惟在认取此"人格者"与其周遭情状之相互因果关系而加以说明。若夫一个个过去的古人,其位置不过与一幅之画,一座之建筑物相等。只能以彼供史之利用,而不容以史供其利用,抑甚明矣。是故以生人本位的历史代死人本位的历史,实史界改造一大要义。③

梁启超虽然提出"人格者",但这一人格并非过去式的"古人",而是重视"古人"对当代人的现代价值。梁启超似乎从西方"英雄"叙事传统中找到了知音,提炼出"历史的人格者"的概念,从否定对以"以人物为本位"的历史书写,转为对"时势造英雄"的大力赞扬:

> 罗素曾言:"一部世界史,试将其中十余人抽出,恐局面或将全变。"

---

① 梁启超《中国历史研究法》,第135页。
② 同上,第134页。
③ 同上,第37页。

此论吾侪不能不认为确含一部分真理。试思中国全部历史如失一孔子,失一秦始皇,失一汉武帝……其局面当如何?清代思想界失一顾炎武,失一戴震:其局面又当如何?此等人得名之曰"历史的人格者。"①

"历史的人格者"是将一个时代的精神投射到代表性的人物身上,史家的职责也从记录真实的历史、阐释社会规律的外在研究,转入对"社会心理"、"历史精神"的内在体察:

> 吾以为历史之一大秘密,乃在一个人之个性何以能扩充为一时代一集团之共性。与夫一时代一集团之共性,何以能寄现于一个人之个性?申言之,则有所谓民族心理或社会心理者……史家之要务,在觑出此社会心理之实体……而更精察夫个人心理之所以作成之表出者,其道何由能致力于此,则史之因果秘密藏,其可以略睹矣。②

在这里,"史家的要务"是体察"社会心理的实体",从最早《奏定大学章程》"中国历史研究法"中的通鉴学鉴古察今,到新史学寻求社会规律。最终,梁启超在《中国历史研究法》、特别是《中国历史研究法补编》中,越发重视将传记视作"道德精神"、道德传统延续的重要工具。我们不难看出,梁启超对于历史新的关注点"吾以为历史之一大秘密,乃在一个人之个性何以能扩充为一时代一集团之共性","史家之职责,然在此种极散漫极复杂的个性中,而觑见其实体,描出其总相,然后因果之推验乃可得施"③。以历史寻求普遍规律,"历史的人格"也不限于某个人物,而是具有"集团性":

> 其在古代,政治之污隆,系于一帝王,教学之兴废,系于一宗师,则常以一人为"历史的人格"。及其渐进,而重心移于少数阶级或宗派,则常以若干人之首领为"历史的人格者"。及其益进,而重心益扩于社会之各方面,则常以大规模的团体之组织分子为"历史的人格者"。④

梁启超的"历史的人格者"对应到中国历史传记,事实上也与古希腊传记的道德叙述、类型化叙述相吻合。这一追求构成了梁启超对于"历史记

---

① 梁启超《中国历史研究法》,第 136 页。
② 同上,第 137 页。
③ 同上,第 135 页。
④ 同上,第 136 页。

忆"、"历史精神"的看法:

> 人类所以优胜于其他生物者,以其富于记忆力与模仿性,常能贮藏
> 其先世所遗传之智识与情感,成为一种"业力",以作为自己生活的基
> 础。而个人在世生活数十年中,一方面既继承所遗传之智识情感,一方
> 面又受同时之人之知识情感所熏染,一方面又自浚发其情感智识,于是
> 复成为一种新业力以贻诸后来。如是辗转递增,辗转递蜕,而世运乃日
> 进而无极。①

历史承载了"先世所遗传之智识与情感",这种"智识情感"的进化随
"世运乃日进而无极",一切都基于人富有的记忆力与模仿力。从否定个体,
到"人"的作用得到充分的肯定,这也就不难理解《中国历史研究法补编》
中,梁启超重新在史学研究中推出"人的专史":

> 我们作专史,尽可以个人为对象,考察某一个人在历史上有何等关
> 系。凡真能创造历史的人,就要仔细研究他,替他作很详尽的传。而且
> 不但要留心他的大事,即小事亦当注意。大事看环境,社会,风俗,时
> 代;小事看性格,家世,地方,嗜好,平常的言语行动,乃至小端末节,概
> 不放松。最紧要的是看历史人物为甚么有那种力量。②

梁启超对于"人的专史"的意义,分为三个层面:第一层面是在大事上,属
于第一层的社会环境;第二层面是性格,属于个人生活层面;第三层面则是历
史人物所孕育的精神力量。他认为这样做的好处有两点:"第一,可以拿着历
史主眼。历史不外若干伟大人物集合而成。以人作标准,可以把所有的要点
看得清清楚楚。第二,可以培养自己的人格。知道过去能造历史的人物,素养
如何,可以随他学去,使志气日益提高。"③也就是说,此时的梁启超看来,中国
传统传记的传统,"科学的"、"社会的发展规律"均不是"史学"的唯一要义,
"以人作标准","培养自己的人格",才是"人物本位"的中国史学之独特价值。

余论

梁启超在《中国历史研究法补编》中特设"人的专史总说",开篇即强调

---

① 梁启超《中国历史研究法》,第9页。
② 梁启超《中国历史研究法补编》,第37页。
③ 同上,第37—38页。

"人的专史,是以人物作为本位所编的专史"①,他所划分的"人的专史"包括列传、年谱、专传、合传、人表等五种形式。不难看出,梁启超的划分已与传统史学相近,更接近于传统史学的延续和阐释,与胡适"传记文学"的创作路径有不小差别。

在新旧传记文学转换之际,梁启超对于传记与传统道德精神的论述尤为重要。这一影响不仅是梁启超本人在《历史研究法补编》中开辟"人的专史",重新论述传统史书体例价值的理论基础,也是与胡适等人此后强调传记"文学性"、"个人化"传记创作的不同路径,而梁启超对于传统传记对于道德的肯定、对历史精神的阐发,对钱穆等后续学者影响甚大,成为钱穆《中国历史精神》等书的源头。

本 章 小 结

从京师大学堂到近代大学的课堂,二十世纪上半叶无论是传记理论的探讨,还是新传记的写作均出现蓬勃发展的态势。就理论探讨而言,郁达夫《传记文学》(1933)、《什么是传记文学》(1935)、王名元《传记学》(中山大学出版组 1935 年)、陈训慈《民族名人传记与历史教学》(正中书局 1935年)、许寿裳《传记研究》《中国传记发展史》(手稿 1940 年)、朱东润《中国传叙文学之变迁》(手稿 1940 年)、《八代传叙文学述论》(手稿 1942 年)、孙毓棠《传记与文学》(正中书局 1943 年)。回顾这段历史,我们不难发现,在胡适的提倡下,"传记文学"概念已深入人心,成为主流。但诸如陈训慈《民族名人传记与历史教学》以"史学"与"传记"相勾连,陈垣在《治史遗简》与《史源学杂文》中也要求后学以全祖望《鲒埼亭集》人物传记为底本,"晦者释之,误者正之,作为练习史源学的基本功",黄云眉《鲒埼亭文集选注》即是延续这一学术路径②。当时的"传记史学",存在于当时史料学、史源学、史学理论之中,绝少汇入"传记文学"的主思潮。

1902 年,梁启超在《新民丛报》连载宏文《新史学》,"率先高揭'新史

---

① 梁启超《中国历史研究法补编》,第 48 页。
② 潘群《黄云眉〈鲒埼亭文集选注〉后记》,《鲒埼亭文集选注》,商务印书馆 2018 年版,第 452页。潘群在后续中亦提及陈垣"之所以大讲特讲《鲒埼亭集》,也是为了'正人心,端士习'"。笔者认为,这一宗旨不仅与黄云眉"殊途而同归",其源头或可追溯至梁启超对"传记史学"的认识。

学'旗号"①。梁启超在"新史学"体系下的传记理论与胡适"传记文学"的比对是近年来传记学研究的热点②。桑兵《晚清民国的学人与学术》一书从学术史角度,对于梁启超、胡适等人学术转进给予更为细腻的梳理,有两点特别值得我们重视:第一,梁启超自身的"新史学"是不断发展的过程:"梁启超一生虽然鼓吹'新史学',实际内涵却前后变化甚大……今人所谓梁启超的'新史学',若脱离具体的时空,即成为论者心中的历史,或者说是借梁启超发抒自己的史学。"③第二,梁启超的"新史学"有与胡适针锋相对的意味,桑兵指出"五四新文化时期,梁启超与胡适等人屡有争胜,在文学革命与输入新知两方面均失去先机,整理国故便再也不甘落后"④。上述两点提醒我们:胡适"传记文学"的提出与梁启超在《中国历史研究法》中提倡"人的专史"恰好在同一时段,"传记史学"与"传记文学"之争的讨论,我们只有回到学术之争的历史现场,以时间为轴,体味学者学术发展各阶段思想特色及理论来源,才能体味"传记"概念在晚清民国"西学东渐"下的独特韵味。

---

① 桑兵《晚清民国的学人与学术》,中华书局2008年版,第18页。
② 如陈雅芬《传承与变革——民国时期传记文学理论转型研究》,杭州师范大学硕士论文,2018年。
③ 桑兵《晚清民国的学人与学术》,第32页。
④ 同上,第31页。民国学人关于史学与文学的争论,桑兵先生引用傅斯年《中西史学观念之变迁》:"过去史学与其谓史学,毋宁谓文学;偏于技术多,偏于事实少;非事实的记载而为见解的为何。史学界真正有价值之作品,方为近代之事。近代史学,亦有缺其缺点,讨论史料则有余,编纂技术则不足。虽然不得谓文,但可谓之学,事实之记载则超前贤远矣。"此亦可见当时人对"文学"、"史学"蕴含的不同褒贬态度。详见该书第41页。

第七章 "章节体"与"学案体"之争：
现代学人学术的新旧之争

从梁启超与钱穆同名著作《中国近三百年学术史》之争，我们也可看到以现代史学以因果联系为主旨的"章节体"与传统史学有"保存人物"作用的学案体在历史上的碰撞。梁启超以章节体著述《中国近三百年学术史》，但难免有"新瓶装旧酒"的成分。钱穆以学案体著述同名学术史，实质是传统"学案体"对现代"章节体"的一次反击，通过对钱穆《中国近三百年学术史》体例的解读，我们可以发现其以学案体著述《中国近三百年学术史》，正欲以"人物"为中心，以"宋学精神"为完整人格、完美学术的参照对象，为清代乃至民国的学人、学术把脉问诊，"因病立方"。

第一节 梁启超《中国近三百年学术史》的新与旧

梁启超、钱穆先生同名著作《中国近三百年学术史》（以下分别简称《梁史》《钱史》），一为章节体，一为学案体。在"新史学"之风驱动下，章节体学术史得益于"科学"精神、"进化"观念及"系统"方法的引进，遂成主流①。而钱穆先生依然选择"学案"这一古老的体例，自然有其深意。结合《钱史》文本及钱穆先生晚年诸多论述，我们可以看到：一、与其他受进化论影响，以清学正趋向现代的清学史论不同，钱穆先生主张恢复宋学传统，对传统文化秉承"性之"的态度，反对考据与实证主义②；二、钱穆先生以学案体著述学术史，是欲以"人物"为中心，以"宋学精神"为完整人格、完美学术的参照

---

① 陈平原《假如没有中国文学史》，生活·读书·新知三联书店 2011 年版，第 5 页。
② 自丘为君教授以"每转益进说"概括钱穆先生清代学术史观，学界似乎已默认《钱史》是一种趋于"进步"的学术史。本书并不赞同这一看法。

对象,为清代以来的学人学术把脉问诊、因病立方①;三、体例与义法是学案体表达"一家之言"的独特方式,我们只有借助对《钱史》中"引论"、"附录"、"宗旨"、"小传"等章节结构的解读,才能明白钱穆先生的一番良苦用心。

一、学案的"宗主"与"每转益进说"的矛盾

通常,学案卷首就记述着本门本派最完满、最理想的学说范式。无论是作为学案前身的传灯录,还是最早的学案体《伊洛渊源录》,或是最成熟的学案体《明儒学案》,都摆脱不了与"宗派"的关系。《景德传灯录》首叙七佛,《伊洛渊源录》卷一至卷六记周敦颐、二程、邵雍、张载兄弟,《明儒学案》以"师说"置于卷首,都有认祖归宗的意味。灯录体或学案体中世代嬗递的徒子徒孙们很难有超越前贤的可能,否则就会与传统的"宗主观"相悖。

但是,梁启超等"新史学"的信奉者有意回避了这种"新不如旧"的历史叙述模式,转而强调"进化观"。1902年梁启超先生在《新史学》中就申明:"历史者,叙述进化之现象也。"他认为宇宙间现象有"循环之状"与"进化之状":**循环之状**,周而复始;**进化之状**,往而不返,进而无极②。如今,近于循环往复的"宗主观"渐为人所遗忘,而"进化—发展观"已是史学叙述的固定模式。

以往的研究会认为,包括钱穆先生在内的清学史论都有追求进步的倾向。如葛兆光先生在《清代学术史与思想史的再认识》一文就指出,章太炎、刘师培、梁启超、皮锡瑞、钱穆的清代学术史研究基本还是"近代性"的历史叙述,"他们都试图用'变'的观念来看待清代学术,都觉得学术和思想有顺应现代的变化,正如梁启超用佛教的'生、住、异、灭'为脉络一样,都觉得思想和学术应当有进步"③。《梁史》固然如此,用学案体著述的《钱史》果真也如此吗? 我们不妨从钱氏《〈学术史〉自序》读起:

> 今日者,清社虽屋,厉阶未去,言政则一以西国为准绳……激而主

---

① 或以为《钱史》只是汉宋之争的延续,但本书认为"宋学"在钱穆先生那里更是一种理想人格的象征,这与民国思想界老派学人重视人格道德修养的思潮暗合。如梅贻琦《大学一解》中强调大学教育应明明德,重视"整个之人格"(载《清华学报》第十三卷第一期,1941年4月)。对德性之知、完整人格的追求与对"学问"与"科学"的求索是民国新老学者治学态度上的一大分歧。

② 梁启超《新史学》,《中国历史研究法》,中华书局2009年版,第182页。

③ 葛兆光《思想史研究课堂讲录续编》,生活·读书·新知三联书店2012年版,第149—151页。

"全盘西化",以尽变故常为快。至于风俗之流失,人心之陷溺,官方士习之日污日下,则以为自古而固然,不以厝怀。言学则仍守故纸丛碎为博实。苟有唱风教,崇师化,辨心术,核人才,不忘我故以求通之人伦政事,持论稍稍近宋明,则侧目却步,指为非类,其不诋诃而揶揄之,为贤矣!①

在钱穆先生看来,政治全盘西化、道德风俗沦丧、学术泥古破碎等种种时弊,正有赖以"唱风教、崇师化、辨心术、核人才,不忘我故以求通之人伦政事"的宋学加以纠正,可惜彼时学风下,一旦持论"稍稍近宋明",则被"侧目却步,指为非类","向前进"固然是时代之潮流,而"往回走"则是钱穆先生认为最正确的方向。这段《自序》中,钱穆先生已经亮明自己文化保守主义者的立场。

《钱史》作于1937年前后,在1942年的《〈清儒学案〉序》中,钱穆先生提出了"每转益进说"。这是否意味着钱穆先生已接受"进化观",认同清代学术应走向现代?厘析《〈清儒学案〉序》,则知事实恐非如此:

　　抑学问之事,每转益进,图穷而必变。两汉经学,亦非能蔑弃先秦百家而别创其所谓经学也,彼乃包孕先秦百家而始为经学之新生。宋明理学,又岂仅包孕两汉隋唐之经学而已?彼盖并魏晋以来的流布盛大之佛学而并包之,乃始有理学之新生。此每转益进之说也。②

钱穆先生序言中"每转益进之说"指的是先秦至宋明理学阶段,并不包含宋明以降的清代。之前学者固然注意到这一点,但是在清学与宋学的关系上,如余英时先生《从宋明儒学的发展论清代思想史——宋明儒学中的知识主义》③,丘为君先生"继承—发展论"等见解④,都默认清学是宋学继续"进化"的产物。虽然钱穆先生承认近代学术仍有益进的可能:"西学东渐,其力之深广博大,较之晚汉以来之佛学,何啻千百过之。然则继今而变者,势当一切包孕,尽罗众有,始可以益进而再得新生"⑤,但是细读文本,我们就不难发现钱穆先生对有清一代学术走向是持悲观的态度：

> 明遗之所以胜乾嘉，正因为晚明诸老能推衍宋明而尽其变，乾嘉则意在蔑弃宋明而反之古。故乾嘉之所得，转不过为宋明拾遗补阙。至于道咸以下，乃方拘拘焉又欲蔑弃乾嘉以复宋明，更将蔑弃阳明以复考亭，所弃愈多，斯所复愈狭，是岂足以应变而迎新哉！①

"是岂足以应变而迎新哉！"晚明诸老之所以胜乾嘉，正因其能"推衍宋明而尽其变"，换言之，自晚明诸老以后，清学因其"所弃愈多，斯所复愈狭"，已远不具备应变而迎新的可能。在钱穆先生眼中，蔑弃宋学，刻意尊古，既是清学愈走愈狭的因由，也是民国学术无以"益进"的根由。结合《〈学术史〉自序》与《〈清儒学案〉序》，我们就不难理解，以钱穆先生之意，只有建立在宋明学说深彻洞悟基础之上，"西学东渐"下学术才有"益进"的可能。

如果我们再回顾《钱史》卷首有关"宋学精神"的论述，就会明白其在开篇"引论"中首述宋学、明代东林之学，一如《伊洛渊源录》《明儒学案》之卷首，正是依照学案体例，意在阐扬其学术之"宗主"。

但又必须注意的是，钱穆心目中的"宋明"并非理学意义上的"宋明"，而是以宋儒的为人、为学的一整套行为规范作为理想范式。《钱史》的"引论"中反复辨析"宋学"的界域："后人以濂溪为宋学开山，或乃上推之于陈抟，皆非宋儒渊源之真也。"真正的宋学，源自唐代韩愈，经胡瑗、孙复到范仲淹，"盖自朝廷之有高平，学校之有安定，而宋学规模遂建"②。在这样的"宗主观"中，"宋学精神"在于：

> 所谓"道德仁义圣人体用，以为政教之本"者，此正宋儒所以自立其学以异于进士场屋之声律，与夫山林释老之独善其身而已者也……故言宋学精神，厥有两端：一曰革新政令，二曰创通经义，而精神之所寄则在书院。革新政治，其事至荆公而止；创通经义，其业至晦庵而遂。而书院讲学，则其风至明末之东林而始竭。东林者，亦本经义推之政事，则仍北宋学术真源之所灌注也。③

---

① 钱穆《中国学术思想史论丛》(卷八)，第359—360页。
② 钱穆《中国近三百年学术史》，第3页。
③ 同上，第2、3、6页。

宋学的核心精神在于"道德仁义圣人体用,以为政教之本",其表现在革新政令、创通经义两端,自此成为异于进士场屋、山林释老之学,千年不坠。在解读这段话时,我们尤当留意"革新政治至荆公而止"、"创通经义至晦庵而遂"二句,在钱穆先生眼中,中国传统文化在宋代已经达到最成熟的状态,清学之弊正在于捐弃太多。晚清民国学术最迫切的并不是"转进",而是要"认祖归宗"。钱穆先生强烈的复古意愿、复古路径,清清楚楚、明明白白地写在了《钱史》的卷首。

第二节　钱穆《中国近三百年学术史》与"新宋学"

对《钱史》的解读必须重视体例。《梁史》主"理学反动说",从王学自身的反动,自然界探索的反动,西学传入,藏书、刻书、读书风气渐盛等因素,分析明清之际学术"变动"之原因。汪荣祖先生《史学九章》有《钱穆论清学史述评》一章,以"钱穆虽晚于任公一世代,思想则似乎早任公一代,故绝不提16世纪以来西学之冲击与反动,亦不提思想之物质基础"[1]。汪先生以近代史学眼光看梁启超论述,自然有亲切之感,然其不解传统学案体例与言说方式,仅就具体史料、论断作简单比对,得出诸如梁、钱《学术史》对顾、黄、王三氏评价"大同小异,主要观点可说相当一致"之类的论断[2],现在看来未免有些偏颇。实际上《钱史》的《黄宗羲》一章,我们必须结合《附录》才能领悟钱穆先生的写作意图。

一、从"附录"看钱穆先生对"理学反动说"的深入

对于"附录"之例,梁启超先生认为:"还有很多人,不可以不见,可是又没有独立作传的价值,就可以附录在有关系的大人物传中。因为他们本来是配角,但是很可以陪衬主角;没有配角形容不出主角,写配角正是写主角。"[3]比较《钱史》,其对"配角"的重视却超出了寻常。除颜元、李塨一章外,《钱史》所有案主均有附录,附录人物的选择更有其深意。就拿置于学案之首的《黄梨洲》一章来说,其附录人物与案主相配合,用以与梁氏"理学反动说"针锋相对的动机就非常明显。

① 汪荣祖《钱穆论清学史述评》,《史学九章》,生活·读书·新知三联书店 2006 年版,第152 页。
② 同上,第 153 页。
③ 梁启超《中国历史研究法补编》,中华书局 2010 年版,第 72 页。

《黄梨洲》本章第三节为《梨洲晚年思想》，钱穆先生以黄宗羲晚年对《明儒学案序》之修订，证明其思想由重"本体"转为重"工夫"，感叹"梨洲晚年思想，实较其拘蕺山慎独之训者遥为深透也"①。在钱穆先生看来，黄宗羲早年以政治活动为主，中年才折入理学，固守先师刘宗周"慎独"之遗训，晚年却对师说有所扬弃，其转折之缘由颇有可玩味之处。相比较而言，《钱史》这一部分的论述却显得有些单薄，究其原因，正是因为钱穆先生将这一问题的解答放在了《黄梨洲》学案附录中。《黄宗羲》所附录三人，陈确为黄宗羲同门，同为阳明后学；潘平格为黄宗羲论敌，既反程朱又反陆王；吕留良与黄氏兄弟有过从，且为程朱理学在清季的代表。稍加梳理，我们更可以发现，附录这三人的论述都是围绕在黄宗羲"中年到晚年思想急转"的这一问题展开。

陈确，字乾初，海宁人。此节尤应注意钱穆先生对《南雷文案》《南雷文定》《南雷文约》等文集版本年代的一番考证，其旨在梳理黄宗羲对陈确墓志铭三次改写，以揭示其对陈确"扩充尽才后见性善"之说漫长接受过程。这三篇墓志可分为三阶段：（一）第一篇不见于《南雷》各集，直至后人收录黄宗羲未刻文的《南雷馀集》才出现②，钱穆先生认为此篇作于康熙十六年（1677），"但以其（陈确）子所作事实，稍节成文。盖梨洲不满乾初论学之意，故其为墓志，初不详述也"③，况且黄宗羲最早刊刻的文集《南雷文案》不收此篇，却收录其与陈确辩难的《与陈乾初论学书》以及《性解》诸篇，其对陈确论学否定之态度可见一斑。（二）第二篇墓志铭收入《文定后集》，约为黄宗羲七十岁所修订，其言曰："近详玩遗稿，方识指归，有负良友多矣。因理其绪言，以忏前过……近读陈乾初所著，于先师之学，十得之二三，恨交臂而失之也。"④是篇新作墓志对良友依旧不乏批判之语，然《南雷文定》收入是篇墓志，同时删去《南雷文案》所收《与陈乾初论学书》，可见黄宗羲对陈确学说由全盘否定到部分肯定的转变。（三）第三篇墓志收入在《南雷文约》，为黄宗羲所作陈确墓志的最终版本，其以"乾初论学，虽不合于诸儒，顾

---

①　钱穆《中国近三百年学术史》，第29页。

②　钱穆曰：梁启超《近三百年学术史》谓："乾初与梨洲同门，而生前论学往往不合，梨洲亦不深知乾初。南雷集中乾初墓志铭两篇，第一篇泛叙庸德而已，第二篇始摘出其学术要点。自言'详玩遗稿，方识指归，有负良友多矣，因理其绪言，以忏前过'，梨洲服善之诚实可敬。"今按：今南雷集两篇，均即所谓"理其绪言，以忏前过"者，并不是一篇泛叙庸德，别一篇才论学术。梁氏只读《文约》改定稿，未看《文定》原稿，因误认《文定》原稿为泛叙庸德，而不知应别有一篇泛叙庸德者，早经梨洲削去，在现行《南雷》各集中，早已不见也。（《中国近三百年学术史》，第49页）

③　钱穆《中国近三百年学术史》，第45—46页。

④　同上，第46页。

未尝背师门之旨,先师亦谓之疑团而已"①。是篇较之第二稿删节颇多,于陈确"扩充尽才后见性善"论,终于"肯认而为之阐述",这是钱穆先生认为黄宗羲晚年《明儒学案序》"心无本体,工夫所至即为本体之说"理论的来源②。《梁史》以黄宗羲为"不是王学的革命家,也不是王学的继承者,他是王学修正者",经过《钱史》这一番考证,则揭示出黄宗羲漫长的改变历程,黄宗羲的学术转变并非出于自创自悟的"主动",乃是时风所驱下不得已之"被动"③。

潘平格,字用微,慈溪人。 至于陈确、黄宗羲思想为何转变,这在《潘用微》中又有更进一步发掘。《潘平格》一节旨在说明清初学坛对宋明理学激烈的扬弃和宋明理学竭而难返、举步维艰的困境。我们不妨注意下潘平格部分"小传"之后,紧接着是"潘用微轶事"。先述潘平格"陆释朱老"之论调,继而是黄宗羲对其言论的反驳,随之是黄宗羲弟子万斯同、郑梁父子对潘平格学说之"折服";其后是归庄对潘平格"大悦服,北面称弟子",相居一月即中悔,复"朋友之称",最终"极诋用微"的闹剧。钱穆详述此番之用意,在作一深刻对比,黄宗羲"欲以极大力气压倒用微(潘平格)",黄门高弟万斯同、郑梁仍再三致"向往之意",说明潘平格学说"在当时,实自有其足以令人折服者"④。时过境迁,潘平格之影响早已大不如前,可他对同时期学人思想冲击之深,对传统文化破坏之大,还是令人惊诧。如果说梁启超先生兴奋于清学在"反动"中走向现代,钱穆先生则在字里行间流露着传统学术被激进思潮吞噬的伤感。以钱穆先生这样一位文化保守主义者的眼光看待潘平格,不免产生些切身之痛,主张全盘西化的激进学风对传统文化的破坏,又何尝不与此有几分相似。

三百年后再看这一段学术史,潘平格的言论早无当年的煽动力,反是黄宗羲为学"务博综与尚实证",故称为真正"新时代学风之开先"⑤。此后真正占据清学主流的还是由"虚"往"实"的学风,可是这种"新学风"会让钱穆先生感到惊喜吗?钱穆先生的态度写在了吕留良一节。

吕留良,字庄生,号晚村。《钱史》中,黄宗羲自晚年已不复再有东林党人干政议政之遗风,其理学随时风折入陈确、潘平格"心无本体,工夫所至即是本体"之论,继踵其后者,如陆稼书、李光地、颜元、李塨、戴震均不复见宋

① 钱穆《中国近三百年学术史》,第48页。
② 同上。
③ 梁启超《中国近三百年学术史》,天津古籍出版社2003年版,第51页。
④ 钱穆《中国近三百年学术史》,第58页。
⑤ 同上,第30页。

儒"悲天悯人之心",这是传统学术偏离方向、走入歧途的征兆。吕留良反而是阻止清学由"虚"往"实"之路上最后一座堡垒。对于当时以理学为空虚之学,"至于空虚而必入于迂腐"之论断,吕留良力辩:"好论理安得空虚?空虚迂腐正是不明理耳。明理安有不知治乱兴亡之故者?"①这不啻是对清学由"虚"转"实"的一种批判。更重要的是,在钱穆先生看来,吕留良尊程朱乃宋学"主义理斥功利"之延续,"晚村之所以尊朱子,实别有其宗旨,与稼书绝不同。晚村戒人为许衡、吴澄,稼书教人为许衡"②。吕留良以"宋诸子论古之言,正是为己求精,亦以忧天下后世"③,与此后陆陇其等人绝不相同。钱穆先生在吕留良身上寄寓了对"真宋学"的美好眷念。

由上可知,钱穆先生利用"附录"这一体例,看似述黄、陈、潘、吕四人之生平、学术,实则引出与梁启超先生相左之意见,即传统学术因丧失宋学精神已无"益进"的可能。由此我们也能体味到,学案里看似孤立的一个个学者或者学派,早已被撰述者隐秘而幽微地联系在了一起,撰述者有心撰述,阅读者也应尽心体味,才能领悟其微言大义之所在。

二、从"宗旨"看钱穆对清学发展走向的判断

宗旨既是理学的核心,也是学案的核心④。黄宗羲《明儒学案·发凡》:"讲学而无宗旨,即有嘉言,是无头绪之乱丝也。学者而不能得其人之宗旨,即读其书,亦犹张骞初至大夏,不能得月氏要领也。"⑤钱穆对此非常认同,他认为《明儒学案》的价值就在他能在每一家的集子里提出他一家的一个讲学宗旨来,这是极见精神的"⑥。学案的叙述也应围绕宗旨展开,否则就如一盘散沙,《宋元学案》差就差在"没有讲出每一家的学术思想之精神所在"⑦。

无论是《梁史》,还是余英时先生的"内在理路"说,顾炎武与戴震都被认为是清学的两大高峰。钱穆先生是否也是持此态度呢?我们不妨从"宗旨"的角度来探讨。通过对《钱史》中顾炎武、黄宗羲、戴震论学宗旨的比对,我们可以发现:钱穆先生称许顾炎武的是"行己之教"而不是"博学于

---

① 钱穆《中国近三百年学术史》,第90页。
② 同上,第78页。
③ 同上,第91页。
④ 有关理学"宗旨"之论,可参看王汎森《明末清初思想之"宗旨"》,收入其《晚明清初思想十论》,复旦大学出版社2008年版。
⑤ 黄宗羲《明儒学案·发凡》,《黄宗羲全集》第七册,浙江古籍出版社2005年版,第5页。
⑥ 钱穆《黄梨洲的〈明儒学案〉、全谢山的〈宋元学案〉》,《中国史学名著》,第278页。
⑦ 同上,第289页。

文",反而黄宗羲"求诸于心"的宗旨更优于顾炎武学行分开的论述,与此同时,他对以戴震为代表的乾嘉考据学之"由字义明义理"学术路径持否定态度①。

先论顾、黄两家论学宗旨得失。钱穆先生在《顾炎武》一章直截提示其"学术大要":"亭林论学宗旨,大要尽于两语,一曰'行己有耻',一曰'博学于文'。"②《梁史》固然先于钱穆先生揭示此宗旨③,《钱史》欲以此两语统摄整章的魄力却不可小觑。

《钱史》中,在摆明顾炎武"博学于文,行己有耻"的论学宗旨之后,按通常为文"言之有序"之惯例,理应先述"博学于文",钱穆先生却反其道而行之,以"行己之教"切入,特谓顾炎武"持守方严,行己整峻,真所谓有耻无愧者"④。又颇费笔墨介绍顾炎武"风俗教化"之功绩,随后话锋一转,点出:"三百年来,亭林终不免以多闻博学见推,是果为亭林之辱欤?"⑤这显然与梁启超等人以顾炎武之"博学于文"为"清学开山之祖"论断迥异⑥。对顾炎武"博学于文"一端,钱穆先生并未有太多赞誉,反是强调顾炎武《日知录》《音学五书》"以明道救世为学问纲要"⑦,仍以经世为纲要,与后世考据之学截然不同。钱穆先生认为顾炎武"博学于文,行己有耻"的论学宗旨极易将后学引入歧途:

> 同时顾亭林论学,与梨洲异趣。其言曰:"博学于文,行己有耻",学、行分成两橛。是"博学"为一事,而"行己"又为一事也……而其后考证之学,乃专趋亭林博学一边;至于行己则"有耻"已得,不复深求。⑧

后世推顾炎武为清初第一大家,特重其"博学于文"一面,而忽视"行己有耻"的意义,这正是亭林论学宗旨容易让后世误解之处。从这一点上来看,黄宗羲的论学宗旨则更胜一筹:

---

① 戴震《与是仲明论学书》:"由字以通其词,由词以通其道。"钱穆《中国近三百年学术史》,第339页。
② 钱穆《中国近三百年学术史》,第133页。
③ 梁启超:"亭林所标'行己有耻,博学于文'两语,一是做人的方法,一是做学问的方法。"梁启超《中国近三百年学术史》,第64页。
④ 钱穆《中国近三百年学术史》,第134页。
⑤ 同上,第142页。
⑥ 梁启超《中国近三百年学术史》,第59页。
⑦ 钱穆《中国近三百年学术史》,第145页。
⑧ 同上,第33页。

读书不多，无以证斯理之变化。多而不求于心，则为俗学。①

钱穆认为黄宗羲论学宗旨"其前一语，所以开时代之新趋，后一语则仍归宿于传统之旧贯，是为梨洲论学之两面"②。"多而不求于心"虽为"传统之旧贯"，但是仔细推敲钱穆先生原意，似非贬低之辞。较之顾炎武宗旨将学行分开，钱穆先生更欣赏黄宗羲"求诸于心"的主张，《钱史》称赞黄宗羲的论学宗旨"盖欲以博杂多方之学，融成精洁纯粹之知。以广泛之智识，造完整之人格"，"内外交养，一多并济"，故能"自与后之专尚博雅者不同也"③，这是他对黄宗羲最为称许之处。

从顾炎武、黄宗羲论学宗旨中，我们可以看到钱穆先生对"完整的人格"的重视，1953 年其所制定的《新亚学规》的第十六条："一个活的完整的人，应该具有多方面的智识，但多方面的智识，不能成为一个活的完整的人。你须在寻求知识中来完成你自己的人格，你莫忘失去了自己的人格来专为智识而求智识。"④这应当是受黄宗羲"读书不多，无以证斯理之变化。多而不求于心，则为俗学"的论学宗旨影响。

再到清代中期的戴震。梁启超先生《清代学术概论》一书以其考证精神与近世科学相近，又以其义理之学则"轶出考证学范围以外，欲建设一'戴氏哲学'"⑤。无论是"科学的"还是"哲学的"定义，都是在西方近现代学术语境下寻找其学说价值，而《钱史》中戴震的论学宗旨会是什么？有一个细节值得我们重视：《钱史》引洪榜《与朱筠书》中"戴氏论性道，莫备于其论孟子之书，而其所以名其书者，曰《孟子字义疏证》焉耳，然则非言性命之旨也，训故而已矣，度数而已矣"一句，钱穆先生加按语曰："**固不得谓无当于东原论学宗旨也。**"⑥其以戴震言"性命之旨"为"训故"，为"度数"，语气虽然没那么肯定，但是意味深长。

钱穆先生引申为戴学宗旨，是为贬义。须知，朱筠反对洪榜于《东原行状》载《与彭进士尺木书》，以为"可不必载，性与天道不可得闻，何图更与程朱之外复有论说！戴氏可传者不在此"⑦。洪榜作书相争，以戴震"性命之

① 钱穆《中国近三百年学术史》，第 31 页。引文原处并未明确点出其为黄宗羲"论学宗旨"，但在《学术史》第 33 页，钱穆以此语与顾炎武论学宗旨并举，可为佐证。
② 钱穆《中国近三百年学术史》，第 31 页。
③ 同上，第 33 页。
④ 钱穆《新亚学规》，《新亚遗铎》，九州出版社 2005 年版，第 2 页。
⑤ 梁启超《清代学术概论》，上海古籍出版社 1998 年版，第 38 页。
⑥ 钱穆《中国近三百年学术史》，第 358 页。
⑦ 同上，第 359 页。

旨"为"训诂"、"度数",用意乃是欲迎合考据学家们之口味,以"训诂"、"度数"抬高戴震"性命之旨"的地位①。洪榜信中以"戴氏之学其有功于六经、孔孟之言甚大,使后之学者无驰心于高妙,而明察于人伦庶物之间,必自戴氏始也"②。这恰恰是钱穆先生不认同之处。明察人伦庶物之道岂必于六经、孔孟书本中求得?文中,钱穆先生以朱子之格物作比对,"朱子格物,在即凡天下之物而格,今则只求即凡六经之名物训诂而格,清儒自阎百诗以下,始终不脱读书人面目,东原汉学大师……仍是汉学家精神也"③,直指戴震义理不足以取代宋儒之义理④。

此后钱穆先生曾作《朱子与校勘学》一文,力证宋儒并非不明考据、校勘之理,只是于考据、训诂之外,别有深求⑤。其实早在《潘平格》一节,钱穆先生就已经透露出了这一态度:

> 其后戴东原为《孟子字义疏证》,力辨宋儒言理之非,意亦谓孔子之道,忠恕反躬而已。焦里堂、凌次仲、阮伯元衍其说。然乾嘉以来诸儒精力,多耗于文字之考释,则其所谓忠恕反躬者,并不能着意于人伦日用之力行……凡《大学》所谓家、国、天下,宋儒以来所论万物一体,乾嘉而降,此意荒矣。内圣外王,于何遇之!⑥

戴震的义理之学是否有积极意义,见仁见智,但在《钱史》的理路中,"学"与"行"应相贯通,对"完整的人格"追求应置于第一位的要义,由此黄宗羲之论学宗旨优于顾炎武,清初诸老又优于戴震之训诂考据,是可得而知之。

三、"小传"与"轶事":从"因人设传"角度看钱穆先生强烈的道德指向

玩味《钱史》,我们不难发现,纵然顾炎武、黄宗羲论学宗旨有高下之分,但总体而言,顾、黄、王乃至颜李,钱穆先生都给予了较高的评价。《钱

---

① 戴震本人也未必会认同洪榜这一辩护,段玉裁《戴东原集序》记戴震言:"六书、九数等事,如轿夫然,所以异轿中之人也。以六书、九数等事尽我,是犹误认轿夫为轿中人也。"钱穆《中国近三百年学术史》,第359页。
② 江藩《汉学师承记》,生活·读书·新知三联书店1998年版,第119页。
③ 钱穆《中国近三百年学术史》,第342页。
④ 朱筠以"性与天道不可得闻"、"何图更与程朱之外复有论说"自设一鸿沟,使汉宋之学界限俨然,洪榜则欲将宋学纳入汉学之格局中,这在钱穆看来,未免与蛇吞象肖似。
⑤ 钱穆《学籥》,九州出版社2010年版,第52—84页。
⑥ 钱穆《中国近三百年学术史》,第71页。

史》中,清学的转折点其实来自《阎潜丘毛西河》一章,该章体例也非常之特殊。

"小传"是学案体重要的部分,正如钱穆先生所说:"《明儒学案》每一篇传都是非常重要。上半截讲其人之生平行事,下半截讲他的学术思想,每一篇传都是非常重要的。"①可值得注意的是,只有在潘平格、阎若璩、毛奇龄的部分,"小传"之外,钱穆先生又增设了"潘用微轶事"、"潜邱之考据及其制行"、"西河轶事及其著书之道德",同是叙述人物生平,从体例上来看不免与"小传"重复。潘平格最重要著作《求问录》已亡佚,故以"潘用微轶事"述其与黄宗羲门人交游之奇闻逸事,以窥其学之影响。《阎潜邱》与《毛西河》特设制行、轶事的理由则有别于此,旨在进一步揭示"博学于文"与"行己有耻"分成两橛后,学人学风之颓败:

"潜邱之考据及其制行"部分,钱穆先生考述阎若璩为顾炎武修订《日知录》,在徐乾学幕府如何以"博学"深受器重,又记其与汪琬交恶始末,随后指出阎若璩"负气求胜"的诸多诟病之处,如许自己与"黄、顾"并称,称顾炎武"久乃屈服于我",称黄宗羲"先生爱慕我,肯为我序所著述,许纳我门墙",然而阎若璩于黄宗羲生前尊奉为师,于黄宗羲学问并不加体味,黄宗羲殁后反而转而吹毛求疵,以"自炫博辨",甚至直呼"黄太冲",皆"非学者襟度"。全祖望以其"未能洗去学究气为可惜,使人不能无陋儒之叹,盖限于天也",钱穆先生亦以为然②。

同样,钱穆先生专列"西河轶事及其著书之道德",首引全祖望《萧山毛氏纠谬》,列毛奇龄"著书之不德";又据姚蕙田语,批其"目无古今",自诩其与越中数人,自敌汉以来孔安国等七位大儒;最后以《全浙诗话》述其内行:傀居矮屋三间,左列图史,右住夫人,中堂会客,"诗文不停笔",随问随答,井井无误;夫人居室中詈骂,西河复还诉,殆于五官并用③。

对二位考据学家"失德"之事的批判本章随处可见。《钱史》全书中所记不乏一些学人轶事,如戴震《水经注》之公案,龚自珍"丁香花诗案",钱穆先生都是随文夹注的方式介绍,唯独此处大书特书,究其原因,乃钱穆先生认为二人学问"均之非躬行实践,从自身自心打熬透悟,与同时黄、顾诸君子异矣","以德性之未淳,影响学术"④。为此,钱穆先生有特别说明:

① 钱穆《从黄全两学案讲到章实斋〈文史通义〉》,《中国史学名著》,第291—292页。
② 钱穆《中国近三百年学术史》,第242—246页。
③ 同上,第248—249页。
④ 同上,第258页。

　　余之辨此,亦非好为掎摭,多毁前贤,良以此后汉学家一意考订,而于心性义理,容多忽略,类此之事,数见不鲜,学者之不德,其事影响于学术,即逮近世,时贤蹈其病者,亦复时有;故特发之于阎、毛两氏之为汉学开山者,非敢以薄前贤,乃所以勉今贤也。①

　　康有为谓戴震死时,乃曰:"至此平日所读之书,皆不能记,方知义理之学可以养心。"②心性义理之学,本乎道德修身,这是宋学的基础,也是钱穆先生认为中国文化传承的基础。1958 年 9 月 28 日孔子圣诞日,钱穆作《孔子要旨》的讲演,再次强调:"孔子之伟大处,正在教我们以人道,即人与人相处之道,即教我们如何立身处世,在社会上做一人。孔子的教训,以道德始,以道德终。"③考据家以学问为见长,忽视心性之涵养,阎、毛两人实开属乱世学风之端。

四、"全人格"的学案体重在"因病立方"

　　清学何去何从? 稍稍留意下《钱史》最后几章,我们就可以发现自《戴东原》《章实斋》以后,《焦里堂阮芸台凌次仲》《龚定盦》《曾涤生》《康长素》几章都是在论证清学积弊难返的困境④。黄宗羲《明儒学案》云"古人因病立方,原无成局",钱穆先生深以为然,其定义学案:"所谓'学案',亦就是在当时学术中各个方案,都因病而开。"⑤前文已述,"引论"所立"宋学精神"是钱穆先生心中最完备的学术范式,这仿佛是一枚"照妖镜",任何清学门径的前世今生都会现出原形,利弊得失亦了然自现。

　　首先看阮元的"性命古训说"。阮氏发明戴震"古训明而义理明"之义,著有《〈论语〉论仁论》《〈孟子〉论仁论》《性命古训》等文,其说越两汉、七十子、孔子、《诗》《书》,直至造字之初,以求得"最古"、"最真"之理⑥。如其释"敬",以"苟"即"敬","加支以明击救之义也",又以《释名》曰"敬,警也,恒自肃警也",以驳宋儒"敬"乃"端坐静观主一"之谓⑦。但同时学者朱一新

---

①　钱穆《中国近三百年学术史》,第 274 页。
②　同上,第 707 页。
③　钱穆《孔道要旨》,《新亚遗铎》,第 128 页。
④　因篇幅有限,本节未及论述《李穆堂》一章,该章虽冠以李穆堂之名,实则以朱陆之争为线索,梳理出宋代至清初理学发展的谱系,体例颇为特殊,在全书中有承上启下之功用,也有回应《梁史》相关清初理学家章节之意图。
⑤　钱穆《中国史学名著》,第 282 页。
⑥　钱穆《中国近三百年学术史》,第 531 页。
⑦　同上,第 530 页。

《无邪堂答问》即以《说文》"心部"中"憼"与"恭"相次，驳阮元"敬在事不在心"之论①，可见阮氏之说难成笃定之论。

更有甚者，非但戴震、阮元不能悟宋学之真，钱穆同时学者亦是如此②。傅斯年先生著有《性命古训辩证》，将商周甲骨文、金文至秦汉典籍中"性"、"命"逐一分析，其研究结论一以"朱子论'性'颇能寻其演变"，又以"阮氏之结论固多不能成立，然其方法则足为后人治思想史者所型仪"③。方法上认同阮元，结论上却以朱子为精，可看出"最科学的考据"与"最精确之义理"之间的矛盾。

钱穆先生的反驳中，则指出宋儒程颐即教学者"将圣贤言仁出类聚观之"，张栻祖之，朱熹则"不甚谓然"，云"恐长学者欲速好径之心，滋入耳出口之弊"④。钱穆先生从学理上指出阮元他们在方法论上的缺陷：一、误认古训必大指相同，故以比附⑤；二、以最先之古训即为最真之义理，则孔子不如"荒古造字之圣人"⑥。余嘉锡先生的《古书通例》就曾指出上古之书不题撰人，单篇别行，未必出于本人手著等著述体例⑦，可见古书成书既非成于一时，也非成于一人之手。著者不明、版本真伪不明，岂可通过个别字义之排列求得高深统一之"义理"？宋儒不屑于此，正因为宋明理学本是包孕隋唐经学、魏晋佛学而获之新生，清儒及民国学人弃最成熟之义理而不顾，求之于上古洪荒，终将南辕北辙误入歧途。

其次，凌廷堪等人的"以礼代理"是否可行？ 戴震《孟子字义疏证》以"通天下之情，遂天下之欲，权之而分理不爽是谓理"⑧，遂启乾嘉以来"理礼之别"，凌廷堪始言"以礼代理"，同时学者焦循、阮元皆承其说，直至民国治礼之学者涌现不断。但通过《凌廷堪》及附录《许周生》《曾涤生》部分的论述，我们发现钱穆先生并不赞成这种以考据寻之故训的治礼方法，其理由依然是遵照其理想中的"宋学"范式。礼学为徽学之擅场，钱穆先生以江永之

---

① 钱穆《中国近三百年学术史》，第530—531页。
② 钱氏《学术史》讲授之时，考古、古文字之学方兴未艾，钱先生《师友杂忆》忆其开设上古史课，曾有人来书质疑"君不通龟甲文，奈何腼颜讲上古史"，当时学风可见一斑。见钱穆《师友杂忆》，第156页。
③ 桑兵《求其是与求其古：傅斯年〈性命古性辨证〉的方法启示》，《中国文化》第29期，第138—149页。
④ 钱穆《中国近三百年学术史》，第528页。
⑤ 同上，第536页。
⑥ 同上，第530页。
⑦ 余嘉锡《古书通例》，中华书局2007年版。
⑧ 钱穆《中国近三百年学术史》，第378页。

治礼"特以补紫阳之未备"①,以其礼学本为朱子"即凡天下而穷之理"之一部分,特为宋学发展之一环。

戴震、凌廷堪主张从古本、故训中求得礼之奥义:"《礼器》一篇,皆格物之学也。若泛指天下之物,有终身不能尽识者矣"②,早已失宋儒"即凡天下"之气度。其更大弊端在于考据学家们惟仁求礼,将制礼者归于古人,只许古人有创制,后人只能有因袭,是将礼学带入了死胡同。朱熹作《朱子家礼》,即毫不避讳制礼作乐之责,汉学家们固守故训,反是不懂礼在中国传统文化之真。钱穆先生从未否定礼学在传统文化中重要意义,他在《曾涤生》的"礼论"中强调:

> 以礼为之纲领,绾经世、考核、义理于一纽,尤为体大思精,足为学者开一瑰境。其据秦蕙田《五礼通考》定礼之轮廓,较之颜、李惟以六艺言古礼者,亦遥为恢宏。且其言礼,又能深领"礼,时为大"之意,以经世悬之的,与嘉、道汉学家继东原后,专以考订古礼冗碎为能事者,迥不侔焉。③

"礼"之所以能为之"纲领",是因为其集"经世、考核、义理"为一体,"经世"是"礼"的要义,颜元反对《朱子家礼》,主张回到"古礼",至少仍有践履之意,乾嘉以后考据学者只以"考订古礼冗碎为能事",却不能得"礼"之真精神。读《凌廷堪》学案尤应注意附录《许周生》,许周生(宗彦)则主"治礼不必合于古","顺人情而制礼,斟酌今世之所宜,而不必一一合于古,亦何不可行之有?"④其主张治礼应看重当世之现实价值,刚好与凌廷堪他们形成一正一反的对比。

再次,晚清今文经学之发展。在钱穆先生看来,今文经学是自顾炎武"学、行分为两橛"后宋学精神一种积极的回归,今文学积极意义应在于"行"而不是在于"学"。《钱史》的《龚定庵》一章一改常态,先述"常州庄氏(庄存与)","刘(逢禄)宋(翔凤)"、"魏默深(源)"才到"案主"龚自珍,即旨在辨析常州学派在"学"与"行"方面的利弊得失。在"学"一端,钱穆先生反对以晚清今文学为清代经学考证最后最精之结果的说法⑤,他认为汉代

---

① 钱穆《中国近三百年学术史》,第544页。
② 凌廷堪《复礼中》,钱穆《中国近三百年学术史》,第542页。
③ 同上,第649页。
④ 同上,第566页。
⑤ 同上,第602页。

今文经学本应极重家法、师法，而常州今文学一派，家法、师法不严，学人自身学术矛盾之处亦甚多。庄存与主《春秋》，不并斥《古文尚书》，与考据学家路径已有不同；至刘逢禄始以何休"三科九旨"为圣人微言大义之所在，独尊何休一家之言与《春秋》之《公羊》一传，始有今文、古文之分，然而刘逢禄不废《毛诗》，今古文之界限并不彻底；同时期宋翔凤《过庭录》欲以程朱与董仲舒并尊，"几几泯汉宋之见焉"①；至魏源废《毛诗》，尊《三家诗》，一转而尊董仲舒，自此"今文学之壁垒渐立"，可是其对四库馆臣好讥弹宋儒又颇不满，本应家法严苛的今文学派内部之分歧，由此可见。

常州今文经学却代表了清代学术从"古经"回归"时政"的积极方向，故在论"案主"龚自珍之前，钱穆先生特加一段按语说明常州今文学派必以龚自珍为"眉目"的原因——特以其重"论政"之故，其言曰：常州之学"必转而趋向论政，否则何治乎《春秋》？何贵乎《公羊》？亦何异于章句训诂之考索？"②若从"学"的角度看待常州今文学，其与章句训诂并无两样，而今文经学重天道、人事，"其极必趋于轻古经而重时政"③。《钱史》黄宗羲、王船山、顾炎武三家均有"政治理想"的章节设置，此后直至《龚定庵》才再次有"论政"章节的出现，钱穆先生想表达的正是常州今文经学是宋儒"道德仁义圣人体用，以为政教之本"的精神再现。

梁启超先生作为今文经学的参与者，也深知乾嘉考据"博学于文"之弊，他分析清学走向今文经学的原因时说："今纷纭于不可究诘之名物制度，则其为空也，与言心言性者相去几何？"他认为"清学以提倡一'实'字而盛，以不能贯彻一'实'字而衰"④。以梁启超等今文学家之见，贯彻"经世致用"才是清学一直"实"下去的方向。可当初截断顾炎武"博学于文，行己有耻"之旨，独尊"博学于文"为"实"，今日又以"行己有耻"为"实"，三百年的学术史在原地打了个转。

五、人物传记传统与"中国历史精神"

清代学术应往何处去？是若梁启超先生所说"往而不返者，进而无极者"？还是别有一种"循环之状"，周而复始？恐怕在钱穆先生心中更认同的还是后者。比较《康长素》《焦里堂》，我们就可以看出钱穆先生内心抉择的过程。

---

① 钱穆《中国近三百年学术史》，第581页。
② 同上，第585页。
③ 同上，第585页。
④ 梁启超《清代学术概论》，第70页。

在《康长素》一章,钱穆先生展示的是一条"冲决网罗"的学术路径。前文已述,钱穆先生在《清儒学案序》中提出过清学"每转益进"的前提:"而西学东渐,其力之深广博大,较之晚汉以来之佛学,何啻千百过之。然则继今而变者,势当一切包孕,尽罗众有,始可以益进而再得新生"①。在康有为、谭嗣同身上,钱穆先生仿佛又看到了宋学"包孕、益进、新生"的影子:康、谭的政治理念与行动,有如王安石革新政治是宋学"革新政治"的再现;康有为以作《四书新注》,又以《礼运》倡"大同"之思想,诚如朱熹等人"创通经义"之延续;更重要的是,他们身上洋溢着一种冲破一切以获新生的昂扬激情:

> 初当冲决利禄之网罗,次冲决俗学若考据、若词章之网罗,次冲决全球群学之网罗,次冲决君主之网罗,次冲决伦常之网罗,次冲决天之网罗,次冲决全球群教之网罗,终将冲决佛法之网罗。(谭嗣同《仁学》)②

可是冲破一切网罗后,到底能留下些什么? 能创造出什么? 康有为、谭嗣同似乎走入了"扬高凿深"的怪圈,钱穆先生发现,康有为所论之孔子,无非是杂取孔子以外一些切新奇可喜之理,归诸孔子,使孔子成为高于一切之圣人。其《大同书》所论,无非是西学、佛学乃至老庄、墨子之学,"在中国则为庄子之寓言荒唐,为墨子之兼爱无等,炫于欧美之新奇,附之释氏之广大,而独以孔子为说"③,早非孔学之真正要义。

钱穆先生用了相当的篇幅揭示康有为从创办《不忍》杂志以来,思想由激进到保守的急转,"惟昔者一世为守旧,则长素鼓之向新;今已一世尚维新,长素又督之返旧……令人有邈若隔世、不相酬接之憾"④。从康有为身上,钱穆先生看到一种历史宿命:当所有人都向往着进步,所有人都在努力进步的时代,曾经的进步主义者不断被遗忘,不断被更为激进的新秀视作"遗老遗少"淘汰出局。在康有为、梁启超晚年,都面临着同样的困境:当维新的思想被更新、更西化的思想所取代,当他们想再次回到传统中寻找力量时,传统的价值到底何在?

钱穆先生早早就有了答案。道、咸年间学者许宗彦、方东树不约而同提出"倦而知返"的主张,"倦鸟"的形象深深触动着钱穆先生的内心。方东树

---

① 钱穆《〈清儒学案〉序》,《中国学术思想论丛》卷八,第359—360页。
② 钱穆《中国近三百年学术史》,第743页。
③ 同上,第741页。
④ 同上,第789页。

以汉学"以文害辞,以辞害意,弃心而任目,刓敝精神而无益于世用"①,认为后世学术必归于"陆王"。方东树之预言最终并未得到应验,钱穆先生分析道:

> 其后陈兰甫起于粤,倡为郑、朱同归之学,亦所以防倦返者之归于陆王也。今文学派则转而治春秋,以发明微言大义为标帜,而德清戴望子高倡为颜、李,凡此皆倦鸟也。惟均不归陆王,植之言卒不验。是盖乾、嘉尚实博证之风,尚有其宰制牢笼之力,使后之来者,虽变不能脱其樊。倦鸟之扬不厉,围阱之防尚密,此亦道、咸以下学术风气回翔往复,终不能一变故昔之所由也。②

这段话中,清代学术之"倦鸟"未如方东树所预言之返于"陆、王",然陈澧之"郑、朱同归"调和汉宋;今文学派以春秋微言大义以论政;戴望重提颜、李以倡经世,均是清代学术不得已之"暂时栖息"之处,而"一变故昔"才是钱穆先生最理想之结果,钱穆先生走出了一条与"革新派"不同的路。

如何"一变故昔"？ 钱穆先生在《焦里堂》一章埋下了伏笔。他提出的"自发自悟,开创教义"的主张颇值得深思。在讨论焦循"论性善之不彻底与论学之缺点"中指出:

> 里堂论性善,仍不能打破最上一关,仍必以一切义理归之古先圣人,故一切思想议论,其表达之方式,仍必居于述而不作,仍必以于古有据为定……又其治孔孟,仍守六籍为经典,虽于诗、礼诸端,未多发挥,而奇思奥旨,往往寄之治《易》诸书,不知《易》之为书,未必即是孔门之教典也……圣人与我同类,后世非不能再有伏羲、神农。孟子言圣人,有性之者,有反之者。"性之"则自"诚"而"明",自发自悟,开教创义者也。"反之"则自"明"而"诚",因人之教,反之吾心而知其诚然,信教服义者也……三百年来学术大体,要之不能脱"尊圣信古"之一见。③

"打破最上一关",此处尤应重视"性之"的概念。"性灵论"是焦循经学一大特色,其言"惟经学可以言性灵,无性灵不可以言经学",其治经主张"以己

---

① 许周生《原学》:"其亦可以倦而知返乎?"(钱穆《中国近三百年学术史》,第563页)方东树《仪卫轩文集·辨道论》:"吾为辨乎陆王之异以伺其归,如弋者之张罗于路歧也,会鸟之倦而还者,必入之矣。"(钱穆《中国近三百年学术史》,第572—573页)
② 钱穆《中国近三百年学术史》,第573页。
③ 同上,第504页。

之性灵,合诸古圣之性灵,并贯通于千百家著述立言者之性灵"①。以钱穆先生之见,焦循固然提出"性灵"之见,然其实际行动中,仍未能"打破最上关",正是因其泥于古,将"一切义理归之古先圣人",不能脱离六经典籍,终不脱清初以来"尊圣信古"的见地。

钱穆先生以孟子言圣人有"性之者"、"反之者"之分,事实上"性之"的态度也是宋学精神的一部分。宋儒之所以创制义理能够成功,在于他们绝弃汉唐的繁琐章句之学,独尊"道德仁义圣人体用,以为政教之本",以此为出发点,方能实现由"自明而诚"到"自诚而明"的转变。持类似见解的并非钱穆先生一人,陈寅恪《论韩愈》就以韩愈之功绩包含了"直指人伦扫除章句之繁琐"一项,并指出韩愈建立道统乃即借用禅宗教外别传之宗旨②,与钱穆先生"性之"观点有深度契合。还可作为辅证的是,至少齐梁时代刘勰《文心雕龙·宗经》即提出对经典文本"后进追取而非晚,前修久用而未先"的态度,可见以"性之"的态度反对"尊圣信古",反对拘泥于古籍文本,在传统文化中自古即有其传统。

"性之"观最重要之处在于认清楚传统文化的"内核",其外在的表现则允许灵活多变,不必祖述前说。钱穆先生于1956年发表在《新亚学报》二卷一期的《本论语论孔学》,以《述而》"志于道,据于德,依于仁,游于艺"一句"实已包括孔学之全体而无遗"③,其解读过程中以"游于艺、依于仁、据于德、志于道"之顺序,并不遵宋儒朱熹所述。在1963年9月为庆祝孔诞而作《漫谈论语新解》,他认为对《论语》的解读不应束缚于西方哲学的套路中,"须从人生义理上去读《论语》……不要说到'仁'字处在讲仁,不说到'仁'字处即与仁无关。更莫认为训诂考据工夫,便就与义理无关"④。此正所谓"打通最上一关"后,自"诚"而"明",自发自悟,开教创义者之境界。

如果说《国史大纲》中钱穆先生要求读此书者"对其本国已往历史有一种温情与敬意"⑤,那还是对传统文化略带悲观的"希望",那么此后的钱穆先生沿着"性之"的路径,在传统文化中找到的则是强大的信仰。以学案体著述《钱史》为起点,钱穆先生指出中国传统文化不可被替代的依据——以理想人格为旨归的道德精神。从"做人"的角度看传统史学,虽与西方史学

---

① 焦循《与孙渊如书》,转引自钱穆《中国近三百年学术史》,第515页。
② 陈寅恪《论韩愈》,《金明馆丛稿初编》,生活·读书·新知三联书店2006年版,第319—332页。
③ 钱穆《本论语论孔学》,《学龠》,第4页。
④ 钱穆《漫谈论语新解》,《劝读论语和论语读法》,商务印书馆2014年版,第59页。
⑤ 钱穆《国史大纲》,第1页。

迥异，却自有其体系与价值。

1951 年钱穆先生应台北"国防部"高级军官组所作的特约讲演，他说"对于梁先生'中国不亡'这四个字，开始在我只是一希望，随后却变成了信仰"①，至于如何从希望变成信仰，钱穆先生在最后一讲"中国历史上的道德精神"说到他信仰来源：

> 中国历史乃由道德精神所形成，中国文化亦然，这一种道德精神乃是中国人所内心追求的一种"做人"的理想标准。乃是中国人所向前积极争取蕲向到达的这一种"理想人格"。因此中国历史上、社会上、多方面各色各类的人物，都由这种道德精神所形成。换言之，中国文化乃以此种道德精神为中心……因此，我们称此种道德精神为"中国的历史精神"。即是没有了此种道德精神，也将不会有此种的历史。②

这种"道德精神"将学问、人格塑造紧密联系在了一起，是钱穆先生心中传统文化的精髓所在。中国传统的史学也正围绕这一"道德精神"而展开。在由 1958 年香港中德文化协会讲演稿整理而成的《中国史学之特点》一文中，钱穆先生认为：

> 中国历史记载，有特别注重在"人物"一项，此所谓"纪传体"。此体乃由司马迁所创，这也是中国传统文化重在人本精神之一种表现……至于分著事件来写历史的，中国亦有此体，后来称为"纪事本末"。此体在中国史学上发展较晚，而且较不受重视。③

钱穆先生之所以关注"人物与纪传体"、"事件与纪事本末"之区别，实质是在寻找中西史学差异所在。1960 年左右，钱穆先生赴耶鲁大学讲学，即开始主张"历史必以'人'作中心"，有一位史学教授则与其辩论，以"历史中心在事不在人"，几年后钱穆先生回忆这一事时说：

> 我和他意见不同，却也表示出双方文化观念之不同。在西方人看来，一个哲学家，必因其在宗教上有表现，一位艺术家，则必在艺术上有

---

① 钱穆《中国历史精神》，第 2 页。
② 同上，第 124 页。
③ 钱穆《中国历史研究法》，第 207 页。

表现;一位科学家,则必在科学上有表现。在事业表现上有他一份,才在历史记载上也有他一份。若生前无事业表现,这人如何能参加进历史?然而在中国人的观念中,往往有并无事业表现而其人实是十分重要的。即如孔子门下,冉有、子路的军事、财政;宰我、子贡的语言、外交;子游、子夏的文学著作,都在外面有表现,但孔门弟子中最高的颜渊、闵子骞、冉伯牛、仲弓,称为"德行",列孔门四科之首,而实际却反像无表现。①

西方史学以"事"为中心的历史中,对具体某一人而言,所专擅的"事业"是最重要的考量对象,故学术史就应是"知识的历史";中国史学则是以"人"为中心的历史中,"完整的人格"是最重要的考量标准,所以中国学术史最终还应是"学人的历史"。颜渊、闵子骞、冉伯牛、仲弓的例子可以看到在儒学体系中,任何时候,德行是远远高于著述、学问的存在。梁启超在西方史学影响下,试图写就"学问的专门史",显然忽视了传统文化中"活生生的人"的价值。钱穆先生则以学案著录《钱史》,记人记事,重新提倡"宋学精神",显然是希望用学案体这种完美的传统史学体例来发扬他所期许的完整人格。

本 章 小 结

我们很难去证明钱穆先生写作《钱史》之初是否有如此清晰的认识,但是至少在 1950 年以后,钱穆先生反反复复在强调"人之德性"与"纪传"的重要性。如 1962 年《学问与德性》一文中,他说:"每一门科学背后仍有一'人',仍必有其人所具之'德性'。惟科学愈见发展,遂若只见有学,不见有人。而细究之,则仍必有人之德性为科学作基址。"②钱穆先生也越来越能言西方章节体史学之弊:"历史是一个整体的,但若专以事件为主来写史,便易使人把历史当作一条线一条线来看……又易使人认为人常为外面事件所主宰而只随之为转移。"事与事之间是很难切分的,如果写史者一定要切割出事件来绘述"历史",容易受作者的主观思想影响。一旦时风思潮发生转变,以"事件"为主导构建的线性发展历史,因史料的过度人为主观删汰,很

---

① 钱穆《中国文化与中国人》,《中国历史精神》,第 152—153 页。
② 钱穆《中国学术通义》,第 312 页。

容易随思潮的轮转成为一堆无用之材料①。

　　最后还需要说明的一点是："完整的人格"追求并不意味着要求"完整的学术"，钱穆先生看重"学问与性情"之关系。在《阎潜邱小传》中，钱穆先生引阎若璩之言："有志之士，务在审己所受于天之分，而力学以尽其才，固自有可传之道与可以比拟之人，而无取乎过高之誉也。"钱穆以此为"潜邱毕生最确之自道矣"②。虽对阎若璩学行持否定之态度，然对于其能认识自己天分所长，仍给予肯定。于《章实斋》一章，也对章学诚"性情与学问"论述给予极高赞赏。1961年新亚书院研究所第六次学术演讲讨论会，钱穆先生作了《关于学问方面之智慧与功力》的演讲，其中提到"做学问之伟大处，主要在能教人自我发现智慧，并从而发扬光大之，使能达于尽性尽才，天人兼尽之境"③。前述"审己所受于天之分，而力学以尽其才"，此处"尽性尽才，天人兼尽"，大概是钱穆先生对有志于传统之学的人最大的期许。

　　总而言之，钱穆先生从早年著述的《钱史》到亡佚的《清儒学案》，直至其生平最后一部重要著作《朱子新学案》，钱穆先生对学案体寄寓莫大的偏好，这并不是一种偶然。传统文化精神，传统史学体例的无穷魅力也因为钱穆先生"性之"的态度而重获新生。当然，结合钱穆先生的生平以及他对西方文化的态度，我们也应理解钱穆先生并非要制造一壁垒，故步自封，杜绝西方现代文明，而是希望在真正理解传统文化的基础上，再熔铸各种文明加以创造，这大概就是他所期望的下一次"每转益进"。

---

① 钱穆《学问与德性》，《中国历史研究法》，第203页。
② 钱穆《中国近三百年学术史》，第242页。
③ 钱穆《新亚遗铎》，第353页。

结尾：历 史 与 人

　　清代传记文献浩繁是客观的历史现象，清代传记创作多争论是我们可感知的事实。如果读《文史通义》，我们会发现章学诚对古文家将传记沦为"应酬之作"的严厉批判；如果读《方苞集》，我们又会感觉到方苞传记创作中的自得与不遇；康乾年间本是程朱陆王学者为《道学传》的废立诉讼纷纭，乾嘉后忽转为因《国史儒林传》的编撰出现汉宋之争；道咸后形似复古的思潮暗流涌动，践行古礼、文宗《文选》、经宗公羊、学案迭出，学者传记编撰亦各有所宗；再到晚近中西文化碰撞交融，新史学、传记革命、传记文学的概念貌合神离，在"以人物为本位"的"中国历史精神"重新被体认……上述的罗列并没有绝对的"因果—发展"联系，却都是基于"历史与人"这个同心圆荡漾出的一道道纹路①。本书力图通过对清代以来传记领域争论的梳理，试图揭示清代学人因学术宗旨的差异，在编撰立场、创作实绩中存在的多重心态。

　　如何在纷繁的理论与作品中寻找到传记研究的切入点？章学诚关于传记历史沿革的论述为我们提供了一种思考的方向："传记之文，古人自成一家之书，不以入集；后人散著以入集，文章之变也。既为集中之传记，即非删述专家之书矣，笔所闻见，以备后人之删述，庶几得当焉。"②章学诚特别注重传记由史部入集部的转变，在他看来，传记在史部，如《史记》《汉书》等是由"删述专家"、"自成一家"之书，以史家家法、撰述义例体现其微言大义、别识心裁。传记在文集，则为"韩、柳志铭，欧、曾序述"③，因人所请，应酬之作，流弊日滋。章学诚的见解既闪烁着史家之"洞见"，又略带史家之"成见"。史学家对"历史与人"的记述功不可没，使得我们的文化成为一种有着丰富历史记忆的优秀文化。但从本书开头对先秦辞令传记的溯源可以看到，"历史与人"的传统，并不只是史家才有，古之君子、后世文人同样以"颂"与"赞"的方

---

① 孙歌《历史与人——重新思考普遍性问题》，生活·读书·新知三联书店 2018 年版。
② 章学诚著，叶瑛校注《文史通义校注》内篇四《黠陋》，第 426 页。
③ 同上，第 429 页。

式传承着历史精神,形成他们独特的话语体系与表达方式。对章学诚观点稍作增益,我们就能梳理出文人传记与史官传记两大传记传统。

通过清代的学者传记"学案体"与"儒林传"之争讨论,我们可以看到:

(一) 不同学术对不同传记形式的选择。汉儒、宋明儒、清儒的学术路径的不同,由他们对"道"的认识不同决定,也决定了他们记录自身学行方式的差异。汉儒认为孔子以后,道缺书残,各家均只得一体,唯广学博采方可恢复大道的全体。《史》《汉》儒林传重视经书和师承,着眼点就在于以各家兼包小大之义,以求全道、弘道①;唐宋以来的新儒学,抛弃汉儒繁琐章句,转以注重儒学的内在精神传统,更看重道德履践。这体现在传记中,即理学学案重视人物语录、生平事迹、德行功业,因为在此之中包含着学人求道的具体实践;清儒则认为经书是圣人所写,圣人之心只能从经书文字中探得,不能他求。汉儒尚有重儒行的一面,清儒则以训诂为求道唯一途径。清代经学家传记"重著述"、"轻儒行",表面看来是他们继承了《史》《汉》儒林传的传统,但从学理上来讲,"重著述"是因为文字训诂是清儒求道的具体实践,著述是他们求道最重要的成果,也是他们最值得表彰之处。而"轻儒行"的撰述方式,则可扬长避短,避免在道德履践方面与理学家争胜。这就可以理解为何清代出现的经学家传记会与之前的理学家传记有那么大的不同。

(二) 儒者传记之争与道统的重整。若以《明史》《四库全书》《国史儒林传》三部巨著修纂的年代,将清代道光以前划分为三个时点,我们可以寻觅出经学家在《儒林传》中地位不断攀升的过程,但嘉道以后有关儒林的争论中,反对经师入儒林的呼声又日益高涨,尽管《清史稿》汉宋兼收,但是清末民初多数学人对儒林传的看法上,已由汉学家所认同的"经师之传"回到"儒者之传"的传统定义中。与上述现象相对应,学案著作在《明史》修纂前后、嘉道以后两阶段有突然增多的现象。前者学案的增多,为程朱、陆王两派争道统所致,后者增多的现象则更为复杂,既有传统理学争论的延续,又有新出现的理学与经学之争,进而经学内转也在学案中有所体现。

(三) 学案与儒林两种传记对表述理学、经学各有其独擅之处,清代学人撰述经师与理学家,多遵守着儒林、学案之分。尽管我们可以看到清代传记发展过程中,有以理学言行录、传道图等形式对汉儒进行复述,又有徐世昌《清儒学案》以学案兼收汉宋之学,唐晏《两汉三国学案》以学案述录汉魏经师的现象,但是我们不能就此忽略这种模糊现象产生的深层次根源。例

---

① 具体可参见徐师兴无《刘向评传》第九章《校书(二)——刘向歆父子的学术史观》,南京大学出版社 2005 年版。

如阮元"以训诂求义理"调和汉宋的主张,在《国史儒林传》中即已阐述,但刘师培此后却采用《近儒学案》这一学案体进一步发挥了这种观点,如果认清学案与理学,儒林传与经学之间的关系,就能更深刻地理解其中的玄奥。

从中西传记之争来看,西学并非洪水猛兽,中学亦非不堪一击。基于"历史与人",我们可以看到中国先秦辞令传记与希腊传记传统的相似,在科学实证的史学观冲击性,激起梁启超、钱穆对传统文人传记"道德传承"的重新体认。1951 年,钱穆在台北应"国防部"高级军官组之特约讲演,讲稿汇集成《中国历史的精神》,其前言即坦诚这一主题与梁启超"中国不亡论"、"中国历史"的关联:

> 我认为中国不仅不会亡,甚至我坚信我们的民族,还有其更伟大光明的前途。证据何在呢?……这证据便是中国已往的历史。所以我自己常说,我此四十多年来对中国历史的研究,并不是关门研究某一种学问,而是要解决我个人当身深切感到的一个最严重不过的问题。今天我对中国历史的看法,在我自己,已像是宗教一般的信仰,只要有人肯听我讲,我一定情愿讲出我知道的一切。[①]

钱穆饱含深情的叙述,可看出梁启超对他思想的影响。《中国历史精神》七个主题中,以《史学精神与史学方法》开启,以《中国历史上的道德精神》为结尾。钱穆、梁启超二位学者对以"人物本位"纪传历史态度的变迁、对"历史精神"的重视,应该唤醒我们对"历史与人"的觉醒。

本书以"西学东渐前后的传记之争"为题牵扯过多的论争,让我们不妨以刘勰《文心雕龙》"圆通"之理想作为全书之结束:

> 原夫论之为体,所以辨正然否。穷于有数,究于无形,钻坚求通,钩深取极;乃百虑之筌蹄,万事之权衡也。故其义贵圆通,辞忌枝碎,必使心与理合,弥缝莫见其隙;辞共心密,敌人不知所乘:斯其要也……唯君子能通天下之志,安可以曲论哉?(《文心雕龙·论说》)

"西学东渐"前后的传记之争,并不是文人"一地鸡毛"的争吵,或可见古之"君子能通天下之志"。

---

① 钱穆《中国历史精神》,九州出版社 2017 年版,第 2—3 页。

参 考 文 献

古籍

《柏枧山房全集》,梅曾亮著,《续修四库全书》本。

《抱经堂文集》,卢文弨著,王文锦点校,北京：中华书局,1990 年版。

《碑传集》,钱仪吉编纂,靳斯校点,北京：中华书局,1993 年版。

《春融堂集》,王昶著,清嘉庆十二年塾南书舍刻本。

《戴震集》,戴震著,上海：上海古籍出版社,2009 年版。

《戴震全书》,戴震著,张岱年主编,合肥：黄山书社,1997 年版。

《段玉裁遗书》,段玉裁著,台北：大化书局,1977 年版。

《方苞集》,方苞著,刘季高点校,上海：上海古籍出版社,2008 年版。

《高邮王氏遗书》,王念孙撰,罗振玉辑印,南京：江苏古籍出版社,2000 年版。

《龚自珍全集》,龚自珍著,王佩诤校,上海：上海古籍出版社,1975 年版。

《古文辞类纂评注》,吴孟复、蒋立甫主编,合肥：安徽教育出版社,1995 年版。

《国朝汉学师承记》,江藩著,锺哲整理,北京：中华书局,1983 年版。

《国朝耆献类征(初编)》,李桓著,《续修四库全书》本。

《国朝先正事略》,李元度著,《续修四库全书》本。

《国朝学案小识》,唐鉴著,《续修四库全书》本。

《韩愈集》,韩愈著,钱仲联、马茂元点校,上海：上海古籍出版社,1997 年版。

《黄文肃公文集》,黄幹著,《北京图书馆古籍珍本丛刊》本。

《黄宗羲全集》,黄宗羲著,沈善洪主编,杭州：浙江古籍出版社,2002 年版。

《嘉定钱大昕全集》,钱大昕著,陈文和主编,南京：江苏古籍出版社,1997 年版。

《江藩集》,江藩著,漆永祥点校,上海：上海古籍出版社,2006 年版。

《焦循诗文集》,焦循著,刘建臻点校,扬州：广陵书社,2009 年版。

《里堂家训》,焦循著,《续修四库全书》本。

《列朝诗集小传》,钱谦益著,上海：古典文学出版社,1957 年版。

《刘大櫆集》,刘大櫆著,吴孟复点校,上海：上海古籍出版社,1990 年版。

《明儒学案》，黄宗羲著，沈盈芝点校，北京：中华书局，1985 年版。

《廿二史考异》，钱大昕著，陈文和等点校，南京：凤凰出版社，2008 年版。

《廿二史札记校证》，赵翼著，王树民校证，北京：中华书局，1984 年版。

《潜研堂集》，钱大昕著，吕友仁点校，上海：上海古籍出版社，2009 年版。

《钦定学政全书》，李宗昉等编，《故宫珍本丛刊》本。

《清代禁毁书目（补遗）》，姚觐元编，孙殿起辑，北京：商务印书馆，1957 年版。

《清史稿》，赵尔巽等著，北京：中华书局，1977 年版。

《清史列传》，王钟翰点校，北京：中华书局，1987 年版。

《全祖望集汇校集注》，全祖望著，朱铸禹汇校集注，上海：上海古籍出版社，2000 年版。

《日知录集释》，顾炎武著，黄汝成集释，栾保群、吕宗力校点，上海：上海古籍出版社，2006 年版。

《儒林传稿》，阮元著，《续修四库全书》本。

《儒林全传》，魏显国著，《四库全书存目丛书》本。

《十驾斋养新录》，钱大昕著，上海：上海书店，1983 年版。

《十七史商榷》，王鸣盛著，陈文和等点校，南京：凤凰出版社，2008 年版。

《十三经注疏》，阮元校刻，杭州：浙江古籍出版社，1998 年版。

《石亭文集》，陈沂著，日本东京尊经阁文库藏嘉靖四十四年刊本。

《史传三编》，朱轼著，《文渊阁四库全书》本。

《史记》，司马迁著，北京：中华书局，1982 年版。

《史记抄》，茅坤著，《四库全书存目丛书》本。

《史通》，刘知幾著，浦起龙通释，上海：世纪出版集团 上海古籍出版社，2008 年版。

《授经图》，朱睦㮮著，《丛书集成初编》本。

《四库全书总目》，永瑢等著，北京：中华书局，1965 年影印本。

《笥河文集》，朱筠著，《丛书集成初编》本。

《松崖文钞》，惠栋著，《续修四库全书》本。

《宋史》，脱脱等著，北京：中华书局，1977 年版。

《苏轼文集》，苏轼著，孔凡礼点校，北京：中华书局，1986 年版。

《孙奇逢集》，孙奇逢著，张显清主编，郑州：中州古籍出版社，2003 年版。

《亭林诗文集》，顾炎武著，《四部丛刊》本。

《通甫类稿》，鲁一同著，清道光八年刻本。

《桐城吴先生诗文集》，吴汝纶著，吴闿生编，台北：文海出版社，1972 年版。

《文史通义校注》,章学诚著,叶瑛校注,北京:中华书局,1985 年版。

《文史通义新编新注》,章学诚著,仓良修编注,杭州:浙江古籍出版社,2005 年版。

《文献征存录》,钱林辑,王藻编,《续修四库全书》本。

《文心雕龙注》,刘勰著,范文澜注,北京:人民文学出版社,1958 年版。

《文选》,萧统编,李善注,上海:上海古籍出版社,1986 年版。

《无邪堂答问》,朱一新著,吕鸿儒、张长法点校,北京:中华书局,2000 年版。

《西河文集》,毛奇龄著,台北:台湾商务印书馆,1968 年版。

《惜抱轩诗文集》,姚鼐著,刘季高点校,上海:上海古籍出版社,1992 年版。

《校礼堂文集》,凌廷堪著,王文锦点校,北京:中华书局,1998 年版。

《新编汪中集》,汪中著,田汉云点校,扬州:广陵书社,2005 年版。

《揅经室集》,阮元著,邓经元点校,北京:中华书局,1993 年版。

《越缦堂读书记》,李慈铭著,由云龙辑,沈阳:辽宁教育出版社,2001 年版。

《曾巩集》,曾巩著,陈杏珍、晁继周点校,北京:中华书局,1984 年版。

《曾文正公诗文集》,曾国藩著,《四部丛刊》本。

《章学诚遗书》,章学诚著,北京:文物出版社,1985 年版。

《知足斋文集》,朱珪著,《丛书集成初编》本。

《朱子语类》,黎靖德编,王星贤点校,北京:中华书局,1986 年版。

近现代著作

《八代传叙文学述论》,朱东润著,上海:复旦大学出版社,2006 年版。

《谶纬文献与汉代文化构建》,徐兴无著,北京:中华书局,2003 年版。

《菿汉三言》,章太炎著,沈阳:辽宁教育出版社,2000 年版。

《古代传记理论研究》,俞樟华著,哈尔滨:黑龙江人民出版社,2018 年版。

《古希腊传记的嬗变》,(意)阿纳尔多·莫米利亚诺著,孙文栋译,北京:华 夏出版社,2021 年版。

《广清碑传集》,钱仲联主编,苏州:苏州大学出版社,1999 年版。

《国故论衡疏证》,章太炎著,庞俊疏证,北京:中华书局,2008 年版。

《国史要义》,柳诒徵著,上海:华东师范大学出版社,2000 年版。

《国学概论》,章太炎著,上海:上海古籍出版社,1997 年版。

《洪业——清朝开国史》,(美)魏斐德著,陈苏镇等译,南京:江苏人民出版 社,1998 年版。

《胡适文集》,胡适著,北京:北京大学出版社,2020 年版。

《胡适作品集》,胡适著,台北:远流出版实业股份有限公司,1986 年版。

《纪昀与乾嘉学术》，张维屏著，台北：台湾大学出版委员会，1998 年版。

《江藩与〈汉学师承记〉研究》，漆永祥著，上海：上海古籍出版社，2006 年版。

《焦循评传》，刘瑾辉著，扬州：广陵书社，2005 年版。

《〈经义考〉研究》，张宗友著，北京：中华书局，2008 年版。

《康熙起居注》，中国第一历史档案馆整理，北京：中华书局，1984 年版。

《两汉经学今古文平议》，钱穆著，北京：商务印书馆，2001 年版。

《刘申叔遗书》，刘师培著，南京：凤凰出版社，1997 年版。

《刘申叔遗书补遗》，刘师培撰，万仕国校辑，扬州：广陵书社，2008 年版。

《刘师培辛亥前文选》，刘师培著，北京：生活·读书·新知三联书店，1998 年版。

《刘咸炘学术论集》，刘咸炘著，黄曙辉编校，桂林：广西师范大学出版社，2007 年版。

《刘向评传》，徐兴无著，南京：南京大学出版社，2005 年版。

《龙坡论学集》，台静农著，沈阳：辽宁教育出版社，2000 年版。

《论戴震与章学诚》，余英时著，北京：生活·读书·新知三联书店，2000 年版。

《明末清初的学风》，谢国桢著，北京：人民出版社，1982 年版。

《明末清初文人结社运动》，何宗美著，天津：南开大学出版社，2003 年版。

《明清史论著集刊正续编》，孟森著，石家庄：河北教育出版社，2000 年版。

《明清史谈丛》，谢国桢著，沈阳：辽宁教育出版社，2000 年版。

《明清之际党社运动考》，谢国桢著，北京：中华书局，1982 年版。

《明清之际士大夫研究》，赵园著，北京：北京大学出版社，1999 年版。

《明史研究》，瞿林东著，北京：中国大百科全书出版社，2009 年版。

《明史纂修考》，李晋华著，北京：哈佛燕京学社，1933 年版。

《明遗民录汇辑》，谢正光、范金民编，南京：南京大学出版社，1995 年版。

《乾嘉学术编年》，陈祖武、朱彤窗著，石家庄：河北人民出版社，2005 年版。

《清初诗文与士人交游考》，谢正光著，南京：南京大学出版社，2001 年版。

《清代传记研究》，俞樟华、邱江宁等，上海：上海三联书店，2013 年版。

《清代各省禁书汇考》，雷梦辰著，北京：北京图书馆出版社，1989 年版。

《清代考证学の群像》，（日）吉田纯著，东京：创文社，2006 年版。

《清代科举考试述录及有关著作》，商衍鎏著，天津：百花文艺出版社，2003 年版。

《清代朴学大师列传》，支伟成著，长沙：岳麓书社，1986 年版。

《清代人物传记史料研究》，冯尔康著，天津：天津教育出版社，2005 年版。

《清代史》,萧一山著,沈阳:辽宁教育出版社,1997年版。

《清代史学与史家》,杜维运著,北京:中华书局,1988年版。

《清代士人游幕表》,尚小明著,北京:中华书局,2005年版。

《清代述闻》,朱师辙著,上海:上海书店出版社,2009年版。

《清代文学评论史》,(日)青木正儿著,杨铁婴译,北京:中国社会科学出版
　　社,1988年版。

《"清代考证学"とその时代——清代の思想》,(日)木下铁矢著,东京:创
　　文社,1996年版。

《清代学术概论》,梁启超著,上海:上海古籍出版社,1998年版。

《清代扬州学术》,杨晋龙著,台北:"中研院"中国文哲研究所,2005年版。

《清儒学案新编》,杨向奎著,济南:齐鲁书社,1985年版。

《清史讲义》,孟森著,北京:中华书局,2006年版。

《訄书详注》,章太炎著,徐复注,上海:上海古籍出版社,2000年版。

《日本现存清人文集目录》,(日)西村元照著,京都:东洋史研究会,1972
　　年版。

《日常接触》,(美)欧文·戈夫曼著,徐敏江、丁晖译,北京:华夏出版社,
　　1990年版。

《阮元焦循评传》,陈居渊著,南京:南京大学出版社,2006年版。

《史学丛考》,柴德赓著,北京:中华书局,1982年版。

《思想与文献——日本学者宋明儒学研究》,吴震、吾妻重二主编,上海:华
　　东师范大学出版社,2010年版。

《晚明清初思想十论》,王汎森著,上海:复旦大学出版社,2008年版。

《晚明思想史论》,嵇文甫著,北京:东方出版社,1996年版。

《王渔洋事迹征略》,蒋寅著,北京:人民文学出版社,2001年版。

《王渔洋与康熙诗坛》,蒋寅著,北京:中国社会科学出版社,2001年版。

《文论十笺》,程千帆著,武汉:武汉大学出版社,2008年版。

《文学史的权力》,戴燕著,北京:北京大学出版社,2002年版。

《文学研究法》,姚永朴著,许结讲评,南京:凤凰出版社,2009年版。

《现代传记学》,杨正润著,南京:南京大学出版社,2009年版。

《心史丛刊》,孟森著,沈阳:辽宁教育出版社,1998年版。

《形式的内容:叙事话语与历史再现》,(美)海登·怀特著,董立河译,北京:
　　文津出版社,2005年版。

《梁启超学术论著集》(传记卷),梁启超著,陈引驰编,上海:华东师范大学
　　出版社,1998年版。

《扬州学派人物评传》，赵昌智著，扬州：广陵书社，2007 年版。

《阳湖文派研究》，曹虹著，北京：中华书局，1996 年版。

《义法与经世》，许福吉著，上海：学林出版社，2001 年版。

《政学私言》，钱穆著，台北：联经出版事业股份有限公司，《钱宾四先生全集》本，1998 年版。

《中国传记文学发展史》，陈兰村著，北京：语文出版社，1999 年版。

《中国佛教史籍概论》，陈垣著，上海：上海书店出版社，1999 年版。

《中国古代文人集团与文学风貌》，郭英德著，北京：北京师范大学出版社，1998 年版。

《中国古代文体形态研究》，吴承学著，广州：中山大学出版社，2000 年版。

《中国近代思想与学术的系谱》，王汎森著，长春：吉林出版集团，2011 年版。

《中国近三百年学术史》，梁启超著，天津：天津古籍出版社，2003 年版。

《中国近三百年学术史》，钱穆著，北京：九州出版社，2011 年版。

《中国经学史十讲》，朱维铮著，上海：复旦大学出版社，2002 年版。

《中国历代碑志文话》，于景祥、李贵银编，沈阳：辽海出版社，2009 年版。

《中国历史研究法》，梁启超著，北京：中华书局，2016 年版。

《中国历史研究法补编》，梁启超著，北京：中华书局，2010 年版。

《中国目录学史》，姚名达著，上海：上海古籍出版社，2002 年版。

《中国史学名著》，钱穆著，北京：生活·读书·新知三联书店，2005 年版。

《中国文学批评史大纲》，朱东润著，上海：上海古籍出版社，2001 年版。

《中国文学批评通史》，王运熙、顾易生主编，上海：上海古籍出版社，1996 年版。

《中国学案史》，陈祖武著，台北：文津出版社，1994 年版。

《中国学术史研究》，林久贵、周春健著，武汉：崇文书局，2009 年版。

《中国学术思想史论丛》，钱穆著，合肥：安徽教育出版社，2004 年版。

《中国早期文体观念的发生》，吴承学著，香港：三联书店（香港）有限公司，2019 年版。

《中国哲学史新编》，冯友兰著，上海：上海人民出版社，1999 年版。

《中国中古文学史讲义》，刘师培著，上海：上海古籍出版社，2000 年版。

《周勋初文集》，周勋初著，南京：江苏古籍出版社，2000 年版。

《朱子学提纲》，钱穆著，北京：生活·读书·新知三联书店，2002 年版。

《传记文学史纲》，杨正润著，南京：江苏教育出版社，1994 年版。

《自传文学的世界》，（日）佐伯彰一著，东京：朝日出版社，昭和五十八年（1983）版。

《纂修四库全书档案》,中国第一历史档案馆编,上海:上海古籍出版社,
　　1997 年版。

The Development of Greek Biography, Arnaldo Momigliano, Harvard University
　　Press Cambridge, Massachusetts, 1971.

论文

《从行文和墓碑文看唐代骈文的演进》,吴夏平,《文学遗产》2007 年第 4 期。

《打破道统 重建学统——清代学术思想史的一个新观察》,张寿安,《中国文
　　化》第 32 期。

《韩愈欧阳修碑志风格比较》,杜丽萍,《中国矿业大学学报》(社会科学版)
　　2004 年第 4 期。

《汉学师承记の文章》,近藤光男,《人文论究》1957 年 7 月。

《黄宗羲和学案体》,仓修良,《浙江学刊》1995 年 2 月。

《理学源流著作述论》,徐公喜,《江西社会科学》2009 年第 12 期。

《刘师培与焦循——刘师培与扬州学派间关系的个案分析》,刘建臻,《福建
　　省社会主义学院学报》2004 年第 2 期。

《略论诸儒鸣道集》,陈来,《北京大学学报》(哲学社会科学版)1986 年第
　　1 期。

《明清八股与史传》,何诗海,《文学评论》2021 年第 4 期。

《明清时期的"私人作传"之争》,林锋,《文学遗产》2018 年第 5 期。

《明清史传入集的文章学考察》,何诗海、陈露,《文艺理论研究》2021 年第
　　4 期。

《清朝汉学のかたち——江刘堂の汉学师承记编纂の态度について》,近藤
　　光男,《人文论究》1952 年 3 月。

《清代传记文学论——以顾炎武、方苞、曾国藩、沈复为个案》,王建农、王成
　　军,《江苏教育学院学报》(社会科学版)2005 年第 2 期。

《清代的家学与经学——兼论乾嘉汉学的成因》,陈居渊,《汉学研究》第 16
　　卷第 2 期。

《清代儒者的全神堂——〈国史儒林传〉与道光年间顾祠的成立》,王汎森,
　　《"中研院"历史语言研究所集刊》第七十九本第一分(2008 年)。

《清代扬州学者方志学成就简论》,许卫平,《扬州大学学报》(人文社会科学
　　版)2000 年第 4 期。

《阮元〈儒林传稿〉与清代汉宋学术之争》,戚学民,《清华大学学报》(哲学社
　　会科学)2009 年第 6 期。

《"儒林列传"与"汉学师承"——〈汉学师承记〉的修纂及汉宋之争》,戚学民,《清华大学学报》(哲学社会科学)2007年第1期。

《史语所藏〈宋儒学案〉在清中叶的编纂与流传》,张艺曦,《"中研院"历史语言研究所集刊》第八十本第三分(2009年)。

《说说儒——古今原儒说及其研究之反思》,陈来,《原道》第二辑(1995年)。

《宋明清儒学派别争论与〈明史〉的编纂》,魏伟森,《杭州大学学报》(哲学社会科学版)1994年第1期。

《汪中と国史儒林传稿——清代扬州の文学の研究序说》,近藤光男,《人文论究》,北海道大学,1964年。

《一个期待关注的学术领域——明清诗文研究三人谈》,吴承学、曹虹、蒋寅,《文学遗产》1999年第4期。

《〈学案小识〉与〈儒林传稿〉》,戚学民,《近代史研究》2010年第1期。

《以文存史观念与清初"传"体文——以魏禧为考察中心》,马将伟,《山西师大学报》(社会科学版)2009年第5期。

《章学诚论传记的界定及其源流》,陈志扬,《社会科学战线》2004年第5期。

后　记

　　这部书稿源自博论《清代的学术与传记》，答辩前，我仍惴惴不安于如何弥合"清代学术"和"学人传记"的间隙。工作后，在申报项目中，我将题目改作《西学东渐前后的传记之争》，以擘肌分理的方式呈现多个二元对立的问题，这很像网络时代吸引眼球的"热搜"效应，消解了原先的结构缺陷，但也遮蔽了一些本应更深入探讨、本可惟务折衷的可能。

　　读古代学人传记，常常要处理学者生平"学术几变"，回顾自己的学术之路，不禁暗自发笑，自己的慵懒与愚钝，能彰显的大概只有老师们的耐心与包容。我的学术之路几乎就是在答题，回答老师们一次次课堂策问。犹记最早是徐雁平老师的清代学术课，他事先拟定好了满屏的问题供我们自主选择，雁平师以我是高邮人，要我认领清代学者问学笔札研究，我阅读了高邮王氏的家集与手札，却对这个家族曾经浓厚的理学气息产生了好奇。跟随兴无师问学多年，兴无师无论公务多么繁重，即便是满脸的疲惫，也坚持与我们牢守两周一次的读书会惯例。某次读书会我报告了这一现象，兴无师提问："扬州学派早期人物分布，从宝应王懋竑，到高邮王氏，再到江都焦循、仪征阮元，有由北向南发展的现象，这和当地的学风有何关联？"高邮二王"老乡"的身份，又让我成为这一问题的"接盘侠"。为找寻答案，我开始大量翻阅清代高邮地方文献，完成了硕论《顺治至乾隆之间高邮文学与学术》，本书中《贾田祖：从博学诗人到经学老儒》即是当初研究成果之一。即将进入博士学习前，兴无师语重心长告诫我，我的研究只是一个极小的样本，最大价值莫过于实实在在接触过清代一地一时的大部分文献，不会陷入人云亦云。兴无师还强调，清代学术史的研究起点甚高，从梁启超、章太炎、刘师培、王国维、胡适、钱穆……开山都是高手名家，做清代学术史，一方面要站在巨人肩膀上，看得更高更远，另一方面也要看得更深更细，最终要能对清学脉络提出自己的解释。

　　博士阶段，受兴无师影响，我对"诠释学"也产生了浓厚的兴趣，因前期研究发现王念孙的学友贾田祖、李惇等人传记中"经学老儒"的形象，并不太符合他们文集中的自我期许。有幸,我获得公派赴京都大学师从川合康三老师的机会,在填写研究计划时,我向兴无师询问"清代学人传记的剪裁"研究的可行性。兴无师保持包容的同时,抛给了我一个问题"清代不同学术旨趣学者的传记形态并不一样,要注意不同学术对不同传记形态与文体的选择"。京大的一年,犹记第一次见川合老师,他对我是否要从事传记研究并不在意,却极认真地嘱咐我,"中国的学问,中国人做得更好,你来日本,要多看看日本学者对中国研究的关注点"。一路走走看看,最终,我将并不成熟的思考拼凑在一起,完成了博论《清代的学术与传记》。

毕业后,我来到了美丽的康乐园。之所以能入职,大概是我的申请材料里,创造性地发明出一门梁启超、钱穆《中国近三百年学术史》对读的课程。后来,不知天高地厚的我,操心如何让更多学生选择中文方向,主动要求在博雅课程体系加入《文心雕龙》。特别感谢甘阳老师和博雅领导、同事、学生对我的包容,我的学术成长缓慢,这两门课程的教学促进了我对清代学术与传记文论更深的思考。

本来,我以为这部陆续增益的书稿会以泾渭分明的"七争"到此为止。在成书的最后时刻,偶尔听兴无师线上讲座,令我重新回忆起此前他曾讲过的先秦言说与书写,我发现中国传统传记有"先秦辞令传记"与"史官书记"不同的源流与传统,这两大传统的风格与取向,可贯串到整个传记发展史,直到梁启超、钱穆所指向的"中国历史精神"。我开始理解钱穆等一辈老先生为何认为中国文化是一个绵长的生命,越来越在意"弥合"的魔力,体会文化与生命向前生长所需的韧性与豁达。很惭愧,我至今还不能对清代学术、中国传记文论提出更新的见解,但以生命为限度,这部书稿从 2008 年至今,已经快十五年,我能坦然接受它的不完美,是时候该有一个休止符了。特别感谢编辑龙伟业兄对拙作耐心细致的打磨,今后师友们对我书稿指出粗疏、谬误、缺憾,会成为我继续思考的动力。

不止一个人说过,我是个有福气的人,就如在求职最迷茫时,郑利华老师许我以门下,每每遇到困顿,总有亲朋师友鼎力相助。我承认我的幸运,特别的感恩,永远铭记于心。需要致谢的人真的很多,有你们给予我的阳光,我内心始终保持向善生长的方向。我只能以这本不成熟的小书,以及笃定向学的诺言作为感恩的礼物,继续前行,尽我所能,爱我所爱。

吴　海

2023 年 6 月 25 日

图书在版编目(CIP)数据

西学东渐前后的传记之争 / 吴海著. -- 上海 : 上
海古籍出版社, 2024. 12. -- ISBN 978-7-5732-1462-1

Ⅰ. I207.5

中国国家版本馆 CIP 数据核字第 2024U7H097 号

西学东渐前后的传记之争

吴 海 著

上海古籍出版社出版发行

(上海市闵行区号景路 159 弄 1 - 5 号 A 座 5F　邮政编码 201101)

(1) 网址: www.guji.com.cn

(2) E-mail: guji1@guji.com.cn

(3) 易文网网址: www.ewen.co

上海商务联西印刷有限公司印刷

开本 700×1000　1/16　印张 14　插页 2　字数 244,000

2024 年 12 月第 1 版　2024 年 12 月第 1 次印刷

印数: 1—1,200

ISBN 978 - 7 - 5732 - 1462 - 1

I·3887　定价: 68.00 元

如有质量问题,请与承印公司联系